This is my most fragile,
yet also
my strongest part.

姐姐

柳 营 著

北京出版集团公司
北京十月文艺出版社

卷首

达摩面壁时说：十年无言……

1

1971年生的姐姐，自小生活在南方小镇。

小镇有个特别的名字：湖镇。

小镇沿江而建，有沙滩叫白鹭滩，成片的芦苇，白鹭飞舞。水运发达时期，小镇曾是商业氛围浓郁的商埠重镇。小镇现仍存有宋代舍利塔、明清老街。

姐姐长到十七八岁时，已是个标准的南方美人。面孔略尖，白皙里透着红润，眼睛清澈，衣着素净，自带了纯真的娇媚之态。平日里喜欢梳两根辫子，小脸小胸小瘦腰，如春日里含在枝头的尖柳芽，卷了一身的淡雅清秀之气，但细腰下那结实紧翘的臀里，却孕了一股强劲的欲破土而出之力。

正到了懵里懵懂、要惹是生非的年龄。

2

阳光里抹了层轻薄的云，是初春的日子，各种花儿都憋了一冬的劲儿，鱼泡泡从水底冒出来一般，纷乱地盛开。

小镇的空气，格外新鲜，古街青石铺地，尘土不扬。小镇东边有座古老的舍利塔，清晨傍晚都能听到塔铃响，铃声清脆幽远，穿越千年，长久不息。

每天清晨，姐姐骑车出门，经门口的青石老街，拐到柏油铺地的主街，往南骑十多分钟，再拐进一条两旁都是柳树的小径，小径通向一家电子厂，姐姐就在那儿上班。

说是电子厂，不过就是十五六个姑娘，坐在几张长桌上，全手工焊接电子板。是耐心的活儿，眼要细，手要巧。

姑娘们依着长桌一字坐开，戴面具眼罩，静下性子，聚了精神，电光飞溅，恍如小小的烟花，灿烂却又枯燥虚寂。

姐姐在这样的枯寂中，每天却心如盛夏。身体虽机械地坐在操作台前，脑子却在春光明媚处：全是他的影子，他的笑脸，他的声音，他后脖子处散发出的热烘烘的气息，他最初牵她手时的样子……样样回想起来，都是羞涩美妙的。

姐姐那掩在防火面具下的嘴角会忍不住咧开来，笑如波水，荡漾全身，腹部处有小小的抽搐，一直往上牵系到胸口，心就猛地跳动一下，身体被惊醒，暗自脸红，一阵燥热。深呼吸，长长吐出口气，轻叹一声，重新专注于手里的活儿，可也就不多一会儿，心思便又飘游到远处去了……

镇上流动着一些闲言碎语，姆妈听在耳里，却也不去问姐姐。偏偏姐姐什么都不知道，大人间的闲话，传到年轻一辈那儿，很快就失灵了。

年轻人在她们自己的生活里，她们爱漂亮的衣服，爱看电影，有逛不完的街，有做不完的梦，喜欢听外面的故事，对未知的生活充满了期待。

姐姐厂里有个女孩叫燕飞，会弹吉他，这让人很是羡慕。燕飞说，吉他容易学，你们想学，我可以教。下班时，姐姐就随几个姑娘一起去燕飞家学吉他，有时迟了就在燕飞家做晚饭吃，晚饭后继续边弹边唱，嘻嘻哈哈，没完没了地腻在一起打发夜晚漫长的时光。

燕飞八岁时没了母亲，在小姨家生活到小学毕业才回到父亲身边。父亲是镇上的干部，早出晚归，沉默寡言，一直不曾再续妻。也有热心人想介绍女人给他，他似乎并无太大的兴致，倒觉得无羁无绊，省去很多烦恼。几个姑娘在燕飞家混久了，有个叫国文的姑娘喜欢上了燕飞父亲，每天着了魔似的往燕飞家跑。

燕飞父亲怕招是非，避或者躲。

他不敢当真，这姑娘大不了女儿几岁，感情说来就来说走就走，怎能当真？再说这事要是传出去，还不在小镇上闹翻天。国文可不这样想，谁爱嚼舌谁自己嚼去，她根本不在乎，她的爱情她自己做主，便横下心来，往燕飞家跑得更勤，连走路的身姿里都暗藏着一股倔强，仿佛某些危险随时都会发生，而她早已准备粉身碎骨。

全小镇的人都为此心惊肉跳，这清白小姑娘，什么人不好嫁，非要咬住一个比自己父亲还大的老男人，真是没皮没脸不害臊。有一天吃晚饭的时候，姆妈终于没忍住，问道：“你们厂里的国文，是真喜欢燕飞父亲吗？”

姐姐夹菜的手停在半空，眼睛看着姆妈，一脸无辜样：“不知道呀。”

姐姐确实不知道，姐姐的心思不在别人身上，姐姐有自己的故事。

老男人越躲避，小国文就越疯狂地坚持。那疯狂是静止的，情绪是稳定的。她每天下班先去市场，再去燕飞家，包里背着水果、鱼和青菜。她先和燕飞学弹吉他，然后再去厨房做饭，她手脚麻利，几乎承担了燕飞屋里所有的家务。从小在姨家长大的燕飞，大大咧咧，性格极好，但并不精于家务，天生缺少母爱，却极爱交朋友，喜欢身边有人做伴，国文的一手好菜，踏实稳定的性情，让燕飞觉到了不同寻常的安心与温暖，她并不反对国文想与自己的父亲好，反正没几年自己也会嫁人，到时父亲上班回家，屋里有个会做饭的，床上有个暖被窝的，多好。

燕飞的父亲像极了一条深不可测的悠长阴冷的隧道，他不动声色，面无表情，后背僵硬，看起来纹丝不动。

国文身处炽热的情感中，没有丝毫收敛，蜂拥而来的情欲在内心里如此狂热，几乎将她洗劫一空，她的胸口滋生出一股拉扯之力，是向上的，暗流涌动的、类似于饥饿感的一种魔力，却又是不夸张的，她一声不吭，却身轻如猫，她睁大眼睛，直接钻进同样深长的隧道，她不怕悠长与阴冷，她要见光见日。

这猫含着坚定之力，轻盈前行。她知道，无非是成与不成，无非是兵来将挡，水来土掩。她脚底生力，这气里有强烈的灼热感，无论泥石将如何滚动崩塌，她心里有白亮耀眼的光，就是横竖一条心，什么都不惧，去靠近他，去抓住他，去穿越他，去紧紧地拥住他，照顾他一辈子。

她家人慌里慌张地到处给她张罗对象，有一个条件相当不错的小伙子去她家见过面后，开始了温情而有节制的追求，她视而不见，也不为所动。她身心都置于一处，抱着巨大的信念，非要不可。

她似柔若无骨的蛇，沉静前行，步步为营。她得体妥帖，目光火辣，却静如矫兔。他深知，这看似平静的底子里，蓄了火山爆发似的岩浆。一个青春灿烂的姑娘的炽恋，给老男人久违的生命之火，惊心动魄。楼道上一次次脚步声响起，门铃叮咚，对他都宛若大炮轰鸣，他将自己层层包裹，其实既紧张又脆弱，他自觉无力招架，只能在她进门前，从后门避出去，躲进后巷里抽烟。烟屁股一地，手指微颤，全身发烫，厚嘴唇发抖。他就如一只将要被捕的小兽，看得见危险，却逃无去路，只能蹲在原地。

也就是象征性地躲避躲避，当听到女儿趴在窗口喊他吃晚饭的声音，他立马乖乖地回去了。他极力克制着，面无表情地坐下来，享用满桌国文做的饭菜，可口入胃，热气腾腾里，燃烧着的都是她的温度。

饭后，她们在厨房里忙碌，他侧耳听锅铲碗筷在清水里的碰撞，听两个姑娘的嬉笑，美妙生动到让他觉得胆战心惊。从厨房出来，她们坐在客厅里弹吉他，他沉默地坐在一旁抽烟，耳朵却偷偷地竖着，她的笑声一次次撞击他的胸膛。客厅的窗帘里透进美丽的夕阳，他看似不屈服的身体里，热浪滚滚，躁动不安，有汗浸满额头。随着时间的推移，他越来越享受她们的陪伴，有几天国文因事没有出现在他家时，整个夜晚，他都恍如所失，坐睡皆不安稳。国文在时，他仍不多言，故作深沉，努力让自己保持着一个成熟男人的冷静，目光不主动但也不再闪避，不经意间会被国文的眼睛咬住，也就任由她眼里的光在他的眼里燃烧，火光迸裂，点亮向来灰暗的小屋。

屋里蓄了满冬的春花绿树，春风一吹，便是一场盛景暖阳。

厚实的节制里有不可抵挡的激情，那些压抑着的热烈，看似石墙却薄如脆纸，一经捅破，终将石崩天开，岩浆四溢。

屋外，是爆裂式的流言蜚语，汹涌起伏，大有将他们摧毁之势。

越是狂风，越能激起彼此间寻求慰藉的冲动，他们躲进对方的深处，再深处，融为一体，定了意，铁了心。

陶缸破开，口水肆涌，街头巷尾，流言无处不在。他们俩一同出现在镇上，一个面无表情，另一个自然淡定。流言蜚语与他们擦肩而过，不近身、不入心，他们就这样从老街上过来，最初相隔几步，没多久隔了一拳，后来索性挽起了胳膊。

不多时，风波渐息，国文父母也奈何不得，顺水推舟，明媒正娶，国文正式成了这个屋子里的女主人。

结婚当日，戏里有戏，或许早有人暗自揣测，但神秘故事被突如其来地打开，小镇仍被惊得掉了一大片下巴。

关于燕飞父亲多年不娶之秘密，在暗处隐了多年，这日破了纸，见了光。镇上有一寡妇，大他七八岁，白皙肥嫩，大胸大屁股，无处不丰润圆满，先夫早逝，独自拉扯三个儿子。她与燕飞父亲来往了十来年，竟然滴水不漏，无人觉察。众人感慨，这男人，平日里闷声不响，实在是有城府的主。

寡妇夜里迎他进，天不亮送他走。只因自己有三个儿子，他又是镇里干部，也不敢纠缠得太紧，怕紧了他脱身而去，就一直隐忍，期盼着儿子们都独立出去，自个儿无牵无挂了，便可以和他拨云见日，正式搬到一起老死相守。

苦熬了十多年，突然蹿出个二十来岁的妖孽，一口吞掉她吃在嘴里的肉，她有苦喊不出，有痛哭不了。一直憋着，夜里求他顾念多年同枕共眠之情，白日里烧香拜佛，等着小妖孽不战而退，却不想这妖孽定性十足，男人终究是长满茅草的山，点了火，燎着了，还是被烧得个赤裸裸。

男人转身不顾，一句话不留。白天街头遇见，寡妇想迎上去问个究竟，他却掉头便走。躲是男人的天性。寡妇回天无力，长夜不能眠，虚寒逼身，整个失魂落魄，活无可求。抑着，憋着，身体日渐虚弱，想着这十多年来不见天日的隐忍苟且，却换得一个无情的背影。

那边喜迎新人，红纸喜酒鞭炮响，这边旧人骨寒心冷、天旋地转、四分五裂，本想自个儿咬断舌头自个儿吞进肚去，再臭再烂自个儿藏着，至少还能保全个名声，可终究还是沉不住气，屋里待熬不住，扶墙而出，听镇上鞭炮声冲天，想着那具曾经日夜缠绵的无情肉身今儿个喜当新郎，老牛嫩草，草原上撒欢，便身心俱焚，腿脚一软，气撑不住身，屁股一沉，索性往街头一坐，头一仰，不再顾天顾地，张开嘴，就如打开了的水龙头，痛痛快快哗哗啦啦地流了一镇。

真是场惊天动地、荡气回肠的哭泣与咒骂，道尽了所有不堪入耳的秘密，言尽了不堪忍受的委屈，哭尽了十多年来各自小心翼翼且暗中相守的所有情分。

这寡妇哭空了身子，骂净了欲念，两不相欠，老死不再往来。

咒骂声句句入耳，国文定力足够，不吱声不动色，心虽有不悦，但很快就安顿好自个儿的身心。男人脸色阴沉，眼神逃离，嘴唇轻启，几次欲言又止，她权当没看见。

夜里洗净上床，男人心思沉重，抖抖索索不敢靠近，她便一把将他搂过来，埋进自己柔软滚烫的身体里。男人迎着她的青春，打开他的老酒，在潮湿猛烈、火辣如夏、无限缠绵的被窝里，平息了所有的不安。

在黑暗里，在喘息着的高处和热处，她一口咬住他的耳朵：之前日子不追不念不提，之后一起好好过，你是我身上合法的男人，我是你屋里合法的女人。

男人听了，身子颤动，泪水涟涟，将女子往怀里搂紧，使劲搂住，咬着牙，长长地冲刺，似乎要将整个身体里藏着的欲望与激情全部搓揉进她的身子里，然后边咆哮边抽搐边在心里暗自发誓，要将余生所有的情爱，全都耕耘在这片无限柔韧肥沃的土地上。

天亮后，男人照旧底气十足地穿过老街出门办事。这屋子里的女人，给足了他一切底气。他对街头的目光，通通视而不见，淡定自如。

他知道，那场哭咒中道出来的所有恩怨，只要国文不在乎，这世界便没什么不同。

老街的人需要的仅仅只是人世间的热闹而已，热闹过后，便习以为常。每个人都活在自己的故事里，却又热切期盼着别人的故事，揣测和想象着他人的生活，一个故事结束，又渴望另一个故事开始，最好周而复始，永不停息，这日子才不至于太过枯燥和无聊。

3

一幕戏降，另一幕戏起。

舌头尖上，流言风起云卷。耳里进，嘴里出。时间消化一切，人人依旧日出起，日落睡。

姐姐依旧早早起床帮姆妈忙些家务，用过早饭，去厂里上班。每天出门，骑上车，迎着光，踩着脚踏板，风拂过头发，鼻尖飘过小镇清晨时特有的气味，姐姐的嘴角总是向上扬着，时不时还会哼出几声歌来，心里头洋溢着甜蜜，那甜味是翻滚和涌动着的，就像浪花儿，朵朵花儿中间，都藏着同一个人。

他，潘水。也是湖镇人，比姐姐大五岁，在省城杭州钢铁厂上班，平时俩仨月回来一趟。这年回家过春节，大年三十那晚，镇上几个年轻人聚在一起玩耍，聊天打牌逛街，姐姐也在其中。正月初一，年轻人来姐姐家串门，他也在其中，各自进屋，他给屋里的长辈递烟，闲聊家常，老辈问起省城和他工作的事，他也一一作答。也没什么事，大家坐了会儿，多少有点拘谨，喝了半杯茶，水还热着，就都不安地站起来告辞。姐姐送他们到小巷口，他故意走在最后，与其他几个人隔了些距离，姐姐便也顺着他的步子走。走到巷口，他侧过脸，眼角嘴角荡起笑意："没想到，你竟然长这么大了。"

之后他又和镇上的年轻人来家里坐了几回，有时午后，有时傍晚。连续一周阴绵的雪雨天后，终于转晴，等到积雪消融阳光明艳的那天，他就单独约了姐姐去小镇后的溪滩散步，看连片的芦苇和成群的白鹭，远处有种菜的农民，近处有洗衣服的妇人。

一前一后走，话也不多，都各自含蓄着，隔些时才吐出一句。走到芦苇的深处，两个人就都站住了，无数只白鹭被他们惊起，飞腾而起，轻盈盘旋，又缓缓降落。他突然伸过手来，拉住姐姐的手，嘴唇微颤："过两天就要回去上班了，给你写信。"姐姐笑，手抖，心颤，脸红，低了头，继续浅笑，不作声。

几乎每天都会收到他的信。信是寄到厂里的，传达室的老头递信给姐姐时，眼神如探长，表情暧昧。姐姐知道，小小年龄就开始不安分，是会被镇上人说闲话的。姐姐怕事，怕父母指责，怕走在路上被人指指点点，这些都让姐姐觉得惊恐却又有按捺不住的兴奋。姐姐接过信，也不敢多看老头一眼，将信收进怀里便匆匆离开。怕读信时被人发现，便在中午休息时躲进厕所去，小心翼翼地抽出信纸，先是快速扫读，之后是细读，再之后便一字一字地品。那信看似含蓄朴素，却压抑着一颗爱意涌动的心，读得姐姐心跳手软脸烫。读完后收起来，有些晕头转向，也想不好该如何回他信，便索性一封不回。

那边，潘水回省城没到三个礼拜，他和同事对调了两天的班，火烧火燎，周四连夜火车，匆匆回到湖镇。

第二天一大早回到小镇，也不急着回家，就先候在小巷口，静等着骑车上班的姐姐："收不到你的信，又见不到你的人，心里空洞得很，虚慌得很，总觉得饿，吃了仍旧心慌，你就像是一颗埋在我身体里的炸弹，滚烫滚烫，随时都会把我炸得粉碎。"听了他的话，姐姐也变得滚烫滚烫，之前的种种硬结在心里的担忧便也在这滚烫里悄然融化开，心就活络了起来，之前紧张着的肩膀也松了下来，仰起脸，看着他笑。

姐姐推着车走，他一路陪着。快到厂门口时，姐姐远远地便让他停住了，她不想让厂里的人看到他。他不依，硬是跟着姐姐继续往前，边走边嬉笑着道："怕什么，有人追又不是什么见不得人的事，这么漂亮的姑娘迟早是要被人追走的，我不现身，倒不是便宜了那些绕着圈、围着你转、胆子却没长全的小兔崽子吗？"

"什么叫便宜了人家，似乎你不追我，我就只能嫁给他们似的？"姐姐心傲，敏感，听不得那样的话。

"我只是怕你烦，我一现身，他们就不敢造次了。"他笑道。

姐姐听了便想，这人自我感觉太好了，但也不愿说穿他，只是轻笑。他见姐姐不吭声，就又发了狠话："我反正要定你了。"

"这也由不得你呀。"姐姐回了他一句。

"那由得了谁？"他心里慌，孩子气地追问。姐姐也不理他，就快到厂门口了，姐姐一想起传达室老头的脸，莫名其妙地心乱，坚决不让他再往前送。

他看姐姐真急了，也就站住不动。

姐姐跨上自行车，往厂内骑去。他站在原地，一直等到姐姐的背影消失在厂房内那排法国大梧桐树背后，心里空洞洞的，又站了一会儿，方才茫然无措地背起行李往小镇的方向走，坐了一夜的火车，又累又饿，他决定去老街喝一碗光头王汉的手工馄饨养养气提提神，然后回家补个觉冲个澡。他决定，午后帮老母亲整理一下屋子，之后去理个头，傍晚再重新回到厂门口接姐姐下班。

潘水在小镇上的几天里，用尽心思寻着机会与姐姐在一起。小镇全是熟眼熟脸的人，与潘水独个儿走在一起，姐姐还是心慌，就叫了别的女孩出来，潘水也叫了男伙伴，大家一起玩。其实也无处可去，沿着青石铺路的老街走，一家家店铺逛，绕着小镇转圈，在衢江边停下来看来回的船，飞舞的白鹭，还有捕鱼的鸬鹚，穿蓑衣的渔夫。

小镇旁边有个极小的村子，沿江而建，茂密的树，三四户人家，有碎石铺的台阶下到江里。没人知道他们从何处顺江而来，之前一直结伴依江而活，一年四季在江里讨生活，吃住全在船上。风里雨里雪里，也许在江上漂累了荡久了，就上岸来，先是搭了简单的房子，安顿下来。住久后，地方上给他们分了地，成了当地的农民，却依旧保有江上捕鱼的习惯，养了鸬鹚，晨光暮色里，划一叶小舟，江面上自由地走。

黄昏快尽时，小舟上岸，潘水从渔夫手里买了刚捕的江鱼，又到镇上切了块肉，买了些豆干、花生、瓜子等零食，去其中的一个伙伴家做晚饭。小镇上的人大都随意好客，喜欢家里热闹，潘水下厨做了鱼和肉，小伙伴的母亲又炒了几个家常菜，大家吃得开心。晚饭后，又挤进来几个镇上的后生，一起喝茶闲聊嗑瓜子，夜迟才各自散去。

潘水送姐姐到离家几步外的巷口，站着不动。

夜风吹得塔铃叮当响，听得人孤寂。姐姐怕父母担心，急着想进门。潘水天亮便要回杭州，不舍之情万般浓郁，紧拉着姐姐的手不让走。磨磨蹭蹭了很久，拥抱了姐姐后，方才百般无奈地松开姐姐的身子。

姐姐推门进屋，姆妈还没睡，问："怎么那么迟？"

姐姐心虚："大家聊开心了，我又不好意思先退，怕扫了别人的兴。"

姆妈没再说话。

姐姐溜回房间，一颗乱跳的心，许久才平复下来。

4

因为想送潘水去车站，姐姐头天就向厂里请了假，私下却没告诉姆妈，吃了早饭，照旧从家里推了自行车出来。

姆妈拿着她平日里要带到厂里的粉红水杯，紧追几步："等等，忘水杯了。"她怕潘水久等，心里乱，头也不回地道："不用，不用，赶时间，今天活多，干不完得加班。"

推着自行车小跑几步，跨上车后连着紧踩几圈，车子一下便转入主街，远远就看到他站在五金店那侧的弄堂口，朝她这边张望。

巷口是岑寂的，太阳还没完全露出来，巷子里显得凉飕飕的。他紧张兮兮地站在那儿，看她靠近，整个身子便都在笑意里了，眼里带光，周围的一切都明亮起来，连老街的青石板路都泛起了沉甸甸的光泽，无处不显出简单透明喜悦的样子。

她把自行车交给他，由他骑着，她坐在后座上，一只手抱着他的行李放在双腿上，另一只手被他拉去，环住他结实有弹性的腰。她能感觉到热气从他的毛衣里透出来，与她自个儿身上的气息混合在一起，熏得她晕乎乎的。原本还僵硬着身子歪斜在后座上，久了，便在他的热气里松下来，松到不由自主地靠在他的后背上，那热量如佛光，是自成一体的春光明媚，她就那样一半眩晕一半含羞地被笼罩其中。

也就半个小时，便到了县城的火车站。坐绿皮慢车，从龙游到杭州要六七个小时，中午上车，差不多要晚上才会到。两个人先去电影院旁边的阿福饭店，点了两碗葱花汤团。

汤团的热气，将她的脸熏得分外红润。他不吃，只顾笑意柔绵地盯着姐姐看，要用眼睛吞掉她似的。她低头咬了口汤团，汤团里蓄着十分的热气，烫得她连忙重新将汤团吐了出去。看着她可爱的样子，他忍不住就笑出声来。姐姐这初开的恋爱之心，还是紧张的，尴尬的，被他笑得有些恼，就在桌子底下狠狠地踢了他一脚，他也不觉得疼，继续笑："没事，踢吧，踢个深印在脚上，带回去做纪念。"姐姐一时不知道该说什么，羞得脸红，只好低下头去咬汤团。尽量斯斯文文细嚼慢咽，心脏却无法自制地在他滚烫痴癫的目光里，一记，一记，猛烈地狂跳。

吃过汤团，他牵着她去十字路口的老百货商店逛。一楼是布店，一捆捆整齐地排在柜台上，艳的素的碎花的。姐姐每每站在布柜前，就移不了步子，那颗天生的爱美之心就柔媚娇艳起来。停在布柜前，嗅着让人迷醉的布香，听售货员撕布的绝妙声响，看夹了发票的小夹子在长长的钢丝上飞过去滑过来的样子，就像置身舞台，是沉迷了的戏中人，美得让人出神。

姐姐的目光变得痴迷，水蒙蒙的。潘水在一旁拉了拉姐姐的小手：“选两块做裙子。”

姐姐选了一块粉色的，带了小碎花，又选了一块素净的，淡月牙色。两块都是心头好，布还在那儿，已经想象自己穿上裙子后，站在他面前含笑的样子。

从百货商店出来，已是中午，怕错过时间误了车，两个人也不敢多耽误，就径直往车站去。到了车站，潘水替姐姐买了站台票。两个人进了站，在月台上等着。临上火车时，姐姐从包里掏出三个红苹果、两包方便面，还有两本金庸的小说，一并递给他。

潘水双手接去，眉眼飞舞：“你真是仔细体贴。”

姐姐回道：“长途寂寞，有几本书翻翻，消磨些时间。”潘水上车，姐姐靠窗站着，含笑默然，有淡淡的离别之愁。潘水将玻璃推开，探出头来：“回去吧，这次记得千万要给我回信。”姐姐点头，依然站着没动。潘水就叫姐姐到车厢里坐着，姐姐不肯，他伸出手来拉，姐姐便绕到列车门边，上去坐在了潘水旁边。潘水牵过姐姐的手，放在自己的掌心里。姐姐想抽回，却被他紧紧握住，热气从他手心传过来，透过她的掌心，传到全身，暖暖的，心跳又快起来，脑门发热，额前便冒出细汗来。想抽回，却被捏得更紧，也就安心不动，由着他。他拿了可以点着火的眼神热辣辣地咬住姐姐，金光粼粼的，耀眼得厉害，姐姐便在他的眼神里恍惚迷失，被他带到遥远神秘却又模糊不清的远方，空旷无边，却又甜蜜非凡。被他牵着手，不着边际地跟着走，越走越远，烟雾缭绕，群山环抱，湖水清澈。他们坐上小船，湖里荷花盛开，幽香清雅，姐姐想起来这便是画册上看到的西湖。她转过身去，能看到潘水嘴角的笑以及说话的表情，能闻到潘水身上浓浓的体香。她感觉有些热，那股热好像是从鞋底慢慢渗透上来的，让她变得嘴唇发干，胸口沉闷。她使劲呼吸，可肺部却还在渴求更多的空气，似乎有一层无形的热浪将他们紧紧圈在一个大圆圈里，只有她和潘水，别的皆不复存在。车厢里人来人往，整理行李的、倒开水的、吃瓜子的、换座位的，两个人都看不见，娃儿哭闹声，婆姨说话声，连月台上当当的开车铃声，两个人似乎也听不见。

等到火车缓慢移动然后在长长的鸣笛声中加速时，两个人方才清醒过来。姐姐稍有慌张，潘水反倒显得开心，拉着姐姐去补了到金华的车票。拿到票后，潘水道："你金华下车后，先进站买好回龙游的票，要是时间空余的话，索性去金华城里转转。"姐姐说："怕回去晚，姆妈会担心。"

潘水笑道："你已经是大人了，还怕姆妈不成？再过一两年后，我们结婚了，你就是我的姆妈，我归你管。"

姐姐羞起来："谈这个太早了，再说谁知道大人们会不会同意。"

潘水严肃起来："什么年代了，还担心大人不同意，只要你我互相欢喜，真心要在一起，谁能阻挡得了？"

姐姐笑起来："就那么一说，你变脸变得好难看。"

潘水重又放松下来："能不紧张吗？你还小，怕事。再过半年，我托我大哥去和你姆妈说，她会同意的。你姆妈同意，你爸就会同意。我知道你爸听你姆妈的。"

姐姐听他说半年后要去和姆妈提亲，心脏就抽搐了一下，重重地，引得她胸口疼，却又是奇妙的心慌，手心里又出了层微汗，看着他傻气的脸，闪光的眼，自是心喜却又有不安。

两人双目相交，情意深绵，一路嘀嘀咕咕，说说笑笑，除了中间潘水站起来去洗了苹果来吃，两人的手始终握在一起，不曾片刻分开过。

就这样，很快就到了金华。

姐姐抽出手来，到包里掏出一物："送你。"边说边递给潘水，脸上不免又发烫，微微有红晕浮起。潘水接过来看，是姐姐的彩色半身近照。认真看了看，便将它小心而神圣地置在外套内侧的口袋里，扬起笑盈盈的眉毛，连声道谢谢。

姐姐匆匆下车，列车门在身后关上。潘水见她在月台站着，就道："吃好睡好，千万要写信。"姐姐点头，复又点头。说话时，车子已经缓缓移动了。姐姐跟着车子疾走了几步，他站在玻璃窗那边朝她拼命挥手。姐姐也举起手来挥，渐渐地看火车远去，空旷而模糊。潘水也一直依窗站着，看到人影混乱，直到分辨不清楚人与景时，方才坐下来，拿出姐姐的照片，看了又看。觉得照片还是没真人生动好看，思念浓起，满腹沉重起来，于是从包里掏出姐姐给他准备的书，翻开，呆呆地，心绪不宁，一行行慢慢读，竟然也读进去了，解了不少烦闷，也因此更多地体念到姐姐的用心，独自怀着思念的忧伤及恋爱时的欢喜，一路很快到了杭州。

5

这天姐姐吃了晚饭后，洗了碗，抹了桌，顺便扫了地，去院子里取下晒干的衣服，一件件仔细叠好。有弟弟的，妹妹的，也有父母的，一一放在他们各自的枕头边，然后捧着自己的那一叠，进了房间，关上门，呆坐在床上。想他的眼，他的眉，他的嘴，他脸上丰富的表情，他那掌心间散发出的热气，那股特别的热，每每一想起就会让她觉得心悸。他似乎就在身边，笑意绵绵地看着她，眼睛像口井，波光闪闪，荡得人神情恍惚。

姆妈推门进来，看她表情怪异："发什么呆？"

姐姐站起来道："没什么，累了。"

姆妈回："今晚早些休息，晚上少看点书。"

姐姐应："嗯。"

姆妈站着，没有要离开的意思，姐姐觉得奇怪，就拿了眼神去问姆妈。

姆妈开口道："有件事得和你说一下，你是老大，妹妹和弟弟都不懂事，也只有你能说得上话。昨晚上你爸和我再次商量决定动手造新房，这旧房已经有十五六年了。当年和你爸结婚，新婚三个月你奶奶就让我们分开另过。小小的一间房，铺了床，摆了碗架子、吃饭的四方桌，还加一个衣柜，挤得满满当当的，只能在屋檐下叠了几块砖头当厨房。两个人还勉强过活，生下你后，屋里添了屎尿臭和啼哭声，空间便又缩紧了一大圈，你父亲的脸，整日皱皱巴巴地像个老太婆，在那么小的屋子里，哪个人能松展得起来？家里如果来一个外人，几乎连转屁股的地方都没余下。我私下里向你舅舅和舅公还有你姨婆借了几百块钱，外婆外公又给凑了一点，你父亲便仓促地盖了这三间薄瓦房。最近你爸做生意赚了些钱，我的意思是房子先缓一缓，把生意先做开了后，再盖房子也不迟，你爸固执，一定要先盖房，他说不能再拖了，这房子，看着刺眼，住着难受，连做梦都觉得扎心。你爸说'房子'就是脸皮，这破房不推倒重盖，他出去连背都挺不起来。"

姐姐坐在床边，安静地听姆妈说，也不多嘴，只是"噢"一声。

姆妈又道：“虽说我是想先把生意做起来，但私下里也是担心这钱在你父亲手里焐不热，怕他哪根筋万一软绵了，熬不住，被人勾三搭四的，把身边进货的钱都给输了出去。”

姐姐想起小时候常陪姆妈半夜摸黑出门找父亲的情景，心里也是一半辛酸一半苦楚。

冬天，小镇的夜来得快，整个铺天盖地的，将小镇快速笼罩在黑天暗地里，家里的小孩被大人早早赶到床上去，天冷得连狗都懒得哼叫。

漫长沉闷的冬夜，扯不出故事来听，找不出趣事来做，大人们也只能上床睡觉了事。有些人耐下性子，慢慢沉沉入睡，也总有些人，本能地不习惯这长夜孤独，血脉里躁动不安，这些男人各怀心思，聚在一起，找一个不显眼处，开局，下注，赢了赌，赌了赢，头发凌乱，眼圈发黑，眼神发亮，彻夜通宵。

父亲也赌。拿些平日里私藏起来的小钱，常常半夜从熟睡的母亲身边悄声起来，猫一般从后门闪出去，滑进夜里，循着气味而去。

赌场是移动的，今天设在这户人家，明天便转到另一家，有时甚至不在镇上，而是设在邻镇某个僻静的小村子里。那一夜，姆妈醒来，枕边没人，知道又犯病了，稍有恼火，但屋外天寒地冻，又睡意深浓，也不愿多想，翻个身准备继续入睡，一个闪念，受了惊，猛地翻身起来，查了箱底棉布下面藏着的布包，打开，少了二百块。布包里有三百块钱，是一年下来的积蓄。知道父亲有赌钱的毛病，姆妈防着他的，平时总是将钱藏在不同的地方，这里五十，那里一百。前些天听镇上的人讲家里的钱被老鼠吃了，姆妈不放心，就将藏在各处的钱收起来，归于一处，压在箱底。被父亲瞄上了，找了机会下手偷出去赌。二百块，可以买多少砖多少瓦呀。心里急，手脚软，气得胸痛，看时间，知道还没走太久，也许还来不及将二百块全输在赌桌上，当下就决定去赌场拖人回来。

一个人不敢出门，就摇醒沉睡中的才十岁左右的姐姐，将迷迷糊糊身子软绵的姐姐用棉衣包得结实，看了眼另两个熟睡中的孩子，也担心他们半夜醒来会找姆妈，但顾不上那么多了，摸出家里的手电筒，拖着半梦半醒的姐姐，一脚深一脚浅地走进寒冬里。风硬生生地刮在脸上，贼一般地钻进身子里。姐姐在刺耳的冷里彻底清醒过来，紧紧牵住姆妈的手，一脸茫然地跟着往前走。

手电筒射出的光特别弱，夜黑得太浓密，风大，照不远，只能见得眼前淡白的路。母女俩就这样牵着手，晃晃荡荡，高低不平地摸着往前。

姐姐听姆妈艰难的喘息声，声音不大，杂在风声里，听着刺耳，让人难受。姐姐低头看着满是冰碴儿的地面，怪异的影子在小巷口摇曳，手电筒的光照得到它们跳跃的样子，诡异吓人。姐姐紧了紧姆妈的手："妈，前面好像有什么东西，到处都是影子。"姆妈也没什么心思听姐姐的话，胡乱应道："别瞎说，是风和树叶的影子。"姐姐第一次走夜路，夜里的小镇看起来非常不真实，除了风，没有任何声音，平时听到的关于鬼怪的故事此刻全都复活了似的，他们躲在某个角落里，或者就在手电筒照不见的暗处，触手可及。姐姐怕得很，不敢说话，就咬紧牙关，极度不安地跟着姆妈走，她的小手紧紧抓住姆妈的手指，害怕一松手，就被潜藏在黑暗中的怪物给一把抓走。

姆妈走到老街尽头的一户人家，不敢敲门，怕吵醒人家，就站在门口静听，听不出什么动静。姆妈让姐姐听，姐姐将小小的身子靠近门板，耳朵贴在门缝边，静心地听，也没听到什么声响。姆妈拉着姐姐，往小镇的西北方向去。姆妈说，这几户人家时常设赌局（赌局放在谁家，谁家就抽成，一夜少时有五十，多时能有一百元，提供免费夜宵，也提供烟酒，但另外收钱，一夜相当于那时一两个月的工资）。到了另一户人家，仍不敢敲门，就缩着身体，立在凄冷的夜风里侧耳听动静，仍旧是失望。为了追回那二百块，姆妈下了决心，咬了牙道：走，去镇外邻村的王家。

母女俩就往小镇外面走，到王家需要经过一小片孤坟，乱草杂树里藏着几座无人祭拜无人整修的荒坟，寒森森的，平常白日里大家路过时，都要尽可能地提提神，亮亮嗓子，壮壮胆。姐姐在镇上的茶馆里经常听大人讲鬼故事，其中几个就发生在那里，说是某某人早晨路过时，常见一白衣女子坐在坟前梳头，看不见脸，只见一片青丝，又说黄昏时常遇一小男孩在杂树荒坟间跳跃玩耍。

姆妈说要走，姐姐不敢不走，就死死贴紧姆妈的身体。经过孤坟堆时，姐姐怕得全身浮起阵阵寒意。姆妈似乎知觉到姐姐的颤抖，突然松掉牵着姐姐的手，想腾出手来搂住她，姐姐不知姆妈何故松手，惊恐中去扯姆妈的衣服，用力之大，超出自己的想象。路不平，坑坑洼洼，姆妈被姐姐猛地一拉扯，加之本就吓得腿软，脚一绊，便摔了出去，整个人趴在地上，手里却死死握着手电筒。姐姐一时没反应过来，见姆妈松开自己的手，又突然倒地，便尖叫起来。姆妈挣扎着坐起来，搂住姐姐，发出无法抑制的哭泣，边哭边道："老天怎么就不收了他？真是作孽呀。"姐姐的眼睛已经习惯了夜色，混沌中，看见姆妈衣服上全是污泥，眼里噙满了泪。姐姐极少见姆妈如此肆无忌惮地大哭，当下也忘了害怕，心疼姆妈，也不知道如何安慰她，就伸出手去擦她脸上的泪。姆妈将姐姐紧紧抱住，也不敢耽搁太久，重新挣扎着站起来，拖着姐姐，继续赶路，边走边自言自语般道："就这么糊里糊涂，和你爸熬了十多年，不知还能撑多久，勉强过也就罢了，他还喜欢瞎折腾，像镇上的光头王汉，白日里卖个手工馄饨，闲时看看书，安安静静的，有什么不好？你爸脾气暴，说话粗，从不翻书，还好赌，如果真把钱赌光了，这日子是没法过了的。"姆妈的声音里杂了悲痛无奈的碎泣声，令人心痛。姐姐第一次意识到，姆妈既脆弱又可怜。

姆妈瘦小，小小的身子拖着姐姐，被什么东西束缚住似的，却仍旧努力行走在寒夜的冷风里。又走了七八分钟，到了王家所在的村子。远远地，姆妈就说，那王家似乎有灯光。母女俩于是就加快步子，走近，王家前门反锁，但能听到里面的动静，姆妈带着姐姐绕到后屋，从柴房进了堂屋内，一眼就看到了挤在人群里的父亲。

姆妈拖着姐姐站在那儿，并不作声，头发凌乱，污泥满身。姐姐担心父亲会当众发脾气，便躲在姆妈后面不敢正眼看他。有人用胳膊推了推父亲，父亲看到她们后，愣了愣，然后径直从人群里钻出来，往后门去。回家的路上，姐姐又累又困，拖不动脚步，父亲回头看看跟在他后面的母女俩，犹豫了一会儿，蹲下身去，将姐姐背在身上。父亲的背很结实亦很温暖，这也是姐姐印象中唯一的一次，父亲继续前面走，姆妈随后。姐姐趴在父亲摇晃的肩膀上，只听得姆妈问："钱呢？"

父亲闷声闷气地回："输了一大半。"

姐姐以为姆妈会又哭出声来，没想到她却反而沉默了。

父亲见姆妈不语，又道："还不是想赢一把，早点造了房，让你们过好日子？"

过了很久，姐姐才听着姆妈长叹了口气：“久赌必输，这方圆几十里，哪个是靠赌博造房子的？”

姐姐听着他们的对话，耳边的脚步声一下沉一下浮，远远近近，轻轻浅浅，拉近了又飘远，眼皮重得下垂，不觉中便滑进睡眠里。

第二天一大早，姆妈带着三个孩子，回娘家去了，姆妈定了决心要离婚。外公外婆与舅舅住，舅舅的孩子才两岁，加上姆妈的三个孩子，屋里整天闹哄哄的。姐姐每天听姆妈和外婆在厨房里压着嗓子说话，盘算着将来可能的日子，姆妈说些新的打算，外婆也有帮衬着的意思，但更多的是劝姆妈回去：“合难，分易，带一堆孩子，离了过日子，哪有那么简单？”

姐姐对新生活充满无知又兴奋的渴望，根本不愿意回去看父亲的坏脾气，心里就暗暗期盼着姆妈这次能够有勇气下决心，彻底离开父亲。

就这样乱糟糟地在外婆家住了下来，几天过后，父亲便寻到舅舅家来了，低头赔笑，劝姆妈回去。外婆却表现出态度坚决的样子，不原谅。外婆道：“嫖可救，赌不可饶。赌鬼就是吸血鬼，无底洞。旧社会，卖了老婆卖孩子的都是赌鬼。”舅舅站在外婆这一边：“姐姐当时许给你，原本就是受了委屈的，如今到这个地步，怎么可能随便让她再回去受苦？这屋里，只要有我一口吃的，就饿不了她母子四人，你回去吧。”

父亲无奈，只能背影沉重地离开。

父亲离开后，外婆道：“规矩是要立的，家就不要随便散了，放下心来，再待些日子，等他再来接时，就顺着台阶回去吧。”

这身后的三条尾巴，也着实让姆妈觉得无奈。

又待了些日子，父亲第三趟来求时，姆妈就跟着父亲回去了，三个孩子在大人屁股后面跟着。弟妹一路玩耍，姐姐万般失落。

这之后，姐姐又陪姆妈半夜出去找过一两次父亲。后来家里不再藏钱，所有的钱都存到银行去了。父亲仍旧时不时会溜出去赌，但赌的都只是些零碎的小钱，姆妈就由着他去了……

姆妈看姐姐眼神迷离的神态，便问："想什么呢？那么久不吱声。"

姐姐回过神来，回道："想起以前与你半夜出门寻父亲。"

姆妈叹了口气，满脸落寞，停顿了一会儿，接着又道："你爸说，他兄弟几个，就数我们家的房子最旧，西墙也歪斜了，都摆在那里有几年了，过年过节时，亲戚们来回走动，全都看在眼里，再不造，连他自己都觉得难堪。既然决定要造房子，你就得跟着辛苦了，比如上班前要早些起来去买菜，各种杂碎的事，我忙不过来的，得靠你搭把手了。"

姐姐说："知道的。"

姆妈又犹豫道："我个人觉得现在生意好做，错过机会怕追不回来，可你父亲决心已定，我也没有办法。你才刚开始拿了一年的工资，我身体又一直弱，非常需要你的帮衬。好在你懂事，让人欣慰。"

姐姐坐在床边，看着母亲，认真听，又问："造房的钱够吗？"

姆妈回："或许要再借些。"

姐姐说："我来还，我宁愿迟几年嫁人，把造房子的钱还清再说。"

从小镇长大几乎没出过远门的姐姐，心里也有自己的想法。这旧房子，小镇上似乎也找不出几家了，看着实在寒碜，造了新房，亮亮堂堂的，即便嫁人，心里也多了份底气。

6

整个小镇尚在睡眠中，鸡犬无声，塔铃声清脆脆。

姐姐几乎是家里最早起床的那个，先是淘米做饭烧水，收拾一家人头夜换下来的衣服去江边洗涮。江边埠头，旁边就是溪滩，芦苇茂密，白鹭翩舞。风是温润的，水汽缭绕，偶尔有水鸟儿划过水面，发出轻微悦耳的声息。溪滩边除了芦苇，还有柳树，疏密有致，景色虚虚实实，一片岑寂。

姐姐喜欢这样宁静的清晨时光，埠头几乎还没什么妇人，也没有嘻嘻哈哈叽叽喳喳中的婆妈姑嫂、家长里短，只有鸟叫声、塔铃声以及自己刷洗衣服的清脆声，这样的时辰，对姐姐来说，几乎是享受。洗了衣服，等从江边回来时，锅里的米粥正散发出满屋的浓香，姆妈也已站在灶台间忙碌开来，炒黄豆或者小葱酸萝卜片，都是姐姐喜欢的就白粥的小菜。

除了姐姐，小镇上的王汉也是醒得最早的那个，他有早起锻炼的习惯，通常先在镇口的老樟树下伸伸腰弯弯腿，然后不紧不慢地走下坡岸，沿着衢江小跑一圈，在薄雾里，在晨曦幽微的光里，身影笃定。

等晨雾里的水汽稍稍散去些时，小镇和芦苇荡慢慢清晰豁朗开来，王汉便回到老街，开铺门，点火烧水现包馄饨，准备迎接第一位客人。

听姆妈说，王汉他家祖上是镇里的商人，做茶叶和纸的生意，这镇上的半条街曾经都是他家的，只是世道轮回，变更无常。王汉店里用的馄饨担曾是清朝的老物，之前做馄饨的人，店就在馄饨架上，肩膀一挑，店随人走。馄饨担里有全套的工具，小煤炉，木架子上的抽屉里分别有馄饨皮、馄饨馅、葱花调料、碗碟，架子上还绑了几张小凳子。卖馄饨的人将馄饨担往热闹的树荫下一放，点上火，行人过来，现点现包，扔进翻滚的水里，几分钟就熟了，加上葱花、猪油、酱醋，喜欢辣椒的可以加自制的辣椒油或者磨好的红辣椒末。馄饨皮薄柔韧，煮熟后圆润饱满，透过晶莹明亮的皮，可见面里的鲜肉馅，用白汤瓷勺放进嘴里，细滑绵软，回味悠长，那滋味入身暖心，让人深觉通畅。镇里的人用馄饨当早点，或者午后的点心。生了病，不思茶饭时，心里唯一念着的，也就这一碗可安心提气的馄饨了。

老街依旧是静的，但在暗处里却藏着尖锐的躁动，不见声不动色，空气里渐渐浮起厨房里家常的浓香。老街里妇人家起得往往比男人们早，木柴燃起的烟及锅里热腾腾的粥香混合成老街初晨特有的气味，沿着门窗瓦缝四溢出来，经了时光的老街在人间食香里伸出懒腰缓缓复苏。

热乎乎的粥淌进家里爷们小孩的胃里，褪去一夜梦境犹存的恍惚与困倦。大人小孩在这南方神奇的米粥里，逐渐恢复气力。小孩吃饱后出门上学，男人在粥香里彻底清醒过来，米粥转化成某种生命潜在的力量。这股力量暗潮涌动、如藤蔓般爬行，它们从周身各处升腾起来，皮肤饱满，心气倍增，似乎非得逼了人出门找些事做不可。

喝厌了粥的，或者家里妇人来不及熬粥的，就到王汉的小铺里吃碗手工馄饨。这一晨的汤汤水水过后，小镇开始真正变得明亮新鲜起来。

从明代就开始兴旺的老街，如镇口那棵百年老樟树般，一代接一代枝繁叶茂。老街垂静在夜里，睡了一宿，在隐秘的暗处吸了天地之气。

阳光洒在老街的青石板路上，脚步声踢踏，人声开始鼎沸，老街便又活泼了过来，一切都充满了活力。

理发店、商铺、中药店、打铁店、食品店、布店通通打开木板门，人来人往，肩膀和体味交错，顺着老街的门沿，层层铺开，花一般繁盛。遇到一周两次的大集市，各处人从不同的乡镇赶来，走动的商贩带了竹笋、菌菇、茶叶、鸡蛋、家畜、布头、水果在老街角角落落占了位置，各种叫卖喧哗声让老街呈现出别样丰饶富足的姿态来。

这样的姿态也是老成的，带了些时间里积累下来的世故，却又在不知不觉之间，蓄了完全不同的力量，是一张网，冒了险的，暗处释放能量，形成秘的磁场，这磁场里吸了人，人与人之间相当紧密，环环相扣。

客商鼻尖，有的从省城来，有的从老远的直辖市来，各处拥来的人，都有备而来，眼神带光，精气十足，脚步所踏之地，染了喷薄欲出的生机，只要足够敏感反应足够快，你便可以看到纸钱硬币从青石板里孙悟空般跃出来。

银行早早开门，商人们拖着整麻袋的钱进进出出……

也不知从何时开始，镇里慢慢聚起了一个方圆百里独有的香烟市场。客商像水龙，哪里有水舞到哪里。

这小镇上暗暗聚集了一个让人回想起来都胆战心惊的巨大的市场，小镇上的人一下子置身于比往常喧闹十多倍的环境里，看着操着外地口音的人拖走一麻袋又一麻袋的钱。先知先觉的人已经赚足了银子，后知后觉的人突然从梦里清醒过来似的，站在街头，看着周围的世界，傻傻地自问：是否也该干点什么了？

就这样，那些胆小的没资金的，私下里、夜里、被窝里，和枕边人商量着做些什么，资金从何处凑，凑到后怎么开始，该不该做。等到商量出结果，筹集到资金，又将钱捏在手里准备再观望观望的时候，上面一纸禁令，取消了小镇上这日夜膨胀、风起云涌到让人坐立不安的香烟市场。

真像是一场魔术呀，几乎大多数人都还没反应过来，这场闹哄哄的有关烟草交易的魔术就谢幕了。

那些终于准备了胆量和资金的人一觉醒来，突然发现自己刚刚想跳身进池游泳，水和水池却全都消失了。等到小镇上的人真正意识到身边的动静时，这场发生在家门口的盛宴，却已了无踪迹，如昨日残梦。

小镇从人声鼎沸到日渐萧条，似乎也就一夜之间。

也有几个暗地里吃得满嘴满肚的人，搬去了县城，置了地，造了楼，自己开起了商场。父亲也在这场盛宴里赚了些钱但却早早捏着钱准备要造房子，如果他听了姆妈的话，足够冷静大胆，一直身在其中，等到盛宴结束之时，该是几十倍甚至上百倍于之前的利润。这是生在小镇的父亲毕生都追悔莫及、绝口不提之事。

一切因机而起，缘起缘尽，不着痕迹。

此处尽，彼处起。这个来去无踪却带了磁场的市场，仅仅是一场预兆，是一个暗示。至此，一股暗藏的力量，早已使这个世界开始了翻天覆地的变化。

等到多年之后，小镇的人才意识到，那场暗流里的喧哗与骚动，是小镇作为商业重埠的回光返照。

7

自姆妈和姐姐说要造房子之后，家里开始借钱，被问到的亲戚，或爽快，或支支吾吾，不过最终都多多少少出了一些，姆妈仔细地盘算过，用自家和借来的这笔钱，足可以造一幢有模有样的房子了。

一个月后的某个周末，姐姐陪姆妈去了砖瓦厂，按师傅要求的数目，订了红砖和瓦片。砖瓦厂在镇北五里地外的小山坡上，小镇其实很小，有自北向南的公路和铁路横穿。骑车十来分钟就出了小镇，公路两边全是水稻田。往远处望，能看到铁路蜿蜒消失在田野的尽头，如一条巨型的蚯蚓。每次站在公路边，隔着稻田，总能看到绿铁皮火车慢吞吞地爬过去。

姐姐喜欢看倚在车窗口的乘客，他们的表情、穿着，甚至大致的容貌都可以看得清清楚楚，他们在一个移动的世界里，她不知道他们从哪里来，又会在何处停下来。他们带着自己的故事，从田野里匆匆闪过，像鸟儿一般，不留下一丁点迹象。有时也会遇到货运列车，拖着一节又一节灰黑色的车厢，呜隆隆地开过。那货车多是运煤的，有煤渣掉下来，放学回家的小学生会沿着铁路两边走，拿着他们姆妈特别为他们缝制的煤袋，一路捡煤渣，一路玩耍，直到夕阳完全西下，而长长的火车轨道却一直延伸到遥远的深处。

砖瓦厂在镇北，在唐村的村尾。虽叫唐村，可村里没人姓唐。姆妈的一个同祖表妹就嫁在唐村，从砖瓦厂出来后，姆妈顺道带姐姐去表妹家喝茶。

姐姐之前见过姆妈的表妹，和其他大多数皮肤粗糙黝黑或者菜黄的妇女不一样，她长得异常白净，鹅蛋脸，两侧脸颊白里透红，眼睛乌亮有神。她身上有股特别的气味，类似于阳光下新鲜稻草的清香，是个极爱干净的女子。她比姆妈小十多岁，因为白净，三十多岁的妇人，两个小女孩的母亲，看着才二十出头的样子。

姐姐喊她瓶姨，素日里少走动，但一年总会遇见一两次，有时在镇上的集市，有时在别的办喜丧宴的亲戚家。瓶姨是从镇外北边三十多里地的一个小自然村嫁到唐村的，唐村与镇子相连，是个大村子，其实也是镇的一部分。唐村的人到了外头，只讲自己是湖镇来的，若非别人细问，不会直接说出自己所在的村名。从北山里的一个小自然村嫁到唐村，与别的姑娘比起来，算是嫁得好了，但即便如瓶姨这样读了八九年书又长得水灵好看的姑娘，要嫁到镇上或者城里吃公粮的人家，省掉一世插秧刨地的辛劳，也是难比登天。

姆妈和姐姐说："镇上或者城里的居民家，怎会轻易娶一个农村户口的姑娘进门？"

"农村户口又怎么了？"姐姐反问。

姆妈瞧了姐姐一眼，看姐姐满脸不知深浅、不识高低的样子，没回话。

瓶姨的老公虽是村里的人，有田地，但因在部队待过，是海军，见过些世面，回来后在省城的海运分司找了份合同工，经常出海，三四个月回家一趟，与村里其他粗糙的男人比起来，也算是个时髦新鲜的人。

进了瓶姨的院子，门没锁，但屋里没人，邻居听到狗叫声，出来张望，说是屋里人去菜地了。两个人就在屋子里自己倒了暖水瓶里的茶，在客堂的四方桌旁坐定，边喝边等。没多久，就见瓶姨拎着竹篮子，里面装了从地里刚摘下的菜蔬，笑呵呵地跨进院里来："听人说屋里有客，猜不出是谁，没想到是姐，没吃饭吧，我这就下厨去做，一起吃顿便饭吧。"

姆妈站起来迎向门口，告诉她是来订砖瓦的，顺道来看看她。

“要造新房了，多大的好事呀，到时候需要帮忙的，姐说一声，我肯定随叫随到的。”瓶姨边说边进了厨房，动作麻利，不长时间，几个菜就摆上桌了。一碗青辣椒炒鸡蛋、一碗红辣椒干豆腐干炒韭菜、一碗素炒大白菜、一碗蒸咸鱼。素素净净的几个菜，香气扑鼻。

“随便将就着吃，不知道你们来，没任何准备，肉也没一片，千万别介意。”姐姐喜欢听瓶姨讲话，一句一句，清清脆脆的，像早晨树间的鸟儿，话语间处处带着笑音，叮咚的泉水般悦耳。

姆妈说：“这已经很好了，你做活利索，亲戚里都说你很会做菜，一直想来尝尝，今天真是开了眼了。”

瓶姨笑道：“平日里是请都请不到姐的，这巧，因为要造房子，姐又惦记着我这远房妹妹，今儿个就有了这进屋的缘分，实在开心。按家里现成有的，慌里慌张做了几个，胡乱得很，也不知合姐的口味否，姐吃了后，咸淡告诉一声，这次将就着，下次妹妹就按姐的口味做。”

姆妈听了表妹的话，拿筷子的手停顿了一下，夹菜时显出了片刻的迟疑，也就一瞬间，立马又笑道：“也怪我无礼，这些年来，也不知道究竟穷忙什么，日子过得稀里糊涂，按理妹妹从远处嫁过来，早就该主动来家里坐坐，拉拉家常，亲戚亲戚，互相走动才会亲。”

瓶姨接过话去：“无礼的该是我，你是姐，我理当先上门去探访姐姐的，你也知道，我这从别处远嫁来，心里真真实实是想着去姐姐家坐坐的，却又怕不请自去，打扰了姐姐，其实说来说去，就是自卑，觉得自个儿不如人。”

姆妈没再接话，转了话锋另问：“两个孩子呢？怎不见在家？”

瓶姨说：“大的都读小学一年级了，小的送去外婆家住几天。”

姆妈问：“两个都是女孩，他家只有一脉，还再生吗？”

瓶姨笑起来："是呀，他是独子，嘴上不说，心里是想要个儿子的，再说了，没个儿子的话，他爷爷奶奶那头，实在过不去。俩老人早就放了话，说没个孙子，死了也不踏实呀。"

"你呢？"姆妈问她。

"我真是生怕了，再说政策也不许呀。两个女儿挺好，我长那么大，还真没见过哪个儿子对父母特别孝顺的，倒是见多了女儿对自己的父母贴心贴肺的。"瓶姨眼角带笑，嘴里细细地嚼着饭菜，身子端坐着，却是放松柔软的样子。姐姐坐在瓶姨对面，一直忍不住拿眼瞧她，她所有的动作表情，吃饭说话的样子，都让姐姐觉得舒服。

"我也是喜欢女儿，但老人们不这样想，要传宗接代，得有个儿子，老了身边好歹有个人管。"姆妈道。

这话姐姐实在不喜欢听，姆妈有两个女儿一个儿子，姐姐想，还真不知道，姆妈和爸爸老了后，那个被宠坏了的弟弟，能管他们多少。

瓶姨笑笑："女儿可当儿。"

姆妈不再说话，拐了话题，两个人说些七姑八婆的事，各家绕了一圈下来，桌子上的菜吃去大半。实在是普通的食材，因了不同的手，却做出了完全不一样的滋味。好滋味让姐姐生出好胃口，就着菜，吃了两碗米饭，几乎是平时的两倍。吃完第一碗饭时，犹豫着是否要第二碗时，瓶姨眼尖，早早站起来，取走她手里的碗，又换了一个干净的，装上甜香的米饭，递了过来，随后轻轻抚了抚姐姐的后背："多吃点，喜欢的话，经常来，瓶姨做给你吃。"

隐约有一股温热浓郁的体香从瓶姨身上传过来，让姐姐有轻微的眩晕感，却是舒适放松的。瓶姨眼里的笑意和柔绵的声音在姐姐的身体里荡漾，随后向上浮，浮上些光亮，这光亮刺激了姐姐的嗅觉和味觉，然后直抵肠胃。

饭后，瓶姨泡了茶，三个人在院子里坐着。姐姐置身于饱食后的光芒之中，全身通畅，四肢绵软。就那样靠在竹椅上，在午后的阳光下，听姆妈和瓶姨絮言絮语，有类似酒后的微醺的醉意。姐姐努力倾着耳去听，听瓶姨的话语，细而绵，软而舒，脆到叮咚……渐渐地，似乎又觉被她的声音淹没，顿了顿神，现出一线透明，却很快重新混沌起来。院外的田野里，有春日未尽的花香飘来，夹在舒暖的阳光里，看似静止，实则汹涌，将姐姐卷住包裹起来。瓶姨含蓄而又有节奏的声音，细水慢流般，又似乎伴了潘水手掌间散发出的热气，以及他那绵绵波光的眼，姐姐在光和声音以及各种暧昧不清的香味里恍惚起来。一切都远了，远到模糊不清，身体轻轻地浮起来，又沉下去，终是睡了过去。

被母亲拉扯衣服唤醒，姐姐一脸羞涩，竟然就那样糊里糊涂地睡着的，太阳光已经淡了不少，连忙起身回屋里用清水洗了脸，搓了眼，调平呼吸，重又走出院来。姆妈已经站在院子外面与瓶姨说告辞的客套话："妹，这以后，我们要多走动，不见不亲。"

瓶姨握着姆妈的手，软声细气："姐，听你的，有空去看你。"

姆妈提起嗓门："随时来，随时来，一定来。"

姐姐推出自行车，朝瓶姨笑，瓶姨走过来将手搭在姐姐的肩膀上："这外甥女，怎么瞧都瞧不够，依我看，该是这一带长得最俊的姑娘。"

瓶姨贴得很近，姐姐再一次闻到她身上散发出的气味，带着浓郁的乳香及薄荷叶的清淡，这两种气味混在一起，有了土地和植物的气息，生机勃勃，热闹中带了克制安稳的味道。姐姐喜欢瓶姨身上的一切，她整个人就是一团喜乐，却又不失含蓄，姐姐希望自己以后的岁月里能生长出她的姿态来。

跨上自行车，带母亲上路。

要经过一片田野。几乎是安静的，静里却自有一些喧闹，仔细去听，四处升起一些奇妙的喧嚷，树梢枝头的摇动，阳光在绿里红里映着，不远处的水渠春水清脆，这世间之物无不在应时发声。

姐姐骑在两边开满油菜花的小道上，周身浸了花香，暖风吹来，扑在脸上，感官变得敏锐，有一股莫名的强烈渴望从身体某些隐秘的地方升腾起来，是喜气洋洋的，绵细柔长。

潘水笑意盈盈的眼就在周围，在绿里，在花里，他那特别的声音也在蜜蜂的嗡嗡声里，与田野里的一切搅在一起，被风吹进她的嘴中，在舌头尖上化开，清甜，黏稠，和了她自己的唾液，满嘴里化开，让她心悸和战栗，沿着胸口燃烧上来，脖子滚烫，脸颊就晕红了。

阳光和夹了各种花香的暖风让姐姐倍感舒适，手脚变得灵活，内心的情绪被这春光点染成微妙的亢奋，满身满心的喜悦，他与眼前的一切合为一体，非常清晰。姐姐似乎能看到他就在身边的油菜地里奔跑，突然转身来朝她扮了个鬼脸，非常滑稽的样子，便自个儿笑出声来。

姆妈在车后面问："笑什么，自个儿发神经。"

姐姐咬着嘴唇不吭声，心里蜜暖暖的，将自行车踏得飞快。

8

潘水的信每天仍准时到达。

"周末我和同事骑车去了九溪十八涧，我们将车停下来，沿着溪水走，两边是高大的杉树，满山的茶林，还听到了青蛙的叫声，想起我们湖镇溪滩边的白鹭，无法排遣心中对你巨大的思念，思念像大雨，时不时劈头盖脸地浇下来，浇得我心里烦闷。我们从龙井村下来，到了西湖边，我脱了鞋坐在湖边，阳光刺进我的眼睛，湖水触摸我的双脚，无数的小鱼来啄我的脚丫子，真希望我们俩都是西湖里的两条鱼，完全自由交融在水里，无时无刻不在一起……”

姐姐不知道他竟然会有那么多甜蜜之言可诉，有那么多深情可说。信里染了他身体里藏着的红辣椒，字里行间读到满鼻子辣味，刺得姐姐胃抽搐、小心脏儿痛、骨头酥松。

姐姐一周给他写一封信，告诉他厂里和自家的事，也说说她最近在读的书。有一次，姐姐在信里提到，喜欢他身上的气味。

隔了几天，姐姐就收到他寄来的一条新裙子，裙子里包了一件他穿过的旧衣衫。姐姐躲在厂区的厕所里，重新将包裹装好，藏进自己的袋子里，一整天都心神不宁，时不时还会心惊肉跳一下，柔软甜美的心悸。晚上，等全家人都睡下后，姐姐才重新打开小包裹，试穿他买的裙子，又捧起他的旧衣衫，缓缓闭上眼睛，吸进那股还完完整整保留在衣衫纹路里的他的气味，这般诱人迷醉，唯他才有的气味。

那味道像大森林一样深邃，姐姐先是小心翼翼地呼吸，味道里有一股特殊的力量，越吸越远，得使劲追赶，于是将脸埋入衣衫之中，渐渐迷失其间，呼吸急促，她能感觉自己在奔跑，没有方向，只顾顺着无边无际的气味，小鹿一般快捷。姐姐在森林深处遇见他的眼睛，他的眼里燃烧着蓝色的光，那光箭一般射进她的内心，让她的身体微微颤抖。他的笑在林间绽放，像一种菌，繁殖力极强，汹涌而来，迅速蔓延开来，姐姐置身在他的笑容里，可以看见他的唇，他的眸子，一切都唾手可得，却又不可触摸，这让姐姐变得有些焦躁，心怦怦地跳，身体如初春的种子般在厚土里蠢蠢欲动、膨胀生长，周身就因此出了层薄汗。姐姐在薄汗里停顿一下，呼吸在缓慢之中平复后，她又长长地吸了一口气，将脸从旧衣衫里抬起来，一道柔和的光顺着喉咙缓缓升起，让她的皮肤不禁浮起一层暖意，那是一种从来不曾体验过的奇妙的爱意。

入睡时，姐姐就枕着他的衣衫，闻着他的体香入眠。梦是春天的颜色，绿是嫩绿，黄是艳黄，红是鲜红，所有的颜色都在梦里积蓄了力量，梦也是潮湿的，透出薄而透明的丰腴。花开出各种颜色，成片的、独朵的，充满了生机。到处都草木茂盛，万物勃发，等着喷薄而出的时日。半夜，似醒非醒间，鼻前有他衣衫里透出的气味，这让姐姐觉得幸福，又带了些羞涩，万一姆妈发现了，如何解释？会丢死人的。一下子就惊醒过来，起身，将他的衣衫卷起来，压在自己的小箱子底下，锁上，方才回到床上，重新睡下。可心里烫，躺在床上翻来覆去都睡不着，开了灯，取出枕边的书来读。

读的是从王汉那里借来的《山海经》，翻开要读的那一页，说太行山中的第一座山名叫归山，山上有金和玉，山下有青绿色的玉石，山中有一种野兽，形状像羚羊，头上有四只角，长着马一样的尾巴、鸡一样的爪子，它的名字叫“䟽”，这种兽善于旋转起舞，发出的声音像是在自呼其名。山中还有一种鸟，它的形状像喜鹊，身上有白色的羽毛，长着红色的尾巴，六只脚，它的名字叫“鷾”，十分容易受惊，发出的叫声像是在喊自己的名字。

姐姐觉得这一兽一鸟都很美，都喜欢自呼其名，都很敏感，又觉得这像羚羊的兽是潘水，而那像喜鹊的鸟就是自己。姐姐像所有被爱点着的姑娘一样，可以将周身的万事万物与自己的爱人联系在一起，什么都是他，他也可以是任何，可遇相似之处，都能投射出倒影。于是又翻身下床，找来纸和笔，在上面画了奇特的兽，美而怪异的鸟，写上自己的心里话，放进信封，准备天亮出门时寄给他。

这一番折腾后，完全没了睡意，索性就看起书来。周围人都知道姐姐好静喜书，有次过年时走亲戚，在大姑姑家看到扔在厨房角落里的《平凡的世界》，捧着读了一下午，姑姑家的大表哥说："这是我几年前读过的，喜欢就拿回去吧，反正也没人想再读了。"姐姐愿意读，拿回家后，又读了一遍。

周围的女孩都迷琼瑶，姐姐迷侦探和推理小说。有个外地来的青年来镇上开了家书店，就租在老街偏角的豆腐店旁边，他吃住都在书店里。人长得白净，话不多，戴眼镜，瘦高，衣着朴素。人家问他家里的事，他从来避而不谈，也不见有朋友拜访，独个儿像是从石头里出来似的，只知道是他江西人。他吃得也简单，青菜、豆腐，偶尔会买些刚从江里捕上来的新鲜杂鱼。他的店是姐姐最喜欢的去处，店里的书可借可卖。姐姐几乎读完他店里所有与琼瑶和三毛有关的书。姐姐读埃德加·爱伦·坡的推理小说：《玛丽·罗杰疑案》《窃信案》《金甲虫》《你就是凶手》……白天早起上班，下班回来还得帮家里做事，所以读得并不快，一周左右才能读完一本。读完爱伦·坡后，姐姐捧回了威廉·柯林斯的《月亮宝石》《白衣女人》《新济良所》，再便是亚瑟·柯南·道尔的福尔摩斯系列。迷得不行，就想推荐给妹妹。妹妹没兴趣，她读了琼瑶又迷三毛，迷过三毛后又喜欢上了席慕容，开始写诗，写完后拿给姐姐看，看得姐姐一身鸡皮疙瘩，又不好意思说，知道说了也没用。妹妹无所谓，她只顾自己写，更多的时候，妹妹像个梦中人，不食人间烟火，也不关心家里的大小琐事。按姆妈的话说，是连扫帚倒地都不知道扶的人。

姐姐也喜欢写，写的是读书笔记，拿去给店里的小伙子看，他让姐姐去投稿，姐姐就试着寄给了当地的报纸，竟然被用了两篇，豆腐干大小，仍旧是欢喜的，但也没觉得有什么特别，因为用的是笔名，除了姆妈和自家人外，也没几个人知道。镇上的光头王汉是知道的，姐姐平时有事，偶尔喜欢说给王汉听。王汉喜欢读书，自然就对喜欢书的孩子偏心。

一次王汉不经意间说：你像你姆妈，心里静，放得下事。姐姐听了后就回家说给姆妈听，姆妈笑笑，没回话。

对于姐姐没能去读大学一事，姆妈一直是歉意的。姐姐读高三那年，母亲莫名其妙地晕厥，之后半年多下不了床，也送去过县里和市里的医院，查不出缘由。主妇卧床，屋子便全乱套了。父亲最不顶事，整日只知道抽烟喝酒解闷，脸像暴雨前的天，阴气密布，身子像霜打的茄子，整个儿全耷拉下来。在家里闷着不开口，上街找个地方喝够酒后，遇人就诉苦：完了，日子过不下去了。旁人无奈，亦不搭腔，隔壁邻居家的奶奶便劝他：这个屋子，你不顶着，谁顶？

谁顶？姐姐顶着。

姐姐准备一日三餐，照顾姆妈和全家，洗一大堆的衣服，做屋里屋外的卫生，还得早晚熬药。家里原本还积了些钱，姆妈病后，一下子就没了，姐姐周末时就跑去问外婆那边的亲戚借钱，因为父亲不肯去，父亲从来讨厌向外婆那边的人伸手，觉得丢脸。镇上时不时有好心人抄了民间的方子来，姐姐也不管有用没用，拿着方子去抓药，早晚蹲在灶头间煎药，心里默祷，药能管用，姆妈能下床。

对姐姐来说，喝着药总比断了药要好，有药就有希望。几个月过后，一切照旧。有天傍晚，镇上熟悉的一个中年男子带了一个土郎中来家里，说是医术非常之高，曾经医好过他母亲多年的顽疾，这土郎中平日里躲在大山里修身养性，难得出门，今儿个遇上了，就带来试试运气。姐姐听了，赶紧带去里间给姆妈把脉，郎中开了四张方子，一张方子吃两周。平时的方子都是人家免费送来的，这次郎中的方子要收钱，收的钱也完全超出了姐姐的想象。郎中知道姐姐的心思，细声慢语道："放心，这病遇到我算是遇对人了，祖传之药，半个月见效。"姐姐不敢不要，便将信将疑地付了钱。父亲晚上很迟回来，姐姐看妹妹和弟弟饿了，便没有像往常一样等他，坐下先吃。刚吃了几口，就见他带着酒气进屋，姐姐想起身给他盛饭。父亲闷声道，他已经在外面吃过了。也不再理他们，自顾自坐在一旁抽烟。几个继续吃饭，姐姐边吃饭边一五一十地告知父亲土郎中的事，话没说完，父亲站起来一个巴掌重重地甩在她的脸上："败家子，蠢货！倒贴货！郎中都是骗子，医院都看不好，他有屁用？连造房子的钱全都搭进去了。这病就是个黑乎乎的无底洞。你以为你从她娘家借来的钱不用还呀，这么大把花钱，我拿什么还他们？卖血去？"父亲满身酒气，完全癫狂失控，嘴里骂骂咧咧，打了姐姐一巴掌后，还想接着再打，举起手来，半空中还是顿了顿，抓起一张凳子，摔向门去，继续咒骂，咒骂所有的一切。

姐姐被那猛然间的一巴掌打得跌坐在地上，实在觉得委屈，想着这个乱透了的家，也顾不上屋里的姆妈，清脆脆地哭出声来，弟弟妹妹则躲进房间不敢出声。姆妈躺在床上听得清清楚楚，却无奈不能下床，就拿着手拍打床板，竭声叫道："如果真想我死，吱一声，别折磨孩子。"

父亲骨子里还是敬怕姆妈的，虽然有酒烧身，但听到姆妈那悲泣而绝望的声音，很快便止住了咒骂，自个儿蹲下身去，抱着头，先是压抑地抽泣，止不住，过了许久，竟然哭得嗷嗷响。

姐姐第一次听一个男人发出如此松弛无力的号啕声，看着这个暴躁却又六神无主的酒后略显呆滞的大男人，虽是父亲，竟觉得陌生，又恨又怜，也不想去劝他。自己强撑着从地上站起来，收拾碗筷，洗净，屋里屋外收拾妥当，上床躺下。临睡前，想起一路来，粗暴的父亲对她的伤害，往日的记忆从黑暗的角落千军万马般奔涌而出，惊恐、委屈、孤独，又念及躺在床上不知能否起来的姆妈，内心苦楚、孤立无援，忍不住胸口沸腾，眼泪不断，但实在太累，很快便沉睡过去。

虽付了钱给郎中，但抓草药还要用钱。口袋里已所剩无几，准备先抓一周的量煎给姆妈喝了再说。那天提了药从药铺出来，经过王汉的馄饨铺前，被王汉叫住。姐姐停了脚步，以为王汉要像以往那样请她吃馄饨，心里想着床上的姆妈，没心思在外耽搁，便站着没动。王汉从铺里出来，也不多话，直接塞了一包东西在姐姐的口袋里，挥了挥手，意思是让姐姐快走。铺里还有等着吃馄饨的客人，姐姐也不便多说什么，继续赶路。回家，先是急着将刚抓回的中药放进药罐，点火熬上，方才想起王汉塞进口袋里的东西，取出，是个灰色小布包，打开，是一沓钱，细细数了数，五百不多不少。心喜激动，眼眶潮湿，真正是救命的钱。回屋和姆妈说了此事，姆妈听后，瘦薄的身子微颤，眼角蓄泪，扭过头去，转了身子，面墙而卧。

自从姆妈眩晕卧床不起，姐姐天天担心她会就此离开人世，丢下他们不管。姐姐九岁时，见过死人。镇上的独头老姜，无儿无女，独来独往，天黑即睡天亮便起，他活得像棵孤独的树，风里吹雨里摇。平日里，他是镇上的隐形人，红喜白事，没人会想到他，他也自觉不凑热闹，即便人群里走过，他也黑乌鸦般缩头收尾脚步虚飘，引不起任何人的注意。姐姐习惯早起，几乎每天都是镇小学第一个到校的学生。那天姐姐走老街的十字路口，准备往左拐向学校时，眼角扫到街口右边茶馆的屋檐下趴着一个人。姐姐好奇，一大早的，为何要趴在人家店铺下面。就走过去，因为脸是向下趴着的，姐姐便蹲下来细瞧，看见了独头老姜的半张脸。姐姐用手去推，发现身体僵硬，心里大惊，知道是个死人，飞奔回家里，告诉了父母。父亲还在床上躺着，听了她的话，就边穿衣服边骂道："你真是个报丧的，一大清早，让人不得安生。"父亲骂归骂，却还是陪着她去了学校。再路过街口时，已经聚了一堆七嘴八舌的人，老姜还趴在茶馆的屋檐下，从衢江那边过来的风，吹起他身上的薄衣，露出一大块灰黄的背。放学回来时，姆妈说，镇上的人当天就把他埋了。父亲在一旁道：人这东西，最没什么名堂，活着有口气时还觉得自己是个人，死了和野狗差不多，再闹腾，终究土埋身，同样化成一把泥。

独头老姜，死了埋了，没什么人会提及，没人会在意，可姐姐记得，记得他曾经和善地递过几颗糖果给她，记得他总是一个人坐在江边的河埠头看着江水发呆，记得他早起沿着老街清捡掉别人头日丢下的垃圾，记得他每每遇到她时眼里的笑意，记得他走在人群中孤独的背影。他的死，带给九岁的姐姐极大的震惊。姐姐第一次深切地知道，一个活生生的人，会那样可怜地死去，就像从来没来过这个世上似的。姐姐十岁时，住在隔壁的老头黄贵也死了，黄贵儿女双全，子孙满堂，生了场久病后，在后人闹哄哄乱糟糟的期待中，咽下最后一口气，男丁披麻戴孝，女众哭唱跪拜，一场厚葬。之后，大家似乎都长长地喘了口气，该干吗干吗。姐姐却记得他，记得他每天饭后喜欢拿着水烟来家里串门，会讲很多故事，会做各种小把戏。然而镇上再无黄贵，镇子依旧是那个镇子，就像一颗石头扔进水塘，几圈涟漪后，平静如往常。他们的死，让姐姐很长一段时间里都觉得虚幻和失落，傍晚来临时，会感觉空洞和害怕。晚上家人都入睡了，广播声也停止了，小镇寂得让人发慌，姐姐躺在床上，不敢闭眼，担心睡去后，再也醒不来了。姐姐一直认为，死亡就像是一个梦，醒不来时，就回不到人间了，肉身就被收走了，人不再为人，一切都消失了。

姐姐非常害怕姆妈有一天再也醒不来了。姐姐想拼尽全力拉住她，拉住她活在这个有声音有色彩、有四季轮回，可以自由行走的世界里。姐姐每天早起煎好药，端进屋给姆妈喂下，料理完家里的事，才赶去学校上课，中间再赶回来给姆妈做饭。

按郎中开出的方子，吃过两周的药后，姆妈竟然可以坐起来了。那天姐姐从学校回来，姆妈在房间喊她，推门进去，看姆妈靠床坐着，姐姐激动得捂住自己的嘴，喉咙收紧，等开口时，发现早已哽咽。对于姐姐而言，姆妈的房间似千万恶魔潜伏之地，看姆妈躺在床上绝望挣扎的样子，空气凝重，冷飕飕的，让她不寒而栗，如今阴影散去大半，阳光从厚厚的云层透进来，照见姆妈那张重新浮现希望的脸。四周后，姆妈可以下地，在房间里靠着墙或者物走动，到第六周时，姆妈可以走到院子里躺在竹椅上晒太阳了，两个月后，姆妈的双脚再次踩在老街的青石板路上，虽然无力，但已足够平稳。

那时，姐姐刚高考结束。语文全校第一，但其分科目并不理想。姆妈强烈决定让姐姐去复读一年，重新再考。父亲则闷声闷气道："家里遭了大劫，早已亏空成洞，复读一年即便考上，家里拿什么钱供她上学？下面还有弟妹要供养，我这老命全搭上去，也熬不出头呀。"

姐姐在一旁坐着，听他们的对话，呼吸急促，内心沮丧，对父亲怀了怨意，但又觉得他说的全是实话，心里浮起阵阵空荡荡的无奈。不多日，教姐姐语文的赵老师来家里小坐，赵老师也是镇上人，她一直器重姐姐，知道姐姐家的事，便抽空来看个究竟，也想了解了解姐姐接下来的打算。

姐姐捧茶递给老师，搬了凳子，在老师一侧坐下。父亲站在老师对面，说了家里的情况，以及他的决定。

赵老师道："这孩子是完全有希望的，复读一年吧。"

父亲道："万一复读一年，仍旧考不上，不划算。"

老师托了托厚眼镜，直言道："学习这事，也不能完全用合不合算来论。"

父亲声音变粗："站着说话不腰疼，我们这家里是一分钱掰成两分用，不划算的事，做了又有什么意思。"

姐姐不想挣扎，更不想厚着脸皮，不顾父母的死活坚持要去复读，便也就死了心，一个月后，去镇上的电子厂上班了……

姐姐上班后，家里多了一个人赚钱，少了一大笔负担。不久后，父亲在聚散神秘的香烟集市里，凭着他的小聪明倒腾到一笔钱，姆妈拿着这笔钱，像个战士的母亲，时刻催促父亲重新出征，父亲则对于这笔额外到手的钱，心满意足，心心念念准备着要造房子。时光里孕育着一切，姐姐成了恋爱中的女人，心里怀了潘水。这日姐姐早起顺路在邮局门口停下来，往绿信箱里投寄给潘水的信，刚从包里取出信来，就听到身后有人喊她的名，回头去寻，见瓶姨在不远处站着，朝她挥手："一大早给谁寄信呢？"

姐姐心慌："寄给老师的。"

瓶姨道："是镇上的老师？"

姐姐更慌："她调走了。"

瓶姨跨过马路，在姐姐面前站住，笑嘻嘻地道："这小脸，给老师寄封信还涨红成这样。"

姐姐便将肩膀放松下来，笑道："瓶姨真早，买菜呀？"

"嗯，今天你姨夫回来，来割点肉回去，顺便去你家坐坐，早该去看看你姆妈了，我是那天你们走了后，才从其他亲戚处得知你姆妈一年前生病的事，都怪我，平时不太出门，也少问别人家的事。"

姐姐回："怎能怪你，生病又不是什么光彩的事，谁都不喜欢到处传播。"

两个人又站着说了几句，姐姐急着上班，便骑车先走。这日回到家里，姆妈很开心，一是瓶姨来看望过她，两个人聊得投机，二是砖瓦明天就要进院了，新房马上要动工。

房子是原拆原建，造房子之前，姐姐随家人搬到邻居老王家去住。老王家前年刚造了幢新楼，旧楼就空闲在那里，姆妈去借，老王家爽快地应了。父亲不太情愿，却也没更好的解决办法。父亲老觉得王家的男人对姆妈有意思，自姆妈嫁到镇上后，他总是喜欢和姆妈套近乎，有事没事喜欢来家里串门，有时连中午吃饭也要端着饭碗来家里找姆妈说上几句话。姆妈说，都是隔壁邻居，别的邻居不也常端着饭碗来说话的吗？父亲道："别人都行，就他我看不顺眼。"姆妈看了眼父亲，别过头去，懒得回话。

姐姐知道，姆妈心里真正亲近的人，是平素里来往并不太勤的光头王汉。

9

搬到邻居王家一周后，会易经懂八卦风水的外公选了吉日，父亲兴奋地开始动土造楼。

开工那天，姐姐厂里刚好开工资。姐姐把原先一直藏在工厂抽屉里的潘水送的两块布带回家来，与潘水寄来的裙子放在一起。姆妈正在厨房里忙得团团转，姐姐给姆妈递上全部的工资。姆妈接过工资，看都没看，一把塞进上衣的口袋。姐姐洗手，帮忙切菜，小心翼翼道：中午闲着时，和厂里的姐妹骑车去了县城，买了两块布，还有一条裙子。

姆妈说："家里造房子，能不买尽量不买。"

姐姐知道家里需要用钱，可心里还是难受了一下，看了眼姆妈，点点头。姆妈看到姐姐的眼神，手里的活儿顿了顿，从口袋里掏出姐姐的工资，取出五十块递还给姐姐："夏天了，姑娘儿买一两块布做裙子很正常，这钱你自己存着，想买什么自己买。"

姐姐将钱推回去："我没什么要买的，真要用钱，再问姆妈拿也不迟。"

姆妈搂了搂姐姐的肩膀，没再说什么。

姆妈平时极少对孩子做亲昵的动作，她是自持和内秀的。三个孩子，一个脾气粗糙的男人，一个丈夫早逝独自养大一堆孩子的强悍婆婆，一群亲戚，一团乱麻的日常生活，让她不得不隐忍和克制，有时却又是倔强和紧张的，偶尔也会有手足无措的不安。对于姐姐来说，姆妈是脆弱敏感的，也是坚硬温暖的，还有那么一点点无法言说的距离感。

姆妈生姐姐时才二十一岁，如今姐姐虽已十七八岁，但姆妈仍旧有些少女的模样，眼里透着镇上妇女们少有的明亮清澈，两根乌黑的辫子挂在胸前，素蓝色的衬衫，白皙的皮肤。在姐姐眼里，她是个姆妈。但在大多数人眼里，姆妈还是个水嫩白净的美人。

看着在厨房里片刻不停地忙碌、额前出汗、脖子上挂条汗巾的姆妈，姐姐第一次觉得，嫁为人妇，并不是一件容易的事。这般想时，就又念起了潘水，想着有一天要与潘水结婚生子过日子，也要养孩子做姆妈，胸口处一下子就膨胀了起来，一股潮热从胳肢窝涌上脖子然后到了两耳，脸皮发烫。

姆妈是个会持家的女人，自造房子后，她要做的事就更多了。睡前要仔细计算好第二天帮工的人数，需买的菜，造楼所缺的各类小材料，一一写在纸上。第二天，姐姐在淡如薄雾的晨曦里推车出门，替姆妈买好纸上列着的物品，青菜、嫩豆腐、豆腐干、虾米、海带、猪血、五花肉、猪肠、活鱼、活鸭、白红萝卜、青红辣椒、干辣椒、生姜、大蒜……菜市场是姐姐除了布店之外，最喜欢去的地方。闻着市场里咸腥弥漫的气味，让人觉得安定和满足。菜场看似喧闹无序，其实只要你静下来，走在其间，可以洞察到秩序井然的内在。沿着摊铺一个个走，看到一张张熟悉诚恳的脸，都是做了多年的小贩，价格上下相差极小，有着行业的约定俗成，而小贩与客人之间，也存有时间里积下的信任。姐姐买猪肉只认定一家，买干货也只认定一家，买活鱼也是，只有新鲜蔬菜，会看成色和价格，在不同的摊位前随机挑选。

姐姐在熙攘的市场里灵巧地穿行，用不了多少时间，就提着满满的大袋子从人群中挤出来，将袋子放在自行车后座上，骑上车，往老街的五金铺去。店主长得喜兴，大头圆脸，他包了姆妈写在纸上的小物件，笑嘻嘻交给姐姐，顺嘴开玩笑道："这样俊俏的姑娘，当我家儿媳怎样？"姐姐笑，不接话，递上钱。店主找了零钱给姐姐，又从抽屉里取出个大苹果："水甜，拿着。"姐姐接过钱，苹果却不要。他顺势拉过姐姐的手，将苹果放在姐姐的手心，很郑重实诚的样子。姐姐收回手，手里握着个大苹果，香气溢鼻。

经过老街的清朝馄饨店，看店前还没有排队的人，姐姐准备先吃一碗光头王汉做的手工馄饨再回家。

光头王汉的清朝馄饨铺每天只卖一百碗馄饨，谁到谁吃，吃完关门。王汉平时极少言语，不喜与客人搭讪。他只顾做自己的事，包馄饨时那双快速轻盈的手简直让人无法相信是男人的手，馄饨下锅后，他耐心地站在锅边等待锅里的馄饨一个个浮出水面，熟到薄皮透亮。客人走进店里，朝他比个手势，一碗，或者两碗。他抬头看一眼，几分钟后，馄饨便在客人的桌前。客人走时将钱置于桌前用碗压住，他闲时自会来收。

镇上领导偶尔也会陪上面的领导一起来，图个新鲜，想让他们尝尝原汁原味的清朝手工馄饨，遇上队伍排得老长，也只能陪着领导站在队伍后面等。对于王汉而言，千人一面，无论年长年幼，高低矮瘦，来的都是客。他自知，一介草民，安分守己，靠手艺吃饭，你来吃的是馄饨，他能卖的也只有馄饨。

光头王汉除了做馄饨，闲时喜欢钓鱼和翻书，他每年都会花钱订各类杂志。喜欢读闲书的姆妈，平时会从王汉那儿借书。他私下和镇里人交往不多，姆妈是他喜欢来往的少数几个人之一。王汉在镇上无亲无故，店铺是他自家祖上的偏屋，大屋已经交出去了，以前是仓库，后来改造成了镇上的电影院。

王汉二十岁之前都在上海生活，突然有一天就从上海回来了，与住在偏房的奶奶一起过日子。偏房一面临街，另一面有个小院子，朝南。没几年，奶奶去世。王汉打通临街的前屋，准备开馄饨铺。营业前一天，王汉去街角的理发店，剃掉一头乌黑俊发。

开店如进佛门，从此，光头王汉即清朝馄饨。

他独自一个人过，对上门提亲的媒人说，他对女人没兴趣。平时关了店门，就窝在屋里，侍弄一院子的花草，天气好的时候，拿根鱼竿去江边静坐一两个小时，也不在乎是否钓得上鱼，真钓上了，就送给姆妈或镇上其他人，他自己从来不吃鱼。

姐姐进店铺，找一角落安静坐着等馄饨，光头王汉也不多话，静立在锅边看馄饨在水里翻滚。不一会儿，馄饨上桌。面对香气四溢的馄饨，姐姐松口气，调整坐姿，静下心来，她不想吃得太快，好食物需要细嚼慢咽。柔糯细腻软滑的馄饨，入嘴，品咂，慢吞，齿间留香，这幽香如老街那头舍利塔上传来的铃声，涤荡心扉，经久不散。

回到家里时，姆妈已在厨房忙碌起来，厨房的光线开始变得非常充盈，明亮又均匀。姆妈的脸在亮光里，晶莹得没有一丝褶皱。粥已经熬熟，散发出令人舒坦的气息。

气温在日渐升高，姐姐觉得周身的一切都含了一股饱满的张力，气球般，薄而透明，一弹即破。

已是初夏，又到了可以穿裙子的季节。

10

房子动工后，除了住在镇上的姑嫂抽空偶尔会来搭一把手外，瓶姨来得最勤快。姆妈说，瓶姨会体贴人，做事真心实意，不要滑头。

这天姐姐从街上买回菜，一看时间上班快迟到了，便拿根油条边啃边往外走，就见瓶姨一脚跨入院内。

这天瓶姨穿了条黑色的裤子，灰色的小西装外套，里面是米色暗花的小衬衫。瓶姨不仅人长得好看，还会穿衣服。她的声音也好听，糯而不腻，柔软如有水汽，似春风拂面。在瓶姨的美和温柔面前，姐姐总是觉得相形见绌，强烈地生出要学成瓶姨的样子来。

下班回来时，姐姐一进屋就四处找瓶姨，却只见姆妈一个人在厨房炒菜，锅里炖着白萝卜和肥肠，浓香满屋。

“瓶姨呢？”姐姐问。

“这孩子，亲姆妈站你面前都没叫一声，一进屋就问瓶姨，她提早回去给孩子烧晚饭了，不过明天还来。她在，我轻松很多，她干活麻利，眼尖，看得见活儿，脑子还好用，很多事我没想到的，她老早就做前面去了。”姆妈道。

没见到瓶姨，姐姐稍有失望，站在一旁没接话。

“今天那个小伙子来家帮忙了，这会儿还在工地上，晚上可能会留下来吃饭。”姆妈打开炖锅，往肥肠里加了刚切好的大蒜，一股浓厚的肥肠香混了新鲜大蒜的清香扑鼻而来，沁心入肺，瞬间满腔口水。

姐姐受不了诱惑，径直取了碗筷，打开锅，夹了几块肥肠和萝卜，又加了两勺汤，站一旁吃得津津有味。

“前世馋嘴猫！”姆妈笑道。

当肥肠的滋味在身体里蔓延开来，馋嘴劲儿缓下去之后，姐姐方才想起姆妈刚才提到的小伙子，“哪个小伙子？”姐姐问。

“潘水，他从杭州回来，说是厂里放假一周，又说在镇上闲着没事，就过来帮忙了。”姆妈回道。

“他来能做什么？”姐姐胸口骤然间收缩，嘴唇微颤，肩膀收紧。

“挺能干的，在那儿拌了一天的水泥，还不停地给工地上的人分香烟，这小伙子不错，礼貌周到，长得也不错。”姆妈一边专注地往热水瓶里灌开水，一边道。

姐姐听得两耳发烫，转身出了厨房去院子里收晾在竹竿上的衣服。心里恼火他私自来家里帮忙，又想着他拌水泥分香烟努力想给别人留下好印象的样子，忍不住笑起来。

傍晚时，潘水随着几个帮工进屋，洗手上桌。都饿了，大伙一坐下，就开始动筷子。他坐在那里，沾了水泥灰的头发乱糟糟的，满面疲倦之色。只是坐着并不动筷子，点支烟，拿眼搜屋子里的姐姐，那眼神带了渴望的光，强劲有力。姐姐从厨房里端了一大碗瘦肉粉丝汤出来，遇见他因自己的出现而瞬间变得滚烫火辣的眼神，那目光电得她心儿发颤，脚发软，手尖儿抖，差点将汤洒出来。

见了姐姐后，潘水露出傻笑，满脸甜蜜，松下劲来，方才拿起筷子，狼吞虎咽起来。

饭后收拾碗筷，泡上茶水，大多数人会留下来继续喝茶聊天，邻居晚饭后无事也会来聚，嗑着瓜子，说些闲话。

说起邻镇之前发生的一件离奇之事。说是一个小伙子退伍后，一时得不到妥善的安排，就在家里闲着，原本就是内向的人，因为工作的事，被父母整天数落，更是闷声不响。他与镇里干部的关系很糟糕，老觉得自己的遭遇是他们的不作为造成的。事实上，镇上的干部也都为他争取过，只是一时半会儿无法解决，就一直拖着。他又不擅长与人打交道，心里憋着口气，就越发地沉闷孤僻起来。这日他闲着无事，中午去邻居家串门，见邻居家厨房里放了一个西瓜，随口道：“好久没吃西瓜了，破了吃吧。”这女人平日里话多，常与老公吵架，有事没事就喜欢挑衅，老公拿她没办法，处处赔小心顺着她，更是养成了她口不择言的习惯：“你那么爱吃西瓜，怎么不去找镇里的干部要？你想要破我的西瓜，为什么不想去破他们的头？”女子边说话边往灶膛里添柴火，一脸不屑的神情。见他不语，又挑衅道：“敢去吗？给你十个胆也不敢去吧？”男子听了，有被侮辱之感，句句如刀挖心，他嘴笨，找不出话还击，可怒火突然上攻，气晕了头，转身操起灶台边劈柴的斧头，往她头上狠劈下去，这女人的头就被活活劈了下来。见血眼红，他精神错乱发狂，拎着斧头，直奔干部家，杀了两个，然后往学校去，叫嚷着说要杀倒一片孩子后再自杀，不能亏了自己，得有一群陪葬的。

都知道他疯了，街头众人齐心拿扁担奋力挡他，围住他，敲掉他手里的斧头，用绳子捆住他，公安局派人来把他带走了。说到这里，就有人好奇：“会判死刑吗？”大家就争论起来，一方认为，当然要判刑，杀人怎么可能不抵命？另一方则说，他疯了，有精神病，不用偿命。

从杀人事件又说过夫妻关系。“很多夫妻，就因为女人嘴巴坏，常吵架，家里的运道都吵没了。如果那多嘴的女子不拿话去刺激退伍男，这男的也不至于突然疯狂到要杀人。”

“也不能全怪这女人，如果一开始，镇里就解决好他的工作安排问题，也不至于出后面的事。”

“这种复杂的事情，一两句话很难说清楚，总之，女人嘴不能狠，一切灾祸皆从嘴出，你看，被人劈了头也是白劈，人都死了，即便别人也赔了命给你，有什么用？夫妻之间更不能乱吵架，夫妻关系比天大。”“平常生活里，其实都是些鸡毛蒜皮。”“还是要找好脾气的女人。”“男人脾气也得好。”“就怕一方脾气好，另一方把好脾气当好欺负。”“坏婚姻像坐牢，这牢可不好坐，不小心就得坐到老死。”众人七嘴八舌的，潘水脸上带笑，不说话，耳边声音杂乱，他始终目光清澈地追随姐姐移动的身子，时刻准备迎接姐姐的目光。姐姐帮忙添水倒茶，在客厅与厨房间进进出出，潘水就痴痴地坐在那里，满屋子全是姐姐。

一天活干下来，甚是劳累，众人喝了热茶，胡扯几句，抽支烟，就都各自散了。潘水虽目光缠绵，屁股黏凳不想站起来，但也不好意思独个儿待着。姐姐送大家出门，潘水磨蹭着走在她身边，别人不注意时，塞一张烟纸给姐姐。

姐姐回房，打开：“夫妻关系比天大，我保证以后不与你吵架，全让着你。”纸上有淡淡的烟香，姐姐让纸盖在自己的脸上，不一会儿，便甜蜜地睡着了。

潘水拌了四天水泥后，得回省城上班。

姐姐跟厂里请了一天假，瞒着父母，如上次一样，送潘水去龙游坐火车。因为是下午的火车，两个人就先去了竹林禅寺。

禅寺在龙游城的北边，骑自行车二十多分钟。禅寺背凤凰山面衢江而建，江水绵绵，似无尽头，两岸的山与村庄，如水而行。来得早，晨光还铺在江面上，渔舟撒网，鸬鹚捕鱼，塔铃声幽远，江边有几株百年老樟树。王安石曾有诗道：浅溪受日光炯碎，野林参天阴翳长。青石板路从江岸沿山势而上，半山腰就是竹林禅寺。爬上凤凰山的最高处，俯瞰衢江支流灵山江与衢江的汇合处，显得辽阔奇伟。隔岸峰峦烟外出，接天气象水中来。外公曾告诉过姆妈，竹林禅寺朝有千人朝拜，暮有万盏明灯。千人朝拜其实是指灵山江埠头上妇女跪着洗衣浣纱，万盏明灯是指停泊在江边船只桅杆上挂的风灯。

因积了千年的晨钟暮鼓之声，这里的一叶一木都有时间沉淀下来的幽静之感。早年写过《牡丹亭》的汤显祖在邻县遂昌做县令，曾沿江而行，在此处系舟上岸，拜见方丈，谈佛论道，品茶作诗。

姐姐和潘水说，当地人将竹林禅寺俗称为童坛殿，她读小学前一直随外公外婆在龙游生活，常陪外公来殿里玩。外公认识寺内的方丈，经常带着姐姐来殿里与方丈静坐几个小时，偶有些对话，姐姐也听不太懂，看他俩坐成两尊佛的样子，觉得无趣，就自己跑出去玩。殿的四周，凤凰山各处，有许多深不见底的水塘，水塘在岩洞内，外面只可见一二平方米的水面。水塘常年不干，夏天时姐姐喜欢蹲在水塘边看鱼，用塘里冰凉的水洗脸洗手。有时也会沿着石级下到江边，找些形状奇怪的小石头玩。玩得投入忘记了时间，便听得外公在高处喊："吃饭了。"外面阳光明艳，知了声密集，跑回殿里，一身阴凉，暗淡的小屋子中心，摆了张桌子，桌子上有两三碗素菜，不外乎是丝瓜、豆角、青菜，都是殿里的师父自己种的。也吃得香，肚子很快就饱饱的。看外公在一旁抽烟，是外公自己用毛竹鞭根做的长烟斗，抽的也是自己切的烟丝。外公吐出来的烟雾是带圈的，一圈又一圈，升到半空，散开来，绕着佛像走。佛像无声，烟雾与尘埃在光线里飞舞，忽上忽下，奔腾起伏，寂寥之中又无比喧哗的样子，就觉得，小小的静里，竟然也有如此繁杂的动。看厌了，就起来拉外公的手，想回家。外公宠姐姐，依了姐姐的话，起身与方丈道别，牵着姐姐的小手，跨出殿门口的青石栏，外面炫目的阳光和蝉声扑面而来，是明亮鲜活的世界。姐姐小小的身子在阴凉昏暗的殿堂内待久了，遇到热烈的光，觉得重新活过来似的。

如今，禅院的主要部分被清理出来，成了当地初中的校舍，分隔成教室和宿舍。还余下一个小殿，在主殿的东侧。

两个人进去，光线幽暗。

禅院里已经没了方丈和出家人，请了个看殿的老人，穿得像老乌鸦一样，灰白头发，瘦小的身子，缩在殿内没有光的角落里，手里捧一本被火烤焦了似的旧书，戴厚厚的眼镜，低垂着头，眼镜几乎快与书黏到一起了。见姐姐和潘水进去，抬头从镜片后瞄一眼，重新低下头去，低进他的书里。

殿里的每尊佛像都被褪色了的红绸布遮着，看不清面孔。早已没了香客，没了香火味，整个殿里都是寂寥的。

两个人牵着手，绕着殿堂悄无声息地转了一圈，在一尊佛像前看到有一蒲团，就本能地怀了朴素的诚意，双双跪在蒲团上，朝被红绸布遮住脸的佛拜了三拜。

光从殿堂的天井处洒进来，倾斜在姐姐和潘水的身上，那么神圣。

两个人出了殿堂。潘水问："方才许的是什么愿？"

姐姐笑而不答，反问道："你呢？"

"我呀，娶你，生个胖娃。"潘水笑里全是光，亮闪闪的。姐姐听到他的话，羞得不知如何回答。他靠在大樟树上，将姐姐的身子搂在怀里，突然问："你姆妈像外公吗？"

姐姐回："极像，有时连说话也像。"

潘水拐了话题："我喜欢听你姆妈讲话，我觉得你姆妈也挺喜欢我的。"

"我老觉得我们的事不要太早让大人知道，可你自作主张跑回来瞎帮忙。"姐姐道。

"我还不是想讨好你父母吗？"潘水一边安慰姐姐，一边也觉得委屈。

姐姐看潘水那无辜的眼神，一时心软，低下头，将额头抵在他的胸口。潘水伸出手来抚摩姐姐的头发，像抚摩一只温驯的兔子。

两个人在樟树底下磨蹭了些时光，之后便下了青石台阶，沿着江走，一路上看到许多个藏在岸边岩石间的水塘，是姐姐小时候玩水洗脸的地方。姐姐当时并不知道，一年之后的1992年，凤凰山上的两位村民出于好奇，花了几天几夜抽干了其中的一个水塘，一个庞大宏伟的、在凤凰山上沉睡了千年的地下石窟群因此被发现，成了世界第九大奇迹，或许这是连佛家慧眼也未发现的秘密。一批批媒体纷至沓来，一拨拨专家学者蜂拥而至，一浪浪游客潮涌而来，惊叹：鬼斧神工，造化天成。

千年石窟见光，外面的世界早已翻天覆地。

11

小镇上开始在暗处流动着一些声响，关于姐姐和潘水的。声响如细泉，在深处，窃窃碎碎，不细听，并不知觉。

潘水兄弟五人，四个哥哥都已结婚生子，潘水最小。大哥在一家工厂当会计，二哥当过兵，三哥是个销售员，四处跑，四哥在隔壁县当干部。四兄弟都和姆妈熟，在镇上时，偶尔会来家里串门。就在院子里抽烟，喝姆妈泡的绿茶。清茶闲话，姆妈喜欢问一些外面的事，他们也乐意与姆妈聊天。姆妈是小镇上最爱读书的妇人，但不喜欢出门，连坐公交车都会眩晕，吐到窒息，如同一场灾难。他们说外面的世界，姆妈则凭借自己对生活的理解和洞察，也可以愉快地与他们天南地北、海阔天空。他们说，姆妈是镇上少数几个真正可以与男人聊天的妇女。

五兄弟的老娘却不是好惹的角色，与四个媳妇全处不好。大媳妇人善，脾气倔，被婆婆惹毛了，就三天两头与婆婆对着干。二媳妇话少，平日里避鬼一样避着婆婆。三媳妇胖乎乎笑呵呵，真和婆婆吵起来，同样咒天骂地的，能吵个天翻地覆。四媳妇在外地，不常回家，即使难得回来一趟，见过婆婆后，就在二媳妇家里吃住，礼貌地躲着婆婆。

这婆婆很早没了丈夫，一个人拉扯大五个儿子，是个要强的女人。儿子有了媳妇，有了家，已经不是原来的儿子，可婆婆还是那个妈。她仍旧喜欢去儿子家管事、去控制、去支配。咬着牙，逞着能，死不松手。儿子们说：您老就安心歇着，您缺什么我们给您补什么，别瞎操心了。

娘不同意。

娘一辈子要强惯了。

看不顺眼的人太多，忍不下气的事太大，敏感好斗，始终闭不上嘴巴。

媳妇不当你是亲娘，受不了控制，就互相指手画脚，吵翻屋顶。儿子们劝不了媳妇也劝不了娘。儿子们又怕媳妇又怕娘。她们吵架时，儿子们就悄悄躲开，消失在现场。

小儿子没结婚，和娘住。

老娘最近觉得反常，原本几个月甚至半年回家一趟的儿子，最近频频从省城往家跑。娘鼻子尖，耳朵灵，没几下就嗅出个究竟来。

这个未来的婆婆从镇的那一头跑到镇的这一头，站在姐姐上下班必经的路上，仔细端详这未来的媳妇，知道她是谁家的闺女，弄清了她全家的底细。

内心算计一番后，老娘转过身来便对路人说：“这女孩想做我们家的媳妇，门都没有。脸太瘦，腰太细，不喜兴。我受够了那些个小媳妇的气，就这最后一个儿子，好歹要给他找个银盆大脸、顺眼顺眉的。”

“要胸没胸，细胳膊细腿的，看起来还是只没长熟的小鸡，这么早就知道要找男人，会是什么好东西？”

“家里造房，有弟有妹，做姐的早早出门找人，不就想找个人当垫背，帮他们家做苦工，打长工？”

“小妖精，白骨精，丧门星。”

“不要脸的小东西。”

“想做我家媳妇，得下一辈子。”

“……”

小镇并不大，耳朵连耳朵，嘴连嘴，很快，风言风语就吹到了姆妈这儿。

家里的婶婶姑嫂们全都到姆妈面前来碎嘴：“嫂子，千万别把女儿嫁在本镇，能嫁多远嫁多远，留在本镇，是非太多。”“要是嫁别人家还行，这户人家的婆婆，我们招惹不起。”

姆妈说：“小孩子的事，八字没一撇，说这些干吗？”

婶婶们道：“虽八字还没一撇，人家却在大街上说得这么难听，以后真怎么样了，日子能过吗？”“我们家姑娘，斯文安静，万一进了她的门，会遭罪受的。”“这婆婆强势得很，与家里几个媳妇吵得沸反盈天，儿子们都管不了她。”“大嫂你也是不喜欢是非的人，我们斗不过，躲还不成？”

姆妈嘴上自然不多言语，心里倒是寂寂的，替姐姐惋惜，也可惜了潘水这样的好小伙。

这做姆妈的到这个时候，心里其实门儿清，这婚事，成不了。

也就差不多的时间，小镇上发生了另一件事，瞬间狂风般吹遍了街头小巷：镇上的凤妹被家里的叔叔睡大了肚子。

凤妹早年丧母，由奶奶养着，父亲倒插门在外县的女方家，另生养了个孩子，一年回不来一次。奶奶家还有个叔叔，三十多岁，因为有点跛腿，一直未曾娶妻，就在镇上做点小生意。这年奶奶犯眼疾，被嫁在绍兴的女儿接去家里休养治疗，留了叔叔和读初中的凤妹在家。五个月后，眼疾初愈返回镇上的奶奶发现藏在凤妹肚子里的秘密，急火攻心，眼疾再犯。绍兴的姑姑从外地赶来，连夜带着已有四个多月身孕的凤妹离开小镇。纸能包得住火？镇上原本就闻到了些异味，早已背地里犯嘀咕，互相咬耳朵，只是面对一个才读初中的小姑娘家，大家都不敢明言。现稍有风吹草动，马上便猜出个八九分。一时小镇里说什么闲话的都有，闲言碎语如烟雾，遮天蔽地，经久不散。

凤妹被姑姑带走，奶奶闭门不出，叔叔从镇上消失。

一个月后，打了胎的凤妹再回小镇时，小镇早已不是她原来的那个小镇，学校同样也已经回不去了。镇上的人看她的眼神，全然不同，各种同情、可怜，甚至鄙视。大家有意无意地躲着她，怕染了病似的，觉得不吉利，觉得晦气，反正不是什么好彩头。

竟然有提亲的媒婆，闻风而动，从各处拥来，都是些有疾的或年长的光棍。奶奶用扫帚将媒人赶出门去，既然众人皆知，不如索性开了大门，站在街头，提了嗓门说亮话："都是些狼豺虎豹！你们也是爹娘生的，都养了儿女的，别人家的苦，却成了你们的笑话，经了你们的嘴，成了你们下酒的菜，话毒撕人心。我倒霉，我上辈子造了孽，这辈子我自个儿来承担。你们吉利的人，就嘴上积积德，修修心吧。才几岁的姑娘，我就是烂在家里，也自个儿养着，也绝不会把她当猪当狗给卖了，都死死心哪！”声音戚戚，有血有泪，听者心惊。

这几乎半瞎了的奶奶，平时看似胆小怕事儿的老女人，事发后本能地想躲在屋里避世，却知这遮羞布已经撕开，血肉伤疤都藏不住，躲也不过是掩耳盗铃，自欺欺人，便横下心来，硬着头皮，拉下脸皮，跌跌撞撞地走出家门，在街头支了个摊位，早上卖饭团，中午摆上针头线脑儿和零碎布头（都是嫁在绍兴的姑娘给她批发来的），生意竟然也不错。

这凤妹，长得白嫩可爱，圆嘟嘟的脸，天真的眼，深甜的酒窝。奶奶做生意时，凤妹就在一旁帮忙，依旧笑嘻嘻的，酒窝里甜蜜蜜的，大人眼里那些可怕的、不堪入耳的事，她经历过了，但似乎并没有真正伤了她的天性，她那张无辜的脸，依旧带着些干净的幼稚。她嘴甜，见有人靠近来挑布块儿，便张嘴喊："姐、嫂、婶……"

她笑得如此姹紫嫣红，与一脸冷漠萧瑟闭嘴不言的老奶奶比起来，好一个生机勃勃、一团喜气。

姐姐每每路过她身边时，都忍不住与她对笑一下。

12

几个月后，凤妹的事情沉淀了下来，最初的新鲜劲儿很快过去，没人愿意再去炒冷饭。老奶奶与凤妹互相搀扶着每天出现在街头，镇上的男人爱吃老奶奶的饭团，妇女们都爱死了老奶奶的零碎花布。

镇上流动着另一些闲言碎语，风早早吹到姆妈耳朵里，却无法开口与姐姐细说。姆妈有姆妈自己的想法，这种事，女儿有自尊心，主动说，伤人。既然能传到姆妈耳里，姆妈相信，就自然能传到姐姐耳里。

偏偏姐姐没事人一样，每天正常上下班，帮助姆妈做各种家务，睡前翻翻书，读读潘水的信，偶尔做几个与潘水有关的春梦。日子看似在重复中滞流，每日却在微妙的细节里起伏变化向前，对于年轻的姐姐而言，每一个日子都是新鲜的，每一口呼吸都是自在的，每时每刻都能感受到身体的生长，在吐芽，在拔枝，等待开花结果，枝繁叶茂。

房子已经造了一大半，过不久便可以完工了，姆妈计划搬进新楼过年。这天姐姐下班回来，姆妈在厨房里淘米，眼神稍有游离。

姐姐觉察到后问道："姆妈，没什么事吧？"

"没事，就是累。"姆妈声音低落。

姐姐蹲下身去，往灶膛里添了大块的木柴。煤炉上炖汤，土炉上炒菜。厨房热气蒸腾，姆妈一天准备三顿，午后还得备点心，新楼的工地上，少时七八个人，多时十五六个人，也确实累得姆妈够呛。

"方才去里屋取黄豆，黄豆放在柜子里，柜子深，我趴下去，用手去够黄豆的袋子，突然被人从后面一把抱住腰。"姆妈在姐姐面前坐下来，惊魂未定的样子。

"谁？"姐问。

"王家伯伯。"姆妈回。

"王伯伯？他怎么会进到屋里去？"姐姐问。

"这是他的家，虽借了房子给我们住，但他仍来串门，出入自由，我们镇上哪家是大白天锁门的？"姆妈回。

"然后呢？"姐姐问。

"他死死抱住我的腰，将头埋在我的背后，嘀嘀咕咕说一通，我为了去够黄豆袋子，几乎半个身子都在柜子里，也听不太清楚他嘀咕什么，只知道拼命挣扎着想直起身子来，可直不了身子，就腾出手去想扳他的手，可他劲儿大，就是不松开，反而越搂越紧，压得我喘不过气来。”姆妈说。

“怎么会这样？”姐姐很惊讶。

“他说‘顺我一回，就顺一回，从你嫁到镇上那天开始，我就心心念念想要你，却不敢轻易冒犯，知道你是好女人，今天这事，我不说，没人知道，以后我也不再向你提这个要求。就一回！遂了我愿吧。’他边说边松开我的腰，准备解我的扣子。”姆妈道。

姐姐心跳如鼓，胸口被什么堵住似的，肩膀发硬，本能地握紧双手。

“我顺势就抓住他解我扣子的手对他道：‘王叔，你和王婶对我们一家好，我打心底里敬你们，不做别人可能不知道，但天知道地知道，我们自己知道，大家以后抬头不见低头见，你如果霸王硬上弓，这道坎我们都过不去，所以，王叔，你松开手，今日这事我们就权当没发生过。’”姆妈道。

“后来呢？”姐姐着急。

“后来他僵持了一阵，最终还是松了手。”姆妈回。

“噢。”姐姐松了口气。

“其实，不是女人裤带紧，只是男人嘴太松。”姆妈叹了口气。

“什么意思？”姐姐问。

“很多夫妻一起过了大半辈子，吵吵闹闹，彼此都厌烦透了，也没什么感情。你父亲这个脾气，也让人受够了，我可以贤惠，但也不是非得贞洁不可。王叔确实人好，高大魁梧，腰板笔直，走路说话都中气十足，抱着我时强劲有力。为什么非要拒绝，之前也仔细想过，真没什么意思。男人嘴巴没几个可以靠得牢的，几杯黄酒灌下去，女人就成了他们吹牛的资本。再说了，就这屁股大的小镇，风吹草动，旁人眼尖，又有什么是可以不被人知道的？纸不能包火。想睡你的人是男人。几千年来，被唾沫淹死的却全是女人。也有豁出去的，却都得承受代价。这就是现实，还是少惹些麻烦为好。不要说我这已经有了孩子的妇人，单身的没嫁人的姑娘更是如此，脸薄，经不起口水淹，也经不起折腾，很多事，做了，就没了回头路。”姆妈说完，心事重重地起身，从水里捞起泡了几个小时的黄豆，沥干，准备炒黄豆当晚上的下酒菜。

姆妈的话让姐姐听得满脸通红，手心发热，灶膛里的火光正旺，姐姐低下头去，又夹了块木头扔进去。姆妈看了姐姐一眼，换了话题，说了些其他的杂事，比如街头张三他娘得了癌症，没法救了。

姆妈并不当姐姐是个孩子。在姆妈眼里，姐姐是长女，是已经长大了的女人，两个女人什么话都可以说。但今天这番话，姐姐清楚地知道，姆妈也是有意想让她知道些什么。

姐姐明白姆妈的意思：姑娘要守得住。姐姐天真地想，或许姆妈知道她与潘水已经正式在谈恋爱了，拐着弯儿提醒她。

13

这天忙完活儿，姆妈让姐姐把那几本在枕头边放了许久的书拿去还给开馄饨店的光头王汉，另又给他带上几个刚蒸好的热腾腾的葱花馒头。

姐姐洗了澡，换上自己设计自己在缝纫机上踩出来的素净碎花裙子，布是潘水买的，穿在身上，有特别甜美柔软的滋味，身子骨也不同寻常地轻盈明艳起来。

姐姐家在老街的这一头，光头王汉和他的馄饨铺在老街的另一头。从街的这头到那头，要遇见很多有趣的师傅，铜匠、木匠、箍桶匠、篾匠、打铁匠、剃头匠，裁缝师傅、糕点师傅、钟表师傅……姐姐一一与他们打过招呼。如果其中一两个恰巧闲着，姐姐就停下来，与他们聊几句。姐姐写过几篇镇上老艺人的随笔，发在报纸上，还配了他们的照片。

匠人开铺，在时间里打磨手艺，凭手艺养家糊口，靠人品和口碑争一份与付出相抵的名誉，耐心地守护着自己的一片小天地，日升月落，四季轮回，将一生都交付于这条老街，时光只是背景，肉身是时光里催出的花，开花和凋谢，都是需要在心平气和中接受的常态。

姐姐在他们的眼里，他们的声音里，感受到那些与老街生长在一起的沉静，一呼一吸间都透出小镇特有的迹象，小镇的气味，就是他们脸上的表情。

除了店铺，还有些林林总总的摊点，价廉物美。有卖水晶糕点、油鸡饼、臭豆腐、葱花馒头、糯米团子、油条大饼、油炸小吃的，也有卖各种干果、香烛、灯笼的，卖河鱼河虾的，应有尽有，这些摊点有早上出来的，也有傍晚摆出来的，摊主都是家庭妇女，挤了早晚空余的时间，赚点家用。

老街里还有些挑着担子的流动商贩，商贩大都是中年男人，他们并不在一个地方待着，靠脚力，从小镇到村巷，人到哪里，生意就到哪里。挑担补碗的、磨剪刀的、补洋铅桶的、补缸的、阉鸡的、鸡毛换糖的、卖玩具纸风车飞蝴蝶的、卖老菱角的和各种时令水果的，等等。挑担货郎的出现，会卷起一小股风，小镇上的妇人和孩子各有事可做，妇人找出家里的钝了的剪刀、搬出破了的水缸、过年堆在角落里的鸡毛，把货郎请到家来，泡上茶，边干活边陪着唠叨些事，多半是货郎走镇串巷积下来的故事，小孩们蹲在一旁，边听故事，边吸着用鸡毛换来的糖……

老街的石板路上，常有故意倒在路中间的药渣。镇上的人相信，药渣被践踩过后，病人身上的邪气霉运会被带远，病情会好转得更快。这天，姐姐远远就闻到一股浓厚的中药味，靠近张三家时，药味越来越重，就想起那天姆妈提过，张三家的老娘得了癌症，快不行了。

张三老娘只有一只眼睛，另一只眼在四十岁左右被倒下来的树枝刺破了。受伤了的那个眼眶一直空洞洞的，看着吓人，她也不当回事，照旧在街头与人聊天说笑。六十岁时，女儿带她去省城补了一只玻璃做的假眼球，从省城回来后，她很开心，觉得自己美了许多。可两年不到，走路时摔了一跤，假眼球从眼眶里滚出来，怎么都寻不见。没补假眼球之前，面对自己的空眼窝，她倒是坦荡的，可假眼球丢了后，她在街头遇人就避，不得不与人交谈时，她就用手捂着空洞洞的眼窝，表情古里古怪。姆妈说，这人一老，体弱，气虚，就不禁折腾了。

过张三家门口时，姐就在那堆药渣上来回用劲地踩了踩，知道无用，却仍旧做得用心。

走不了几步，路过镇里唯一的那家书店。姐姐停下来，站在门口和店主说话，江西小伙子，看起来软弱、胆怯，他几乎很少发表自己的观点，对自己不赞成的东西也从来不表示反对。常年一个人待在小镇上，也不见他回老家。前些时，与镇上的一个小妇人好上了，那妇人没了丈夫，一个人带着一个半大的孩子，也不知道怎么的就竟然在一起过活了。小伙子白天开书店，新近又在店门外另摆了些干货卖，许是听了那妇人的意见才这么做的。晚上天稍稍暗下来时，他就早早地收摊关门，往妇人家里去了。姐姐想，人有时像树上掉下来的种子，被风卷到哪儿，就在哪儿落了根发了芽。

就这样一路见人说话，看街角狗打架，又被街上别的稀奇事吸了些时光，一路慢悠悠地便到了光头王汉家。

临街的馄饨铺已关门，姐姐从后门进去。后院里种了不少植物，又摆了盆景，墙角一排红花月季，有牵牛花爬上墙头，在黄昏的风里摇晃，看着让人欢喜。进门处用旧脸盆种了些指甲花、鸡冠花，还有几株向日葵。院子欣欣向荣，热闹里有寂静。地面一尘不染，有一股沉淀后的明朗之气，让置身其间的人，顿时舒松下来，与时光沉在一起。

王汉在厨房里忙碌，今天有客来，是隔壁镇上来拜访的两个老友，一胖一瘦，胖的话多，瘦的笑少。

红椒青椒小烧猪肉、红烧萝卜、笋干老鸭煲、香干青椒炒肉丝、素炒菜心，还有一碟刚炒出锅的椒盐花生米。王汉喜欢做菜，即使一个人吃，也不薄待自己，会调各种小菜，耐心炖汤，用心小炒。

姐姐帮忙拿碗筷，摆桌子，每人面前倒上王汉自己酿的土烧酒，酒的醇香和菜的味道混杂在一起，满屋子芬芳。

王汉一定要留姐姐坐下来，尝尝他的手艺。抿了酒后，胖子道："龙游菜讲究鲜、辣、咸，每道菜都有每道菜的魂，要花心思对待。"

王汉淡笑不语。

姐姐想，平时关了店门，王汉回到厨房，锅里煲上汤，拿本书靠在院门口，看院里的花草树木，听汤在锅里噗噗响，再卷上支烟，舒坦得很，这般真心实意地过着日子，日子就显出了意味来。不像父亲，父亲从不下厨房，套他的话说，这是妇人家的事。

有肉有酒有话题。

自然就说起女人，胖子说："很多人活一辈子不懂得女人，我平日里就喜欢琢磨人。眉目清秀、样子看似普通，但总是透着股灵气的女人，值得爱，娶回家一般没错。爱吃东西、喜欢哈哈大笑的女人，可以交。愁眉深锁的女人，不能要，再努力待她好，都讨不了她的欢心，婆媳亲戚关系也不会好。八婆的女人，喜欢道别人闲话，挑拨离间，爱作怪的女人，要远离。"

也说到男人。胖的说："獐头鼠目的男人，好不到哪里去，和你说话时，偷偷瞄你一眼的人，心里不知道想什么坏主意。皮笑肉不笑的人也不能交往。有人喜欢把一件不愉快的事重复了又重复，活得刻板、消极，斤斤计较，放不开，这种人尽量少交往，要不然你的精气都会被他们吸光。"

瘦的说："人心隔肚皮，处久了自然知道。"

胖的道："瞅一眼就知道，等处久了，就太迟了，有些人，看一眼就要躲开。"

瘦子不吃菜，只喝酒，话就是下酒菜。

胖子将通红的脸转向姐姐："有人看似沉默少言，但做事认真，待人接物有分寸有原则，值得交，就像你的王汉叔叔。你还年轻，要学会看人。和长者交朋友，生智慧，和小人交朋友，多是非。多来王汉这里走走，你自然就有长进，这比读什么大学都管用。"

"我懵懵懂懂的，得要再吃多少米饭，才可以知晓这些呀。"姐姐笑道。

“多吃，多听，活久了，经多了，受够了，自然就知道了。”瘦子说。

“读《聊斋》故事和《西游记》，知道蛇、狐狸、猴子、乌龟，无论大小动物，似乎活久了，都能成精，人也一样。”胖子说。

“我这两天招邪了，晚上做梦老是有鬼压身。”瘦子说。

“那是你太累了，来，喝酒，吃肉，酒气冲天，倒头就睡，鬼压不了身。”胖子道。

“连续两个晚上，梦到自己走在一条前不着村后不着店的小路上，后面跟了碎碎的脚步声，回头找人，却没有踪影。一路快走，脚步声也跟着快速地碎碎碎。我就飞奔起来，没命地跑，跑到一棵大树下，是香樟树，金黄色的落叶铺了满地。着实跑不动了，心脏都快从胸口蹦出来了，脚比铅重，几乎是瘫倒在了树底下，枕着满头的香樟叶，真是好闻呀，清香醒脑。也就在我倒下的瞬间，几片瘦小的影子从香樟树后面尾随上来，扑入我的怀里，解开我的扣子，贴着我的身体，似乎有手有脚又有角，有柔软的，有坚硬的，有呼吸，有温度，紧紧黏着我的四肢，我头脑清晰，却也动弹不得，又惧怕又享受，又诡异又刺激，任凭她钻进我的身体，上上下下，胡作非为。”寡言的瘦子一口气说了这么多。

“听起来是个美梦，但沉迷其中，会精尽人亡。”胖子一口喝尽杯里的酒。

“醒来时知道是遇邪了，这样下去会死人的，就请道人来看，道人说，先出门避避，找一两个气场大、压得住的朋友陪着，所以就出来了。”瘦子道。

“噢，原来是这样，我一路上还纳闷，今天太阳究竟是从哪边出来的，你这大年三十都不想歇着的人，今天竟然主动约我出来找王汉喝酒。”胖子又给自己添上酒，一副恍然大悟的样子。

“喝！”王汉大口干掉杯里的酒，也不接他们的话，只是安静地给他们的杯子续满酒。

听了瘦子的梦，姐姐觉得后背有凉意，便紧了紧身子，扭了扭脖子，不知该继续干坐着还是该站起来告辞。

王汉看出姐姐的意思，拿过姐姐面前的碗，给她盛了半碗老鸭汤："趁热，喝，暖身。"

王汉坐在那儿，没有什么表情，但他满身里都藏了一股让人平静之气，连他的呼吸也是沉的、定的、不游离、不徘徊。

喝了热汤，姐姐缓过了些劲儿。

“这热汤突然让人想起些以前的事儿。”姐姐道。

“什么事。”桌上的几个人都好奇。

“七岁时，大人在家午休，自个儿偷偷从家里跑出去和小伙伴去江边玩耍，也是小心翼翼的，虽是下了水，但也只敢在靠岸的地方戏水，玩到开心处，也忘了怕，在水边四处跑，脚底一滑，落到水深处，差点儿淹死。先是惊恐得不行，拼命挣扎，大口喝水，扑腾扑腾的，可没什么力气，几下就用完了，开始晕乎乎的，其实是缺氧了，累了，就由着身子往下沉。知道自己要死了，没力挣扎了，身体倦了，想休息了，也知道闭上眼后，不会再回来，就本能地抬头朝水面看，有束太阳光穿过水面，打在我的额头上，亮得刺眼，心里就想，再也看不到这么好看的阳光了。不是太难过，也没有想任何人，甚至连恐惧也完全消失了，似乎就迷迷糊糊的，没什么知觉了，睡着了似的。不知过了多久，感觉小屁股被人突然猛地托起，一下子浮出水面来，外面的氧气往肺里灌，大口地重新呼吸，身子醒了，意识清晰了，睁开眼，看到水面波光粼粼，岸边的树叶亮晃晃的，不远处便是午后的小镇，一切依旧那么美，心想，自己竟然又活回在阳光里了。”姐姐道。

“整个小镇都在午休，江边几乎没有人。救我的是个小伙子，刚好凑巧路过，十七八岁，也不知道是哪里人。将我救上来后，他托着我到了岸边，是个细心的人，到处都是被晒得滚烫的鹅卵石，他寻了一小片草地，将我放在草地上，我无力地趴着，不断往外吐水。”姐姐继续道。

“谢过他了吗？”胖子问。

“那时小，谢或者不谢，都是大人的事，后来长大了些，问姆妈，姆妈说试着找人，但没找到。再长大些，让父亲去找，父亲找是找了，只知道小伙子从小随奶奶住，奶奶走了后，小伙子也就离开了村子，几年没回来了。现在，总想着有一天，自己能找到他，和他当面说声谢谢。没他，那天我肯定是活不了的了。”姐姐心思沉重起来。

“挺好，小时候经过事，大了就厚实些，以后如果遇到什么过不去的坎，就多想想七岁临死前水面上的那束光。他救了你，你有了活下来的机会，无论好的，坏的，你经历着，都权当是老天恩赐你的。”瘦子喝口酒，语重心长地道。

“和一个小姑娘说那么深奥干吗？”胖子道。

“小姑娘也是要长大的，都得活一辈子，心大了，生活里的事才会变小。”王汉接过话儿，认真道。

“做梦和遇事差不多，过后，都如大梦初醒，没什么好怕的，这世上再大的纷争，也大不过天地生死，都是凡人做梦。”瘦子自个儿给自个儿舀了碗鸭汤，咕噜咕噜地喝下去，用手抹了把嘴，似乎给自己压惊。

“是，是，是，心宽了，人就松了。心病得心药，你肯定心里有邪念，才会生邪梦。”胖子用下巴指指瘦子，笑道。

瘦子低头继续喝酒，不语。

“从小要把眼光放远一些，遇到啥事，学会往后退十年去看，眼前天大的事，都不是事。二十岁时经的事，四十岁时回想，就不算什么了，一辈子经的事，到临死前，谁还当回事？”王汉突然睁开他的小细眼，看着姐姐慢声细语道。

小镇上涌动着的闲言碎语，每日都会在馄饨铺里聚集，王汉只听，不言。言者也从来不避王汉，几乎镇上的任何事，没有王汉不知道的。王汉听了也就听了，只顾独个儿心知肚明。关于姐姐与潘水的事儿，王汉何尝不知，潘水老娘的那些话，是姐姐的劫。王汉心里忧，不点破，只能旁敲侧击先预防起来。

王汉眼睛细小，却可洞穿岁月，力道不凡。姐姐听了王汉的话，又看着王汉那张寂寥不可测的脸，有豁然开朗之感，不过转念间，又觉得混沌。

有劫在身的人，只因身在其中浑然不知。姐姐只顾穿上小裙子走在老街上，独自沉浸在甜蜜里，却不知风雨欲来，命运多舛。

14

房子差不多快结顶了，再过些时日，就该完工了。

造房的大师傅做工时扭伤了手，需要在家休养个把礼拜。趁这个间隙，父亲带着姐姐出门去做了趟笋干、香菇的生意。从龙游客车站坐三四个小时的汽车，在一座大山的脚边停下来，还得再走四个多小时山路。

姐姐第一次跟父亲出门做生意，跟在父亲身后，一路好奇。步行进山，满山的毛竹，一层层，一道道，一弯弯，风吹，毛竹如波浪翻滚，色彩不一，浓密有致。两个人一前一后顺着一侧有溪水的山路走，小路像肠子，弯曲到山的肚子里面去，以为到了尽头，肠子却又重新拉直，一路走，又弯了，弯到更深处。路两边的杂树茂密，几丈就看不见人，得紧一声慢一声地互相喊，姐姐嫌父亲走得太快，父亲怨姐姐走得太慢：你连蚂蚁都踩不死，关键时候，女儿就是没儿子使得上劲。姐姐听了不舒服，紧走慢跑，努力跟上，原本想用一句话来回父亲：“看你儿子长大后，能给你使多少劲。”但见父亲背驼脚细，连日里造房辛劳，得空又得马不停蹄地进山，话已到唇边，硬是活生生自个儿吞了回去。

临近傍晚时分，进到山的深处，有十几幢黑瓦白墙的房子隐约错落在相对平整的山腰间。往年，父亲每隔两个月就会进到山里去，相同的村子，相同的路线，找的也都是之前常去住的熟人家。这年因为造房，拖长了时间，但他们似乎仍知道父亲要来似的，早早迎出门来，请进家去，泡茶，热锅里下葱花面，碗底压两个荷包蛋。

晚饭后，大家聚在一起聊些山里山外的事。

说来说去，就说到两年前山那边有个十三四岁的姑娘带了自家院子里刚摘下的新鲜水果，傍晚去几里地外的舅舅家看外婆。这条路她常独自一人来来回回走，两边家人都放心得很。那日天黑得快，她就抄了近路，经过一片僻静茂密的茶树林，被一用汗衫蒙脸的壮汉拖到林子里强奸了。等到小姑娘一拐一瘸、披头散发地敲开外婆家的门时，天早已黑透。这读过些书的亲舅舅心疼外甥女，怒气冲头，决定连夜带她去山下报案。外婆死活不肯，舅舅坚持要去，外婆就拿把剪刀抵着自己的脖子道：你敢去报案，我就死给你看。

舅舅拗不过外婆，自个儿回屋喝闷酒。小姑娘一人在外婆房间里哭，外婆一句句安慰她："我的心肝，不哭，没事了，不怕。"姑娘低声道："我喊救命，周围没有人，他担心我再喊，就用手掐住我的脖子，把我按在地上，地上的小石头硌得我背痛，他用一条大腿压住我的下身，另一只手撕掉我的裙子……"

外婆慌忙捂住她的嘴巴："以后千万不要再和别人说起这事。"

小姑娘停下哭泣，反问："为什么不说？他做了坏事。"

外婆道："别问为什么，记住，千万不要再和任何人提起，包括你的父亲。"

小姑娘继续哭泣。

外婆问："饿不？"

姑娘含泪点头。

外婆去外面的厨房做了碗素面端进来，看着姑娘吃，欲言又止，忍了许久才问："你看清他的长相了吗？"

小姑娘道："他用灰汗衫蒙了脸，只露两只眼，很吓人，可是我怎么都觉得他像我们村的光棍张三。他身上有狐臭，我一闻就知道是他，那味道恶心极了。"

外婆不语。

第二日晨，外婆在厨房蒸饭，舅舅偷偷带姑娘从后院走，去报了案。不久，张三被抓。一时人人皆知，外婆比知道姑娘被强奸时还痛不欲生。

到处都是嘴和舌。碎碎碎的闲话，雪片般，纷纷扬扬，寒心冻人。

“张三真是无德，竟然对一个小姑娘下手。”

“这姑娘发育得太早，人小乳房却那么大，让人没想法都不可能。”

“现在的女孩，穿哪门子裙子，风一吹，屁股都能露出来，就是招人。穿裤子就没那么容易得手，扯裤子的过程中，多喊几声救命，说不定就有人来救了，也许她自己也想尝尝男人的味道吧。”

“女人死活夹紧腿，男人怎么可以插得进？”

“你说的是人话吗，夹再紧又有什么用？小姑娘家能脱得了一个大男人的手？”

“张三倒霉，快活一下，守牢多年，不划算呀。”

“这孩子长大还怎么嫁人，被人强奸过了，谁还敢要？这舅舅报哪门子案真是害了她。”

“就该息事宁人，不声不响的，哑巴吃黄连，有苦自己吞，至少在外人面前还能保个清白。”

“报了案，等于自己在广播里喊：‘我被人睡过了。’”

“这姑娘基本算完了。”

“后来呢，这姑娘怎样了？”姐姐睁大眼睛，忍不住插嘴问。

“还能怎样？没过一年，就草草地嫁给了一个老光棍，生了个胖男孩，那老光棍待她不错，算是命好的了。”

“被弄脏了的女人，有这样的结局，走运的。”男人们哄笑。

姐姐不语，想起镇上的凤妹，心里闷得难受，也无心再听他们荤七荤八地讲下去，就让女主人带她去休息。女主人长得结实，大脸，大屁股，笑起来像极了生下蛋后的母鸡，咯咯咯，咯咯咯，又脆又响，听着舒畅。

开了灯，屋子里两张床。一张床上躺着她的婆婆，已经睡得很实。在婆婆的床对面，有张临时搭的小床，底下铺了层松针丝，能闻到松针丝的香味。女主人心细，在松针丝上垫了床旧棉絮，棉絮上铺了红花布床单，花得刺眼。

女主人退出。

姐姐熄灯，和衣而卧。

睁眼听外面的人叽叽咕咕，之后是狗叫声，众人散去，继而是关门声，男人夜尿声，隔壁房间细碎碎的说话声，没多久，男人鼾声起。这深山里的屋子，在男人们的鼾声里彻底安静下来，沉在偌大的黑暗里，被群山包围。

姐姐认床，陌生的床上向来睡不安稳，脑子里又全是那个被强奸的女孩，她在姐姐的胃里结成泡泡，不能触碰，一碰一个难受。一边又想念着在杭州的潘水，就将所有与他有关的场景在脑子里电影一样过一遍，从头到尾，细细地，深深地。又念起镇上那个被叔叔伤害了的凤妹，清澈的眼里，依旧孩子气的笑，第一次清晰地意识到老奶奶的坚忍与不易，便在心里责怪起山里那位女孩的父母，为何忍心将她许给了一个老光棍，可转念想，即便留到二十多岁，这方圆几十里，都知道她是被强奸过的，如何嫁人？闭上眼睛左思右想，也想不出个所以然，似乎被一层雾包围，被绳索所困。

床对面的婆婆睡得沉，有小小的鼾声，鼻息悠长。困意上来，身体却沉不进睡眠里，心里烦闷。姐姐开始在心里数羊，从一到一千，再到一万，数着数着就乱了，数字乱，心也乱，潘水的笑脸时不时跳出来，一下模糊一下清晰，像印在纸上的水彩画，被雨水淋到了似的。

女人的命，薄。

又想起母亲的话，被唾沫淹死的，大多都是女人。姐姐躺在这临时铺的小床上，不能自由转动，就僵着固定的姿势，半缩着，突然想到自己万一被强奸了，要不要去报警？潘水知道后还会不会继续和自己好？镇上人会怎么说？以后日子怎么过？就这样一点点细细长长地想下去，越想越觉得不公平，就像真的被人强奸了似的，满身的委屈和愤恨，却也不知道该愤恨些什么，渐渐就觉得在漫无边际的黑暗中生出一双巨大的手，掐着她的身体，让她动弹不得，又感觉自己正倔强地挺胸走在老街上，人前人后全是嘀嘀咕咕的交头接耳，各种怪异的眼神和表情在她眼前快闪，唾沫从头顶倾盆而下，将她浇了个落汤鸡。

也终究是累了，脑子开始混乱起来，意念散开，她就由着自己不停地行走在老街上，没有尽头的老街，陌生又熟悉的老街，任意走下去，就像一点点沉到了水底，开始进入虚虚幻幻的梦境，等被鸟叫声吵醒时，天已经蒙蒙亮。

对面床上的被子已经叠整齐，厨房里有锅瓢的声响，这老婆婆该是家里起得最早的那位。山里的老人，除了病倒在床上的，几乎个个自食其力。七八十岁的，依旧下地种菜，上山背柴，屋里做饭。父亲上山时告诉姐姐，这些老人很多甚至一辈子都没下过山、进过城。她们就像是山里的一棵树，时间里出生，时间里淹没，时间里消失。

屋外鸟叫声、屋背后的溪涧声、从更远处涌来的山里的声音，干干净净地由着晨光卷进屋子里来，那声音带着山野万物苏醒时特有的气味。

屋里的光顺势柔和起来，角角落落的阴暗在光里散了开去，一处处地亮堂起来，由薄到浓，最后完全透亮了。

山里的阳光，蔓生蔓长，蓬勃得很。

姐姐坐在床边，看着窗外发了好一阵子呆。感觉自己之前嫩得像小白菜，可经了这山里的一夜，竟然觉出了些许不同，身子某些地方厚实了起来，重新长出了骨头似的，撑起了之前的脆嫩天真，身体里新入了些力量，比起上山前，脑子也似乎开了许多，竟然问起自己，作为女人，这辈子，该怎么活？真遇上点事，该怎么办？如果真被强奸了，难道也去嫁个老光棍？姐姐心里多了一股气，是从脚底里生长起来的，连着地和天，使得她清清晰晰地知道，绝对不该这样活，但究竟该如何活，却又是怀疑和模糊的，只是身上的那股气，给了她一种之前不曾有的气势，让她觉得满意。

香菇和笋干晾在家家户户的阁楼上，在风和阳光里收缩成形。都是实诚的人，都是实在的物，父女俩一个过秤，一个付钱，没几个小时，就完工了。吃了早中饭，父亲挑了干货，姐姐背着随身的书包，两个人一前一后下山。

走过才知道，下山远比上山难。

远路无轻担。

一路艰辛，折腾得不轻。回到家后，草草吃过母亲做的晚饭，匆匆洗漱一番当几乎散架了的姐姐重新瘫回到自己的床上时，竟生出恍如隔世之感。

15

屋子快结顶前，瓶姨又来帮了几天忙。

她的腹部微微隆起，说是快四个月了。之前孕期反应厉害，吃什么吐什么，只能待在家里静养。

母亲说："前面已经有两个女孩了，这胎应该是个男孩了。"

瓶姨笑眯眯道："我发过誓了，不管男孩女孩，这是最后一次，生完绝不再生了，真是遭罪。"

瓶姨在的那几天，姐姐很开心。每天下班都早早回来，与姆妈和瓶姨待在厨房里，听她们东长西短、闲闲碎碎地聊天。姐姐不多话，但喜欢听，喜欢瓶姨在身边的感觉，踏实、温暖、轻盈，以及带有清香的舒适感。姐姐知道，有些人身上，天生会释放出一些气息，让人愉悦放松。瓶姨就是这样的人，她的笑容、说话的声音、肢体语言，怎么看都让姐姐觉得欢喜。

瓶姨也会和姐姐开一些玩笑："要不要姨给你介绍一个对象？"

姐姐笑："不要，还小。"

瓶姨道："是不是偷偷谈了，不告诉姨？"

姐姐脸红："没有。"

姆妈在一旁煎豆腐，听着，不搭腔。

姆妈心里有雷，却不敢有声。她最近又听人在耳边吹风，潘水老娘独自出了小镇，摸去省城见儿子。姆妈不知道这平日里几乎不出小镇的老娘，是演的哪一出戏。心里就想，反正这婚在她眼里是黄了的，姐姐不提，她也不说，年轻人，由着他们自己去吧，摔倒过才知道痛，痛了才懂怎样爬起来。这种事，自己只能在一边看着，着急也没用。

没几日，潘水便送老娘回小镇了。姐姐是第二天一早上班时才知道的，厂里的姑娘告诉她："昨天傍晚，碰到潘水扶着他老娘在街头买水果，他低眉顺眼，看起来挺孝顺的。"

姐姐不信潘水回来了。

姐姐当然不信。

姐姐前几天刚收到过他的信，他在信里春风拨柳弦，腻歪温柔，读得姐姐耳根发烫，身体发麻，脚底生暖气。该说的情话都说了，单没见他提要回来之事，只说需要连日加班，积些时间，半月后再回来看姐姐。

事实上，潘水确实陪老娘回小镇了。

老娘之前曾劝潘水："儿呀，听娘的一句劝，别再与那个女人来往了，娘什么都不说，就看看那张脸，生不出儿子的，更不旺夫，我拉扯你长大实在不容易，不想你背运，而且呀，我担心她会克夫，娘不想你早死。"

潘水笑老娘道："阿娘，什么年代了，还相信那一套？现在讲自由恋爱，希望阿娘不要管太多，我看这姑娘很好，怎么看怎么舒服，和她待在一起也很开心。真早死，也是命里定的，这世上有那么多早死的人，怨不了别人。"

老娘对前面几个儿子和儿媳失望透了，她们各显神通，个个都不好惹，她与她们斗久了，也觉厌烦无趣，但这个稚嫩的小儿子，她自认还是有力量掌控的，她的生命极需要掌控力，就如吸血鬼和鲜血的关系，掌控欲可以助她长寿，让她活得有方向有滋味。儿子执迷不悟，这让她心里上火，当下就决定，亲自再去一趟杭州，好好劝劝他，拉他出"火坑"。

年近七十的老娘从天而降，着实让潘水大吃一惊，以为出了什么大事。知道她就是为了想出来散散心，潘水便从心里佩服老娘的厉害。最远去过县城的她，独自一个人，拿了写有地址的信封，竟然就自个儿坐火车，再转公交车，独自摸上门来了。

潘水请了假，带老娘坐船游西湖，吃醋鱼，逛商场，还替她选了件黑底粉红荷花的丝绸衬衫。老娘也不觉得累，换上新衣服后，就更神气活现了。

“听我话，让老娘多活几年，跟那小妖精断了，只要不是她，找谁我都同意。”老娘拉住潘水的手，将一句话说得起伏婉转，情深意长，老眼里，溢满了痛苦的哀求。

“她哪里不如人？”潘水道。

“不旺夫，还克夫，看那屁股，生不出儿子。”老娘提起嗓门，蛮横无理。

“你信，我不信。再说了，我那几个哥哥每人都给你生了孙子，我想要个漂亮可爱的女儿。”潘水道。

“我吃过的盐比你吃过的饭还多，走过的桥比你走过的路还长，这看人面相的事，比你准，她这张脸，不吉利，不守财，不旺夫。”老娘道。

“你太迷信。”潘水道。

“我一人守寡独自养大你们几个，换谁，谁有这个心气儿？可那小妖精，一看就是吃不起苦的人，承不了压，娶她，你会受累。”老娘跺脚，生气，苦口婆心。

潘水知道老娘不易，一个小镇的妇人，拉扯一窝儿子，吃尽苦头，便低头不语，不想回嘴。

“不听老人言，吃苦在眼前。”老娘敲了敲潘水的脑袋道，“你是我最宝贝的小儿子，不是心疼害怕，犯得着我拼了老命来找你吗？我不急，谁会急？这世上，唯有你这个黄土埋脖子的老娘会替你急。你真过得不好，除了我会担心，旁人会担心吗？就拿那小妖精说吧，如你真的被她克死了，她顶多流几滴猫泪，几天就改嫁了，搂着别的男人又去床上翻滚了。”老娘说完，又用真丝衬袖抹了几把眼眶，双眼一酸，老泪就真的下来了。

潘水知道自己老娘的脾气，也见过她与几个嫂子吵架的样子，继续低头不语。脑子里却浮现出心爱的女人与别人亲热的样子，血冲大脑，有强烈的眩晕感。知道只是想象，心脏仍旧免不了一阵悸痛。知道她是个好姑娘，自己也只与她牵过手亲过嘴。每次亲她，她都害怕，身体颤抖。潘水毕竟年长几岁，懂她的害怕，不敢造次，小心克制着不愿伤了她，耐心期待着明媒正娶之后，完完全全地拥有她，不然，万一出点什么不靠谱的事，她一个姑娘家，在小镇上怎么活？

老娘仍在那里碎碎念，潘水不想还嘴，知道还了无用，就只能孩子般无辜地看着这年迈的老娘，心里涌起百般滋味。

老娘在杭州待了几天，便闹着要回湖镇。七十多岁的亲娘，一个人在路上，万一出点什么事可怎么办？潘水就又请了假，陪着她一起回。到了龙游，又坐公交车回湖镇，走在老街上，老娘说要买苹果，潘水就陪着老娘站在水果摊旁挑苹果。一路折腾，一进家门，老娘就累趴下了，倒在床上直喊腰酸背痛，吃了半个苹果没几分钟便吐了。潘水在嗯嗯呀呀的老娘床边守了一夜，第二天煮了素面喂老娘，一小时过后，没见她再吐，给她擦了脸和手，安顿她重新躺下，自己慌里慌张地冲了个澡，赶忙溜出家门，跑去厂里找姐姐。

在厂内北角梧桐树的阴凉处，潘水告诉了姐姐关于老娘的事情，她的迷信，她的反对，她的固执，她强烈的控制欲，她的衰老，他的不忍心。潘水倒是实诚，一五一十地全都向姐姐抖个干净。

姐姐站在潘水面前，安静地听，知了声汹涌，没有风，热浪翻腾，却觉寒气脚底升，蔓延全身，腰背处发凉，脸部发僵。潘水站在姐姐面前，仍旧不停地说话，姐姐看潘水的眼神变得迷离忧伤，身体在斑驳的阳光下忍不住地战栗，那些寒气变成絮状物，棉花一样蓬松开来，显得臃肿肥大，姐姐被絮状物包围，寒气无处不在，困得人难以呼吸。

姐姐抬头看了眼头顶上的梧桐叶，透过梧桐叶洒进来的阳光，显得无比艳媚，姐姐一片叶子一片叶子地看，每片是脸，潘水的脸，潘水老娘的脸，潘水家那些媳妇的脸，姐姐越看越恍惚，恍惚中觉得阳光离自己远了，知了声也远了，小镇远了，老街模糊不清起来，整个世界都变薄了，稀远到连自己都变得不真实起来……

姐姐又低下头去，叹出一口气来，身体收了收，感觉自己突然就矮小了许多，像放久了的苹果，失了水分，缩了，皱了。

潘水急于倾诉，当姐姐是娘，觉得姐姐可以给他力量和思路，他如身置暗处，姐姐可以给他光明。事实上，姐姐不仅比他小，甚至比他还不经事，内心里同样孤身一人，慌乱且易塌陷。姐姐一直以为，潘水是个爷们儿，可以顶事，如今第一次看到他脸上的无助、他眼里流露出的懦弱矛盾和无力，姐姐的心就又往下沉了沉，寒气带了惊恐以及巨大的失落，化成泪，忍不住就涌了出来。

阳光打在泪上，透明晶亮。

姐姐第一次真切意识到，当初总是不愿把与他交往的事公开，内心里是本能地藏了紧张和不妥当。他老娘与一屋子哥嫂的关系，姐姐多少耳闻，心里有不祥之种子，却不承想，这暗藏的种子会如此快速地破土而出，声势之猛，远远超出姐姐的意料。

看着潘水的表情，姐姐胃有抽搐之感，喉咙干渴难忍。

见姐姐一言不语，眼角带泪，脸色发青，潘水方才记起去拉姐姐的手，放在自己手掌心，却觉到了姐姐满手心里冰凉潮湿的汗。潘水心里叹了口气，意识到眼前只是个脆弱没经过事的小姑娘，后悔把所有话豆子一样倒给她，一阵慌乱心疼中，往前一步紧紧拥住姐姐。

姐姐将头藏进他的怀里，闻到他胸前散发出的热气，吸了唯他才有的气味，一口又一口，害怕以后可能再也闻不到了，拼了命似的又长长吸进一口。姐姐闭上了眼睛，泪水滴答到潘水的胸前，浸湿一片。

潘水抱着姐姐，心里不好受，拍了拍姐姐的后背，安慰道："不用担心，毕竟是亲娘，我也不想气死她，反正我们俩好定了，其他暂时都不管，私下里好着，或许过些时日，等她想通了，就好了。真不行，等她老了，走了，我们就立马结婚。反正我爱你，这辈子要定你了，铁定了就是你。"

姐姐原本只是身体寒，听了他的话，心也就跟着一起寒了下来。却也不知如何开口，只觉脚底手心，阵阵寒意，胸口也冷，便继续埋头在他怀里待了片刻，再次抬头看他时，生出了一些陌生，启了启唇，一肚子话却终究一句都说不出口，一片茫然不知所措，又往外淌了几滴泪，深吸口气，从他怀里出来，擦了擦脸，连手都没挥，便离开他，回厂继续上班去了。

晚上回家，整个儿都无精打采的，像霜打的茄子，连话都无力张口。姆妈看在眼里，自然清楚发生了什么，心疼女儿，不过也暗自松口气，庆幸这天总算来了。姆妈知道，反正迟早要来，晚来不如早来。

就母女两个在厨房时，姆妈开口："也没什么好难过的，不合适就别往下走，天下好男人多的是。他那老娘之前就在街头指桑骂槐的，难听的话一大堆，我是早知道了的，只想等着你自己明白了，自己断定。"

姐姐尴尬地看着姆妈，一时惊得不知如何开口，眼泪却先滑了下来，又羞又愧又觉得屈辱。

姆妈道："强扭的瓜不甜，勉强了，就累。"

既然姆妈什么都知道，也不便再瞒着，就将潘水下午来厂里找她时说的事，一一告知了姆妈。

姆妈道："男人敢担当，如果他有勇气，他就会态度坚决地和你走下去，如果他优柔寡断，举棋不定，不知进退，那他老娘敢对他这般，也是因为吃定了这儿子，没人比亲娘更知道儿子性格的。"

姐姐心里千万蚂蚁爬，难受得哭出声来："他是好人，孝顺，只是不想他娘早死。"

做女儿的还小，单纯天真，姆妈也不好说什么，只好耐心道："这没有好坏之分，性格如此，性格有时如深渊，陷进去便难爬上来，你应当果断和他分开，长痛不如短痛，拖久了，更痛。你还小，路长着呢。好男孩遍地都是，即使找不到合适的人嫁，你自己有手有脚有脑，你能养活自己，没什么好太伤心的。"

做姆妈的好生相劝，就是不想女儿一根筋地执念着。

这女儿满脑袋里全是潘水的模样，他的无辜与无奈，就道："他说不想气老娘，但他想和我好，等他老娘走了后，再与我结婚。"

这做姆妈的看着女儿，还是没忍住笑出声来："你真的还只是个孩子，想想，万一他老娘活一百岁呢，这镇上活过一百岁的又不是没有？"

姆妈不提，姐姐也是明白的，潘水的性格，姐姐自然是知道，可心里还是有千万的不甘，就像溺水中的人，明知无望了，还想拼了命地挣扎，一时觉得委屈，却又不知如何是好，眼泪又滚了下来，无助无力，胃部收紧，隐隐作痛。

姆妈在一旁劝道："想哭就哭吧，哭几下也坏不了身子，哭够了，就过去了。"

"他人真的很好，对我也很好。"姐姐满脸的泪，固执又孩子气地道。

"我也觉得不错，可姆妈直言，他不是个能经事的人，不像他的几个哥哥。如果他真的横下一颗心来与你走下去，这老娘知道再折腾也没用，自然就不再折腾了，老娘敢折腾，是因为她知道对他有效果。性格天定，旁观者清。姆妈有句话要告诉你，你自己细想：'尽早收心，不然会伤得更重。'"姆妈倒了杯水递给姐姐。

姐姐接过杯子，并不喝，继续哭。

"哭也没什么用，这里头，其实没你什么事，潘水知道你喜欢他，我也不阻挡你和他好，勇往直前，或者半途而废，全在于潘水他自己，这些都由不得你。"姆妈道。

姐姐一边在掂量着姆妈说的话，一边轻泣，思绪稍稍清晰起来，关于潘水与他老娘之间的事，横竖自己使不上劲儿，但内心仍旧虚弱烦恼，心里孤冷绝望，似天塌下来般，前路暗淡。这当间，不知如何突然就想起了瓶姨，于是止住哭，问姆妈："今天出门还遇到瓶姨，她这么早又回去了？"

姆妈说："去街上买醋和酱油了，家里没面粉，顺便让她去买点，明天早上蒸馒头，做葱花馒头给工地上的人当点心。"

姐姐道："她肚子那么大，怎么还让她去买面粉呀，我接她去。"说完用清水拍了脸，拿毛巾擦干，心里苦凄凄，凉冰冰，但还是鼓起精神来，用力拍了拍脸，拍出些许红润来，边拍边往屋外去。

姆妈在后面道："就几斤面粉，没必要这样紧张的。"

姐姐一路快走，快到面粉店时，就见瓶姨一手拎着篮子，里面装了瓶瓶罐罐，还有绿小葱、白萝卜、五花肉、嫩豆腐，另一手抱着一袋十多斤重的面粉。

姐姐快走几步，从瓶姨手里抢过面粉袋，边抢边抱怨："姆妈也是，让你买这么多东西，你挺着肚子，不方便。"

瓶姨笑嘻嘻："是我自己在厨房里闷了大半天，想出来走走，你妈叫我顺便带这些回去，没那么严重，才四五个多月，乡下人什么活都干，我娘家隔壁老婶婶，生孩子前两个小时，还去井里提了水，点火烧水，孩子生下来后，自己剪掉脐带，将孩子擦干净包好放到床上，自己收拾收拾，便倚靠在灶膛边的竹椅上，给几个大点的孩子煮熟一锅米饭后才移到床上躺下，两天后出门走在路上，大家看她肚子空了，才知道她自个儿在屋子里把孩子生下来了，以前很多女人都这样生孩子，因为穷，没讲究。"

姐姐听得感慨，女人竟然可以这样生孩子。她对瓶姨道："我们厂里的一个姐妹，知道自己怀孕了，就立马辞职待在家里保胎，一家人像保护大熊猫一样宝贝她。"

瓶姨道："人和人不一样。有人疼是一种活法，没人疼，又是另一种活法。命与命也不同，软命硬命，无论怎样，都得咬牙好好活，人活一口气，咬紧了事也就过去了，气松了，人就散了。"

姐姐想，肯定姆妈之前就和她提过什么，不然，这话怎么像是专门说给自己听似的。那些个与潘水在一起的柔软明媚的时光突然浮现在周身，所有他说过的甜蜜之语全在耳朵边，那些他写的信蜜蜂般在眼前嗡嗡，这背着面粉的身子，一下子就虚软了下来，像一脚踩进虚空里，做梦一般不真实。

16

自潘水陪老娘回到小镇之后，姐姐走在街头，觉得空气都与以往不太一样，到处弥漫着一些不寻常的意味。那些迎面而来的人的表情、眼色、姿态里都带了猜测的成分。姐姐感觉如在水底逆向而行，万般沉重，每走一步，都拖了长长的心思，丝丝缕缕，缠得她喘不过气来，心里抑郁沉闷，却又得假装什么事都没发生过似的。

耳对耳，嘴对嘴，一对一，一对二，二对四，一丈生二丈，二丈生四丈，不大的小镇，很快涌动着一股巨大的暗流。死静如水的小镇里，某些人对他人的关注远远超过自己，是嗜血的怪物，耳，竖起；嘴巴，张开。稍有风吹草动，到处流言蜚语，有光有色有谈资，生活里突然又有了欢庆的成分。

潘水的老娘每天早晚都会在街头走动，有时站住，聚过来几个人头，嘀嘀咕咕窃窃私语，摇头，点头，张嘴，缩脖子，伸脖子……她步伐缓慢，稍有驼背，头发梳得精光，穿潘水在杭州给她买的真丝绸缎上衣，小眼睛发亮，心脏强健，可与勇士挑战。

姐姐在空气里闻到一股熟悉的气味，如同之前厂里的姐妹国文喜欢上燕飞父亲时听闻过的闲碎的声响，看似隐秘，交头接耳，实则铺天盖地，惊人心魄。姐姐之前并不经意，如今当自己同样身置其中，方才明了，国文的沉着淡定，心生一念，铁了心，稳了身，非他不可。如今老夫少妻，恩爱有加，流言自行消散。

狭路相逢，勇者胜。

国文用她的倔强，以及她对外界不闻不问的智慧，开出她的花，结了她想要的果。

姐姐却真心慌乱，天旋地转。

潘水在小镇上待了两天，没再与姐姐见面。姐姐每天都悬着一颗等待的心，从早到晚，上下起伏，忽深忽浅，飘忽不定。下班的路上，心神不定地东张西望，期待他会在某个角落里候着自己。直到进了家门，才知这一天他不可能出现了，那颗心就如缺水的鱼，绝望却又徒劳地折腾。晚饭后坐到缝纫机前，帮隔壁家的小孩缝一条小裙子，可踏了几脚，线头又断了，心乱一切都乱，索性回到房间，趴在床上，泪水哗哗流，想起与潘水在一起的时光，情绪枝枝蔓蔓，身子空洞洞虚荡荡，又觉得身置一片潮湿，就那样在不清不楚的滞重之中晕沉沉睡去，沉下去又浮起来，一夜醒来无数次，糊里糊涂中想到前不久在山里听到小女孩被强奸的事。

每个女孩都有可能被各种人和事强奸，因此改变命运。相比之下，恋爱被潘水老娘阻挡，总好过被人强奸。如若被人强奸了，也许只能嫁给一个半百老头。如果真那样，宁可不结婚，就留在家里和父亲兄弟过一辈子，可父母终究要老要先走，这个被父母宠过头的兄弟，怎靠得住？他是这个家传宗接代的宝，可以享受到额外的宠爱，但却从来没有被告知，他因此应当有更多的责任和担当。弟弟心性厚道，但同样懦弱，长大了难独立撑起家业，将来娶个媳妇万一不好惹，自己作为老姑娘留在家里，又怎能安生？心里就生出强烈的念头，等房子造好，还是要出去闯一闯，厂里已经有姐妹去杭州、温州、上海打工的了，无论怎样，得离开小镇出去走一走。姐姐心气高，这两天潘水明明在小镇，却不再来找她，知道他犹豫不决，怕惹怒他的老娘，姐姐一想起他这样的态度，心口就痛，这样的男人，如姆妈所言，怎能靠得住？

被弃的破碎无助之感加之对未来不可把控的恐惧，同时缠困着姐姐，当初没读大学，如今即便跌跌撞撞地离开小镇，又能做些什么？就这样胡思乱想，是是非非，纷乱的头绪一个接一个，似睡非睡，虚虚实实之间，天也就亮了。

这天周六，不用上班。工地上有人，房子快结顶了，家务事众多，姐姐一早起来，去街上买菜，回厨房和姆妈一起忙得团团转。

午饭后，潘水的大哥和三哥来家里串门。

两兄弟同时来家里还是第一次。姆妈让了座，泡了茶。姐姐避到房间里待着，心却悬着，细听客厅里所有的动静。

姆妈问："真是稀客，两兄弟同时来家里喝茶。"

大哥喝了口茶，因为刚沏的，水烫，喝时就发出呼噜噜的声响，一口接着一口，慢条斯理地，呼噜噜地没完没了。

三哥似乎在等大哥开口，见大哥不语，便道："今天真不是单来喝茶闲聊的，你也知，无事不登三宝殿，兄弟俩来，是要说个事，你们家女儿，谁见了都喜欢，娴静孝顺顾家，你们做父母的也是镇上少有的通情达理的人，我们几兄弟及家里的媳妇，早先耳闻他们在谈对象，都满心欢喜，真心愿意你家女儿能嫁到我们家来，谁会知这老娘又生出些事来，上街乱嚼舌头，人老了，糊涂了，但希望你们不要与她一般见识，也犯不着，只是让你们家孩子受惊了。潘水是家里最小的孩子，对付不了老娘，我们今儿几个都去找她讲道理，叫她好生歇着，少管闲事，让孩子们安生做自己的事，处自己的对象，过自己的日子。她似乎也听进去了，没再怎么吱声。潘水还嫩，之前最招老娘疼，也不敢得罪老娘，也是心地儿好，孝顺，怕伤了老人身体。前两天老娘几乎把他管得严严的，不准他出门，他心里苦恼，又不知如何对付这脑子一根筋的老娘，只能躺在屋里闷睡，昨晚大哥去看他，才知道情况。你看，这一大中午的，我们就赶来把情况说一下，两家人正式坐下来说透这个事，也算是先口头上提个亲。”

姆妈道：“呀，真叫个无事不登三宝殿。年轻人互相走动交往也属正常，我和她爸都没往心里去，不知竟然还有这一出戏。我是受过父母做主之苦的人，绝不愿意在女儿身上重新演一遍，与谁处对象，都由着她自己心意，做娘的最多给几句意见。潘水这小伙子，踏实能干，又一表人才，看着讨人喜欢。至于其他，还是得听孩子们自己的，如果真有姻缘，大人也只有祝福的份儿了。”

姐姐在房间里听得一清二楚，心里自然松了些。另外，又真心觉得姆妈回话回得好，不得不佩服姆妈，说话得体，清清爽爽，却又话里有话，给别人留了空间和余地。

三个人在客厅里又闲闲碎碎地说些话，也就一刻钟左右，就听得外面一阵喧闹，随后传来潘水老娘的声音：“我没还死呢，怎么也轮不到你们几个来替我做主，你们有了媳妇，缩了脖子，硬了翅膀，不认我了，我管不着，但我这小儿还是我的儿，我活着，就由我做主，轮不上你们来替我说话。我就一句：只要我还有一口气，这门亲，就没门。”

姐姐听得此话，全身血液直涌脑门，手脚瞬间冰凉，嘴唇微颤，恍惚间身体虚浮飘忽起来，如置身别处，那声音似隔得很远，却又听得真切，心跳到口腔，头晕脑涨，恶心想吐。有那么一小片刻，无法思维，过后，才有撕裂之痛，羞辱感涌上来。这妇人真是不知节制，不懂礼节，竟然会吵到家门口来，姐姐心里生起一阵强烈的厌恶和绝望。想着可怜的潘水，泪水又流了出来。

当下就又听到门外院子里人声杂乱，有人从不同方向聚集而来。屋内有两兄弟站起来推开茶杯及板凳磨地的声响，又是一阵脚步声，便听兄弟俩在院子里对老娘道："还有完没完，实在闹得不像样子，跑人家这儿来干什么？让旁人看笑话，什么年代了，谁能做得了谁的主？人家敬你老，也得自己守得住敬。"

老娘扯开嗓门："我十月怀胎，一把屎一把尿，熬枯了血肉，把你们一个个喂大，现在做不了你们的主了，你们听媳妇的，媳妇是你们的娘，你们现在只近她们的身，只认她们的奶，看你们没出息的熊样，我也认了。可我还有一个小儿子不是？也非得活生生把他从嘴里挖走不成，他万一被这小妖精吸了精血，倒了霉运，是要我老命不成？"

老娘如此，儿子们被气得无话可说。

老娘见儿子无语，越发张狂，指桑骂槐，语言粗鲁，口水飞溅，疯言癫语，东一句西一句胡扯，最末还加上一句："真是好东西还怕没人求，用得着那么早就出门找男人。"

这一句，让耐着脾气的姆妈终是坐不住了，站起来往外走："婶，您老说什么，我都听着，我也不想跟您计较，各家管各家的事，我的女儿我管，您的儿子你管，我也绝不会在别人面前说您儿子一句不是，都是同一个理。您老愿意在大街上耍泼卖辣，那是您自己的事，但这不明不白地跑到我院里来闹，是哪门的戏，是谁说我这女儿非要嫁你们家了？关于谁先找谁，您儿子知道。另外，东西好坏，路还很长，也不是您老一人说了算，您老也活了一把年纪了，您可以不在乎自己的脸面，但最好积点口德，别丢孙辈的脸。"

姆妈不急不慢，声音沉稳有力，打人巴掌不在脸，在理。

姐姐气得手脚发抖，想找个地儿躲起来，想捂住耳，闭上眼，想消失，却又忍不住趴在窗前看。

老娘听得姆妈的话，一口气噎住半晌没出来，却翻着白眼，用眼神狠狠刮了刮姆妈。真是一只好斗的公鸡，江山易改，本性难移，与人斗了一辈子，怎么可能歇得下？

但也就消停了片刻，这老娘突然一屁股坐到地上去，拍腿捶胸，扯开嗓门，边哭边喊："这没天理的，我苦了一辈子，什么事没摊上过，都活成老树快枯死的人了，还轮得到你们这些小贼人教训我怎么做人，有娘生没娘教的人才会阴毛都没长全就到处出门找男人……"人群里发出怪异的哄笑声，她如人来疯，越骂越难听，越骂越疯癫。

姐姐听得她的话，虚脱了似的，从窗前闪开，瘫倒在床上。

有理的从来怕蛮不讲理的。

有套路的，从来都怕没套路的。

姆妈站在那儿，气得嘴唇发抖。

两个儿子实在忍不下，左右一个，架起老娘的胳膊，连拖带拉，把她移出院去。老娘一路与儿子拉扯，哭喊声咒骂声一路远去。

看客摇头、耳语、窃笑，散开。

姆妈脸色铁青，回到屋里，长叹一口闷气，冷冷地看着姐姐道："你听得一清二楚，不要怨别人，自己摊上的事自己忍，自己咬碎的牙自己吞，该死心时，趁早死心。"

姐姐软在床上，全身打战，如落冰窖。潘水老娘在院门外的那些话，雷一样一阵阵击在姐姐的身上。姐姐满身虚汗爬身，觉得半条命都快没了。

又听得姆妈叹道："我都快被气晕了，我这弱身子经不起这样折腾，你就给我省省心吧。”

17

潘水老娘白天闹腾过后，潘水当晚就偷偷溜出来，耷拉着脑袋缩着脖子径直去了姐姐家。

他来的时候，姆妈正在厨房里，父亲出门找帮工，姐姐刚洗过澡，只穿了小背心、小短裤，正站在衣柜前准备取裙子穿上。

大门开着，里屋的门半虚掩，潘水内心恍惚，一心想见到姐姐，进了大门，没头没脑地一把就推开了姐姐的房门，姐姐抬头突然看见几日不见的潘水，完全是另一副模样，萎靡不振、眼睛浮肿、脸色苍白、目光失神。他就那样无助地站在那儿，直愣愣地看着只穿了背心裤衩的、肌凝肤白的姐姐。

潘水脑门一热，本能地往前一步，猛地抱住姐姐，搂紧，又搂紧，胳膊和胸膛里生长出野蛮的劲儿来，使得娇小的姐姐被挤压得喘不过气来，挣扎了几下，便听到从他胸口传出委屈的抽泣声。一边喘着粗气，一边脆弱地哭泣，一边使了野劲儿，将姐姐搂在滚烫坚硬的怀里：“我不能失去你。”

姐姐挣扎，他不许，越发抱得紧，似乎想将姐姐整个镶进他的身体里，或恨不能将姐姐化成水，全部吸收了去。他如一棵会吃人的树，伸展出枝枝蔓蔓，将姐姐捆住。

第一次如此亲密地搂着姐姐娇嫩的身体，闻着她刚洗过澡后的新鲜的芳香，潘水几乎意乱神迷，目眩头晕，浑身颤抖不已，脊背处涌出强劲的热浪。他揉捏着姐姐几近赤裸的身体，体内涌起横冲直撞的狂野，热辣而疯狂。他边哭泣边用嘴唇去寻姐姐的唇，将姐姐抵在衣柜上，压迫着姐姐的胸，用颤抖的手去抓姐姐的身体，渴望向上向下向里无限的绵延，慌里慌张，却令他窒息。

姐姐害怕起来，用脚去踢他，拼命扭动身子。他的劲儿可大了，姐姐想，如果这力气用来和他老娘较劲，老娘该不会如此跋扈，自己也不会承受那般羞辱。他老娘在院子里当着众人说的那些刺耳刮脸的话，就如当众剥了姐姐的衣裳，姐姐一回想起来，骤然间就揪心地疼痛起来，羞耻感再次强烈地袭来，连眼前的人都一并觉得可恨，便使足了吃奶的劲儿，掐他的胳膊，胳膊太结实，掐不进。姐姐想喊，嘴却被他的嘴堵着，只听得他喘着粗气，泣声如丝，泪水沾了姐姐一脸。心是脆的，劲儿却是足的，几乎要把姐姐揉碎了。他的手和舌头一样，不断往里去寻，不管不顾，牛犊儿似的。

姐姐的身体被他的气息所缠，被他的舌头和手控制，被他如溺水者般不要命地越抓越牢，姐姐无骨无力，感觉自己也要被他卷走，被淹没，被同化，被拖向深水处，沉溺其中。姐姐看见自己身体里的火苗到处乱窜，他的身体如此滚烫，像着了火似的燃烧，自己快被点着似的，却又在瞬间想起镇上的事，还有那些失身的姑娘，顿时被恐惧惊醒，身子冷却下来。那么凶悍的娘，那么懦弱的男，万一不小心怀了个孩子在肚子里，没头没脸的，那时真可以去跳衢江了。

一念间，姐姐万般清醒，胳膊掐不进，就用指甲抠，连抓带踢，从他怀里逃离出来。从衣柜里胡乱扯出条裙子，快速套上，跌坐在床沿边，想想不对，又从床上起来，坐到旁边的板凳上，保持着警惕的姿态。

潘水满头大汗，呆立在一旁，用孩子似的眼神直直地看着姐姐，看久了，眼眶便又红了，慢慢湿润起来，眼里又含了泪，像极了可怜的婴孩。姐姐瞟他一眼，心有剧痛，这痛，带来了更大的绝望，好一个脆弱的、无力担当的男人，他老娘的咒骂及姆妈的叹气声清晰响在耳边，姐姐被不断地撕裂着。

姐姐又突然记起那次送他去龙游车站，两个人在火车上黏着，黏成一个完整的世界，没有别人，更没有火车铃声。火车启动了，只能陪他坐到了金华。那日在车上，姐姐担心回去太晚，姆妈会担心。潘水就笑道："你已经是大人了，还怕姆妈？我们结婚后，你就是我姆妈，我归你管。"又道："什么年代了，还担心大人不同意，只要我们两情相悦，死活要在一起，谁又能阻挡得了？"

那些动听的情话甜蜜到让人几近窒息，句句掷地有声，生生死死地要在一起，可一到关键时候，全都不顶用，全虚得缥缈。他的神经太细，通不过事儿。他的肩膀太弱，撑不住担儿。他需要一个强势的妈。

姐姐越想心里越乱，气息全无，只想再次瘫倒在床上，睡个天昏地暗，长久不起。

潘水继续站着，许久，才磨磨叽叽道："中午的事，太对不住你了。"

姐姐不语，又听得他娘的声音在耳边厉声尖响："有娘生没娘教的人才会阴毛都没长全就到处出门找男人。"耻辱感洪水般涌上来，一阵揪心的痛，泪水便不争气地滚了下来。

潘水道："我也实在没办法，真的拿她没办法，可你知道，我也确实离不开你，我要你，要和你在一起。"

姐姐心想，说这些前后矛盾的话又有什么用？

潘水见姐姐不说话，便伸出手去抚摩姐姐洗完澡后还没完全干透的头发，重复道："你知道，我真心实意地喜欢你，想与你一起过生活，我不想要别人，只要你。"

姐姐听了这些被他在嘴上纸上重复过无数遍的话，反而新添了怨气，尽是些没用软弱的话，说再多，又能如何？便抬起头，盯着他那双哀伤无力泪光闪闪的眼睛："你想怎么样？"

他迟疑了一会儿道："我也不知道，她已经很老了，也活不了太久了。"他表情痛苦。

"我希望她长命百岁，难道你希望她早死吗？"姐姐胸前堵了一口闷气，知道自己的心气儿在一点点被消耗掉，连呼吸都觉得困难。

如果他说："我爱你，不管老娘反对不反对，我必须和你在一起，我们去杭州，她看我们死活都要在一起，也就无奈了。"只要他敢说，姐姐肯定仍会不顾一切地跟着他走，是的，姐姐千真万确地知道，自己仍旧还是爱着他的。只要他有勇气，内心坚定，无论何处，姐姐仍愿意跟随。他老娘的话再毒，都毒不死她，只要他坚定有力，可依可靠。姐姐想，还年轻，路漫长，找个活，寻口饭，也不是件艰难的事。

潘水不语，满脸不知所措。

姐姐心碎成渣，一个大爷们，遇事不沉稳镇定，内心慌乱，单薄得像片叶子似的，在风里摇晃。他那么的脆弱，满眼的无辜，姐姐知道自己还是怜惜他，甚至想将他搂在怀里，吻干他眼角的泪，给他信心和力量，告诉他，不要放弃，不要放弃。

"我不想与你分开，舍不得你，我与老娘交涉了无数次，也求过她，可她死活不同意，每次交涉，她就又哭又闹，有次差点晕过去，我也总不能活活将她气死吧？我也实在没办法。我想过，带你去杭州，远离她，可老娘似乎知道我的想法似的，她说：‘如果你敢带她走，我就去西湖里寻死。’我真是怕她，她是什么都做得出来的人，如果真跳水寻了短，我这一生又如何安宁？”他哀伤地看着姐姐，泪水模糊的眼眶深处，是徒劳的深情。

姐姐听他这番话，连自己都不好意思再说什么了，空气浑而不清，满腔的爱和现实的冷酷，让她几近窒息。

知儿莫如娘呀。

解铃还须系铃人，他解不了，谁可以解?

姐姐恨他，怨他，可是，不如此，他就不是他了。

这时，姆妈从厨房里过来。潘水听到脚步声，用袖子抹了抹眼角，调整了下表情，目光迎着声音去。

“噢，是潘水。”姆妈道。

“婶婶好。”潘水低声叫道。

“中午的事，对不住您了，实在对不住。”潘水羞愧道歉，不敢拿正眼看姆妈。

“我倒没什么，这样气势汹汹地上门来闹，只可怜了我家姑娘，不知道镇上的人会拿什么闲话吐她。说出来的话和泼出去的水一样，收不回的，不提也罢。既然不能在一起，你们以后就少来往。你们聊，我去洗脸，今天累，想早些歇着。”姆妈边说边反身离开。

“我也该走了。”潘水识趣。

姐姐身重如山，气虚如丝，但想了想，还是站起来，送他出门。

“我后天回去上班，可以的话，能不能把我写给你的信还我，我怕你以后随手丢了，可惜。”在院子门口分手时，潘水徘徊不前，半侧过脸，声音凄凄。

姐姐听后，身体一片悲凉，似被躲在角落里的小兽猛咬了一口，疼得紧，疼成一片黑漆漆，一阵寒气再次从脚底升上来，瞬间蔓延周身。

姐姐咬紧牙，一句话都不想说。送他出了院子，听他凝重的脚步声一点点飘远了去。

回屋后，独个儿浑身发抖地倒在床上，卷了被子，一夜悬浮在梦的边缘，真真假假，虚虚实实，漂远后又逆流回来，身子似躺在床上，却如经了长途跋涉，精疲力竭，衣服湿了又干，干了又湿……

恍惚中听潘水老娘在院子里的尖叫咒骂，又似乎被潘水搂在怀里，能清晰闻到他的气味感受到他的热度，那些甜蜜的语言，那么滚烫的力量，靠近了，又远离了。可以贴着身，连着心，一起走下去，结婚生子，有商有量、恩恩爱爱地过日子，却真实地意识到这段关系其实已经彻底完了。真的完了？像梦一样，却不是梦，是真实的痛、耻辱还有委屈。如此沉沉浮浮，梦里梦外，天昏地暗，恍恍惚惚地熬到天亮，掀开被子，闻到一床的浊气，身体虚了大半。

起床，头重脚轻，重病过后似的，虚弱得厉害，一下子觉得一切都了无趣味。机械地洗脸刷牙，捧着碗热粥发呆，没了食欲，没了生机。今天是周一，得回厂里上班，可意识到潘水老娘在院里的闹剧早已传到厂里去了，突然间就不想出门，怕面对姐妹们的七嘴八舌，以及老街青石板上早已堆积了一地的闲言碎语，就害怕起来，身心缩成了一个冷团，整个世界都带了寒气似的，一下子对门外的世界有了逃避和厌烦。

喝了几口粥，胃堵得难受，就重爬回到床上躺下。姆妈也不安排她做事，由她自个儿去。迷迷糊糊中醒来，已经是中午，起来去厨房，见瓶姨也在，心里稍有些宽慰之感。

“呀，脸色这么难看，原本好好的一个俊俏姑娘，活活被你自己弄丢了不成，来来来，坐，喝碗鸡汤，补补气。”瓶姨一见姐姐，就过来搂住她的身子，随后牵她进厨房，将她轻轻按在桌旁的凳子上，转身，再回来时，一碗冒着热气的鸡汤已经在姐姐面前了。

“昨天的事，日历一样已经撕过去了，现在要做的便是，吃饱喝足，养够精力，好好活着，有青山在，还怕没柴烧？这世界大着呢，不怕。”瓶姨笑声脆脆，银铃般动听。

姐姐心头羞愧，含泪低头。

鸡汤鲜美。香气腾腾。

姐姐就着瓶姨的笑声，一口口喝下鸡汤，感觉周身的细胞一点点膨胀饱满起来，就像春日里枝头间冒出的嫩芽。喝完汤，瓶姨又端来一碗葱花鸡蛋面，闻着舒坦，收紧的胃有饿的欲望，姐姐再次埋头，没多时就见碗底。食物进了身体，转化成热量和元气，它们聚集起来，暖了姐姐的身体，等姐姐从碗前抬头时，眼睛已经比方才明亮许多。

瓶姨道：“食物是好东西，多吃，身体好，情绪就好，情绪好了，眼前的东西就顺眼了。”

姆妈也附和：“人是铁，饭是钢，吃得下，容得了，这世上，就没过不去的事。”

姐姐第一次意识到，食物和时间一样，是透明的，人在食物以及时间里穿行，经过了，消化了，那以为漏了洞的世界便又慢慢修复了。姐姐想，活久了，成妖了，是因为见怪不怪了。

可自己还嫩，心里装不了事，还是难受和虚弱。姐姐从厨房出来，又去床上躺下，想睡，却睡不着，满脑子的杂乱，千头万绪，异常悲伤。午后起来，与瓶姨两个人包汤团，给工地上的人当点心。听瓶姨说笑话，看瓶姨挺着肚子喜气地在厨房来回走动，原本心神不宁的姐姐稍觉平静了些。

傍晚，妹妹放学回来，姐姐把她拉到里屋，取出信，让她给潘水送去。

不多时，见妹妹回来，姐姐连忙迎到院子里悄声问："怎样？"

妹妹说："见到他了，整个没睡醒的样子。"

姐姐觉得身体又虚空起来，手心出汗。颤着声问道："看到他老娘了吗？"

妹妹老实回答："看到了，她躺在院子的长椅上，正啃着苹果，见我过去，哼了一声，别过头去了。"

妹妹又道："他拿了信，从他老娘身边蹒跚着走过去，摇晃得像只鸭子。"

姐姐没说话，心想，都已经断了，还问这么多干什么。可人不争气，眼里又滚出泪来，胸口堵着，闷得难受，心脏隐隐痛，寒气又浮上来，人一时便恍惚起来，长长地叹口气，拖着沉重的身子，往厨房去。

厨房里有瓶姨。

瓶姨是暖的，善的，带光的。她知道该说什么不该说什么，总是能有意无意地宽慰姐姐。今天早晨，她甚至从野地里带了鲜花给姐姐："来你家路上，看到它们，就摘来了，你肯定喜欢。"姐姐将花插进空瓶子里，置在厨房的窗台上，时不时看一眼。

这晚，餐桌上有青红辣椒炒肉、萝卜虾皮红辣椒、辣椒炒鸡胗、辣椒炒兔肉……红红火火的一大片。瓶姨悄悄对姐姐道，多吃辣椒，辣椒可以让胃翻腾，身体火热，痛痛快快的，一切烦恼忧愁全能给辣跑。

姐姐心头阴冷，听了瓶姨的话，开始每天吃很多辣椒。

每天吃，每天被辣到嘴唇痛，胃冒火。脸上假装正常，内心却暗无天日，每每半夜会在恐慌不安中惊醒，在黑暗中躺着熬着，等阳光打开老街。

自他老娘上门大闹后，对姐姐来说，老街突然间变成一条可怕的老街，每天经过，就如经过战场，枪林弹雨。街头那些好事者脸上诡异的表情，闲言碎语铺满了千年的青石板路，与潘水曾经甜蜜的一切依旧清晰，它们纠缠在一起，交织成一张厚密的网，罩在瘦弱单薄的姐姐心头，白天晚上，都如梦魇。

姐姐内心翻江倒海般承受着不能言说的苦痛，世界原本完整得似一个玻璃球，元气与梦想都在，现在却被击碎，玻璃光闪闪，支离破碎，赤脚走在上面，每一步都是痛。

这日，看天快暗了，姐姐离开厨房去院子里收衣服，站在晾衣架下，却一时木呆呆的，看着巷口发愣，忆起潘水之前在巷口与她交耳絮语的样子，心里寂寂的，满脸恍惚，失魂落魄。恰巧父亲从外面回来，原本在街头听多了众人关于自己女儿的戏笑调弄之碎语，加之连日造房，耗心耗力，见此时女儿这副呆鸡的样子，粗暴脾气上来，随手拿起地上的树枝，朝姐姐劈头盖脸地抽过去。

父亲边骂边打，凶神恶煞般，眉毛眼睛全拧在一起。

姐姐起初站着，打疼了，就蹲到地上去，抱着头，忍着刺痛，倔强起来，咬牙不吭。

狠下一条心，索性被打死算了。

瓶姨从厨房冲出来："这怎么了得，这么大的姑娘，每天跟着大人吃苦受累的，花一样的女儿，别人伤了她，做父母的疼都来不及，你却还跟着众人一起，拿她出气，你能狠心打得下手？”

“你都听听，外面人怎么说，还痴心发呆，她不要脸皮，我还要呢！”父亲的唾沫飞溅，胸中藏了一股恶气，那架势，要置姐姐于死地似的。

瓶姨去夺他手里的树枝，也被抽了几下。

姆妈从衢江边洗衣回来，见眼前一幕，叫道：“这日子，过不过！”姐姐听得姆妈冷静的声音里，却有撕心裂肺的痛。

父亲扔了树枝，嘴上仍旧骂骂咧咧。

“是我们主动去他家提亲，他来退婚不成？年轻小伙，公鸡一样，招摇，轻薄，写几封信，追求一下，能算什么？你家女儿长得好，被人追，正常。她有什么错？你说说，她究竟错在哪里了？人家那不体面的老妖婆，黑风毒舌，还不是小瞧咱们家，觉得我们女儿配不上她那在杭州工作的高贵儿子？如果你做父亲的，有能耐有面子，她敢这般上门来作怪？即便我们穷，但换成别人家那些个真正有脾气的男人，她胆敢这样跑到我们院里来弄是非？自家女儿被人伤了，你不安慰，整天白眼凶脸地给她看。现在倒好，他们在街上嚼舌头，你回来没皮没脸地打她，你还让她活不活？我前年生病，没她日夜守着，我命早没了。现在，你窝在家里做什么吃人的血性父亲？你做什么父亲？”姆妈跌坐在院子里的石凳上，伤心欲绝，呜呜哭泣起来。

父亲衰了下来，耷拉下脑袋，不语。

姐姐被瓶姨扶起，回厨房坐下。

姆妈随后跟进来，与瓶姨一起，帮姐姐擦了浸了血的细伤口，脸、脖子、手臂、后背都有。擦抹了些药膏后，姐姐稍坐了一会儿，看姆妈和瓶姨忙碌的样子，坐不住，起身干活。过不了几分钟，那些帮工的人，马上要过来吃晚饭了。

瓶姨眼里含着泪，姆妈眼眶通红，三个人在厨房里各自忙手里的活，谁都不说话。

姐姐被暴打了一顿后，反而在心里冷静下来。之前的焦虑、恐慌、羞辱、自怜自艾，以及内心承受着的一切苦痛，突然间好像变得一文不值。父亲就像一面镜子，让姐姐看到一些平时很难看到的、被包裹起来的事实，做女人，如果自己不争气，不独立，依靠谁都没有用。靠父母，不成。靠男人，靠哪个？如姆妈所说，靠任何人，靠得了一时，靠不了一世。

姐姐身体承受了被粗暴抽打的痛，心里却添了勇气，有了些凛然之感，也不再那么惧怕老街上的闲言碎语。

这天晚上，姐姐吃得饱饱的，躺在床上准备入睡时，想起王汉的话，此时经历的事，十年二十年后回头看，算什么？便给自己鼓气加油，得好好活着，离活到老还很长……

18

潘水回省城后的第二周，新房准备上梁。

上梁是建房中求吉的礼仪，祈求房屋永固、富贵长久、子孙满堂。按当地人建房的程序，建房礼仪大致上可分为选址、立中柱、上梁、立门、竣工等几项，这当中，上梁仪式被大家视为整个建房过程中最为重要的礼仪。对于这样的大日子，父母也相当谨慎，早早择了吉日定好时辰。

上大梁前一天，家里准备好粽子、馒头、全鸡、全鸭、全猪头、红鸡蛋、各种讨彩头的果实……女人们在厨房里忙得热火朝天。

良辰将至前，父亲点燃鞭炮，瓦匠和木匠两人洗净手，沿着梯子爬上墙顶，爬一步喊一句：“吉日吉时盖新房，我给‘阿幸’家来上梁。”“财丁富贵双双旺，世世代代有功名。”爬上墙顶后，两位师傅面南各居左右，互相作揖，将绳拴活络结，边做边唱：“一对‘和合’笑嘻嘻，你向东来我向西。你向东面摘仙果，我向西面采蟠桃。蟠桃仙果都采到，代代儿孙戴纱帽。”

唱完后，指挥底下的人将缠有红布、贴有“上梁大吉”红纸的梁抬上去，整个过程不可有半点儿犹豫和迟疑。

师傅们继续唱：“千年梁来万年基，子孙满堂好福气。”

这边姆妈让当天来贺喜的亲朋帮忙搬运毛毯等“挂红”的礼物，一边招呼姐姐记账：“王婶五斤鸡蛋、一箱啤酒，二叔五十块红包，大姨六十，三叔五十……”一边说一边跑向大梁，用红绳系住毛毯和红被面，再用细红绳子系上两个大喜篮。

镇上最长寿的小脚老太太也赶来了，姆妈喊她七姑太，与父亲的上一辈沾点亲，她看到木匠和瓦匠都上了房顶，便反复念念有词：“四根明柱垫金砖，金砖里面有银钱。”

姆妈听了自然高兴，对姑太道：“托您老人家吉言，您老是福星，吉言成真。”这边吩咐姐姐：“等下记得提醒我，给姑太塞个红包，拿些粽子馒头送她。”

父亲又放了些鞭炮，鞭炮声引来更多的男女老幼前来等着抢喜篮。

木匠和瓦匠拉上了大梁，把两个大篮子拉上去，揭开包袱，拿出酒，敬了天地，各喝三口，边喝边唱：“主家人财两兴旺，荣华富贵满门庭。手端主家一杯酒，赞个天长与地久；手端主家二杯酒，荣华富贵代代有；手端主家三杯酒，子子孙孙封王侯。”

喝完酒，取出红包，朝底下的人亮一亮，装进布兜，唱道：“手持金绳提金包，金包塞进裤兜里，摇头摆尾变金龙，我问金龙归何处？金龙奔向紫薇宫，龙子龙孙万代官。”

大家在底下拍手道：“唱得好！”

父亲也在人群中，满脸都是笑容。

师傅继续取出两个点了红印的馒头，放在椽上压阵，木匠和瓦匠分别拿出一条烟，拆开，拿两盒装进兜里，其他的就开始向外抛出去，随之抛出的还有粽子、五颜六色的糖果、点红的胖馒头、红鸡蛋等。

底下的人群开始呼叫沸腾，整个屋子挤满了抢喜篮的人，镇上几乎每户人家都有人来，大家都图个热闹，抢个彩头。

木匠和瓦匠在房顶看着众人举手欢呼，激动起来，又唱：“天开文运大吉昌，今日接梁正相当……自从我今接梁后，发子发孙万年长。”然后将鸡蛋抛向漂亮的姑娘，将香烟和粽子扔给小伙子，唱：“小伙抢到配鸳鸯，姑娘抢到配情郎。”小伙姑娘互相打趣，嬉笑成一团。大家高声对师傅们喊道：“向这边来，朝这边抛！”年轻人故意挤来挤去，嘻嘻哈哈。除了粽子鸡蛋糖果外，还有红枣、花生，二分、五分的硬币。带孩子的年轻妈妈们叫道：“把绑篮子的红绳扔给奴！”老头老太则喊：“再扔几个钱，给孙子。”

姐姐问姆妈：“她们要红绳和钱干什么？”

姆妈回：“红绳可以给小孩过端午节时当五彩线系在脖子和手腕上，既可以招福又可以辟邪。”

上完大梁，抛完喜篮，闹腾过后，兜里装了“彩头”的人们各自对父母说些祝福的话，慢慢散去。镇上的人都美言道："屋子盖得结实，两个喜篮又大又有分量，量大福气大。"父母听了，心里美滋滋的，辛苦操劳，力求体面周全，要的就是这些美言。

父亲给师傅和帮工敬了烟，大家抽过烟后，开始重新忙碌起来。姆妈则和女人们回到厨房，忙活当天的酒席，这酒席的场面并不亚于一般的结婚喜宴，镇上帮过工的人，都会来。

盖新房是一生的大事，抛撒喜篮以及上梁宴便成为全镇总动员式的庆祝方式，每个人都可以来抢一份彩头，都可来喝一杯喜酒，能来抢的就是给主人面子，过来喝一杯的就是给主人祝福，图的全是热闹喜庆。

上梁的那天，很多人都喝醉了。

姐姐被姆妈指挥得团团转，看着满屋子聊天、喝酒、吹牛、喝高了扯开嗓子唱戏的人，又想起当初潘水专门从杭州赶来帮工时静候在桌子边的深情饥渴的眼，竟然一阵心痛，突然间空落落的。

晚上睡时，寂寥茫然，就像独自躺在无边无际的荒野，又像个迷路的人，后无退路，又不知前途何在，忍不住流了眼泪。又想起今天是家里的好日子，眼泪终究是不吉之物，强止住泪，用被子遮住脑袋，将自己缩起来，身体里一丝单薄的力量在游走。姐姐调了呼吸，那力量在腹部盘旋，随后向上慢慢生长，姐姐小心翼翼地护着……

19

上大梁过后第三天，姐姐下班回来，推着自行车刚进屋子。姆妈急急迎上来道："瓶姨被抓走了，正等你回家，一道去医院看她。"

姐姐觉得好生奇怪："为什么抓她？"

姆妈道："被计生委的人抓到妇女保健院去了。"

姐姐问："抓去干吗？"

姆妈道："打胎。"

姐姐问："非打不可？"

姆妈回："有些命，不由人。"

天还蒙蒙亮，计生委的人早早就候在瓶姨家门口。听到敲门时，瓶姨还在床上躺着，在晨光里感受着胎动。凡是有经验的老女人都对瓶姨说，这胎准是个男儿。真是个男的，也算了却了丈夫与公婆的心愿。瓶姨从小就害怕女人生孩子，她十岁时，邻居家那个面善喜笑的女人，就是在生孩子时大出血死掉的。女人生育，就如进鬼门关，关口狭窄，险象环生。瓶姨八岁时，母亲生小弟弟，也难产，民间叫"颠倒生"，不是头先出来，而是脚先出来了。接生婆问瓶姨父亲："是儿子，保孩子还是保大人？"父亲皱着眉抽了一口旱烟，表情扭曲，闷声道："保孩子。"好在母子都保住了，母亲的身心却经受了双倍的煎熬和苦难。瓶姨从小就真切感受到，女人命不值钱。儿子女儿不一样，女人养大了都得嫁人，替他人生养后代，孩子随他人姓，如果真死于难产，夫家立马再娶再生。

如今瓶姨已经是两个女孩的母亲，但每每想起生孩子时的疼痛，仍旧惊恐。从知道怀孕开始就担惊受怕，孕期漫长的呕吐，渐而臃肿、肥胖、变形、行动艰难，这些都还是生之前的状态，好不容易挨到阵痛到来准备生产时，更如上战场，披头散发，疼到打滚，全身汗湿，九死一生，终于带着孩子一起活下来，身体也像被掏空了似的，肚皮像布袋，松松垮垮，孩子则像袋鼠整天吊在奶头上。除了养育孩子，还得里外日夜操劳家务。

瓶姨是真心喜欢孩子，两个女儿宝贝似的，整天对她们眉弯嘴咧眯眯笑，从来舍不得大声责骂，毕竟都是过鬼门关时，用命换来的。因为自己是女人，知道其中之苦，就格外疼爱身边的两个女孩儿。

听到敲门声，在家休假的丈夫立马从床上坐起来，警觉起来："谁？"

门外答："计生办的。"

丈夫顿时慌了手脚，原本瓶姨听了风声，知道最近计生办查得严，想去山里的娘家待一阵子，躲过风头，丈夫却不从。一则刚从外面回来，舍不得老婆离开，二则觉得也没什么大不了的。他说："你看，隔壁人家生了四胎都没事，他们不会拿我们怎么样，大不了罚点钱。"

可有时，钱也不管用。政策有时如一阵龙卷风，强劲有力，连根拔起。

丈夫一听是计生办的，急得从床上跳起来，绕着屋子团团转，瞪大眼睛盯着瓶姨的肚子，一口一句："怎么办，怎么办？"

瓶姨最烦男人遇事不冷静："你转得我头晕，念经似的，我也不知道怎么办。"

"会死人的，拉去就直接送医院流产。啊呀，我的宝贝儿子。"丈夫吓得连声音都变了调，脸色大变，完全惊慌失措，就差哭出声来，骨头软，身子驼下来，矮小了许多。

瓶姨道："你是哭我还是哭你儿子？好歹也是风里雨里跑过的人，现在说这些有什么用？鸡蛋还碰得过石头？收拾收拾，去开门。"

丈夫听了这话，就真的哭了出来，抱头蹲在地上，呜咽道："这可是人命呀，可怎么办？"

瓶姨知道挣扎拼命也无用，不如索性跟着走，便缓身起来，穿好衣服，从柜子里取出些衣物，之前生过两个孩子，知道去医院是怎么回事，又添了些简单的物件，整理好装进布包。吩咐丈夫照顾好两个孩子，之后托给爷爷奶奶。她先去，他安顿好孩子后，再来。

丈夫蹲着，发出呜咽声，不回话。

瓶姨去厨房拿了两个剩下的馒头，是姐姐家上梁时的馒头，喜气吉庆，今日咬在嘴里，却带了悲凉之气。

开门了。三男一女，几个人门神一样站在那儿，面无表情，他们是代表，代表了生杀之权。

瓶姨麻木地跟着他们走，走到半路上，听得丈夫从后面追赶过来的声响："你们真要把她带走，就先杀了我吧！"

几个人站住，瓶姨回头，见丈夫跑得气喘吁吁，手里举了把斧头，脸部因为愤怒恐惧而扭曲。"你们要她肚子里的孩子，就先从我尸体上踩过去。"一行中的一个壮汉站出来，指着瓶姨丈夫的鼻子大声呵斥："给你十个胆，看你敢不敢！"

丈夫站着不动，斧头仍旧高高举着，手臂微颤，腿微抖。

壮汉又道："放下，回去。"

瓶姨什么都没说，挺着肚子，静静地站在那里看着丈夫。

壮汉又道："你可以杀了我们所有人，可这是政策，比天都大，你扛得过？"

又似乎过了漫长的一分钟，丈夫双腿一软，身子一松，徒劳地放下斧头，蹲地，抱身，呜呜声不绝。

瓶姨觉得难过，为眼前所发生的一切。

当天就打了针，做了人工引产，是七个月大的男孩。爷爷奶奶知道后，当下就双双卧床不起，两个女孩也无人照顾，家里乱成一团。瓶姨的丈夫托人带信，让姆妈先去趟医院。

姐姐立马陪着姆妈，急匆匆赶去医院。

瓶姨穿着医院里统一发的病号服，侧躺在病床上，发丝沾在额头上，脸色虚白。姐姐不忍看她，不敢和她的眼睛对视。姆妈俯身于她，低声说了些安慰的话，姐姐坐在一旁，低着头不吱声，想想，伸过手去，抓住了瓶姨放在被单外的冰冷僵硬的手。瓶姨的手一动不动，没有任何反应，任凭姐姐握着。

这毫无表情、冰冷无力的手，让姐姐心酸。

到处都是松垮空荡的。

姐姐第一次看见没有笑容的瓶姨，叮咚脆亮的说话声也同时消失。她躺在那儿，像个漏了气的球，元气尽失，只剩一层可怜巴巴的皮。

姐姐突然间真正意识到，从前不复。

20

潘水回省城后的第三周，姐姐收到他寄回来的她之前写的所有信件，数了数，竟然有二十八封。姐姐不敢拆开来细看，躲在屋里，找了件厚旧的碎花棉衣包起来，埋在箱子底下，埋进去时，手触到他之前寄来的他的旧衣衫，心里颤了下，锁上箱子，就像将自己身体里的一部分埋了进去，而体内的瘀气还在，徒然而忧伤地在箱子上靠了一会儿，难受了一阵，后背隐隐有些疼痛。

明知这般多愁善感一文不值，一时却无力清除干净。又想起当年埋葬自己养的那条小狗，一样的孤独和悲伤。

十岁时，每天都会陪姐姐上学放学的土狗误吃了镇上人家用老鼠药泡过的毒老鼠的食物而死。父亲拖着早已僵硬的狗去溪滩边挖了个坑，埋了。姐姐跟在后面哭哭啼啼，鼻涕眼泪一大把，童音脆响里的哀伤，如失亲人。父亲听了烦，猛地转身给了姐姐一巴掌，吼道："哭什么哭，死了爹还是没了娘？狗命贱，不值钱，有什么好哭的？"

姐姐被父亲那张恶神般的脸吓住了，止了哭，吞下巨大的伤痛，强忍在肚子里，任由伤心在身体里爆炸。衢江边冷风四起，吹得姐姐头发乱舞。是冬日的黄昏，暮色从远处袭来，将小镇一点点笼罩起来，到处都是忧伤的。姐姐跟在父亲后面，穿过因冬日早早关了店门显得异常清冷的老街，一步步往家的方向挪。

父亲的脚步声结实有力，姐姐踩在父亲的脚步声之上，有些虚脱，身体有饥饿感，头重脚轻，空荡，摇晃。街上几乎没什么人，似乎快要下雪了，风从四面八方来，姐姐穿得单薄，就将身子缩起来，泪迹被风吹冻在脸上，皮肤有被拉紧撕破的感觉。快进家门时，父亲扭过头来看了眼缩着脑袋可怜兮兮的姐姐道："不许再哭了，听着晦气。"姐姐绝不敢哭，更不敢吱声。

回到屋里，呆坐着，姆妈知道姐姐伤心，就道："喜欢就再给你养一条。"

姐姐摇头。

姐姐永远都不想再养狗了。

有些命，天生贱，"不值钱"。

姐姐将对狗狗的感情埋在身体里，从此不愿再碰。

那些不被允许的，都是"贱"的？

那些不值钱的，都是“贱”的？

就像从瓶姨身体里拿走的。他人不许的，都是垃圾，都是“贱”的。

短短一个月内，姐姐瘦了一大圈，话也越来越少。

日子照旧。

平日在电子厂上班，一起在操作台干活的都是差不多大的姑娘，之前常拿潘水来取笑捉弄姐姐，姐姐起初羞涩抗拒，久了，偶尔也乐意分享潘水信里的一些细节，甚至会念出一两句让人双耳发烫的话语，缓解小姐妹们在长时间枯燥机械的操作中的无聊与疲惫。别的姐妹也会说些自己处对象时的趣事，大家嘻嘻哈哈，手里做着流水线上机器人似的活儿，嘴里聊着与爱和青春有关的美好。

自从潘水老娘来院子里大闹过后，大家都心照不宣地在姐姐面前避而不提潘水的事，就像潘水突然间如露水般蒸发了似的。都心知肚明，却找不出安慰姐姐的话，只能当什么事都没发生过。流水线的操作台上，日复一日地枯燥，青春在这里做短暂的停留，有几个姐妹因为婚嫁怀孕陆续地离开。

能去什么地方，除了嫁人生子？

其中有个小姐妹，大家喊她素梅。是个开朗的人，长得真是喜兴，弯眉圆眼，两个小酒窝，肤白皮嫩，有事没事喜欢哼些流行歌曲，包里随身带一个本本，上面抄满了歌词，也喜欢看言情小说，说话的时候，眼睛带光，嘴角带笑。有几个年长几岁的姐妹老愿意拿她开玩笑，她也不恼，嘻嘻哈哈，没心没肺的样子。

这天，素梅没来上班，说是出大事了。

出事后，姐姐才知道，素梅兄妹两个。一脉单传的哥哥勤劳温顺，但极度内向，年过三十多还没娶妻，一家人急得四处托媒婆寻亲，可就是没找到互相如意的，姑娘不是嫌弃素梅家穷就是嫌弃哥哥太老实太闷，有一两个愿意的，素梅哥哥又嫌人家脸上有斑有麻子，反正就这样越拖年龄越大，一年又一年，光棍的哥哥成了父母日夜不能眠的头等心病。这年初，媒婆带来好消息，说有一户人家，与他们家情况一样，也是兄妹俩，兄长三十多还没找到老婆，妹妹二十不到，水灵娇嫩。素梅哥哥见过对方的姑娘，相当满意，对方家的兄长，也满意素梅。两家互换妹妹，各自省了彩礼钱，真是天上掉馅饼。可是，对方妹妹不愿意，父母以死相逼，众人苦口婆心地劝，亲哥差点给妹妹跪下了，妹妹拗不过，无奈点头同意。

到了交换帖子，准备娶亲的日子，这边，素梅突然就出事了。素梅从一开始就一万个不愿意，可是不愿意又有什么用？哥哥眼巴巴地指望她换回娇妻，父母等着抱孙子，家里穷，她是家里唯一可以交换的东西。

素梅半夜醒来，老觉得自己就是一头猪，一头牛，用来换亲的商品。没有任何人在乎她的感觉，她就像是一块移动的肉，带着可以生育的子宫。她的命运由不得她自己，她的婚姻由不得她自己，她是被左右的，被安排的。在这个家里，给哥哥娶亲育子，大于一切。哥哥有选择权，可以选择不要脸上有斑有麻子的，她不可以，她只是个东西。

如果有钱，她愿意出钱给哥哥娶一个媳妇，可惜她没有，她唯有年轻的可以被交换的身体。可是，她这身体里却私藏了粉色的梦，她想要爱情，至少想嫁给一个正常的男人。

她一次又一次对父母道：“我不想与那个人过日子。”

她一次又一次哀求：“不嫁可不可以？”

父母瞪着眼反问："你哥怎么办？你忍心看我们家断后？"

素梅明白，那只是他们家，她是外人。父母早已打定了主意，素梅心虽不抱希望，但仍旧道："你们难道忍心送我去那样的人身边，一辈子受苦，活得毫无尊严？"

父亲急了，开口便骂："就是那些破书读多了，什么叫受苦，嫁过去，他把你当宝，能少你吃少你喝吗？什么叫尊严，有吃有喝有后代就是尊严。"

素梅说："我想起他都怕。"

母亲还多少有点女儿心，皱眉，落泪，矮下身子，也就差跪下了："男人都一样，会心疼人就行，他大你十多岁，肯定稀罕你。你不嫁，你哥这辈子就毁了，我们家就无后了。"

素梅锁起眉，呐喊："你们这是推我进火坑，这是要我的命。"

母亲苦劝："别那么娇贵，谁让你出生在我们家，你前世如果修得好，投对了胎，可以做公主，可惜你就这命，女人要学会认命，眼高手低，苦的是自己。"

素梅知道该认命，可又怎能做到真正认命？

对方小时候生过病，小儿麻痹症，一双萎缩的奇细的腿。如果仅是身体有问题，仅仅是脸丑，素梅还能忍，不能忍受的是他的眼。那色眯眯的如鼠的小眼里，盛着一个腥膻油腻扭曲肮脏的世界，让素梅看着就反胃。

素梅从见过他第一面之后，几乎夜夜做噩梦。他在梦里变成一只巨大的蜘蛛，将素梅用唾液一点点粘卷起来，一点点吞噬。

日子慢慢逼近。

素梅日渐沉默。

张嘴又能说什么？谁会在意？铁网厚墙，素梅深陷其中，何处可挣扎？平时好脾气喜欢唱歌的素梅，骨子里却有叛逆果决的因子。

不能抗拒，就一死了之。

她给家里留了张纸条："对不住全家了，原本想逃走，但再逃也是你们的女儿。索性自己了断。将欠你们的，还给你们。"

半夜喝了烈酒，又灌下大瓶的农药。

母亲又哭又骂："好狠呀！"

父亲脸色铁青："生女儿，不如养猪狗。"

这般不顾大局，如此不吉利地死去，伤透了全家人的心，于是当日就草草送出去葬了。

妹妹死了，手里没了交换之物，一切都完了，婚是结不成了，娇嫩之妻成了梦中之物，梦如瓷器，彻底碎了，哥哥因此卧床不起。母亲日夜陪着儿子，生怕他再有个三长两短。

镇上人听到消息，又炸了锅，七嘴八舌，议论纷纷。

"这女孩做得太绝，舍得死，却舍不得替哥哥换亲。"

"苦命的女孩，可怜的。那样的男人，谁愿意跟？还要和他生儿育女？无穷无尽的苦，还不如干干净净地离开，少些折磨。"

"活着总比烂了好，可惜一身好肉。"

"太不懂事了，养大不容易，就这样伤父母的心。"

"女儿确实是赔钱货，这家父母算是赔个彻底。"

"什么？喜欢读爱情小说？什么破书？什么乱七八糟的爱情？生活哪有那么容易？哪个真正能称心如意？不都这样熬着？不敢踏踏实实过日子的，就只能一死了之，没什么可惜的。"

"这姑娘讨人喜欢，笑起来喜气，嘴又甜，活活被家里人害死了。

这家都是自私鬼，她哥哥更自私，拿妹妹换老婆，只盼想着自己能搂娇妻睡，不管妹妹嫁的是什么鬼。说她狠心吞农药，谁又顾她嫁过去的死活？”

“女人就不是人了？女人的命就那么不值钱吗？你们这些同为女人的老太婆，真是站着说话不腰疼。人都死了，你们竟然还在太阳底下指手画脚地批评起她来了？说什么她狠心，不懂事。什么叫懂事？她哥哥打光棍，关她屁事？就因为同一个娘肚子里出来，就要牺牲了她？才多大点的姑娘呀，怎能撑得住？死了好，多自由，一了百了，谁都别惦记。”

素梅走的那天，厂里的姑娘们集体沉默了一天，大家做着手头的活儿，谁也不想多说话，阴霾埋心。到快下班时，有几个终是忍不住，抹了眼睛，掉了泪，轻声抽泣，随后，哭成一片，哭素梅，也哭自己。

素梅走后不久，厂里很快就又招了一个新的姑娘。操作台即流水席，厌倦了的出去，又新招进更年轻更幼稚的女孩，在空缺了的位置上忐忑不安地坐下来，从最初的僵笨到之后的灵巧，从最初的羞涩到之后的老练，时间也就在此间的变化中悄然逝去。

因了潘水老娘的闹腾，潘水正式的离去，加之瓶姨和素梅之事，姐姐越发沉闷寂寥起来。

21

老街的青石板路上行人依旧。

之前，镇上的烟火味、玩耍的小孩、婴儿的啼哭、流动的商贩，甚至街头的野狗，通通能给姐姐带来宁静、闲适。姐姐觉得自己与小镇连为一体，就如老街的一块青砖、老屋的一个雕件，是天然和自足的、朴素和淡定的，甚至带了些这沉静里生出的优雅，没有强烈的欲望，更没有什么催得人焦虑的野心，有的只是日常起居，春秋更迭。内心之气，如镇上的王汉，也如镇头的塔铃，在季节里，悠然自在。

如今，小镇使人受困让人不安。

走在街头，有说不出的压抑窒息之感。老街上的气氛开始变得隔离和怪异，他们交头接耳，他们目光游离，他们神态里有鬼怪，他们无所事事、游手好闲、无事生非、好管闲事。

那些带了破坏性的专用来指责女性的字眼，真真切切地经了不同的空间，实实在在地流传下来，刺进姐姐的耳朵里肉里心脏里："风流""阴毛没长全就想要男人的""作风不好的""不被接受的""没人要的""不干净的""生不出儿子的""贱的""被人睡过的""放荡的"……

最初，那些话，是咒语，是符号，又像是黄纸标签，贴在姐姐的脸上，姐姐走在街头，脑袋越缩越紧，身子越来越小。姐姐看见老街上黄纸片满天飞，条条都是符咒，她不敢挺胸，所见之物恍惚不实，地面有塌陷感，走着走着就会腿脚一软，陷进坑去，掉入黑暗之渊，让人惊恐，要使足全部的力气，才能缓缓正常起来，勉强直立，继续前走。姐姐暗自咬牙，不开口，不说话，集了能量，对抗那瞬间出现的漏洞，以及时不时会分崩离析的内心。

慢慢熬，总会过去的。

日子更迭，小镇里烟火气依旧，该活蹦乱跳的照样活蹦乱跳。每家店铺里的生意，涌动的人头，吵架骂娘的，有礼有节的，素净的，荤腥的，朝气蓬勃的，腐朽老死的，全都混在一起生长，该骚动的一时也平息不下来，而静的还是那么静，一直在那里，冷眼看人生。

小镇里的日子就像溪水，夹在其中的一切，随着水声，叮咚作响，平静中有起伏，看似走远了，却新新鲜鲜地又回来了。

这天姐姐上班回家，带了一身的憔悴与疲倦。正巧是赶集日，又是上下班时间，老街上挤满了人。赶在收摊前出来买便宜菜的妇女、收拾行当准备回家的赶集人、放学了逗留在街头玩耍的孩子、没事出来溜达的老人，大家拥拥挤挤，肩擦肩、胸挤胸地往前挪。姐姐推着自行车，避让着身边人。

这样走了一段后，姐姐看前面人已稀，便跨上自行车往前，没骑出多少米，从弄堂里突然蹿出一人，看似要左拐，临了却摇晃着向右去，姐姐避不及时，撞上了他，自己也翻车倒地。

对方手里握着的酒瓶，也被摔碎在青石板路上。酒瓶裂开，酒香浓郁。弄堂那侧有小作坊自酿土酒，镇上爱酒之人都喜欢去。土酒略带甜味，醇厚醇香，本地人喝习惯了，半斤不倒，外地人来小镇，几杯便醉。

姐姐顾不了膝盖火辣辣的痛，连忙爬起来，扶了自行车靠在老街的五金店铺前，连声向倒地的男子道歉。

男子坐在地上，懒洋洋的样子，双手撑地，并没有要准备起来的意思，他眯起通红的小眼，咧了嘴，歪着脖子："干吗故意撞我？"

姐姐道："不是故意的，以为你要往左拐，对不起。"

姐姐认识这男子，是镇头王家的儿子，脸有横肉，眼有淫邪之光，每次见到姐姐，小眼睛直勾勾、色眯眯，没边没际自顾自地说些荤话。

"你把我的酒摔没了。"男子用手指蘸了蘸青石板上的残酒，先是放在鼻前闻了闻，然后放进嘴里，吧啜有声地吸了几下，动作暧昧下流。

“我赔你酒，不好意思。”姐姐低声道歉。

“赔酒不要，陪睡可以，反正你早已被人睡过了的。”男子斜着眼看姐姐，粗了嗓子，表情淫荡。

那些话如寒风一般刮在姐姐的脸上，让她如入冰窖，全身僵硬，动弹不得。

五金店主，曾经给过姐姐大苹果的阿三闻声从铺里走出来：“说的什么鬼话？喝多了？爬起来，别坐在这里丢人现眼。”

“丢谁脸了？没丢你的脸是吧？那就别多管闲事，是她把我撞倒，得她扶我起来。”男子无赖的表情，拿眼勾住姐姐，嘴角荡着坏笑。

他见姐姐站着发呆，便朝姐姐伸过手去。姐姐连忙后退了几步，靠在街边的墙角，吓得身体打战。

“灌了些猫尿，装什么酒疯了？”阿三道。

“要不要扶？”男子蛮横起来，斜着眼，横着脸，下巴朝前。

姐姐不敢看他狰狞的脸，只顾低着头道：“摔了酒，赔你酒钱，摔坏了身子，赔你医疗费。”

“赔个屁，过来扶人。”男子发起威来，瞪大眼，移了移大屁股，用手去抓姐姐。

“你个下流坯子，好狗不挡路，起来。”阿三走过来，挡在姐姐面前，对王家儿子呵斥道。五金店门前很快聚起一堆看热闹的人，嘻嘻哈哈，碎言碎语。

“谁下流坯？她才是那个被人玩过又被人甩了的小婊子，二手货，撞了人竟然站着不动，扶人起来都不会吗？”王家儿子对着阿三骂，又指着姐姐道，“烂在家里都没人要的东西，衢江那么宽，白天没时间跳，晚上也可以跳呀。死了便不会在街头招惹人，天生一张狐狸脸，还想祸害别人啊？”男子看人多，索性耍起酒疯，兴奋地张狂起来，胡言乱语。

姐姐脸色煞白地站在那儿，一时五味杂陈，恨不能找个地洞消失了去，羞愧难当，浑身发抖，牙根发酸，胸口堵闷，脑袋撕裂般痛，一阵又一阵地心悸，带着强烈的恐惧，呼吸越来越急促，无法自控，热泪夺眶而出，滑过脸颊。

男子被人群围着，满脸通红，继续亢奋地口吐脏话，疯疯癫癫。

姐姐觉得自己是光屁股的猴子，想跑，可双腿如铅重，麻呆呆地已经不听使唤了。只觉气血涌脑门，天旋地转，耳朵里全是蜜蜂，周围的声音一时变得遥远，远到与自己没有任何关系似的，可身体却有恶心想吐之感。

就这样木然地看着眼前的一切，听周围有人起哄叫好，也有人骂王家儿子嘴贱，恍惚中感觉自己似乎不在现场，只是在梦中，是梦的场景，与自己无关，醒来，眼前所有的一切都会消失，那些恶毒的侮辱也全都只留在梦里。

“走走走，别灌了点酒就装疯卖傻嘴里吐屎，同在一个小镇里活，都是有爹有娘的人。”阿三生了气，怒冲冲地走过去，用力踢了王家儿子一脚，“你再敢在我店铺前耍无赖，影响我做生意，我就给你点颜色看看。”说完，给王家儿子又补了一脚。王家儿子欺软怕硬，顺势从地上爬起来，摇摇晃晃、骂骂咧咧地走开了。

人群慢慢散去，天也暗了下来。

姐姐靠墙直愣愣地呆站着，四处都冷飕飕的，让人不寒而栗。姐姐缩着身子，王家儿子的话，石头一般掷在她身上，直击她的心肺。和善的阿三对惊魂未定的姐姐道："回去吧，别当回事，我们不要和这种没教养的酒鬼一般见识。"

姐姐嘴唇发麻，手指微颤，胸口堵得难受，脑袋里有火车隆隆开。听了阿三的话，清醒过来似的，迎着冷风往衢江的方向走。

姐姐觉得自己像是个漏气的球，整个身体全空了，步履蹒跚，踉踉跄跄，连自己的腿也很难控制了，好不容易出了曲折的小巷，拐弯，走一段土路，下了台阶，站在衢江边，寒气入骨，"婊子"这个无比恶毒的字眼，刀般刮在她的脸上，又似凶猛的巴掌，一记又一记。方才老街上的场景，像是梦境，却真实不虚，围观者的嬉笑窃语，同样刺痛了姐姐。原先以为潘水老娘的侮辱会随时间淡去，潘水对她的置之不顾也可以如针拨走，可一切都因了一次"撞车"事件，经了王家儿子之嘴，在街头围观者的嬉笑声中，鲜血淋淋地剥开了姐姐一直在逃避的真相。姆妈说过，唾沫可以淹死人。

要被淹死吗?

看着江水，心灰意冷的姐姐，瑟缩着，想起潘水老娘与王家儿子的污言混合了众人的哄笑，脑袋里嗡嗡直响，头皮一阵阵发麻，咬着唇，忍着，终还是控制不住，压抑已久的啜泣却再也无法止住。累极了，孤独和羞辱包裹全身，颤抖的四肢如此僵硬和疲惫，每寸身体都渴望安宁下来，可何处安宁？无处可辩，无处可逃。唯有死去，消失于这个可怕的世界，方可得以彻底的安宁。

一下子又忆起小时候在江里差点淹死的场景，先是挣扎，后是扑腾，之后缺氧了，累了，折腾不动了，身体就松了，一点点沉下去，想睡觉了，抬头，看到了那束光，穿越水面，直达自己的额头，没了恐惧，没了念想，只有美，那么美的光，那么美的世界，然后就在那光的环绕中，睡过去了。那个当初救自己的人呢？他在哪里？姐姐想，还没亲口对他说声谢谢呢。活了十多年后，今日又走回来，重新跳进江里寻求死去？

又想起那日王汉说的话：“小时候经过事，大了就厚实些，以后如果遇到什么过不去的坎，就多想想七岁临死前水面上的那束光。他救了你，你有了活下来的机会，无论好的，坏的，你经历着，都权当是老天恩赐你的。”

所有恩赐，今日是否都要收回？

江面暮霭浮起，对岸灰青色的山呈现出模糊的轮廓，它们站在那儿，一直站着，在寂静的时间里。有几只水鸟停在埠头上，也是静止不动。

姐姐神情恍惚，看着眼前寂静的一切，脚步开始往前，一点点靠近江水。

“天快乌了，回家吃饭吧。”背后是姆妈微颤的声音。

姐姐回头，看姆妈离自己不远，就那么安静地站着，瘦小的身子隐在雾气渐起的暮色里，显得单薄无助。想到小时候天寒地冻时半夜陪她一起找父亲，又想到她曾经长久卧床不起之劫，姐姐喉间一酸，眼泪再次滚了出来。

“晚饭准备好了，有你喜欢的鸡蛋面，回家吧，不然菜冷了不好吃。”姆妈唤了一次，声音里藏了疼爱和恳求。

姐姐转过身来，跟在姆妈身后。

“阿三把你的自行车送回家了。”姆妈道。

街头的事，姆妈都已一清二楚。

“树活一张皮，人活一口气。”姆妈道。

姐姐轻声呜咽。

“唾沫是气泡，真要是死在那些恶毒的气泡里，那也不怪别人，只怪自己命太薄，身太脆，熬不住。”姆妈道。

“他没碰过我的身子。”姐姐低声说。

“我们能管得了自己，但管不了别人的嘴，嘴长在人家脸上，人家想怎么喷就怎么喷。只是，这世上，哪个人前不说人，哪个背后无人说？关键时刻，命得自己抓在手里，绝不能死在别人嘴里。”姆妈不动声色，但声音发颤。

姐姐不吱声，母女俩的脚步声沉重。

天乌得快，小镇快速被黑影吞没。路边有饥瘦的野狗摇着尾巴四处寻食，满地白天留下的垃圾。

风飕飕的，街上已经没什么行人了。阳聚阴散。母女俩的脚步声一下又一下，余音长长。到处都是寂寂的。

“人都是熬出来的，本事也是逼出来的，这人活在世上，得有点韧劲。”姆妈道。

随着姆妈，听她的声音，姐姐感觉身体里慢慢浮出些新的力气，它们紧紧挤压着姐姐的心脏，血一点点重新热起来。

“姆妈知道你不容易，心里屈，但这人哪，再难，也得自个儿在胸前开洞，让日头光进来，心里亮了，阔了，那些郁气就化解。一日化不了，一月，一月化不了，一季，一季化不了，一年，总有一天，得干干净净，干净到你连想都懒得想起来。”姆妈走前几步，声音慢悠悠，但句句清晰有力。

“别让人看笑话，你得好好活，活得好好的。”姆妈道。

22

姐姐在看似日常的不动声色里，每天都在努力，努力让神思回到原初，以抵御骨子里还藏着的那些非人的折磨、无所不在的忧伤。起起伏伏，一时低落，一时平静。

如姆妈所说，要有骨气地好好活下去。

姆妈自从那天傍晚从衢江边将姐姐领回家后，仍旧心有余悸，虽没明说，明劝，但对姐姐格外用心起来，并且尽量做得不露声色，但姐姐知道，姆妈在暗处用劲。

姆妈会想着法子做好吃的，拼命让姐姐多吃。姆妈的理论是："人状态不好时，都是因为身上的阳气被事给消耗了，得吃各种肉，羊肉牛肉猪肉，把阳气补回来。身子虚，就得食补，吃多了，吸收了，血气充足，向上升，劲儿往上提，阳气也就都上来了，阳气足，心气就回来了，这人便开阔了。心宽体胖，体胖亦心宽，全是一样的道理。"

除了吃，姆妈还找出各种事来让姐姐去做，私自接了邻居家的很多活儿，比如做裤子、缝被子、补外套。姐姐之前无师自通，喜欢剪剪补补，自己会缝些衣服裙子穿。如今每天下班回来，就坐在缝纫机前不停地踩呀踩的，踩些美丽热闹的花被套，缝修身的裤子，巧妙地修补外套。屋子里静，只有缝纫机的嗒嗒响。姐姐在姆妈的食物里，在这有节奏的充满生活气息的嗒嗒声里，不再如最初那般时常恍惚和失神。姐姐的脸圆润了，身体比以前结实了，那偶尔灿烂的笑颜里，再次蓄养了蓬勃生机，似乎只等着正确的时日，便会如太阳穿越云层般喷薄欲出。

姆妈说，人不能太闲着，手里有事做着，专注于手里做着的事，就没太多时间用来伤神了。久了，堵在心里的郁气就自然在做事的过程中，闪开了，散了，消失了，想再好好伤心一把，都已经变得不那么容易了。

姆妈反复说：人的精气神就是在吃和做的过程中生养出来的。

房子已经造好，姆妈空余的时间也比之前多了起来，晚上料理完家里的事，还会翻一两个小时的书。大多数都是从王汉那里借的，他的家，就像一个小小的图书馆，他几乎从不借钱给镇上的任何人，书倒是乐意与人分享的。

姆妈读完后，姐姐会拿过来读，读高中的妹妹在功课之余也偶尔会翻一翻。父亲和弟弟是不喜欢翻书的，父亲已经许久不赌了，闲时就拉拉他的二胡。读初中的弟弟最让姆妈头痛，整天不在家，与街头的小混混打球、打架、逃课。姆妈常道，一母生九子，九子各不同呀。

姆妈对弟弟苦口婆心，弟弟低头不吭声，转身出门后又被人打得满脸是血地回家。也有打赢回来的时候，但随后就有家长带着头破血流的孩子告上门来。弟弟嘴硬，从不道歉，为了熄人家的火气，父亲就当着人家的面将弟弟狠狠揍一顿。虽然家里每天早上都有一个鸡蛋是专门给传宗接代的弟弟吃的，但揍起弟弟来，父亲可从来不手软，弟弟却越揍越皮实，索性就常常光明正大地在街上游荡。

姐姐半夜醒来，常会独自思想这不求上进没心没肺的弟弟；百事不管只顾自个儿啃课本的妹妹；日渐老去、早已失了斗志的父亲；体弱多病的姆妈；家里造房子欠下的一堆债；以及自己被人“弃”的处境。好在内心开始闪动着一些光亮，虽不强烈，但已经隐隐可见，有一些词，会开始在黑暗里重复出现，关于宽阔与希望。

这日傍晚，姐姐捧了几本已经读完的书，去光头王汉家还书。

一朝被蛇咬，十年怕井绳。自“撞”倒王家儿子后的那个黄昏，每每走在青石板路上，姐姐常觉心悸。姐姐也是在经了些事后，才比之前有了更多的思考。姐姐常会想关于“我”这个东西，五六岁的时候，老觉得肚子里有个“我”，小人一样，管着她的行动，告诉她饿了，饱了，要睡了，想出去玩了。大一点，知道脑袋里有个“我”，真想靠近它，却又不那么容易。自己与“我”虽然朝夕相处，“我”却是看不见的，需要撞上一些事情，一些人，碰到一些痛，经了一些折磨，才能真正看见“我”。那些事那些人，像镜子一样，折射出“我”的样子。

经过十字路口时，姐姐看见一群人往舍利塔方向跑去。姐姐在路口站了一会儿，被身边人满脸兴奋的劲儿所诱惑，也身不由己去跟着人群往前去，边走边想，好奇心害死猫，这人也是一样的。

走了一段路，姐姐便在路人的七嘴八舌里知道，那个在小镇流浪的疯女人，要生孩子了。

疯子每天披一条旧床单，像披了战袍似的在小镇上游荡，人家有吃的就顺手送她一口，没吃的时候，她就去各家饭店的后门吃剩菜剩饭，晚上她就住在舍利塔的老庙旁边。镇上的人不知道她是哪里人，之后还会去哪里。没人把她当一回事，却也都习惯了她的存在。

平日里小镇上经常会有乞讨的人来来往往，有时候会在小镇某户人家的屋檐下住上几天，说些不知真假的故事。他们来了，又走了，镇上的人见怪不怪。就像突然从外地来的流浪狗，人们也会朝它扔块骨头，当个活物而已。女疯子在小镇待得最久，不仅最久，还创造了这般天大的奇迹，沉寂多时的小镇又开始兴奋起来，就如新鲜带血的肉扔进了狼窝，激动得让人差点想燃个鞭炮、扯个喇叭广而告之。

大家奔进老庙后侧，庙后面有个棚子，在镇上人家堆柴火用的，那家人在别处造了新房，棚子就空闲着不用了。到处都挤满了人，还有人不断拥过来，人头攒动，也有几个汉子站在远处抽烟，目视着眼前的一切，不好意思靠近，但也不愿离去。

姐姐听到疯子发出杀猪般的号叫，一声越过一声，空气中弥漫了潮湿的血腥味，这气味刺激着人群，让人莫名其妙地紧张兴奋。

有人激动得颤着嗓音喊，快生了，孩子要出来了。

一个大胸女人从里往外钻，她的胸可真是大，两个喂过孩子们的奶子几乎挂到了裤腰带上。她满头大汗地挤出来，朝那群凑在一起抽烟的男人中的某个喊道："快，去把家里的板车拉来，不行了，脚先出来了，要送去镇卫生院，不然就出人命了。"

被喊的男人不情愿在大伙面前被自己的女人当众使唤，站着不动。女人怒吼："还不快去，好歹是两条人命。快，快，快。"

男人如果再不动弹，大胸女人似乎就有要扑过来掐他脖子的架势。男人连忙灭了手里的烟，往家的方向跑去。不多一会儿，就拉着板车回来了。另一个好心的老妇人从路边找了几捆干稻草，铺在板车上，几个女人七手八脚地把手舞足蹈满身是血的疯女子抬上车，急急忙忙拖去卫生院。

人被拉走了，看热闹的人不愿散去，就待在原地，胡乱议论起来。

"之前竟没人看出她肚子里有了。"有人道。

"她整天披条破床单，疯疯癫癫，谁会注意她的肚子？"有人回。

"孩子父亲是谁？"人群中终于有人醒悟过来似的问道。

大家这才意识到，这么关键的问题，之前竟然没想到。

"究竟是谁干的？"每个人都想知道。

嘻嘻哈哈地说了几个光棍的名字，大家就七荤八素起来，得出一个结论：“谁都有可能。”

“睡过她的，应当不止一个人！”人群中的某个人突然兴奋地大叫起来。

“这镇上会生孩子的男人，都有可能。”一个老太在一旁补充道。

男人们暧昧地哄笑起来。

“这么癫痴脏兮兮的女人，也有人敢往上爬，都是些什么饥不择食的三条腿怪兽呀。”老太感叹，“世风日下哪！”

又是一阵哄笑。

姐姐挤在人群中，血腥味浓郁，疯子的号叫声仍在耳边。在这越来越粗野刺耳的哄笑声中，姐姐低了头，红了脸，钻出人群，朝老街跑去。边跑边想，人人都有一命，命命不同，这疯女子，半梦半醒的人，日复一日地活在人世间，稀里糊涂地被男人睡，不知不觉地怀了孕，生下孩子，之后仍会梦游般活着，老去，也是一命。这命究竟与别的大多数女人的命有什么不同？

人人带命而来，人人朝死而去，这在世上的日子，该怎么安度？这今后的日子，该怎么走，怎么过？

姐姐脑子里胡思乱想着，很快就奔跑到了光头王汉的店门口。虽是寒冬，却也跑出一身薄汗来，心跳加速，脸涨得通红。

王汉正弯腰擦桌，抹布滑过木桌面，一下又一下，姐姐从他擦桌子的姿态里，感受到一股与刚才老庙所遇的全然不同的淡然之气。

姐姐也因此静了心，平稳了呼吸，收了收气，抬脚进屋，找了张靠墙的桌子坐下。

“先吃碗馄饨吧。”王汉道。也不听姐姐回答，顾自抓起一把馄饨，下到翻滚的锅里。

已经有些时日没见王汉了，本想说点什么，又想，屁大的小镇，每天馄饨铺里人来人往，镇上什么事能逃过王汉的耳朵和眼睛？她所经受着的，他心知肚明。姐姐索性就安静地坐着等馄饨，有狗摇晃着尾巴从店铺前过去，老人拖着小孩朝店里望了望，走远了，不远处人声涌起，想必老庙围观的人群开始散去，重新回到街头。

姐姐对着店外的青石板路发呆，不觉中馄饨已经摆在桌前，姐姐拿起白瓷汤匙，舀起一个送进嘴里，突然听得王汉在她身后道："外面世界大得很，是时候出去走走了。"

卷中

达摩离开面壁洞，我心开了

1

新年是在新房子里过的，到处都亮堂堂的，红艳喜庆，但对姐姐而言，这却是个沉闷压抑的新年。姐姐隐藏了所有的忧虑，穿上红艳的新衣，往墙上贴红纸，布置新屋，做丰盛的大菜，迎大年。

年初一开始，家里便有各方拜年的亲戚，姐姐每天帮衬姆妈在厨房里忙碌，切菜洗碗刷锅，用食物迎来送往，如加上午后三点左右的点心，几乎日日四餐，餐餐有客。往年都是姐姐带着弟、妹，去各个重要的长辈家拜年，今年姐姐不愿出门，宁愿倔强地躲在厨房里，操持家务，父母劝也没用。一过正月初八，姐姐便早早出门上班去了。

镇上的时光非复从前，那光里有灰尘，时时会遮挡住姐姐原初清澈明媚透亮的眼。在人前笑颜美妙人后常觉孤独酸涩的姐姐，每每临睡前总会念想起王汉的话："外面世界大得很，是时候出去走走了。"

这年新年过后，镇上陆续有年轻人出门打工，有去温州和义乌的，也有到嘉兴和绍兴的，再远的就去广东和深圳。这之前，镇上的年轻人很少主动出远门找活儿的，但现在一个接一个陆续离开，都闲不住了，都想着往外走，姐姐更是跃跃欲试。

同厂女工素娟有个表姐嫁在广州，她一直想去广州看看，却犹豫不决，下不了决心。姐姐平日里与素娟脾气相投，走得近。这日，姐姐对她道："要不我陪你一起去广州，各自看看有什么可以做的，闷在这样一个半死不活的厂里，也不是个事儿。"

一个礼拜后，两个女孩结伴去了广州。

坐的是慢车，走了整整两天一夜。车子拥挤不堪，连过道上都挤满了人。鸡、鸭被套在网袋里，堆在座位底下，溢出热烘烘的屎臭。一只小狗装在铁笼子里，也被带上了车，倒是不叫，闷头睡，偶尔睁开眼，好奇地看看周围，空气太混浊，动物都无力叫唤，吵吵嚷嚷的都是人。

坐姐姐和素娟对面的男子一直在不停地吃卤味喝啤酒，他的肚子简直像是个魔术师的布袋，似乎无论往里面塞多少东西，都永远不会填满。他嘴里嚼着各种吃食，一边发出巨大夸张的咀嚼声，一边张开嘴不停地说话，想到哪儿说到哪儿，中间没有过渡，有时粗大的气流随着细碎的食物一起喷溅出来，落在桌子以及姐姐和素娟的身上。

他说到小时候喜欢与人打架，故意把漂亮的女老师惹哭，退学办厂，赚了大钱，讨了当地最美的女人做老婆，还有个小情人，是他厂里的小女工，不小心被老婆知道了，吓得他立马让小女工开路走人。他说：老婆是我的克星，是我的老虎，我不是怕她，是怕她的娘家人，她几个兄弟都是混混。

桌前的几个塑料袋里装满了卤过的猪蹄、猪肝、猪肚、牛肉、牛舌、豆腐干、鸡爪、鸡翅、鸡蛋，还有炒花生、炒蚕豆、南瓜子，以及橘子、苹果。他不停地邀请姐姐和素娟吃，她们嘴里言谢，却不动手。就看着他满手油腻腻的，拿起鸡爪，撕咬着吞下，又抓起猪蹄，歪起脑袋上下左右又啃又咬又舔，满脸红润，厚嘴肥唇，油光闪闪。

姐姐和素娟都是第一次坐长途火车，好奇车上所有的一切，看人看事看物。她们不随意与别人搭话，也不敢相信任何人，除了彼此。

姐姐与素娟忍受着对面男人嘴里飞溅出来的吃食，又听右座一对夫妇吵起架来。肥胖的妇人，头发也没怎么梳整齐，衣服亦是老旧。她先是控诉自家男人背着她偷偷给别的女人写信，又扯到婆婆如何不待见她，再讲起小姑子如何不讲理，越说越激动，甚至扯开嗓门咆哮，眼带泪花。男子看起来是懦弱和缩紧了的，也没什么能力和气魄。他先是闷声闷气地回应，女的不依不饶。他是忍着的，脸从最初的稍有歉意到谁都可见的厌烦，女人继续舌卷唾沫飞，男人突然松了身子，起身，一记清脆的耳光，稳稳地打在女人的脸上。女人愣了一下，捂住了脸。男人黑着脸，坐下，恢复怯懦的样子。空气凝固了片刻。姐姐想，这下可不得了，这挨了巴掌的女人准会发起疯癫来，不将列车顶翻肯定不会罢休。可不承想这挨了耳光的女人却熄了火，先是抖动双肩，随后趴在桌前低低抽泣起来。很快到了新的一站，男子从头顶取下行李往车门外走，女人从车底拖出一个麻袋，紧随着他一起下了车。车站昏黄暗淡的灯光将女子肥胖的身子拉得老长，又一点点缩短，短到消失在灰暗的出口处，出了车站，便是小城的黑夜。

女人虽已经下车，随了丈夫消失在小城的某个角落，但姐姐内心仍有惊恐和难堪。这大多数结了婚的女子，雷声大雨点小，满肚子现实的不公与委屈，除了嘴里逞强，实际上又毫无能力改变一切。如果这女人经济独立了，由此再生出些有尊严的言行和底气，那么她该会有更多主动的选择，而不是如此让旁人觉得不堪。姐姐由此想起自己姆妈的各种好，就有了强烈的思家之心绪，也不知到了广州，会是怎样一番境地，这样想着，人便也跟着脆弱和忐忑不安起来。

一路疲惫不堪，终于到了广州，住在了素娟的表姐家。

表姐在酒店做前台收银，每天十点上班，晚上十一点才能下班，家里有一对十二岁的双胞胎男孩。平日里，她那喋喋不休的广州本地婆婆，会从午后的牌桌前起身替她去接孩子，为孩子做一顿晚饭，哄他们睡觉。婆婆整日阴沉着脸，怨气冲天：“带大儿子带孙子，带大孙子进棺材，没一日消停，这苦命的日子，哪天是个头？不如自己吃点毒药死了干净！”表姐不敢接话更不敢顶嘴，忍着。

素娟一到，受够婆婆唠叨的表姐像溺水者抓住稻草似的抓住素娟，第三天就让素娟负责两个孩子的起居接送。如此这般，婆婆和表姐都松了一口气，素娟却被迫成了表姐家的小阿姨：一是不忍心拒绝表姐的恳求；二是表姐给的工资比厂里高出一倍，就安心留下了。

素娟除了一日三餐，买菜洗衣搞卫生，还得掐着时间接送表姐的孩子，除了和姐姐去了趟越秀公园外，根本不可能陪姐姐随便出门。姐姐闲着无事，就一人去坐公交，坐到热闹处，下车来，走走停停，东看西问，起初毫无目的，只是瞎逛，后来逛出些眉目来，每天就花更多的时间待在外面。一周后，姐姐告别素娟和表姐一家，独自坐上火车，重新回到湖镇。

素娟留在表姐家，一待就是四年，直到双胞胎读高中后，才出门去表姐工作的酒店做服务员，一年后嫁给了一个大她十六岁的台湾小商人，在台湾一口气生下三个孩子，老公因生意常年在外，她随公婆住，每天除了孩子就是麻将，她脾气好，内心“皮实”，无论怎样的日子，都可以笑呵呵地过得踏踏实实。这是后话。

2

姐姐回到小镇后，就不再回厂里上班，决定自个儿做点生意，让父母帮着借钱。父亲不肯，他认为，女孩儿有个地方待着，上上班，拿点闲钱回来补贴补贴家用就已经很好了，年龄到了，找个人嫁了才是正道。

“做生意？万一借来的钱亏了怎么办？石头打水漂，无声无息地就沉下去了，谁还？还不是娘家替你还。”父亲道。

“放心，这借的钱，我自己肯定会还的。”姐姐回。

“女儿迟早嫁人，别在娘家瞎折腾。”父亲道。

姆妈却认为，现在世道与以往全然不同了，不管黑猫白猫，会抓老鼠才是好猫，无论男孩女孩，能够自己独立才最重要。

“我必须要做。”关于做生意这件事，姐姐第一次固执且倔强，无论父亲如何劝，都非做不可。

姆妈私下里拿了一千元给姐姐：“这钱原本这几日想还给你舅舅的，你先拿着，另外，去市里找开饭店的表舅问问。”

当天，姐姐就坐车去了市里。进到表舅的店里，磨了几个小时的嘴皮子，把要做的事，细细盘算出来给他们听，他们问，姐姐答。等到傍晚坐车回家时，姐姐怀里揣着他们给的五千块钱。这热乎烫手的五千块，几近于姐姐一年多的工资。姐姐大约这辈子都忘不了，那对夫妇从银行里当着她的面取出积蓄，将钱重重拍进她手心里的感觉。眼里蓄泪，心脏狂跳。她去洗手间将钱塞进毛衣，又将毛衣下端塞进裤子里，皮带往里多扣进一个环，周围的世界让她异常警觉，每一个朝她迎面而来的人，姐姐都觉得可能是准备要抢她钱的人。一路上，怀里的钱沉甸甸地压得她呼吸困难，全身发烫，额头冒汗。

这笔钱，是姐姐全新的开始。

拿到钱的第二天，姐姐就独自一人登上去广州的火车。她上次在广州瞎逛时，摸清了门道，这次去是要从高地街进从香港来的原版磁带，然后再从广州坐十多个小时的大巴，去一个叫流沙的小镇，进空白磁带。之后，连夜赶火车，回到湖镇。随后，姐姐再赶去温州进了一台录音机。

一台录音机一分钟可以录三盘磁带。一个人一天可以录制一百箱，一箱一百盒。录完后，她背上磁带去市里，将磁带放在表舅的饭店里零卖和批发。饭店在繁华的市中心，表舅在饭店门口搭出一块地儿，没几天就卖完了。姐姐继续去另外几个城市找批发点，给他们供货和分成。几个月之后，姐姐在本市的百货商场里租了一个角落，专门批发磁带。半年后，姐姐再次购进两台录音机。业务很快铺开来，全家人都忙不过来，姐姐另找了一个人帮忙，找的就是凤妹。祖孙两个相依为命，风里雨里，姐姐每每经过碎布摊，看凤妹朝她甜甜地喊姐，就心疼，疼凤妹，也疼满脸落寞坚忍的奶奶。手里的活儿一多起来，姐姐第一个想到的就是凤妹。凤妹也真的是乖巧，按姆妈的话说，眼亮、手快、灵光、脾气好，实在是个八面玲珑的姑娘。

这一年，姐姐赚的钱是之前工资的二十多倍。

第二年，姐姐在市里开了家二手服装店，批发与专卖从广州进来的日本西装、大衣、毛衣。录制磁带的生意开始转缓，有父母在家里帮忙足够了，凤妹仍旧随着姐姐去市里看管新开的二手服装店。凤妹长得喜兴，又爱笑，对谁都耐心，会招呼人，有她在，加之货品上新快，店里的生意日日见好。

第三年，跟风录制磁带的人太多，姐姐索性停了磁带的生意，专心做服装，在市中心重新租了大店铺。

这日傍晚从广州进货回家，刚一进屋，姐姐就闻到浓郁的饭菜香。桌上有鸡有鱼有豆腐还有鸡蛋面，姆妈特意温了蛋花酒。坐下吃饭时，姆妈道："家里造房的钱今日全都还清了。"之后又转向弟妹："这还得感谢姐姐，她为这个家，很辛苦。"

妹妹喝着碗里的汤，没抬头，也不吱声。

弟弟朝姐姐做了个鬼脸，伸手去抓鸡腿。

父亲喝了一大口酒，叹道："做人要知足，特别是一个女孩子家，再能干又能怎样，你也是运气好，抓了个机会，老天赏饭吃，差不多见好就收。"

多年来，姐姐不习惯顶嘴，由着父亲随便说，这晚，姐姐没买到火车坐票，只能躺在自己装货的大布袋上，在车厢的过道处睡了一天一夜，此时又饥又累，还没吃上一口，听父亲如此之言，没忍住，话儿气泡一般顺着喉咙往外冒："绝不是我运气好，我想要做的事，都是我睁大眼仔细看过想过、一门心思研究过的，我是女人，是长得瘦小，但我从没偷过懒，我把自己当大男人一样没日没夜地去操劳。很多次，根本买不到坐票，我都是一路站着去广州的，腰酸背痛，有时拿张报纸铺地，倒头便睡，却不敢睡死，怕身上的钱被偷，火车一到站，就得拖着大布袋子赶去市场选货。最初为了省钱，我连五块钱的快餐都舍不得吃，只舍得买三块钱的。我知道是老天在赏饭吃，是运气好，但这些运气，都是我跪着用双手接下来的。"这些话，姐姐之前从来没在家人面前说过，姐姐不是一个喜欢诉苦的人，如今说到情深处，突然想起父亲当众在院里用树枝抽她的情形，忍不住眼眶潮湿，轻声呜咽："你总是一口一个女孩子家，可我哪里做得比男人差？"

自去表舅家借了五千块钱的那日开始，这些年来，姐姐胸前总有一股气，任着性、拼了命地撑着。作为一个从小生活在小镇、恋人转身、遭人辱骂非议、家底单薄还欠了外债的女儿家，如果不撑着，又能如何？也想安逸地一直蹲在原处，可只能越蹲越矮，越缩越无助，唯有咬牙用劲，才有改变的可能。

姐姐不想像老鼠一样地躲，只想亮堂堂地走在亮处，让光打在额前，心有阳气，腰直背挺，脚下生风。姐姐一直在不为父母所知的暗处挣扎，而父亲看到的只是运气、只是机会、只是老天的赏赐，只有她自己知道，这些通通只是表象，从三年前的迷茫困顿中走出来，以及身体里那被点燃的斗志，才是她获得的全部。

桌前一片安静，父亲破天荒没再开口，空气凝滞。

姆妈给姐姐舀了碗鸡汤递过来："向来有古话，自助者天助，姆妈懂你的不容易，女孩子更要独立，谁都不依，来，喝汤，别理你爸那一套。"

"我也是心疼你，家里造房子借的款都还清了，你也不必那么辛苦了。"父亲第一次屈了生硬的口气，讪讪道。

姐姐不再回话，姆妈转了话题，一家人继续吃吃喝喝。

妹妹最先吃完，离开桌子。无论桌上聊什么，妹妹只顾吃饭，吃饱回房做作业，家里大小事，她既不插嘴，也不插手，一副事不关己高高挂起的样子。

弟弟胃口好，除了玩，吃最重要，其他都不入耳，也不入心。

五口之家，三个大人，两个小孩子。

现在，姐姐成了家里最会赚钱的人，餐桌上的气氛也开始出现微妙的变化。父亲消停了一会儿，又道："虽然现在生意做得顺手，也别误了找朋友，小姑娘家，结婚生孩子还是最重要，别因为这事那事，一拖一搁，年龄就大了。"

姐姐实在不喜欢听，但也不愿意再搭话。

姆妈向着姐姐问："鱼嫩吗？鸡汤鲜吗？鸡蛋面软吗？"

姐姐回："汤好喝，鱼好吃，姆妈的鸡蛋面百吃不厌。"

3

父亲几次提起：小姑娘家的，结婚生子最重要，拖久了，年龄就拖大了。

姐姐自有自己的主心骨，自己还年轻，不努力做事，又能如何？急着随便找个人嫁了，怀孕养孩子，看满地鸡毛飞，等着别人赏饭吃？再说，嫁给谁？至少要嫁一个看着顺眼想着顺心的人吧？可眼前哪有真正顺眼顺心的人？

又不是养不活自己，随便把自己嫁了，屈不屈？姐姐现在不愿意想太多，只愿一门心思做事。做事不易，有波折有压力，也常被搞得心烦意乱、疲惫不堪，但骨子里头却藏着精气神。手里头做着活儿，日子过得踏实，睡前照样要翻几页书，还坚持写日记，似乎有光穿越厚厚的云层，在脑门前一直亮着，再累再苦，也耐得住受得了，就如姆妈说的一样，年轻，能吃能睡，身体里有的是元气，能顶事。

姐姐也越来越觉察到，这充满了元气的身体，有了新的血液和力量，再回过头来看老街上的人，似乎旧了，暗了，也不再觉得那么可怕了。

关于流言，在这相对封闭琐碎的世俗小镇里，明里暗里，从来就没有一天消停过。

此起，彼伏。

彼伏，此起。

日升日落。

阴盛阳衰。阳衰阴盛。

姆妈说，有人的地方，就有流言。

这天姐姐从市里坐大巴回家已迟，家里人早已吃过晚饭。姐姐一人坐在桌边吃剩菜，姆妈重新加热了汤给姐姐端过来，自己也泡了杯茶坐下陪姐姐闲聊。

姆妈道："你知道吗？镇东头，那个平日里穷得连买块豆腐都没钱的跛脚老黄家正在准备造新房，镇上许多人惊讶得下巴掉了一地。"

"镇上人向来喜欢大惊小怪。"姐姐说。

姆妈道："他们认为，谁家造房子都有可能，唯独这跛脚老黄家不可能。他家三间瓦房破烂了十多年，养了三个面黄肌瘦、脸上鼻涕眼屎一大把的女儿。黄家爸爸跛着脚在镇上讨生活，偶尔做些临时工，稍有智障的黄家姆妈整日在街头捡些破烂拖回去卖几个钱，一家人吃的和穿的几乎和乞丐差不了多少。镇上没人把跛脚老黄家当回事，如今竟然真的风水轮流转，连他们家都要造房子了，砖瓦以及其他材料早已准备妥当，只等良辰吉日开工了。"

"还有呢？"姐姐问。

姆妈便将她知道的，一一说给姐姐听。

老黄家三姐妹也没怎么读书，稍一懂事，就去了一个在义乌开小工厂的远方亲戚家帮衬着干活了，先是姐姐最早离开小镇，随后两个妹妹也静悄悄地跟着走了。小镇上没人关注老黄这一家人的存在，离开了，或者还留在小镇，都引不起什么注意，直到天方夜谭般地发现，这跛脚黄家已经准备好足够的材料，要造新房盖高楼了，大家这才好奇地睁大眼睛，想发现点什么。

三姐妹为了造房子，先后回来了两趟，当她们在镇上走动的时候，镇上的人突然醒悟过来似的，发现他们家当初那三个奇丑奇脏的女儿如今已经个个出落得亭亭玉立，完全脱胎换骨成三个美人。她们穿着时髦，走路有模有样，有胸有腰有屁股，还有紧裹在衣服里的曼妙青春和繁盛欲望。这诱人的情景是镇上人当初从来都没曾想到过的，于是，各种“听说”便纷涌而来。

听说是姐姐在亲戚家的工厂里帮衬了半年，便去了一家酒店做服务员，因为长得好，又被店里的经理选去做了酒店的礼宾小姐。

听说，有个来酒店的有钱客人看上了她，要求带她出去吃夜宵。听说，在这之后，她便有了更快速的赚钱方式。听说，不再只待在义乌，而是跑去更远的广州、深圳。又听说，家里的两个妹妹稍长大些后，也跟着姐姐出门，由姐姐带着做一样的事。还听说，这三姐妹每天睡到午后醒，吃饱喝足后往脸上涂各种颜色，涂成妖里妖气的精怪，随后往那儿轻轻一躺，就能吸来些人身鬼头魔脸的男人们的精血，精血幻化成一沓沓的钞票，这三姐妹就是三家小型的银行……

到处都在疯狂地流传着各种“听说”，全是听说，反正不是传的人自己说。这只耳传到那只耳，这张嘴传到那张嘴，人不同，心不同，那最早的版本早已面目全非。这变的过程中，各自加着自己的想象，叠加了多少的“听说”。是真是假都不重要，重要的是故事，小镇的人，爱的就是故事，谁管真假？老街有的是寂寞无聊、唯恐天下不乱的人。

姐姐认识这三姐妹之中的老大。

她叫小兰，是姐姐的小学同学。这小兰夏天穿得破旧，冬天里穿得单薄，一件不知谁送的灰毛衣到处都是洞，拖着数不清的线头，有次班里的坏男孩拉住其中的一个线头跑，线走毛衣缩，就那样缩成了半件，挂在身上，滑稽得很。她夏天赤脚，冬天也没袜子，拖一双露趾头的破解放鞋，脸上手上脚上全是冻疮，鼻子前永远挂着鼻涕，嘴唇冻裂开来，头发乱糟糟，全身脏兮兮。因为穷，她在班里最不受待见，她没有任何朋友，每个人都躲她远远的，几乎所有人都可以欺负她。小兰老是缩着身子，像是一只害怕阳光的老鼠，一有风吹草动，就准备逃跑的样子。她每天紧张兮兮的，集中不了心思念书，成绩自然也不好。

班主任是个中年男人，话少，但体罚起学生来却非常凶狠，所有学生都怕他。他曾当众嘲讽过小兰，骂她脏、懒、笨。有一天，班主任竟然从家里带了把剪刀，将她按在桌子上，铰掉了她那头因许久不洗已散发出难忍臭味的头发。老师称那些头发是霉烂的稻草，里面长满虱子和跳蚤。铰了头发的小兰看起来像只可怜的刺猬，缩着脖子，颤动着胳膊，却不敢哭出声来，只是安静地流泪，一个人呆坐到放学，然后孤零零地回家。第二天，她没回学校，第三天仍旧没回，连续两周，她仍旧没回。

因为是义务教育，在小兰没有现身学校的第三周，班主任带了一个同学象征性地去她家劝她回来上学，同老师一道去的人便是姐姐。因为姐姐住得和她家不是太远，认识路。

那天黄昏，姐姐带着老师走进小兰家，她家门口堆满了她姆妈从外面捡回来的垃圾，远远就能闻到一股臭味。大门开着，进了院子，叫了她的名字，没人应答。姐姐又亮开嗓子叫了几声，方才听到一声低微的回应，循着声音去找，在院子东边的那堆垃圾后，见到了正在将垃圾分类的小兰，她将那些废纸叠得整整齐齐，把瓶瓶罐罐挑出来放在一个破篮子里。

姐姐带着班主任走到那堆垃圾跟前，看着小兰。小兰赤着脚，缩着胳膊，也不敢看老师的脸，被老师铰掉的头发似乎已经长出了一大截，脸该也是洗过了的，看起来并没有那么脏。

班主任开始发问："为什么不去学校？"

她低着头回："姆妈生病了，要在家里帮忙。"

老师又问："什么时候去学校？"

她的头垂得更低了："不回了。"

老师再问，她便不再开口，只是将脖子越缩越短，将头越垂越低。她不开口，老师也无奈，就带着姐姐离开了小院。姐姐跟在老师后面，不说话，老师也不说话，只是步伐看起来比来时慢了许多。老师的身体略显沉重，一步拖着一步。快到家时，姐姐说："老师，我家到了，再见。"老师一脸落寞的样子，稍点了点头，走远了……自此，姐姐再也没在学校里遇到过小兰，也没在街头碰到过她，或许没过一两年，小兰就被远房亲戚带去工厂帮衬着干活了，那年姐姐五年级，十一岁，小兰上学比常人迟些，但最多不过十三岁。

姐姐一直记得，多年前的那个黄昏，她跟在班主任后面跨出了小兰的院子，走了几步，忍不住又回头看了小兰一眼，满院子的破烂，矮小破旧的土房，她依旧站在垃圾堆旁边，赤着脚，顶着被铰过的杂乱的头发，缩着身体，目光怯怯地送着他们离开，那眼神里的无助，触得姐姐心疼。经了事也同样被人当街羞辱过的姐姐，此时回想起小兰当年的眼神，忍不住眼里噙泪。

姆妈道："外面那些闲话传得风风火火，虽不知真假，但这三姐妹，要想嫁给小镇附近人家，怕是不成了。"

姐姐突然愤愤地对姆妈道："谁稀罕嫁这附近人家，天下那么大，哪里不好嫁？”

姆妈吃姐姐戗这一句，抬头去瞧，见到她眼角挂泪，便不再言语。

母女俩坐在桌子旁，一个吃饭，一个喝茶。姆妈看着姐姐含了泪的眼，心想，这经了些事的女儿，已不再是当初的那个，这做姆妈的，有欣慰，也有难过，就低下头去，又喝了一口热茶。

姐姐突然在旁边问：“姆妈，有他的消息吗？”

“谁？”当姆妈的一时没反应过来。

“那个救了我的人？”姐姐淡淡地回。那天在老街被王家儿子辱骂，被姆妈从江边接回后，姐姐内心又重新起了念想，要找到当年落水时救了自己的那位年轻人。现在，他该有三十岁了，不知他在何处讨生活，是否娶妻生子。

没他，那束穿越水面打到她灵台前的阳光，应该是她生命中的最后一束阳光。他将她从水里托起后，将她放在一小块草地上继续赶路了，姐姐连他长什么样都不知道。

“托人问了。”姆妈回。

“如何？”姐姐问。

“你父亲专门找到了他的村子，村名叫瓦村，过衢江后还要走二十多里地。小伙姓柴，他们喊他阿明。阿明有个奶奶，奶奶是个要强的人，年轻守寡，养大脚边的独子，实在穷，住的是草房，根本娶不上媳妇。有一年涨大水，从江西那边拥来很多讨饭的人，瓦村也不例外，几乎每天都有拖家带口的来村里讨饭。奶奶自己活得艰难，但人善，会余出些粗粮来接济那些无家可归、面黄肌瘦的人。有一日，一个三十岁左右的妇人气吁吁地倚在阿明奶奶门前的墙角边，想讨口吃的。奶奶给了她一碗热乎乎的红薯粥，她双手发颤地接过粥，顺势坐到地上，一气喝完，过了许久，才缓过些力气来。奶奶与她攀起话来，妇人说她家已经没有别人了，只剩她一人，走一段算一段，讨一口算一口，什么都没了，就剩这张嘴吊着这口气。诉者戚戚，听者惜惜。也就一瞬，这奶奶做出了决定，想将她留家里和儿子过日子：‘苦命的闺女，如果不嫌弃，就歇下脚，住我家，只要有我一口吃的，就保你有一口喝的。我没闺女，就当是我闺女吧，也是我的福报，白捡了一个女儿。’奶奶说得诚心实意，走投无路的小妇人顺势留下。一屋三人，奶奶、小妇人和打了多年光棍的独子。奶奶待小妇人如菩萨，光棍更是百依百顺。小村子寂静，白日里劳作，初黑便睡，天亮才起。第二年，小妇人产下一子，便是阿明。小妇人在阿明出生三个月后从村子里消失，再无音信。村人推测，许是她老家还有丈夫和孩子，灾情来时，各自出门讨活路，一年过后，她是必得要回去的，或者这里原本就不是她的久留之地，一个来路不明的人，做出任何选择，都是无法真正深究的。阿明奶奶似乎早知有这样的结局，不悲不喜，细心照顾这天上掉下来的孙子，活在细碎操劳的日子里。阿明父亲撕心裂肺，伤心欲绝，这天天抱着睡的枕边人，这三百多个白天深夜柔软厮守的女子，就这样不明不白地突然人间蒸发，无处可寻，无迹可依，夜夜空床，被窝里还残存着她的气味，却已不能碰、不能触，如空气般蒸发，生见不到人，死找不到尸。如此这般经受着煎熬，从此一蹶不振，生不如死。

“半年后，这做父亲的也从村里消失了，起先以为是出去找活做，但一直没等到任何回音。多年后，仍旧不知生死。久了，家人便断了想法，权当他死了。奶奶独自一人养大这小孙子，孙子大了后照顾奶奶。最早在生产队劳作，年龄小，个子矮，一年没多少工分，配不了多少粮食，屋里依旧穷得厉害，有时饭都吃不饱。这做孙子的勤劳，每天早晚都会去自留地里额外种些红薯玉米之类的作物贴补家里的口粮。祖孙俩艰难度日，村上也没人太把他们俩当回事。后来包田到户，小伙子肯干活，生活倒是好过了些，可没几年，奶奶去世了，村里便再无真正的亲人，小伙子独自又在村里待了一年，第二年便跟人一起出门打工了。最初几年他还会回一个远房的堂哥家过年，待几天便走，说到底其实也无甚乐趣。之后回来的就少了，说是路远，在外挣不了几个钱，来回的路费太贵，再后来就很少在村里露过脸。原先他还留了他外面的电话在村里，许是不断地换地方做事，村里便没人知道他在外面的动静了。”

姐姐听着姆妈的话，想象当年旧事，电影镜头般浮现，这小个子恩人阿明，先是走了母亲，后是没了父亲和奶奶，孤身一人从村子里走出去，置身茫茫人海，不知身浮何处，心里就有了些疼惜。

“我想，总有一天会回村里的，到时让父亲留意一下。”姐姐道。

姆妈回：“会的，我也想，到时请他来家里坐坐，吃顿饭，了你心愿。”

姐姐没作声。想起那天差点淹死，被人救上来后，脱了魂似的趴在那儿吐水，暴脾气的父亲被人通知后匆匆放下手里的活，一路气急败坏地赶来江边寻到她，也不问个青红皂白，随手就是一巴掌：“叫你不要出来玩水，就是不听，怎么没被淹死，淹死了就拖去埋了，省了麻烦……”

一巴掌打得姐姐头晕目眩，瑟瑟发抖。父亲怒气冲天，拖着姐姐往家走，姐姐也不敢反抗，双脚发软地被父亲拖着走。

姐姐虽知错的是自己，但父亲那天粗暴的态度，此时回想，心里仍有些许不适，身子不自觉地紧了一下。过了许久，才道：“姆妈，那天，没他，我早没命了。”

做姆妈的敏感，懂女儿的心思，自然也知道那天丈夫动手打人的事，知道女儿心里不好受，当时便抱着她安慰了几句。只是那时手里活儿多，家里孩子小，个个全不省心，大女儿正午时偷偷跑出门戏水，这本是警告过多少次的事情，仍旧不长耳朵，出了事，会恼火。日子紧逼着往前走，琐碎杂事一地儿摊着，也实在没心情顾及太多，但这都不是借口，当年没认真去找她的救命恩人，当面言声谢谢，确实是做得大意。

4

找恩人的事就这样又被搁下了。

姐姐仍旧出门挤火车，在市场里挑选货品，背着比自己还重的货袋，被人潮拥着往前，上车下车，虽累，但积了经验，手头的生意倒是越做越顺。二手店铺开着，虽看似赚不了大钱，但日日进账，一个月下来，也相当可观。

第四年，姐姐又开了一家新款时装店，出门进货的次数比之前更多了。在广州进货时，偶尔会抽时间与在表姐家做阿姨的素娟一起见面吃东西。这日吃早茶，姐姐急着要去市场进货，也不愿多待，买了单，将素娟姆妈托她带的东西交给素娟。

素娟性格好，什么都大大咧咧，半年没见，似乎胖了些。

姐姐笑道："再不注意，马上要成肥妞了。"

素娟抓了一把自己的胳膊，笑起来："从明天开始，出门买菜接送孩子都不再坐公交了，全走路。"

姐姐看了眼素娟的高跟鞋，拉着她道：“走，陪你买双运动鞋去。”

素娟忸怩起来：“我今天出门换了衣服，身上没带够钱。”

姐姐道：“别管这么多，我买了送你。”姐姐知道附近就有一家运动鞋店，两个人刚走出几步，就遇到一个老太太颤巍巍地扶住路边的树，随后身子一软，跌倒在地，有人站在几步外围观，没人愿意靠近。姐姐本能地去旁边的报亭打了医院的急救电话，随后蹲下身去，守着全身汗湿、脸色发白、身体发抖、意识已经迷糊的老太太。素娟胆小，站在一旁紧张得不知如何是好，着急地道：“我还得赶时间去买菜做饭。”姐姐让她先走，自己一个人等医院的车子来，又陪着将老太太送去医院。医生说是低血糖突然发作，久了会有生命危险。

送人进了医院后，姐姐想想也是害怕，孤身在异地，万一老人发生点什么事，自己一人该如何是好？

可是，无论如何，都得救人。

姆妈常说，救人一命，福报三世。姐姐知道生活在湖镇老街的人，虽各有脾气性格，处事各不相同，但面对倒地的老人，想必都会做出和自己一样的举动。小镇有埠头，有台阶徐徐往上伸入老街，老街深处，有大樟树，樟树旁有老茶馆，平日里闲来无事的老人都会聚在茶馆里喝茶聊天。他们捧着大茶杯，道古论今，说不尽的天地人间是非、伦理道德、家长里短。茶馆就是故事，是舞台，是讲台，亦是审判台。姐姐自小喜欢随爷爷去茶馆，小小的身子泡在故事里，浸在那些经了世事沧桑的老人们的世界里，承了一些做人最基本的道理，这道理对姐姐而言，深入骨髓，不变。

如今那些老人大都别离人间，包括爷爷，无声无息，一个接着一个从小镇上消失，姐姐不知道他们究竟去了何处，是否还会再回来。爷爷曾讲，这在时间里走的人，无论野蛮还是文明，强大还是弱小，富裕还是穷困，肉身都脆如薄纸。

看老太太倒地，灰白头发凌乱地沾在嘴角，双眉紧锁，全身发颤，瞬间可以阴阳相隔，姐姐一下子想到自己姆妈老来时的样子，想起茶馆里那些慈善脆弱的老人们说的故事。倒地的老太太，在姐姐眼里，是所有人老年时都可能会面临的模样，同时也是自己溺水时曾经挣扎无助的绝望。

姐姐安顿好老太太，惦记着要进货，急急离开，正走在医院的走廊上，听到有人在背后喊她的名字。姐姐回头，见是刚才遇见过的护士，护士指了指身边的女人说：这是老太太的女儿。

这女儿往前几步，站住，并不急着开口，只是看着姐姐。她没姐姐高，但身上有股气场，那气场大到姐姐无端地觉得身体矮了矮。老太太女儿眼睛虽小，目光却深邃尖锐，姐姐觉得自己玻璃般透明，肌肤纹路骨头血脉，全被她看得清清楚楚。那是一双经了世事似乎可以洞察所有人心的眼睛，姐姐极少见到过这样的目光，竟然紧张得像做了错事似的，只听得自己心脏怦怦跳，血从脚底往上涌，脸颊发烫，一时手足无措起来。

也就片刻，这女儿拉起姐姐的手，用力握住，眼神温暖，嘴角涌起笑意："谢谢你。"

她是广州一家制鞋厂的厂长。

她让姐姐称她为汪姐。

之后，姐姐再去广州时，老太太都非得让姐姐住她家。老太太就汪姐一个女儿，汪姐厂里忙，早出晚归，汪姐唯一的女儿在外地读大学，平日里就老太太一人在家。姐姐每次去，老太太都开心得不得了，早早备好各种吃食，煲汤炖菜，坐姐姐对面，眯眼笑，不断给姐姐添汤夹菜，一直到姐姐吃得实在动不了筷子方才百般不舍地罢休。

“小姑娘一个在外奔波不容易，多吃点，人是铁，饭是钢，身体好才有资本做事体。”老太太道。

“我姆妈也这么说，吃饭，做事，人才活得精神。”姐姐笑。

这样过了半年，某一天，汪姐提议：“你可以去杭州租个商铺，专卖我们厂的鞋子，我可以给你代销权，先代卖再结账，所以不用太考虑前期的资金问题。”

姐姐说：“我不敢，省城的商场，哪是说进就能进的呀。”

汪姐是个果断利落有行动力的人，她在广州托人找了这些商场的经理，先在电话里谈，之后又亲自飞去杭州，陪姐姐在某商场快速干脆地租下了一个鞋柜。姐姐原本想与汪姐一起去趟西湖，汪姐挥挥手：“来日方长，西湖什么时候都可以去，一堆事等着我。”汪姐从商场一出来便直奔机场，姐姐则坐汽车回湖镇。

三个月后，姐姐卖掉市里的两家服装店，带着凤妹，租了房子，开始战战兢兢地正式转战杭州。

安顿好住处，姐姐和凤妹在商场几乎忙了一个通宵，将刚从广州发来的鞋子分类上柜。第二天，姐姐守店，凤妹回住处休息。中午，凤妹来接姐姐的班。本该回屋休息，可虽累，却一心想去趟西湖。买了船票，上了船，观了景，在船上打了一小会儿瞌睡，从湖滨下了船，坐公交车回家，倒头便睡。

醒来时，凤妹已经下班，买回了冰冻的馄饨，还买了瘦肉和小青菜。炒了青椒肉片，烫了小青菜，又煮了馄饨。可这馄饨哪有王汉的清朝馄饨好吃？两个姑娘就这碗里皮厚肉粗的馄饨议论了一番，边吃边有了些许身处异地的伤感。两个人收拾干净碗筷，一起盘算了一下今天的生意，顺便畅想了一下模糊的未来，之后各自洗刷一番，早早上床休息。

姐姐躺在床上，想起下午半日西湖游船，虽是匆匆，却像是重回梦境。烟柳画桥，树绕堤沙，山色空蒙，青黛含翠，水波潋滟，游船点点，今日独自登三潭印月，见风月无边，无处不是景，景里都是故事，身在故事里，又如在世外仙境。之前潘水在信里无数次提到共游西湖，今儿个同在一个城市，却只有形影孤单的自己在西湖泛舟。这短短几年，对于姐姐而言，一步亦是一境，当初谁又知如今。

一边胡思乱想，一边取出枕头底下的日记本，想记点什么，却一时找不到笔，便起身取来挂在门背后的外套，从口袋里掏出笔来，同时夹带出一张纸票，拿了看，是今天游船时的船票，正面淡蓝色的底，上印有手绘的游船和几朵莲花，票号0066999，票据的背面写着西湖游览注意事项：

一、船票每张二元二角。公园门票每人五角。凭本票可游览三潭印月。游后选择下列一处上岸（湖滨一公园、花港、中山码头）。

二、船票售出，概不退换，无票罚款。

三、注意乘船安全，切勿站在船头上，也勿将手脚伸出船舷。

四、遵守园林管理规则，爱护花、草、树木和园林设施，请勿将纸屑果壳丢入湖中。

杭州市西湖游船服务公司

姐姐仔细读了票据上的字，随手将它粘进当天的日记里。

写完日记，一时无睡意，姐姐从床底下抽出书来读，读的是《古文观止》，一翻翻到《王孙圉论楚宝》，认真细读，读到最后一句：“若夫哗嚣之美，楚虽蛮夷，不能宝也。”便放下书来，若有所思。

所思无物，就懒懒地靠在床上，听窗外马路上的车鸣，不远处运河里的汽船鸣笛，还有守夜的老人在街头一句紧着一句的“门窗关牢，烛火小心”，余音绵颤，这夜因此显得格外寂寥虚空。姐姐就在这虚空里发呆，却也不知究竟能思量些什么。一会儿想着哪天该说服姆妈一起来杭州生活，帮衬着做些事，就纯粹做做饭也行，闲时自己也能陪姆妈出门走走，姆妈喜欢喝茶喝咖啡，就带她去茶馆咖啡馆，这人一辈子都在小镇待着，也够闷的。可以陪姆妈走的地方很多，绕着西湖里外几圈，哪处不是风景？再远些，还可以坐车去绍兴、去温州、去上海，姆妈应该是最喜欢绍兴的。其实这些都不重要，对姐姐而言，最重要的是，有姆妈的地方，心里才踏实，才有家的感觉。又想，初搬来杭州，只带了几本可以反复翻读的老书，抽空得去趟新华书店，寻几本新书来对付这漫长之夜。还是不能入睡，又胡乱想了些生意上的事，心里感念着能干的汪姐给予的帮衬，又忆起些小镇的生活，挤长途火车去广州进货的艰辛，这一路思绪飘浮，脑袋便昏沉沉起来，迷糊中伸出手关了床头灯，一日翻过。

5

来杭州的头一年，稍有空闲时间，除了偶尔去爬山，姐姐喜欢没事就骑辆自行车到处转，去西湖对岸的山里转，也喜欢在市区里转，一条街一条小巷地绕着走，因此熟悉了城里的几乎全部街巷与社区，脑子里有了一张活地图。

到杭州的第二年，除了继续着汪姐支持的鞋子生意，姐姐听了汪姐的意见，分别在杭州城不同方位的社区旁边相继开出了四家羊毛衫店。选择开在社区旁，首先是租金不高，可人流量并不少。这一年，吹起一股羊毛衫热，小半城人的羊毛衫几乎都是从姐姐的店里出去的。开羊毛衫店是汪姐给的主意，广州的几家供货商，也是汪姐给牵的线。

姐姐在汪姐身上，学习到很多。判断，决策，果断的行动力，加之愿意蹲下身子来做事，肯吃苦。受汪姐影响，潜移默化中，江南小镇长大的姐姐，也在外表似水的娇媚中增添了许多简洁的干练。

某一日，汪姐当着姐姐的面道："你有悟性，又脚踏实地，可以成事。"

汪姐说话的这一年，是1995年，姐姐二十四岁。这一年，姐姐又在商场租下柜台，开了家箱包店，货源全部来自广州和香港。同年，在老家复读了一年的妹妹考来杭州读大学，姆妈和父亲带着弟弟一同来到杭州。姐姐退了与凤妹同住的小屋，换租了更大些的房子，与家人同住。

凤妹则搬去与相处了近一年的男朋友住，小伙子是江西人，在杭州一家饭店做厨师。他爱笑，凤妹也爱笑，脾气都很温和，两个人处得波澜不惊，却温暖喜乐。

来杭州第四年，除了继续着原先商场里的鞋子和箱包生意，姐姐关掉了四家羊毛衫店，在杭州新开的大型商场里陆续开出了两家不同品牌的鞋柜和一家箱包柜。

1996年，姐姐买了第一辆车：日本小飞虎。

得闲时，姐姐会带上家人去西湖对面的山里吃晚餐，姆妈每次都会点鱼头和炖土鸡，按她的话说，鱼和鸡最实惠，吃下去结实。

喝过“结实”的鸡汤，吃过鲜美的鱼头，陪姆妈在附近的山里散步，看对面杭州城的灯光璀璨。每次往山下走时，姐姐总会将车子开得无比缓慢，不急不躁地下山，再沿着龙井的茶园往城里的方向走，因为姆妈会晕车。姆妈喜欢开着车窗，将脸凑向窗前呼吸新鲜的空气。天气好时，姐姐会将全部的车窗打开，满车都是被阳光晒了一整天之后茶林所散发出的浓郁清香，车子就这样在沁人心脾的茶香里徐徐往前。夕阳完全退去，路灯一个个亮起来，车在景里，人在境里。

姆妈迎着清甜的晚风，会情不自禁地自言自语道：“这日子变化太快，怎么都没想到会坐上女儿开的车，这应该是我们小镇里的第一辆私家车吧。”

急脾气的父亲经了些岁月的打磨，加之也清楚地看到女儿完全有了自己的想法，便多少懂得了些克制，至少不会动不动就对着姐姐训斥一番。

他听了姆妈的话，朝姆妈凑过身子，厚着脸皮笑道：“该不会是全县城里的第一辆？”

姆妈烦他，推了他一把：“我无聊，你一个大男人的，比我还无聊。”父亲笑笑，识趣地将屁股往旁边移了移。姆妈继续看着窗外，满脸汤足饭饱后温暖慵懒的平静。

姐姐看着前方的路，听他俩孩子气的对话，也觉有趣，就道：“杭州街头的私家车多的是，一辆小破飞虎，算什么。”

姆妈动情地说：“我还是觉得满足，当初从你自个儿借的五千，一步步到现在，不容易。”

父亲在一旁附和道："女孩子家的，是不容易。"

姐姐扭过头去，快速瞟了一下自己的父母，回道："我做事的时候，从没把自己当女孩子。"

虽然做事的时候把自己当男人一样，但处事的时候，姐姐也深深感受到女性的劣势，心里总有自卑，这自卑不是自己给自己的，而是与人打交道时，外部世界反射回来的。你就是一小女子，你天生就是弱的，劣的，不强大的，甚至可以被随便踩死的。就像当初刚来杭州时，实在不善于和人打交道，与商场里主管经营的一个主任有些冲突，他张嘴就道："你瞎折腾些什么，再怎么折腾，还不是要找个男人滚回去当母猪。"姐姐如果是个男人，当时就可以与他痛快地大干一架，等打完架再谈别的，但她不可以。他在主任这个位置上终究会被换走，但她的生意却不能就此结束。这些年来，在日复一日的奔波以及与各种人打交道的过程中，姐姐开始习得在人和事里慢慢周转得柔美简练，柔里含了之前不曾具有的力量，简练是处事方式，有筋有骨有判断。可这里头的自卑意识，始终在可见或者不可见的暗处存在，时不时会被别人提醒："唉，可惜你是个女的。你是一个女的！"

姆妈叹口气道："这社会，女人做事确实不易。"

姐姐听出姆妈话外有音，问道："姆妈，好像有什么事要说。"

姆妈道："前几天，不是和你爸回了趟湖镇嘛，隔壁的秀香家造房子了，原本是件喜乐的事，但秀香却到我面前哭泣了一番。"

父亲不耐烦："就女人事多，有什么大不了的破事，动不动就哭。"

姆妈也懒得理他，继续道："秀香生了两个女儿，一个读高中，一个读初中，两个成绩都好，等到她们上大学，就是一个紧着一个要用钱的时候。你们知道，她家老公内向，也没什么手艺，死活不愿意出门找事做，秀香看镇上的人能走差不多都走出门去赚钱了，夫妻俩都守在家里也不是个办法，就自个儿动身去上海打工了。秀香老公虽不愿在外面讨活，但人勤劳，就和住一起的、尚能帮些忙的父母承包了几十亩地和几个水塘。地和水塘都是这附近镇边出门打工的农民荒下来的，租金也花不了几个钱。就在地上种些蔬菜、养些活鱼卖。三年下来，水塘里的鱼卖得不错，地里变换着的时蔬也批发了好价格，加上秀香在外赚的，倒是积下不少钱。大女儿这期间也考上了好的大学，年年拿奖学金，假期就留城里给别人家小孩补课，一年下来其实也花不了家里几个钱。于是夫妻俩商量，先把家里的旧楼推了翻造新楼。造楼是人生大事，等于是告诉众人家里有钱了，镇上人对钱最敏感。于是，起了各种妖风、传了各色谣言。”

“传些什么呢？”姐姐问。

“能传什么，这妖风里带了邪气，邪气里必带了毒，毒心毒眼毒辣嘴巴，说那造房的钱是秀香在外卖‘肉’赚的。”

姐姐听了，觉得沉闷，一样的套路，女人只要能干了、赚钱了，稍不留神就会被扣上“作风”不好的大帽子，或者直接就说你是卖“肉”的。他们用这种方式，粗暴地评价和贬低女性，从而缓解了别人的努力带给他们的痛感。他们不愿意去随便承认，因为承认了，他们内心就真正输给别人了，贬低和歧视，可以保持他们自以为是的尊严，继续让他们活在自我良好的感觉里。

以姐姐的经验，往往这样恶意贬低女性的人，更多的是女人。她们自己本身多年来饱受歧视，自我怀疑，打心底里不认同自己，因此也怀疑别的女性的成绩。姐姐这些年来，见多了这样的人，受过各种嘲讽甚至刁难，也早已习惯了她们的心态。做已事，由人说，百辩不如一默。这世间各种嘴上的风云，如果一一入心，就基本别活了。

车子过杨公堤，窗外风景迷人，姐姐就突然忆起多年前的黄昏，自己跟在班主任后面跨出小兰家的院子，回望站在垃圾堆旁目送着他们离开时的小兰的眼神，那眼神里有惊恐与饥渴，姐姐也不知她们三姐妹现在何处。姆妈说，跛脚老黄在镇上盖了数一数二的楼房，差不多只住了半年，便带着智障的老婆离开了小镇，说是搬去与女儿们一起生活了，但镇上没人知道他们究竟住在哪个城市。有人说，他们几乎是故意要在镇上盖一幢气派威风的新楼，只为了要刺激大家的神经，或者只为了在离开前证明当初捡垃圾的傻子和跛脚的、狗一样在外打零工寻吃食的人，也有今天。似乎也应验了一句话：风水轮流转，谁也别小瞧了谁。

车窗外的天色开始发暗，但能见西湖之水在夜光里荡着让人心醉的涟漪，路两边高大的梧桐树，在夜灯下美得离奇，姐姐每每心倦时，喜欢傍晚开着车出来，绕着西湖转，一圈又一圈，有山有坡有湖有水有林有树，行人和游人都已散去，唯有自然相伴，城市离水相望，置身山水间，谈什么人间悲喜，全忘个精光才好。

姆妈又道："那天秀香诉起苦来，委屈又憋闷。她明明自己在上海一个做外贸的老板家当阿姨，却活生生被说成卖'肉'的。那老板家有两个小孩子，秀香脾气好，肯干活，又烧得一手好菜，他们家的孩子黏她，老板夫妇也满意，出手也大方，给的钱要比一般的保姆高出许多。这钱都是离夫别子在别人屋檐下小心翼翼赚的，精打细算从牙缝里节约下来的。可怎么就突然变成别人嘴里另一副脏兮兮的模样了？人要恶心别人，实在不用打草稿的。秀香说，她这些天夜里睡不好觉胸口闷，想想脊背发冷心发凉，都不知道是镇上的哪些个阴险小人这样血口喷人。”

姐姐说：“都是看不得别人好的人，胸狭口毒，理他们干吗？”

姆妈说：“我也这样劝她，自己行得正立得直，无聊的人多了去了，计较不完的。可秀香说，这人言是会传染的，一人讲，两人传，整个小镇的耳朵就全被污染了，我真是跳进衢江也洗不清呀。”

姆妈说：“秀香继续哭诉道：‘我每天夜里忙完老板家的活，还要哄他家孩子睡着，每每看熟睡中孩子的脸，心里就惦记自己的孩子，不知她们吃得如何，穿得如何，洗头洗澡了否，种种挂念呀，有时心里如热油煎着般难受，虽想，却又不能常回家看她们。来回要路费，其次也实在离不开身，他们家几乎一日都离不开我，两个孩子黏着我，没我哄就不睡觉。他们夫妻也是真的信任我，刚去时，他们家的钱呀小首饰呀到处随便放，我是打心底没有动过一丝一毫歪念头的。你要知道，出门打工，已是不易，那种小偷小摸的事儿，我们能干吗？拿了，我对不住自己的魂，也对不住自己的孩子，夜不能安宁的，也不是我真老实，是守一个做人最基本的规矩，守一个安心。后来才知道，是他们故意考验我，明白我是个实诚可靠的人后，他们才真正放心用我，涨了很多工资后，老板就经常带太太一起出差，他们真的是把整个家都交给我了。我也得当得起这个信任呀，平时买任何东西，都在本子上记得清清楚楚，其实，他们是从来都懒得看的。这三年里，除了过年和暑假各回来一周，我几乎是日夜与他们生活在一起，对孩子也有感情，虽不是亲生的，也真是当自己的孩子疼，他们也当我如亲人。这不，家里造新房，他们给我两周的假，还另外给一个红包，说是当造房子的礼物。平时我也常在他们家的小区里遇到别家的阿姨，碎碎碎地说主人的各种坏话，那些阿姨会在主人家要各种心眼。都是阿姨，说实话，确实有好的，也是真有坏的。都是雇主，也是分好坏的，看各人运气和自己的造化。我是真遇到了好人家，我心里也从来不觉得做人家的用人就低人家一等，我只要努力本分地做好自己的事，靠力气和良心吃饭。镇上那些天杀的恶毒的人，造谣我在外面卖肉，我卖不卖没关系，洗不清也没关系，随他们坏心说恶语，可你知道我家有两个女儿，要是我女儿们听到了，她们会多难受呀？以后这镇上的人都信以为真，我这女儿们还怎么嫁人？’她说罢，就呜呜哭起来。

“秀香人好，这么多年来，也明白她的实诚，她性格大大咧咧，心肠好，我们家那年造房子，她是真心实意地帮了很多忙的。那天听她哭得委屈伤心，我心里也酸，知道一个女人离家别子，独自在别人屋檐下讨生活的不易，就陪着掉了几滴眼泪，却不知道如何安慰她才好。”

车子沿南山路进城，到处都是酒吧，成双结对的年轻人，个个穿着鲜亮时尚，满满的青春，满满的未来，这是另一个与湖镇完全不同的世界，年轻人谁也不会真正在乎谁究竟在做什么，努力向上的，自然走得更远，运气不好加上又不想付出的，也自有他们自己的去处，各自都在各自的路上。不像小镇的人，祖祖辈辈守着那条老街，镇上每户人家的动静，都可了如指掌。这相熟有相熟的好，但靠太近，就会滋生出各种复杂而微妙的情感。姐姐想，这俗世里的坏与忌妒，不外乎只是因为靠得太近，知得太多。

姆妈说的竟然与姐姐想的一样：“眼睛看鼻子，就是见不得自己周围的人好。对于那些山外有山、人外有人的厉害与发达，那些存在着的天大的不公与不平，他们却不会有任何反应，因为离他们太远，可隔壁家香气扑鼻的红烧肉，却会引起他们的不舒服，只因那天他们家只有酸菜炒萝卜。”

“是这样的。”父亲这次附和着。

“你没钱，人家看不起你，你有钱了，人家百般揣测你。如果恰好你又是个女人，稍有不慎，就更是流言蜚语跟风而起。女人，千年来都待在屋子里头做事体，顶级聪明和智慧的人，也不过媳妇熬成婆，成了一个大家庭里的领袖，很难真正有机会去外面做事。一直到上一代，我的姑姑，你的姑婆，你见过的，她还缠着小脚走路。这短短的时间，社会完全不同了，女人个个大脚婆，然后解放了，之后又改革了，男人女人都可以出门抓老鼠了，但真要想做点什么事，女人还是不易。因为不易，所以更要做好，你做不好，别人就会更瞧不起你。横竖别人都会有话说，不如索性一根筋地把事做好。”姆妈对姐姐道。

姐姐实在喜欢听姆妈聊天，她虽是一个家庭妇女，也没有那么多的想法和欲望，心静，喜欢翻书，又经历过一些事，对生活自然就有自己的思考。当听到姆妈关于红烧肉的比喻，姐姐虽觉好笑，却觉得实在，一时也有小小的酸涩，想起自己在小镇曾经遭受到的流言之痛，经了相当长的时间才得以缓解。现虽走出小镇，在杭州做事，看起来离小镇远了，但老街上的人和事，就像一面镜子，走远了，那道镜子里折射出的光还在，这光有明有暗，可以在其中参照自己，如此，这何尝不是好事？

入夜，姐姐上床，翻了几页小说，早早躺下。

几天后，姐姐去江南的老镇游玩，镇里有古老的街，街沿河建，河里有船，街上人头攒动。姐姐挤在人群中，太阳大，人声响。实在累了，姐姐决定找家旅馆先住下。路过一家掏耳修指甲的小店，店旁边的三角梅开得红艳艳，往小巷里头走，就是一家旅馆，漆成洁净耀眼的白，那白在一片灰扑扑的旧房子里显得格外明亮。是民居改建的旅馆，进门是阴凉的大客厅，墙上挂了红牡丹的画，长条案几上摆着大青花瓶。姐姐取了钥匙。房间在大厅左边，对门也是客房，姐姐往里瞧，半开着的门里晃动着高瘦俊俏的背影。姐姐忍不住想看个究竟，又拿眼细看，竟然是潘水。他也看到了姐姐，愣了一下，全是惊讶。姐姐别过头去，顾自拿钥匙开了房门，潘水跑出来，紧贴着姐姐强行进了房间。

潘水一进门就抱住姐姐，野蛮地抱，胡乱地摸："与你分开后，每时每刻都是煎熬，可我也不想多回湖镇，有假期就一个人出来找个地方住几天，竟然遇见了你。"说完，他就低头去寻姐姐的唇。姐姐胡乱扭动，用手去挡他的脸，根本不想他碰到自己的嘴。姐姐心里有怨，有阴影，更是心有余悸。当初留在小镇被人辱骂成婊子的时候，黄昏面对衢江惊恐羞耻、内心绝望到想跳下去的时候，你又在何处？那么艰难独自一人熬过来，你却一上来就做如此轻浮之举动，连句问候和道歉都没有，只知道表达自己的感受。

潘水泪眼汪汪起来，看着姐姐，依旧脆弱无辜的样子。一个男人懦弱起来，比女性还阴气。他无言以对，只是蹲下身去，将脸埋进姐姐腹部，无比依恋却又软若无骨的样子。

姐姐曾经那么渴望能与他一起，牵着手，阳光明媚地走，可心被撕裂过，回想起小镇的那些个沉重的黄昏，那条口水四溢的老街，就硬了心，将他推开。

潘水跌坐在地上，垂着头，有呜呜的泣声。他那么喜欢流泪，只是姐姐弄不明白，这眼泪究竟是用来表达深情还是用以显现他的无能与脆弱？

天热，全身湿黏，屋子里气氛压抑，姐姐不想理他，决定去公共浴室冲个澡。浴室在后屋，透过窗户可以看到后院的苦楝树和旧铁门。阳光耀眼，使得姐姐想起与潘水一起在龙游竹林禅寺的情景，同样密不透风的蝉声。姐姐打开水龙头，先是站着，之后缓缓蹲下，想起还跌坐在自己房间里的潘水，先是默默地流泪，之后抑制不住地哭出声来。水龙头里的水哗哗地打在白瓷地上，流向下水道。姐姐蹲在那儿，看着那一圈圈地被下水道卷走的水和泪，心又泛起一阵痛，就用双手抱紧自己的身体。

半夜醒来时发现双手重叠在胸前，压得气闷，黑暗中能听到窗外行驶的汽车声响，河里运行的船发出有节奏的鸣响，以及隔壁父亲的鼾声。姐姐起床，一个人站在窗前，静静地看着窗外的城市，任凭眼泪肆意流淌，想着之前经受的屈辱和这几年来生意上的不易，无论好坏，全都一个人独撑着，便一时脆弱起来。哭过后，心里轻松了不少，爬着眼泪的脸上，浮涌起一股只有自己才知的倔强来，生长出要努力做出一点事儿的劲头。

姐姐希望，无论世事如何变化无常，阴晴不测，只要自己不死，这生长在心尖儿上的劲头，一直都要在。就如灵台前的那束光，光不灭，心不息。

6

妹妹如今在杭州的一个大学学会计，周末偶尔回来住。弟弟读完初中，没考进高中，姐姐花钱送他进了杭州郊区的一所中专学校，可他除了和一堆毛孩子混日子打架玩游戏外，无心学业，不到半年便跑了回来。

姆妈和姐姐说："就一个弟弟，你不如带在身边，至少不会交上坏人，出去惹是生非。"

姐姐想想也是，平时就让他去守鞋柜学做生意，教他做些简单的管理，偶尔也带他出门去广州深圳熟悉进货渠道。弟弟虽然无意读书，但为人倒是忠厚，没什么歪脑子，心里也知道好，明白继续混下去终究不是个事，加之有姆妈在一旁时常规劝，就收了一颗混沌之心，跟着姐姐学了不少东西。

姆妈偶尔会坐火车回趟小镇，收拾镇里的房子，去看看王汉，吃碗馄饨，再住上个一两天。每次回来，姐姐都会问一问瓶姨的事。

瓶姨自从没了那个不被许可的孩子，原本丰盈温暖的脸变得空荡荡的，皮肤少了光泽，眼里没了神采。好不容易从嘴角挤出一丝笑，也是苦涩扭曲的，反而显得更为空洞寂寥。姐姐陪姆妈去看过她几次，瓶姨木木的，完全没有说话的欲望，大家就那样干巴巴地坐着，连姆妈都找不出话来说。

姐姐常与姆妈说起对瓶姨的担心。姆妈说，这人伤了真气，要许久才恢复得过来。慢慢地，就会好的。

没了孩子的第二年，瓶姨莫名其妙地病了一场，全身开始浮肿起来，先是脚，后是腰，随后蔓延到脖子，一点点从下巴往上肿，眼睛都被挤成缝了，原先铃儿一样清明脆亮的声音，变得稀薄无力。进出医院许多次，查不出个究竟。

婆婆请了神婆来杀妖，说是因为身体虚了，空了，"脏"东西就找上门来，黏着她不走。家里人就花钱送了红包，烧了大香，请了大酒，谢了全鸡全鸭、大猪头，还加一只全羊。人倒是新鲜了几天，嘴里有了食欲，眼里有了亮光，但没几天，很快就又复了原状。

神婆说，不急不急，再等一等，这妖鬼法力大，需要大功德。家里人狠狠心，又追加了红包，外加一头牛，不是一个牛头，是一整头牛。过后，没什么动静，又等了一个月，终不见好。整个人继续发胖，气球一般。

医院也去过了，媒神也请过了，整个家因为她的病，亏空了。也没什么好法子，就按民间的各种药方抓些草药煎着喝，多年来，就这样拖着，耗着，日子过得寂寂的。

姆妈说，瓶姨主要是心病。这人心里没了元气，少了精，失了魂，就等于被死神占去了一半。姐姐听了揪心，想起她银铃般清脆、珠子般圆润的样子，好一阵伤神。

平日里，也偶尔还会想起潘水，却已有浮生如梦之感。

其实，早在搬来杭州前，姐姐的生意日渐风生水起，潘水老娘就私下里曾托人带了一堆礼物，来家探过姆妈的口风，说儿子对姐姐念念不忘，做老娘的骨头里疼儿子，见不得儿子难受，她也老了，活不了几年了，之前的胡乱干涉，是因为老糊涂了，丢脸，现在明白，不能也不该再老不识相地挡在他们中间了。

姆妈招呼传话的人吃饭喝茶，笑脸迎笑脸送，但没给回话。等姐姐有空时，就转了大致的意思给姐姐，姐姐听而不语。

姆妈说，现在你不再是“小妖精”了，因为看你能干了、会赚钱了。

姐姐听着，依旧不言。

姆妈不放心，又道，这老娘当初那么闹腾，说白了就是嫌我们家穷，你是老大，下面有读书的弟弟妹妹，造房子外面又欠钱，她觉得儿子在杭州工作，你会拖累他。她知儿子的性格，吃得住他，这一闹，必得势。潘水没筋没骨、太懦弱无能，竟然说散了就散了。这老娘当初要死要活地拆散你们，什么脏话粗话都可以出口，现在见风使舵，又想着修补回去，能有这么容易吗？

姐姐仍旧不语。

姆妈心里没底，便试探性地问：“你怎么想呢？”

姐姐看了眼姆妈，继续做手里的事，不应。

姆妈心里当下便知道个七八分，停了话题，不再提及。

晚上一个人静下来时，姐姐躺在被窝里回想起姆妈的话，心绪着实复杂。这几年里，姐姐风里来雨里去，经得起苦，受得了气，也已不再是那个又脆弱又懵里懵懂的女孩。潘水的事，曾经如鲠在喉，夜夜冷梦里煎熬，老娘耍泼、街头男子的辱骂，全都清晰在耳，难堪难忍。几年过去，虽不再觉得刺痛，但仍旧心有余悸，而这所有的一切，也都只能怪潘水懦弱不顶事。

自从那晚他来家里告辞后，姐姐就再也没见过他。姐姐知道他过年时仍旧会回湖镇，但自觉地避而不见。他不见，姐姐又何必厚脸去见他？

白天听了姆妈的话，心里乱。夜深人静之际，姐姐躺在床上，翻转无数，自问无数，如果能修旧好，可否？

潘水的转身曾经置姐姐于冰窟窿，那些寒气袭人、夜梦惊恐的日子，连姐姐自己都不敢回望，但想着他天真孩子气的笑脸，眼眶潮湿表情无助的模样，他吃饭时坐在桌子边四处搜她、搜到她后就黏着不放的晶亮发光的眼神，姐姐心里还是软的。姐姐知道，自己骨子里还是有他的。他是懦弱，是少了血性，但姐姐知道自己是个有主意的人，外柔内韧，两个人真在一起，互相包容，也没什么不好的。他杭州的工作也只是个合同工，他想停掉回来与她一起做事或者继续留在厂里都由他。现在虽有他老娘托人传话，但也不知是他还是他老娘的主意，得等。如果他真有意复合，自然会来封信或者打个电话什么的。家里早已经装了电话，如果他有心打听，必然能打听得到。

姐姐知道，自己这颗时刻跳动着的心，在时间和事里被一点点撑大，如真有一天和潘水走到一起，过往不复亦不追究，她仍会孝顺他娘。

姆妈一直告诉她，容得下人，才做得了事。但白日里听姆妈的口气，似乎并不赞同她复合，姐姐自然理解姆妈的心情，这样在自家门前的院子里，被他老娘如此当众侮辱过，谁心里好受？只是如果自己坚持，想必姆妈也是会同意的。

这往后的几个月里，姐姐边忙于生意上的事，边等潘水那边的消息。很快就到了年底，却传来潘水结婚的消息。

女方是个哑巴。

姐姐坐不住了，当天晚上就去了潘水在镇上的好友家。朋友说早几个月前他就已经领了证，还拿出潘水和她的合影给姐姐看。很干净的女子，细高鼻梁，小眼，淡眉，瓜子脸，长黑发，浅浅的笑，虽不是特别动人，但也耐看。潘水搂着她的肩膀，看起来比以前结实了，脸上表情却是寡淡的，眉眼间有薄薄的忧伤。姐姐拿着照片的手软了软，放下照片，已经没什么可说的了，低下头去，无比落寞伤感。朋友说，他年龄也不小了，同龄人的孩子都读小学了，这女孩是他同事介绍的，认识不到半年，也不顾老娘的反对，私自领了证，最近才去女方家里办了酒宴。姐姐听着，整个人恍惚起来，也不插话。朋友见状，转了话题，与姐姐聊了些生意上的事，又聊了几句家常。姐姐胡乱应着，魂不守舍，坚持了几分钟，便告辞往外走。

这一脚跨出朋友的门，那些无法压抑的旧痛新愁全部纷涌而起，被夜风一吹，立马鲜活起来，当下就泪水不止。

刚走出几步，朋友就从屋里追出来，看见满脸是泪的姐姐，也吓了一跳，似有难堪，结结巴巴地解释了一番：“他一直对你念念不忘，刚开始，我劝他来找你，但他说他有这样的老娘是命，你知道他的懦弱，有点不清不楚、想要不敢要的性格。后来你生意越做越好，他更不愿意了，说当初老娘去你院子里闹，他不但不能保护你，反而选择主动离开你，现在你有钱了，又回去找你，怕你误会，也怕别人说三道四的，他顾忌太多，曾经㞞，现在仍旧㞞。这个姑娘安静，会读会写，人也本分，但是个哑巴。他老娘怎么可能同意儿子与哑巴在一起？说还不如当初娶了你，就又哭又闹逼着他分。经了这几年，他似乎也累了，加上之前因了你的事，心底里是怨着老娘的，这次根本就不想再听她的，也不敢再拖，没准就拖成光棍了，于是生出叛逆之心来，瞒着老娘匆匆与她去领了证，去她娘家摆了酒宴，他这边，就去了镇上我们几个与他要好的朋友，他连自己的哥哥们都没邀请。”

“为了哑巴，他倒是勇敢的，竟然有能耐与他娘对着干了。”姐姐心碎成千片。

朋友说：“他犹豫着想回头找你，可即使你接受，他也觉得自尊无处安放。”

姐姐突然眼里带泪地笑起来，她这几年来的努力，经济上的独立，竟然也成了他最终不敢来找她的理由。如果她仍旧是个在工厂上班的女工，他的自尊就可以安放了？

朋友又道：“他怕人家在背后说闲话，之前弃你，现在回来追你，怕人家说是图你的钱，娶哑巴，或许是他完全接受现实之后的绝望之举。”

天生一个患得患失的人，之前怕老娘，现在又怕别人的嘴。这么多的怕，这大到无处安放的自尊，仍旧是懦弱之因。

以前常在镇上的茶馆里听老人们道：“机缘天定，天命难违。”

这般想来，姐姐不免就在心里苦苦地长叹一声。

来杭州第二年的秋天，姐姐曾在商场遇见过潘水一次。他身旁跟随着的，该就是他的哑巴太太。看见他时，姐姐恰好在自己的鞋柜边查货，余光里扫过一眼，觉得眼熟，定了神去看，确实是他，血液立即往上涌，心跳加速，但姐姐仍想故作镇定，等他走近时，大大方方地迎上笑脸，打个招呼。于是站定，按住心跳，耐了性子，等着。只见他越靠越近，拿眼四处瞧周边的货品，眼角光终于扫到了姐姐。只见他微微迟疑了一下，又快速地扫了姐姐一眼，身体僵硬起来，随即转身，鸭子一样，摇晃了脚，快速往别的方向去，他身边的女人不知所措地环顾了一下四周，没发现什么异样，却又闹不明白怎么回事，只好跟着转身，碎跑几步，紧跟上他。

他的背影瘦弱，踌躇不安，双手僵硬地垂挂着，左肩膀微低，因为步子太大，腿就显得弯曲，上半身轻微摇晃，一步紧接一步，高低起伏，颇不平静，急急踩在往楼下去的扶梯，很快消失不见。

此情此景，看得姐姐一阵莫名的心酸，于是重新弯下腰去整理鞋柜，泪水却不争气地一颗颗滴到鞋盒上，找来纸巾擦，边擦边自嘲：“哭个屁呀，有什么好哭的？”

不久后，姐姐经朋友介绍，交往了一个男子，中学老师，大姐姐四岁。

第一次见面，两个人约在西湖边的茶馆喝茶。这天姐姐换上灰色素净的长裙，适合走路的白色软皮鞋。到茶馆时，他已经点了龙井茶，对窗面湖而坐，湖上有游船，远处点点，近处可见游船上游人唇彩的浓淡。姐姐在老师面前坐下，点了同样的茶，又加了几小盘坚果，茶香弥散，闲话扯开。

姐姐对老师平时读些什么书、喜欢做些什么事感兴趣。老师说平时忙，书读得不多，也没有特别的爱好，大学里曾喜欢打球，但工作后，都废了。老师对姐姐的生意倒是特别好奇，问得仔细，关于货源、利润、商场租金。姐姐也实诚地回答，但有些关键处，还是本能地隐了。谈到生意，姐姐就自然随意地提到了汪姐。老师对汪姐生出更多奇怪的问题，问了汪姐工厂里的事，又问了汪姐家里的事，以及汪姐是否有孩子。姐姐仍旧一一回，也告知汪姐很早前就离婚了，有个女儿，也一直没再婚。虽是每问必回，但姐姐的心劲儿多少有些淡了下来。

原本的浓茶，冲了两次后，渐渐寡而无味。

两个人起身，到门口时，老师提议一起去看场电影。茶水费他付的，到电影院买票时，他站在姐姐后面不动，姐姐低头打开背包去取皮夹。看姐姐拿了皮夹，他才上前一步道："我来我来"。姐姐也没理会他，抽出皮夹里的钱，递给售票员。

回到家，姆妈问起来，姐姐回说："没有太多好感，但也不觉得讨厌。"

应该有理由讨厌的，可为什么还不觉得讨厌呢？姐姐自问。也许是因了他细长的体形、结实的翘臀、金边的眼镜、白皙的皮肤、书生的模样、斯文的气质，猛一看起来，某些气息与潘水有些相似。虽然话碎，但不至于离谱，声音有磁性，还能忍受，却也实在不习惯他拿茶杯时，尖尖地跷起小指头的样子。

姆妈说："好歹也是个老师，读书人，可能有些小毛病，先试着交往交往再说，听说家里的关系也简单，就一个妹妹，父母也都是老师，你做他家媳妇，应该不太会受气。"

姐姐突然想起潘水的老娘，心里便灰暗了一下，但也知道早已不是当年，就松口气，朝姆妈笑笑："随缘吧。"

喝了茶看了电影的第三天，老师打来一次电话问候，第五天，又约着一起吃晚饭，就是简单的素菜面，之后，去湖边走了半圈。又一周后，再去看了场电影。就这样不咸不淡地交往着，姐姐提不起兴头，但也觉得处着无妨。几个月后，他有个同事生日，约了姐姐一起去庆生。姐姐犹豫是否该去，姆妈道，去挺好，大家年轻人一起聚聚，吃吃喝喝，放松一下。聚会那天，姐姐从自己的鞋柜里选了一双上好的皮鞋带去，大家一起吃火锅，又去唱歌，同事们随和，姐姐也玩得开心。隔天，他打电话来说："你送的鞋太贵了，其实什么都不送也没关系的，我生日时，他也没送什么的。"姐姐没回话，只当没听见。

又过了些日子，老师约姐姐去他家吃饭。

真是一对慈眉善目的老人，姐姐看第一眼心里就欢喜。他们当初结婚迟，孩子虽未成家，却都已经退休。姐姐叫了伯父、伯母，二老笑呵呵地应着，热情地让座喝茶，随便聊了些家常，便让老师和妹妹陪着，二老起身去厨房忙去了。

妹妹说："我老妈特别爱美，平时会让老父陪着去零头布市场，选些花样好看的布料，带回来缝成裙子、窗帘、睡衣，我以前的衣服都是老妈自己亲手做的，现在不穿了，哪里有外面买的时兴？"

姐姐道："我喜欢呀，以前也常给自己做布裙，现在忙，很久没踩缝纫机了。”正说着，老母亲端着一盘热菜进客厅，笑眯眯地接过话：“如果你喜欢，哪天给你做一条，穿着玩。”姐姐连忙道谢。

老师见机也站起来，说带姐姐看看他的房间。一张床，一个书桌，一个衣柜，墙上没有挂任何东西，空荡荡的，像学生宿舍。

老师从书桌边拉出一张凳子，姐姐坐凳子，他坐床。两个人面对面，他伸出手来拉住姐姐的手。姐姐想缩回，但已经被他握紧在手里了。他的手很软，有点凉，不比姐姐的手，瘦，但结实有力。他说，真是一双会做事的手呀。姐姐道：是呀，全部生活都在两只手上。

两个人就都笑起来。

姐姐想起潘水的手，潘水人虽懦绵，但手倒是温暖宽厚的，不像老师的软而凉，这让姐姐很不习惯，再次想抽回来，老师暗自使了劲，姐姐动不了，也不想弄得别扭，就随着他去。眼睛却没停在他身上，四处看看，空荡荡的房间里至少应该有个书架，摆几本自己喜欢的书，闲时抽出来翻翻，多好。

“平时会看什么书？”姐姐忍不住问。

“每天备课，批作业，辅导学生，忙不过来，放学后又有些应酬，回来洗洗澡就困了。”他回。

“总有时间看书的吧。”姐姐又问。

“看电影，我喜欢租碟片看电影，侦探片，刺激的，不喜欢文艺片，节奏慢，沉闷，磨叽得很，让人烦。”他转了话题，“你平时除了生意还做些什么？”

“约女友爬山，也读书，忙碌了一整天，睡前会读上一两个小时，可以静心。”姐姐老实地回答。

“生意人也看书。”老师暧昧地笑笑。

生意人？老街上做手工馄饨的王汉，也是小生意人吧，但看的书该远比眼前这个教书的老师多吧。

姐姐心里想起有王汉的小镇，鼻尖浮起王汉馄饨的特殊香味，在馄饨香里，小镇里的人物也个个鲜活起来，在姐姐的脑门前晃来晃去。街头阳光刺眼，小巷阴凉悠长，猫缩在墙角，狗尾随在人后，街头喧杂熟悉的人声与老街特有的朴素气息扑面而来，姐姐似置身其中，随着光影在街头游荡起来，也懒得再去搭理面前的这位老师，眼光淡淡地盯在一处，不语。

恰巧，外面妹妹及时喊道："准备开饭啦。"

姐姐立马站起来往外走。似乎也没多大一会儿，菜全上桌了，有红烧带鱼、素炒鳝鱼丝、清蒸鲥鱼、东坡肉、香油叫花鸡、干脆素响铃、油焖笋、凉拌什锦素菜、清烧上海小白菜，满满当当一大桌。妹妹说，二老一早就准备了，只等人到，热菜下锅。满屋的菜香，热腾腾的，姐姐觉得暖心。

大家绕桌坐下。老父好喝几口，也给姐姐倒了半杯绍兴老酒，姐姐就一口一口抿，脸很快便红透了。姐姐一喝酒，就喜欢笑，神经松弛下来，眼里都是酒后的喜气。老父老母一个劲地劝喝劝吃，拿公筷往姐姐碗里夹菜。饭后，喝了茶，又聊了些闲话，才起身告辞。

回家后，姆妈细细问起，姐姐一一回答。

姆妈道，是户好人家。

姐姐也觉得好，就是心里空落落的。

过了没几天，老师给姐姐带了一条蓝碎花布裙。是他老母亲做的，式样和花色，都是姐姐爱的，知道老母亲懂自己，用了心的，姐姐连说谢谢。当下就从脖子上解了银项链来递给老师，让他转送给老母亲。上次去他家吃饭，也是戴这条项链去的，银链子下系了一片银叶子，叶子中间，镶了个白水晶的弥勒佛像。老母亲那天坐在姐姐身边，拿起项链看得仔细，满眼欢喜的样子。当时姐姐就想好去原先买项链的店里给她选款一样的，第二天找到了那家店，可相同的款式已经没有了，别的姐姐又没看上。

老师将项链随手放进裤袋子里，抽出一支烟，点起，吸了一口，吐出，清了清嗓子，缓缓道："妹妹读的是中专，去了宾馆上班，工作轻松，可也没多少工资，平时能不能让她来商场带带她，等她熟了，也租个柜台，做点别的什么。"

老师说，这是妹妹的意思，也是他们全家的意思。

全家的意思，是不是开过家庭会议？姐姐笑起来。老师又道："我妹妹胖，也没男朋友，不赚点钱，更没人会要她，可她性格好，开朗乐观也肯干，有你带她，很快就会上路的。"

"多赚钱就有人娶吗？"姐姐笑道。

"当然，不只是为了嫁人，是锻炼她，经济独立了，有没有人要就变得不那么重要了。"老师继续道。

姐姐听着别扭，也不想继续与他扯，就说："先让她来我的鞋柜熟悉熟悉，上下班之后的时间都可以过来。"

老师的妹妹当天就去了离西湖最近的一家商场的鞋柜上班，那里离她上班的宾馆近，可以随时进退。

姐姐喜欢老师的妹妹，圆乎乎的脸，性格好，爱笑，看着舒服，与之前湖镇工厂里那个不愿替哥哥换亲喝农药死的素梅长得很像，姐姐每次看到她，就想起素梅，觉得素梅命苦，才十八岁，生命刚打开，就被雷劈了。一想到素梅，姐姐自然就对老师妹妹有了别样的感情，加之两个人确实脾气相投，更没来由地想心疼和爱护她，她也经常会带老父亲种的花来商场送给姐姐，也会带老母亲做的菜来分享给别的店员，有次特意带了一锅老母亲炖的猪蹄，说是姐姐辛苦，需要多补补身子。猪蹄是姐姐的最爱，就像姆妈说的，是结实的食物。姐姐穿着老母亲做的裙子，吃老母亲做的猪蹄，听妹妹一口一个姐姐地叫，倍觉温暖，决定有机会帮她单独开个铺。

三个月后，姐姐帮老师的妹妹在商场电梯旁的拐角处租了个小铺，专卖围巾帽子和手套，又带她去熟悉了广州的进货渠道。她老父母拿出退休金来当启动资金，她也实在肯干，小店铺被她经营得有声有色，最先是找了个姑娘看店，后来索性辞了宾馆的工作，自己一心一意地打理起来。

在这个过程中，姐姐与老师继续不着边际地交往着。有天晚上约了去看电影，老师买了最后排的情侣座。在影院暧昧的光色里，老师抚了姐姐的手，又搂了姐姐的腰，亲嘴时，姐姐没让他的舌头滑进来。姐姐眼睛盯着电影屏幕，身体被老师试探着，脑子里全是曾和潘水在一起的场景，忆起竹林禅寺里被红布遮住了脸的佛，长长的可以一直走到衢江边的青石台阶，江岸的古樟树，有植物和江水气息的湿润空气，潘水的手，以及他的眼、他的笑、他的声音、他的嘴，此刻异常清晰起来。而身边双手忙乱、亲脸亲耳亲脖子的老师却仿佛离得很远，远到与自己没什么关系似的。姐姐任由老师喘着粗气，舌头滚烫，自己却热不起来，心里静着，身体僵着，暖手被他冰凉的手拉过去，硬按在他身上的某个部位，隔着薄薄的裤子，却感觉不到什么，他只顾扭着身体，喉咙里压抑地嗯呀有声。姐姐心里是凉的，身体是排斥的，也第一次清晰地意识到，自己似乎仅仅是为了要有个男朋友才交了一个男朋友。是否到了该嫁人的年龄，就非得要有个男朋友不可？没有又能怎样呢？于是坐正身体，抽回手，专心看着屏幕，态度坚决起来，绝不让他再碰自己。

原本就不是浓烈的关系，那次之后，比以前更淡了些，偶尔联系一下，姐姐就应付着，也没觉得非说狠话断交了不可。后来，他又来过商场一次，说是忙着办课外辅导班，租了场地，请了大学里的学生以及在校的老师。之后还来过几次电话约吃饭，但姐姐都婉言拒绝了。

姐姐不主动，不回应，那边慢慢地，就完全没了动静。

又过了几个月，听老师的妹妹说，他辞职从学校出来了，办了个课外辅导机构，又和人合伙开了家美容院。知道他老想着赚钱的事，但没想到竟然就真的不做老师了。老师这两个字，姐姐心底里还是蛮喜欢的，当初与他来往，多少因了些他是老师的身份，觉得妥实。如今，他也成了“生意人”。

关于生意人，姐姐也遇到过多种。有次去广州进货，要留住广州一宿。傍晚时，汪姐打电话叫她去参加一个饭局。汪姐性格豪爽，为人大方，能结交各路朋友。那晚的饭局上，有一男子坐姐姐旁边，他长姐姐十多岁，戴个蛤蟆镜，听腔调，是北方人，个子高大，四方脸，他一入席便和姐姐套近乎。十来人的饭局，大家三三两两，时而各说各的，时而就一个话题讨论个不休，他则只顾在姐姐耳边低语：“我做石油和钢材生意的，这年头，赚钱靠的是勇气和运气。我这十多年来，一直走在财运的金光大道上，无论做什么都赚，想不赚都不容易，这钱铺起来的道路，只要胆子够大，就够光明。”他说，他结过一次婚，离了，那女人太会花钱，不仅自己花，还骗他的钱给她的家人花，她弟弟赌，她经常帮他还赌债，不仅如此，她也赌，是真赌呀，去香港澳门赌。平时在家只是每天睡懒觉，起床后没什么事可做，就约了一些乱七八糟的朋友出去逛街，做身体的各种保养，美容加整形，整了鼻子和脸颊，还整了脚上的大拇指，说是有两块骨头太大，穿鞋子不好看。除了整容就是购物，那个疯狂呀，见什么买什么，不管有用没用，喜欢往家里搬，光包包就堆了三十几个，大牌的、私人设计的，红的绿的黑的。做这些全有时间，就是没时间管儿子，确实，她也没能力管，根本不知道怎么带孩子。有几次出门赌，一周不回来，家和儿子就扔给保姆，保姆能做什么？只管三顿饱。当然，她也可能外面是有男人了，每天只顾打扮招摇得像鲜花儿开，怎么能不惹来外面苍蝇儿叮？他实在受不了了，就给她一笔钱，离了，把她打发走了。“她是年轻漂亮，但年轻漂亮又有什么用？我是很有钱，确实有钱，你汪姐知道，但再有钱，又有什么用，还不是为了继续赚更多的钱，到处打仗似的，现在闹得连个家都没有，孩子还得保姆管着。当然，很多女人想跟我呀，年轻的，更年轻的，漂亮的，更漂亮的，瘦的、细的、丰润的、有文凭有学历的、能干的、有气质的，但不敢轻易带回家呀，真被前面那个女人弄怕了，担心再带回一个，仍旧这样。是的，我是几乎不着家，我得赚钱不是吗？得到处飞来飞去，可男人需要有个女人守家守妇道呀，不能我在外面拼命赚钱，女人在家里乱来，还给我戴几顶绿帽子，你说划不划算？”

姐姐只管夹了喜欢的菜慢慢嚼，微侧着头听。他继续道：“虽是害怕找年轻的，但真正要找，当然还是要年轻的，得再养个把孩子，不然这么大的家业，留给谁？说实话，中国男人，都喜欢年轻的……不过再找，除了年轻漂亮，还得实诚能干，不然万一我死了，孩子还小，这一堆家业，谁照料，太多女人，只会花钱不会管钱……”

席散之后，他问姐姐要了联系方式。姐姐递了名片给他，顺势上下看他一眼，满脸油光，浑身酒气，粗糙的面孔，鼻尖朝天，蛤蟆镜后面那细小的眼睛，急切地看着姐姐。他身穿纺绸长袖衫，一手叉着腰，一手提着黑色的皮包，虽然高大，但无处不是滚圆的。

之后，他给姐姐打电话，言语听似诚恳：“我一辈子都会是财神，我能看人面相，你适合做我女人，只要跟我，大楼汽车珠宝样样不用发愁，再去香港生几个儿子，一生花团锦簇，你只顾如花似锦地活，我负责赚大钱置大业，以后我们盖个大楼，用你的名字命名。”

随着金灿灿的描述，他的语气也越来越夸张轻飘。姐姐原本想说，先盖一个用你自己名字命名的大楼吧，却想，这与自己又有什么关系呀？于是便笑笑，道：“我太不合适。”

他继续在电话那边啪啦啪啦只顾说了一堆，小鞭炮似的。姐姐感觉耳朵里全是他的唾沫，忍不住将电话从耳朵边移开，搁在桌子上，自己做自己的事，十几分钟后拿起来，他还在那里啪啦啦地说。

有一天，他说来杭州出差，要请姐姐吃饭。因为是汪姐的朋友，姐姐也不好直接拒绝，就在西湖边新开的一家酒楼里请他吃醋鱼和东坡肉，并且趁他起身去洗手间时，把单给买了，既尽了地主之谊又保持了礼节上的距离。

席间，他拿出一个盒子，当着姐姐的面打开，是块手表：“送你的，小礼物。”

姐姐一看，是块名表。不收。

他再三将盒子推向姐姐，又故作生气的样子。

姐姐真不收：“真是感谢了，但我确实不需要手表，现在手机上都有时间显示，再说了，我也没有戴手表的习惯。”

不过那表确实好看，姐姐想，如果是自己喜欢的人送的，肯定就欢喜地收下戴上了。

伤了小小的自尊，握手告别后，转身离开，他的后背僵硬，看起来高大结实，但走路却一摇一晃的。姐姐想，平时吃太多，又从不运动，上身肥重，腿撑不住。

隔些时间，他打来电话："我知道你明事理，看起来娇小玲珑，但外柔内刚，能很好地管理一个家，你知道的，一般人，做不了我的贤内助。"

他说话的时候，姐姐眼里全是他那张油得发亮的脸，蛤蟆镜背后看姑娘时急切的光，走路时摇晃的背影。

有一天汪姐打来电话，说是他托她想进一步了解一下姐姐的意思。姐姐回汪姐："他说能看人面相，我也会看人面相。姑且不说我实在对他毫无感觉，只说说之前与他离婚的漂亮女人，他该也是用这种套路追到手的，追到手就置在家中，由着她一人过日子，自己以生意为由整日不着家，那小眼里的黄光，扫射到的绝不是一个年轻漂亮的女子，应该是有几个算几个，他不着家的日子也绝不孤单。中国大多数男子，受传统思想影响太重，对女性很少有发自内心的尊重，几千年来一个茶壶几个杯子，男人三妻四妾，没钱的男人偷人，有钱的男人养人。若与他一起，只要愿嫁，看似有钱的生活随之而来，可以重复他第一个太太的全部生活，或者另寻出路，在一个有丈夫之名没丈夫之实的大屋子里独自生存，那样的生活一幕一幕地在我眼前闪过，这些物质的东西，样样真实不虚，似乎随时可取，能要吗？"

汪姐在那边耐心地听，听到此处，重重地"嗯"了一下。

姐姐停了会儿，继续道："汪姐，我要不了，实在不是这个命，对我而言，这样的日子是迷梦，这样的婚姻是空壳，我其实是花钱不多但喜欢找点事做的人。我不敢把自己埋进一个空壳里，装聋作哑，看他人胡作非为。人活着，得有自个儿的活头。我经常在早晨起床洗脸的时候，在镜子里看见我自己的脸，事实上我看到的不只是我自己的脸，我还看到我外婆的脸，我奶奶的脸，我母亲的脸，小镇上许许多多女人的脸，甚至看到第一次坐火车去广州时，被老公当众打一巴掌依旧低声下气跟在他屁股后面下车的那个女人的脸，所有的脸浮现在我的镜子里，我看到她们各自不同的命运，无论这命运如何起伏，唯一不变的是，她们都无法获得真实意义的独立和自由。她们每个人都勤劳地活着，但她们都只能缩在婚姻的硬壳里无条件地隐忍和妥协，没有任何选择的余地。我父亲脾气不好，年轻时还好赌，我很小的时候，姆妈经常在寒冬半夜带着我出门寻他，也曾经带着我们姐妹三个，几次跑回到娘家，目的是想离开我的父亲独立生活，但她一次次退回来，因为她不能够，她根本无法真正养活我们，无论对男人有多厌烦，她们都必须不问自心、委曲求全地活着，那是一种巨大的悲哀。我之前也谈过一次恋爱，分了，伤神了好一阵子，但也知道，女人不自己强大，永远会被瞧不起。好在现在与我姆妈那个时代不同了，每个人都有不同的选择，几乎所有女人都可以离开故乡，寻找更多的出路，只要有脑子有力气，都可寻到一条活路。我不缺胆量，也不缺学习的勇气，要说赚钱，路还长，有的是赚钱的机会。我现在手里有事做着，灵台有光亮着，也有能力担当一家人的生活，虽累一些，但自在呀，再说了，还有你汪姐一直在背后顾着我嘛。”

汪姐在那边笑起来：“你确实是我眼里的你，做人就该有傲骨，你还年轻，踏实耐苦，总有一天傲气里会凝出祥云结出好运。我今天也是得空闲着，随便打电话与你聊聊天，聊过即可，别放心上。”

姐姐想，其实生意人或读书人，都仅只是一个代称，遇见一个能够相处起来舒服的人，才是最重要的。不然，何必非得有个男人呢？不喜欢的硬凑在一起，不是添堵吗？

随后的日子里，漂亮能干的姐姐，身边也不缺人追，正经的或者假正经的，认真的或者假认真的，不管人家态度如何，姐姐心是静着的，也实在看不出那些男人的好，加之心理上和生理上都不觉得有必须要和谁恋爱和结婚的必要，于是就有一搭没一搭，不紧不慢，凉开水泡茶般，看似有水有茶，却是没有温度的。

日子久了，父母也懒得催，姐姐亦不急。白日里有诸多事要应付，晚上与家人待在一起，吃姆妈做的结实的晚餐，晚饭后陪姆妈去附近的运河边散步。偶尔有闲的时光，也和小姐妹们出去喝茶、唱歌、听音乐会，或者窝在房间里读小说，自在自得，单身日子远没过够似的。

7

1997年，香港回归。春节时，姐姐带了全家去海南过年。这是第一次举家出游，也是父母和妹妹第一次坐飞机，弟弟平时跟着姐姐跑，飞机来往已经习惯了。临行前，姆妈紧张，几夜不能睡稳，嘴角起泡，老是念着会不会晕机。要出发的前一天，终于耐不住，弱弱地试探性地道：“要不，你们去，我就不去了。”

姐姐说：“这怎么行，机票和酒店都订好了，再说，你一个人留下来，这大年三十的，谁陪你呀？”

姆妈道：“没事，我一个人清静，也可以去你舅舅家。”

父亲说：“你自己有儿有女，为何回你弟弟家？再说了，嫁出去的女儿，不时兴回娘家过年，不吉利。”

姆妈不悦：“就你迷信。”

父亲道：“不是我迷信，那次我们一起看的新闻，说一个嫁出去的姑娘大年三十与她男人吵架，一气之下回娘家，娘家人将她拒在门外，因为担心她坏了娘家人新年里的运气。”

姆妈生气：“是有这样的民间习俗，但这封建迷信，别人信，我不信。”

父亲道：“年三十的火，正月十五的灯，这两样东西，出嫁的女儿在娘家看了，是会给娘家人带去晦气的。其实也有道理，一个嫁出去的女儿大年三十跑回去过年，别人以为夫家的人对你不好，欺负你。为什么正月十五的灯不能看，是告诉正月回娘家的媳妇，该回婆家过日子了，不要老待在娘家不走。虽然说是迷信，但有些禁忌还是要遵守的，你不迷信，你弟不迷信，万一你弟媳迷信呢，何苦让人家为难？为什么说嫁出去的女儿是泼出去的水？是因嫁出去的女人就是外姓人家的人了，生下的孩子随别人姓，是替别人家承接香火的，与娘家没什么关系了，要说有关系，只是亲戚关系。”

姐姐听了父亲的一堆话，心里恼火，但也不想多言。

姆妈道：“就你事多，满脑子封建思想，反正我不去，你们去。”

姐姐听了，便耐心劝道：“姆妈，放心，那么多人整天坐飞机飞来飞去，啥事没有。”

姆妈正和父亲生着气，索性任性道：“不去。”

妹妹在一旁听了着急：“真是扫兴，坐个飞机有什么怕的，没见过世面似的。”

这几年，姐姐忙生意，妹妹在学校，两个人一起相处的时间少之又少，这回听妹妹用这般口气对姆妈说话，便拿眼细看了妹妹，那认真化了妆的脸，显出与年龄完全不符的世故，表情里的不耐烦藏了可笑的自以为是的孤傲。妹妹觉察到姐姐正在盯着她看，便转过头来扫了姐姐一眼，眼里白多过黑，有对抗的意味。姐姐突然间对这位正在读大学的妹妹有了之前从来没有过的陌生感。

姆妈一改平日里的好脾气与冷静："我知道自己没见过世面，你们走，我一个人留家里，省得在外面给你们丢脸。"

妹妹不客气地道："不去为什么不早说，临走了才开始添乱。"

姆妈平日里那么得体的一个人，姐姐不明白她为何要用这种方式与妹妹说话，该教育的时候不教育，竟自个儿和孩子赌起气来。

姐姐对妹妹的态度也心有不满，原本想忍住，但话还是从喉间滑了出来："你是不是觉得自己上了大学，读了点书，见过一点世面，就有资格转身来嫌弃你父母无知、没见过世面？你有没有想过，是谁带你来这世上，谁供着你，才让你有机会走得更远，看得更多？"

"不争取考大学、着急谈恋爱是你自己的选择，不要以为赚了点钱就可以教育我，你有钱不是照样没让你那无能的弟弟上成大学吗？他不是照样连个中专都混不下去？考得上大学是我自己的本事，没你们什么事。你们一分钱不给我，我照样可以贷款把大学读完，以后有工作了我自己还，所以，都别太把自己当回事。"心高气傲的妹妹扔下正在剥的橙子，转身回房，将房门弄得震天响，吓着了一屋人。

气得父亲握紧拳头，要追过去踹门，被姐姐拉住。

弟弟则在一旁道："这人，发神经了。"

姐姐被妹妹这番坚硬刻薄的话给说愣住了，第一次悲哀地意识到，这个妹妹离她如此遥远，也第一次知道，原本不声不响、家里扫把倒地都不会去扶的妹妹，骨子里有多瞧不起这一家子人。

当天傍晚，在商场的柜台里整理货品时，弟弟私下里告诉姐姐，妹妹在大学里喜欢上一个男生，男生是杭州人，父母都是大学老师，妹妹与他交往了半年，最近刚分手，原因是男孩父母强烈反对。

姐姐惊讶，这些事，自己竟然一无所知："为什么反对？"

弟弟说："他父母觉得她是外地人，一家人都还住在租的房子里，还是做小生意的，与他们家不般配。"

"噢，他们家书香，我们家有铜臭。"姐姐笑起来。

"反正就是瞧不起咱家。"弟弟回道。

"呵呵，其实我们连铜臭都没有，要多有钱才可以让人闻到铜臭呀？"姐姐自嘲。

"所以，她就连带着瞧不起我们了，甚至有些恨我们，她认为是我们这个家让她没办法与她男朋友继续下去。"弟弟生气，"这之前，她对这个家就左右看不顺眼了，与父母说话也没好气，只是今天刚好被你碰上了。"

"唉，她瞧不起我们，我们该瞧不起谁去？难道全都一起去瞧不起自己的老父母？"姐姐道。

"就是，她今天的话，伤人。"弟弟道。

"我也想含着金钥匙出生，一落地就可以拥有一切，我也不愿拼死拼活地挤在人头攒动的市场里淘货卖货，也不想为一家人的生计操劳，更不想故作坚强。"姐姐道。

"这一两年跟着你，知道做生意的全部不易，这个家现在几乎都是你一个人担着。"弟弟应。

"那些一辈子埋怨出身的人，其实都是没有真正长大不敢面对现实的人，投错了胎，是自己的事，怪不得父母，但我们不可以永远活在投错胎的自卑和逃避中，我们不能就这样认命，得靠自己努力，路长着呢，谁知道以后谁是谁。所以，你也长点记性，要努力做事。”姐姐泪眼潮湿，喉音微颤。

“姐，我懂，我会的。她这样和你说话，我听着也很不舒服。”弟弟厚道。

“不说她了，她可能也是心里不好受，才口不择言的。”姐姐轻描淡写地道。

第二天，离过年还有几天，姐姐把杭州的事交付给凤妹，带着家人飞去海南。姐姐做事认真，出门前又查了一遍行李，再次确认了海南的酒店，种种小事，能想到的，都细细考虑到位，以免半途出现什么意外。

一屋人吃了早饭，姆妈又忙着洗碗，给所有她养的植物装上大瓶子，瓶底下用针扎了小洞，能浸出细细的水，查了门窗，各种开关及水龙头，诸事多多，拖拖拉拉，早上十点的飞机，到机场已是九点。排队、托运行李、取票、过安检、登机，中间几乎没喘气的时间。各自找到位置后，姐姐又帮父母系上安全带，这才安心坐下，长长地松了口气。

姆妈与父亲坐一排，姐姐与妹妹坐姆妈后排，弟弟隔了几排在后面坐着。妹妹一坐下就抱怨：“为什么要买早上的机票？可以买下午的呀，也不用这么紧张，我几乎连妆都没来得及化完，就被催着往机场赶。”

“飞到海南刚好十二点多，吃饭、进房间休息，下午还可以出去走走。如果下午的机票，要晚上到，一天就都浪费了。”姐姐一边从包里抽出书，一边回她。

“妆没化好就出门，难受。”妹妹掏出化妆包补妆。

“你不化妆也很好看呀。”姐姐说。

“姆妈偏心，把你生得美，你有资本不用化妆，我不行，所以我就得多点时间对付这张丑脸。”妹妹拿着小镜子，耐心地描眉。

“我平时出门为了节省时间，经常坐早班机，喜欢在凌晨的机场欣赏那些即便早起需要赶飞机依然妆容稳妥大方、衣着得体整齐的女子，觉得她们很厉害。随口找些理由来抱怨很容易，但最重要的是，如果你真想认真对待你的脸，你就应该早点起床。”姐姐回道。

妹妹不回话，只顾打腮红，一下又一下。

姐姐打开之前翻了一半的《日瓦戈医生》，找到做了标记的那页，准备接着读。这次出门，除了《日瓦戈医生》，姐姐还随手从书架上抽了本《漫长的告别》，想在宾馆里重读一遍。姐姐喜欢隔一两年重读之前觉得有意思的小说，在重读时，读到的是自己在时间里的变化，是生命里一丝一截不断往宽处以及深处抽拔的声响。

刚读了不到两行，前排的姆妈就喊头晕。姐姐帮她叫了温水，让她吞下早就替她准备好的一小片药，告诉她是预防晕机的，实则是片安眠药。

没多久，姆妈就睡着了。降落时，飞机特别平稳，只在落地的那一瞬间，有些震动，姆妈还是被惊醒了，扭过头来问姐姐：“落地了？”

姐姐回：“落地了。”

姆妈一脸茫然之后的兴奋：“真的？都没什么感觉。”随后放松下来，眼睛亮了亮，孩子气般的笑。姐姐看着姆妈，真心觉得她美。

下飞机，取了行李，打车去宾馆。

姐姐订了三个房间，父母一间，自己和妹妹一间，弟弟单独一间。拿房卡时，妹妹说什么都要一个人一间房。姐姐心里不悦，但出来玩，能避免矛盾就尽量避免，有心想再开一间给她，前台却说已经没有多余的房间了，都早早就预订出去了。弟弟将自己的房卡给了任性的妹妹，说可以去父母的房间睡沙发。如此这般，换得太平。

在宾馆休息一小时后，姐姐挨个敲门等人出来，一起去餐厅用餐。餐厅有大落地玻璃，阳光明艳，椰林树影，十来米处就是大海，能看到海浪层层涌起。姆妈第一次见到海，很是新鲜，加之在房间里又睡了一会儿，状态很好，看着菜单，极有食欲的样子。点了很结实的文昌鸡、东山羊、加积鸭、海南粉，以及和乐蟹，又为姐姐专门点了盘青菜，点完后道：这里的青菜比鱼肉贵。

大家都饿了，喝着水，专心等菜上来。第一道是海南粉，也不等父母先动筷子，弟弟就急不可耐地先吃了起来，一口吞下去，烫着了，小猪一样叫了起来。

“烫到了嗓子，不是嘴和舌头，是嗓子。”看到周围餐桌投过来的眼神，弟弟不好意思起来。

“你饿鬼投胎似的。”妹妹不满他的表现，在桌底下狠狠踢了弟弟一脚。

“烦不烦，我不是饿了嘛。”弟弟被她那使了猛劲的一下踢痛了，气得连脖子都硬了起来。

“再饿也差不了几秒钟，谁会和你抢着吃，丢人现眼。”妹妹又白了弟弟一眼。

“你有多了不起，总嫌别人丢你的脸。”弟弟硬生生地顶过去。

“是丢你自己的脸好不好？自己没出息，就不要怪别人看不起你。”妹妹嘴不饶人。

姆妈息事宁人：“好了，不要说他了。”

妹妹嘲讽道：“你们当然舍不得说他，传宗接代、光宗耀祖的宝，其实就是个什么都不会的草包。”

姆妈也开始不悦：“什么传宗接代的宝，我向来手心手背都是肉，一碗水尽量端得平，屋里头哪样东西少过你的？又哪件好事落下过你？做人不要那么刻薄，刚刚还不是你弟弟将他自个儿的房间让给你的，你怎么不记好？”

“没他让我房间，难道我就要睡大街吗？”妹妹抢白姆妈。

“行了，之前也没觉得你的嘴巴会咬人，现在只要一张嘴，出来的话都这么难听，书全白念了？”父亲气得脸青，却压着嗓音硬忍着。

“每次都要拿我念书的事来压我，多念书怎么了，有罪吗？就应该活受欺负？”妹妹强词夺理起来。

“是不是你读了个大学就觉得大家都欠了你的？都拖你后腿了？我承认我是草包，你是什么？你是千金小姐？白雪公主？一家人全都不能与你平起平坐了？甚至连姐姐都欠你的了，她每天忙得像狗一样，上上下下打理一切，她平时节约，但只要你张嘴要什么，她全给你买，这次来海南，她还不是想让大家开心，你连句好听的话都没有，处处挑三拣四，你以为你是谁呀？大家都得给你赔小心。”弟弟平时嘴笨，但吵起架来，也很猛。

“你连个破中专都混不下去的人，还觉得自己很威风？”妹妹又踢了弟弟一脚。

弟弟被她这般刺激，差点蹦起来要动手。

“你再胡扯，老子真想一巴掌抽死你，处处都你有理，你这嘴巴也太厉害了，一句都容不得别人说。”父亲激动起来，强压怒气，嘴唇颤动。

“你想打想骂，回房间后由你，别在餐厅里丢脸。”妹妹挺起胸，坐正，也不拿眼看大家，只顾自己斯文地吃起来。

父亲气得拿筷子的手都在发抖。姐姐也是服了这个父亲，从小对自己如此粗暴，动不动就出手打人，上次为了潘水的事，还在院子里当众打得她皮肉开花，如今对这个小女儿，他却是毫无招架之力。

“你姐只读到高中，你弟中专都混不了，父母也没见过世面，这次你忍一忍，下次你就别与我们一道出门了吧。”姆妈一直沉着脸。

“谁稀罕。”妹妹边说边端起水杯，喝了口水，面无表情。

姐姐木呆呆地看着眼前的一切，觉得惊讶。心想，也真是很久没有一家人坐在一起好好吃顿饭了，平时妹妹周末偶尔回家住，可周末商场又忙，自己几乎很少回家吃饭。妹妹除了伸手问自己要钱，也很少有时间交流。如今看这场面，真不是个滋味，依了自己的性子，真想离席而去，但仍旧使了劲，耐着性子，屁股黏凳不动，却是真心难受，替所有人，更替妹妹。这孩子太倔强、太心高气傲、太自以为是，嘴太锋利，心绷得太紧，其实脆弱敏感心眼窄小，将来要吃尽多少苦头，才肯低头看清自己？

听着妹妹的那一番话，姐姐有很多话在喉间横冲直撞，甚至带了强烈的愤怒，最终还是伸出手去，捧起面前的水杯，吞了一大口凉水，和着凉水，一并将话吞下。

出门一趟不易，能忍则忍。

当晚姐姐躺在床上，虽累，却无睡意。难得与一家人出门，原本想图个开心，此时却觉得心累，于是胡思乱想起来，思绪东拉西扯，零零碎碎，想了半宿的心事，仍旧翻来覆去难以入眠，忽听当当当一阵声响，由窗外清脆传来，定耳细听，才知是酒店后面小庙里的钟声。

在钟声里忆起湖镇通济老街的舍得古塔，风铃声，以及塔旁边隋唐时期就有的舍利古寺，现保存的清代乾隆年间重建的寺庙顶部也已经削减近半，曾是镇里的粮仓，后又恢复为庙，仍塑了佛像，虽十分寒素，香火不盛，但亦不熄，倒有冷清孤单的自在，一直存留在旧址之上的古韵之气，让这不熄不旺的香火，有了别样的意味。

姐姐稍大些后，才懂得寺庙里的寂静里，含了不动声色的气味，似乎可以容下或者消化掉整个小镇的起伏与躁动，更能藏得下姐姐小小的身子。

八岁那年，父亲午饭时喝了酒，姆妈去江里洗衣服，也不知道为什么事，父亲突然发了脾气，用细竹条狠狠地抽她。姐姐倒不是怕痛，是怕父亲发脾气的样子，怕他控制不住，不小心被他打死了。姐姐找了个空当，从家里跑了出来，冲出院子时，只听得父亲在后面怒吼："有胆你就别再回来，回来还得继续收拾你。"姐姐吓得厉害，只想找个地方躲起来，也不能躲在街头，到处都是人，就钻进寺庙里，躲在一尊佛像的底座下。佛像的底座差不多像个大柜子，厚实的木头做的，外面用一块紫色的布遮着，能见到些光，也听得见外面人的说话。姐姐先是蹲着，累了，索性就躺了下来。庙里其实没有和尚，就一个孤寡老头，无儿无女，被派来守庙的。

老头吃住都在庙里，偶尔有人来，就站在门口说话，一句一句，缓慢的，清冷冷的，空洞的。但姐姐听着他们的对话，多少能觉得到一些安慰，毕竟添了些许人气。

姐姐毕竟小，不太长记性，刚躲进去了，怕得要命，待在里面久了，困了，竟然就没心没肺地睡着了。一觉醒来，已经看不见外面的光了。自个儿先恍惚起来，不知道为什么醒来时会在庙里，会在佛像的肚子底下，便慌张了，连忙从庙里出来。四处张望，没看见守庙的老头，这个钟点儿，兴许是去街头买便宜的小菜了。

天暗得快，姐姐贴着墙往老街的方向走，一溜烟儿地回到自家院门前，才又万般真实地记起父亲抽打自己时的惊恐。想起父亲的脸，仍旧害怕。便先站在院外侧耳听，听到姆妈和弟弟妹妹们讲话的声音，还有院内的狗叫声，这才推门进去。姆妈并不知道姐姐挨了打，洗衣回来见她不着家，以为她自个儿跑到街上找小朋友们玩耍去了。天暗了，野孩子自然会回来，回来也不多问，一家人坐着吃晚餐，父亲不在家，姆妈说他去外镇办事了，要半夜才回家。

姐姐吃饱肚子，心事重重地上床，怕父亲回来，仍要找她算账。虽怕，但一沾枕头就睡着了。早晨一觉醒来，仍没见着父亲，姆妈说他早早出门做事去了。姐姐整天都是不安的，时不时会想起父亲要找她算账的事儿，心尖儿就吓得颤颤的，好不容易挨到黄昏，见父亲回来，手里提了两串葡萄，说是别人送的，开心地招呼一家人过去吃葡萄。姐姐不敢看父亲的脸，吃了葡萄，又吃晚饭，晚饭后，父亲在院子里拉二胡。拉得高兴，还开口哼唱了几句。姐姐想，许是父亲忘了要收拾她的事了，但心里还是不踏实，不敢随便开口说话。就这样又熬了两天，才渐渐淡忘了之前的事。

父亲的脾气，说来就来，不知哪根筋不对头了，他就发起火来，姐姐每次都吓得不轻。最后一次挨父亲打，是为了潘水之事……姐姐能在回忆中真实地感受到竹条枝儿抽在皮肤上的火辣辣的痛，比痛更强烈的是从小胆战心惊里的无助感。

自己一个人在外撑了有些年了，多少也慢慢地生出些底气来，但始终压不住那些时不时会从骨子里头冒出来的无助和惊恐，气泡一样。姐姐想，当初对潘水的依恋，更多的是源自于他笑眼里的阳光与“好”的脾气，还有他那满嘴金光灿灿又温暖如春的蜜语，样样都是姐姐不曾从父亲那里获得过的。

如今依靠自己的努力，一家人与小镇似乎越离越远，可这一家人的心气儿，多少都是躁着的。姐姐想，过了新年，或许得先在杭州按揭买个房，让一家人安定下来。姐姐这些年来，一点点积下的资金全都重新投资回到生意里，不能动，也不敢随意动，只想着把事情做稳做大做结实了，有些表面看似大胆的推进，其实每一步走来，都是提心吊胆的，可是除了稳当推进，哪儿还有退路?

阵阵海风吹动白窗帘，无边无际的海，海上变幻着的风，如这世间的一切。夜深心寂，姐姐又想起白天餐厅里的事，这妹妹的心事心肠，也是难以捉摸，那些言语，听着陌生刺耳让人心惊。同一个家庭，同一对父母，孩子们各自生长出完全不同的人生。突然念起瓶姨，又漫无边际地想了杂乱的一堆人和事，眼见快凌晨，索性卷了被子，捂住头，浮浮沉沉，渐渐入睡。

正睡得沉，被弟弟叫醒，一家人都已准备好等她出门。

姐姐从床上蹦起来，开始了真正的海南之旅。每天似乎都有这般那般的问题出现，妹妹看什么都不顺眼，弟弟和父亲也都有他们自己的火暴脾气，姆妈夹在中间也受不了，姐姐嘴里不说心里烦闷，便处处小心，事事替他们考虑周到，仍免不了有时鸡飞狗跳。

如此这般，在海南待了四夜，飞回杭州时，已是晚上七点。姐姐已经压抑到胸口堵，回家冲个澡，独自出门去影院看了场电影，散场后仍不想回家，于是一个人开着车，寂寂地绕西湖转了几圈，南山路、杨公堤、北山路，又重回南山路，走满陇桂雨，进龙井路，拐向灵隐路，再回到北山路，一路幽静，有灯无声，湖荡山隐，心也平和了许多，虽对于家事和生意上的事，时时会觉得疲惫和无能为力，可除了竭尽全力将事做好，又有什么别的选择吗？逃避？远离？血肉至亲，难不成连自己的家都不顾？在湖边转久了，就拐进一条小巷，找了家小店吃夜宵，竟然看到有卖馄饨的，点了一碗，吃在嘴里，全然不是滋味，厚皮粗馅，和王汉的手工馄饨比，相差十万八千里。

上床前翻了会儿书，入睡前，姐姐想着过完正月，要和姆妈一起回趟小镇，快有两年没回去了。老街，青石路，两旁的店铺，街头熟悉的人和物，江边洗衣的埠头，老樟树，绵绵衢江，起伏的远山，江上的小船，船头捕鱼的鸬鹚，江边成片的芦苇和成群的白鹭，所有一切，看似遥远，却时常入梦来，似虚却实。

8

海南回来后，凤妹告诉姐姐，有两个员工过了年后不准备再来上班了。姐姐得考虑重新招人，商场柜台和商铺里的存货，需要打折处理，还得为即将到来的春天调配新货。好在有凤妹，她是姐姐的左右手，大多数事情，她几乎都能陪姐姐一起处理。

凤妹除了上班，姐姐还鼓励她学会计，一门课一门课地去考。姐姐道：“技多不压人，我们也不急，两年不行三年，三年不行五年，慢慢来，自己不放弃，谁也放弃不了我们。”这种励志的话，姐姐知道听着别扭，但说起来，还是觉得带劲儿。姐姐又道："这人，活着就得要有点劲儿！我过些天，也去报个英语学习班，我之前很喜欢英语，要重新捡起来，有样东西学着，踏实。"

凤妹回："谢谢姐姐，我明白的。"

姐姐喜欢凤妹的乖巧，她知道好，懂得惜福，这些年跟着姐姐在外做事，看的人多了，也知察人眼色、观人面相，自然各方面长进不小。

那个江西出来在杭州做厨师的男友，高大憨实，一颗实心对凤妹，没什么花肚子小细肠，交往了几年，虽不紧不慢，感情却是越来越好。凤妹也是不管大小事情，都会学给姐姐听。这对人儿，看着也真的是让人觉得温暖踏实。

厨师每天下班后都会带些热乎乎的吃食给凤妹，凤妹喜欢汤汤水水，早晨，他会起早做桂圆糖水鸡蛋、桂花酒酿鸡蛋，或者做几个小菜配小米粥。偶尔酒店放假，他也不太出门溜达，就在屋里打扫卫生，去菜场买菜，中午提了保温盒，带了热乎乎的饭菜送到凤妹所在的商场，喜滋滋地看凤妹吃完，拿着空盒子回家，晚上再依了凤妹的口味换了不一样的菜品送过来。凤妹每次都会埋怨他做得太多，但每次都会一粒不剩地吃完。人越长越结实丰润，不过好在年轻，消化得快，也不见得显胖。

厨师的好，都在一些日常琐事里，看起来平常朴素，却含了担当和温情在里面，置身其中的人，也懂得好，加倍体贴地应对回去，如此这般你来我回的，就越发觉得深情。时间久了，除了盛年里的男欢女爱，还沾了些连着骨血的亲情，而这一切，都在日子里不动声色地重复着，一件件，碎杂的，也是花儿一般的。两个都是真心爱笑的人，笑着面对出现在生活里的各种事件。比如要应对凤妹时常去医院的麻烦、每月的房租和开销、俗世生活的压力，省钱、存钱，准备着以后结婚生子。

这两年来，凤妹每周都要去趟医院，一直不间断地吃中药。身体还没完全长成时，不幸受了怀孕和堕胎之累，之后一直承受着小腹莫名其妙的疼痛之苦，当初与奶奶一起在老街艰辛地靠卖饭团和零碎布头讨生活，腹痛时能忍就忍着，不敢说，更不敢提去医院，奶奶哪里有余钱给她看病？后来随姐姐出来做事，慢慢自己也有了钱，病痛又似乎有一阵没一阵的，加之因了之前恐怖的经历，内心深处对自己的身体有着本能的排斥和小小的厌恶，不愿真正去面对，随便在药店配些药吃，止了痛，也就没多大心思去在意。与江西厨师一起生活后，身边有了真正关爱自己的人，日夜嘘寒问暖，凤妹开始觉察到自己身体的敏感、娇嫩和尊贵，又受了姐姐的影响，自我意识也日渐强烈起来。有一天腹痛腰酸得厉害，便下了决心自个儿去医院看医生。医院说是盆腔炎症，外加输卵管梗阻，还有些别的毛病，如果不加以重视，会严重影响生育。凤妹也知道此事非同一般，于是定下心来，每周去医院配中药调治。

厨师并不知道凤妹之前的事，凤妹瞒着，不敢说。两个人在一起的第一夜，凤妹并没有见红，厨师也不多问，凤妹倒是紧张又含糊地给了解释，说是以前练自行车时摔过许多次跤，兴许是摔坏了。厨师大凤妹五岁，知道凤妹想解释什么，便紧紧搂住凤妹道："妹妹，你笑得那么干净，眼里心里都是明的亮的，这就足够我心疼你一辈子了。"厨师还真是把凤妹当妹妹疼，也不会太多的甜言蜜语，就一日接一日地护着她，过得结实有爱。

两个人还一同回湖镇见过奶奶。这做厨师的，从杭州背了食材回去，到奶奶家后，先将老人家的厨房彻底清洗了一遍，之后拿了看家的本事，变着花样，给奶奶做了一桌色香味俱全的好菜。这做奶奶的孤苦了一辈子，哪里见过和吃过厨师手里出来的新鲜玩意儿，只知道坐在桌旁，看着乐。凤妹到杭州后，留老人一个人在小镇生活，那千刀万剐的儿子在外面漂了几年后，也就回来了。老人心硬，早早当他已经死了。承了他太多的罪，老都老了，还受了他的苦，苦倒没事，早就苦习惯了，只是因了他，蒙了羞，这余生再也无法抬起头来坦坦荡荡地面对他人了。最苦的还是这可怜的孙女，那么好的女孩儿，性格好，善良，懂事，这人面兽心的叔叔，怎么下得了毒手？活生生地把她给毁了！老人半夜醒来，满嘴的苦味，冰水浇身，冷到骨头里，但终究是自己身上掉下来的肉，虽自己横了心不见，却托了女儿常去探看他。做叔叔的也知道没脸再回到小镇，从里面出来后，径直就去了妹妹介绍的一家工厂打工，工厂离小镇很遥远，遥远到没人知道旧时光里所发生的事，时间似乎可以包裹一切，变成阴暗的秘密。

凤妹随姐姐去了杭州后，每月准时打钱给老人，也不许老人再去街头摆摊。冷风冷雨独自守在街头讨口饭吃，也实非老人愿意，就听了孙女的话，待在家里歇着了。歇着的时光，内心并不舒展，身子常有病痛，也不愿意与镇上的人有太多的来往，心里凄苦，独自熬着时间过日子，有时熬得苦，真想早点动手结束了自己，早走早解脱，但生活终归还是有一丝期盼的，那永远笑意盈盈的凤妹，便是她暗淡腐旧生活里全部的光。

如今，孙女带了厨师回来，以老人经了事的眼睛，一看就是实诚的好男人，当下就有欢喜。厨师做了菜，拿把椅子坐在老人面前，一道道菜夹进老人的碗里，催着老人吃，老人一口口尝，各种滋味在嘴里蔓延开来，一生苦痛的回忆涌起来，这美好的滋味就变得更为丰富和复杂，终还是忍不住流了混浊的泪。

孙女看不得老奶奶流泪，想起奶奶护着自己顶着流言蜚语在街头求生活的日子，便也清泪汪汪的。厨师忙拿了纸巾递给凤妹，又拿了纸去替老人擦去眼角的泪花，这平日里表情严峻生硬的老奶奶握住厨师的手，笑起来："我是开心哪，真是开心。"继续流着泪，但泪里有了笑，那些在苦难生活里结下的坚硬与沧桑，此刻透亮地融化在眼角大象皮般的皱纹里。掉了牙的嘴里，也漏着风儿地笑。

凤妹回来将这一切学给姐姐听的时候，姐姐也止不住眼泪潮湿，想起当初满镇里风言风语，老人带着眼疾、拖着病弱的身体，在街头设摊讨生活时脸上的坚韧，心里充满敬意，便道："一定要好好孝顺老人，有可能，接老人来杭州住些时日。"凤妹点头："现在租的是一室一厅，等些时日，租个稍大点的房子，一定接老人来杭州住。"

"奶奶用命护我，我懂。那些年，街头说什么的人都有，我听着承着，我也哭，心里害怕，但不想奶奶难过，就一个人躲起来悄悄地哭，面对别人时，我总是笑，我知道，笑脸总好过哭丧的脸。一直熬，盼想着有一日能够离开小镇，能够自己养活自己养活奶奶。后来，你走进了我的生活，你知道，我不喜欢说谢谢，但心里是真心感激。"凤妹道。

"不要说什么谢，你凭能力拿工资，理所当然。我也是在老街长大的，那条老街，不知道走了多少回，眼里看着的，耳里听到的，心里都记着。我懂。"姐姐回。

"嗯，我明白。那事发生后，你也知道，我这学是没法上了，并不是学校里容不下我这样的人，是我没脸再回去了。他们认为我是不洁的人，是怪物，是异类，是传染病患者。我只能躲在家里，缩在奶奶身边。有多少人来找奶奶提亲，换别的人家，或许就把我嫁远远的，眼不见为净。我之前一直认为奶奶很脆弱，除了做饭和唠叨，什么都不会。

经了那事，才知道奶奶是硬骨头，是我的老母鸡。她起初每天在屋里抹眼泪，眼睛本来不好，后来就更不好了。奶奶决定上街摆摊，我怕得要死，不敢走出家门，我怕所有人。可是我不能老缩着，就硬着头皮，跟着奶奶出门守摊。你知道，同样的小镇，同样的老街，却再也不是之前的了。我似乎长出一双不同的眼睛，眼前的一切都有了不同的颜色。不同的世界，教会了我用不同的方式去看去听去闻，老街就像镜子一样，将每个人都照得清清楚楚，我也看见了你，包括你曾经的痛。那天傍晚，我远远躲在人群背后，那个酒鬼，他骂的每一句话，都像刀一样刺在我的身体里，我看你缩着身体，傻瓜一样，木呆呆地靠在墙角，我觉得那个人就是我自己，我多么想过去抱抱你，拉着你逃跑，可是，你知道，我怕自己不配，那些人表面对我微笑，骨子里都认为我是不干净、不吉利的，你不会与我为伍的，我有一万个心想过去拥抱你，但我却没敢移动半步，只是浑身发抖地远远地看着。后来看到你往江的方向走，我很害怕，就去央求五金店里的老头去告诉你姆妈，看你姆妈急急出了门，往江的方向走，我才松了口气，跑回去帮奶奶收摊。”凤妹道。

姐姐听了凤妹的这番话，先是愣了一下，随后一阵心酸，喉头发紧，眼睛酸涩。姐姐看着满眼是泪的凤妹，终究忍不住将她搂过来，抱着，泪水滚滚。当初姐姐让凤妹来帮自己的忙，是因为她有一颗受过伤的心，又爱极了她脸上的微笑，以及她身上那团溢满全身的喜兴之气，但却从来没想过，这颗心如此的玲珑透明，与自己曾经这般的贴近。

没过多久，姐姐就又给凤妹涨了工资，凤妹开心道：“忙过这阵子，我准备重新换个房子，把奶奶请过来一起住，虽然不可能有太多时间陪她，但至少早晚可以照个面，比让她一个人活在老街强多了。”

9

处理完商场的事，姐姐又抽空去了趟广州，一是为生意上的事，二是每年春节都有去汪姐家拜年的习惯，在她家住一两天，陪陪老太太。

汪姐家离越秀公园很近，每次去，姐姐都会陪老太太去公园。老太太除了低血糖外，心脏还搭过桥，但因为懂得养生，气色还不错，思维敏捷，耳聪目明，看什么都入木三分，说出来的话虽柔软如蜜，却句句有理有力。她自小生在北方，当年随父亲南下，长大后在学校里做老师，随后嫁给做中医的先生，可先生早逝，她没有再嫁，独自养大唯一的女儿，汪姐。

姐姐喜欢与老太太聊天，能清楚记下老太太的一些话："与智者聊天，增见识，与小人相交，添烦恼。"又说："方向对了，你的努力才有价值。"

姐姐逗她："你的方向是什么？"

老太太说："吃得下饭，睡得好觉。"

姐姐哈哈笑起来："那还不容易，简单。"

老太太道："不简单呀。吃得下饭，得身体好，睡得好觉，得不胡思乱想，心得宽，一分清醒九分糊涂。"

姐姐就笑："人大多数烦恼都来自太纠结和胡思乱想，老是患得患失，却又控制不住自己。"

老太太说："其实，没什么好想的，记牢一件事，人终归要死的，好坏左右都得死，所以少去计较，多做事，在事里打磨自己，总是没错的。”

姐姐回：“嗯。”

老太太指指旁边的鸟：“这鸟儿每天都要努力找吃的，吃饱了就喳喳叫，好生快活，人不一样，除了吃饱，还要想别的。”

姐姐回：“我姆妈说过，做乞丐不容易，做皇帝也不容易，‘生而为人，不得消停’。”

老太太说：“告诉你一个秘密，这个世界其实是完全敞开着的，只是封闭的人视而不见。”

姐姐听了，心里大惊，没有回话。

老太太继续道：“被禁锢过的人，才能有机会真正体会到被打开之后的自由。”

姐姐想到自己曾经低头夹尾、诚惶诚恐地行走在老街的模样，更想起电影《肖申克的救赎》，认真起来：“您老怎么会这么深刻？”

老太太道：“我不懂什么深刻不深刻，我父亲在那个年代里受不了屈辱跳楼自尽，母亲后来改嫁，你汪姐的父亲也是在我怀里死去的，吃尽苦头之后，很多事就想明白了。”

姐姐牵起老太太绵软的手，一步步走，似乎每一步都觉得轻盈。每次和她聊天，有放空的感觉，平时那些复杂琐碎的小事，积在腹部，隐隐肿胀有硬块，到她这儿一聊，像吃了泻药般，空了，松了。

老太太的口头禅：“睡前想得明白，醒时装得糊涂。”

姐姐有时会故意问：“何时该糊涂？何时该明白？”

老太太眯起眼，狡猾又天真地笑：“活久了，经多了，摔足了，痛够了，睡前枕着脑袋想透了，天亮时就都明白了。”

姐姐说：“以前有一个朋友说，这人老了，会成精，您老成精了，在时间里泡久了，这人就泡出特别的味儿来了。”

老太太打趣地问：“是不是老酸菜的味儿？”

两个人就都哈哈大笑起来，这样一路瞎聊，回屋后做了晚餐，等汪姐下班。汪姐女儿在加拿大留学，一年回来一两趟，姐姐难得能遇上。

与汪姐聊天，又完全是另一种方式。汪姐是个特别直截了当的人，一两句闲话过后，就直接聊生意。

汪姐道，人生在世，离不开衣食住行，这类的生意，永远都值得做。另外，这人活着还得找趣儿，得有娱乐。生意既要做踏实又要做长远，除了卖鞋子衣服之类，最好能开个饭店什么的。就开在大型的商场里，大家逛店铺累了，往你开的饭店里一坐，吃喝闲聊，多好。装修大众，菜品家常，但得有几个特色菜，价位低，做客流，可以一家一家开，做连锁。你如果有想法，这次回去，慢慢四处看看。

姐姐回：“到处都有饭店酒店，很多人都在做。”

汪姐道：“同样开饭店，有人只为糊口，有人却可成大事业。”

姐姐点头。

汪姐又道：“要开必得开在大型的商场里。”

姐姐道：“大型商场寸土寸金，很难进呀。”

汪姐笑：“你看好了，所有大城市都在不断扩张，不出几年，新的商场会如雨后春笋，我们可以一个个跟进。你做事踏实，我信你，你真准备好了，我找资金，我们可以一起做。”

姐姐心里没底，没敢胡乱接话。

汪姐道：“当然，我只是一说，你可以留心细看，卖鞋子箱包之类都不是长久之计，脑子里得先走一步，盘算开来，有远见，踏准脚步，事半功倍。每一个人都有无尽的潜力，千万不要低估自己。”

姐姐觉得有理。

又聊了些别的事，汪姐一一谈了她的想法。每次与汪姐聊天，姐姐都觉得某些混沌之处被击醒了似的，有光透进来，灵台明亮。

在广州待了两天，除了每天和老太太吃早茶，傍晚一起逛公园，姐姐也跑了几个工厂，订了一些新货。这天傍晚，姐姐坐红眼班机回杭州，飞机晚点，真正起飞时，已经十点半了。

姐姐坐过道旁，靠窗的是位长发齐肩的瘦高个男子，脸长，鼻子挺，眼细。他一直看着窗外发呆，手里夹着根没点燃的骆驼牌香烟，时不时放鼻子处嗅一嗅。那夹了烟的、白皙纤细的手指会神经质地轻微颤抖。整个飞行的过程中，他不断地问空姐要水喝要东西吃。

广播通知还有半小时准备降落，姐姐翻完书的最后一页，合上，准备闭眼休息片刻。

“读什么书？”旁边男子开口。

姐姐将书递给他，并不想睁眼。

“《日瓦戈医生》，我高中时读过，那时想当作家，没想到后来做了老师，改教学生画画。”他拿起书翻，“该找时间静下来再读读，好书需要重读。”

“在哪里教书？”姐姐闭眼问道。

“美院。”他回。

“西湖边的那个？”姐姐问。

“你说，还有哪个？”

姐姐听到他脆声的笑，睁开眼，只见他比方才放松了许多，手指间仍夹着香烟，仍旧反复颠过来倒过去，指头神经质地颤一颤，又颤一颤。

他注意到姐姐在盯着他的手指看，尴尬又自嘲地笑笑："恐高，焦虑，恐惧，害怕坠机，唉，一个大老爷们儿，每次坐飞机都吓得半死，还好，已经在下降了。"

姐姐第一次见男人坐飞机紧张成这样，随口安慰道："没事，深呼吸。"

男人长长地做了个深呼吸。

姐姐笑起来："再做一个。"

男人又照做了一个，松了肩膀，松了后背，孩子气地笑："挺有效果的。"

"下次上飞机前，可以吃片晕机药。"姐姐道。

"我讨厌吃药，坐个飞机，把自己弄成病人一样，宁愿熬着，他们说，多熬几次，这种恐惧就会慢慢消失的。"他固执又孩子气地道。

姐姐想，是个有个性的人，有点儿倔。

"你叫什么？做什么？"他问。

姐姐一一回复给他。

"萍儿，长得那么美，名字却朴素，像春天田地里的野花。"他看着姐姐的眼睛，细眼里眯着笑。

姐姐从小听人夸赞自己长得美，听多了，已经没什么感觉了，也从不当回事。自小姆妈就一直在她耳边道："女人长得漂亮不是好事，漂亮招惹是非，自古都道红颜薄命。记住，脸不能当饭吃，人人都得老，满脸都得长皱纹。人哪，最重要的是能吃苦，肯做事体，眼明，心亮，这人自己有了底气，老了才有福气享。"

"野花挺好，经得起风雨，挨得了霜冻。"姐姐随意应道。

他听了后，眯起细长的眼，特别认真地打量了姐姐，咧开嘴，笑得灿烂："那就叫你萝卜吧。"

"为什么是萝卜？"姐姐问。

"不怕冻呀？"他又笑起来。

姐姐也忍不住笑起来，但不再回话。飞机快接近地面时，稍有颠簸，他脸色变白，身体僵硬，双手紧紧抱住自己，闭眼忍着。姐姐调了呼吸，等飞机落地。

飞机落地后，他从随身的包里取出一张名片递给姐姐，又取出一张，找出笔来，让姐姐写下她的电话，姐姐原本想留自己的手机号给他，想一想，写下了一组数字，是家里的电话号码。他认真地收起来，放进包的内侧。

他与姐姐一道下飞机，安静地等姐姐取了行李箱，同姐姐一起走出机场，说有朋友来接他，让姐姐搭他的车进城。

姐姐连声道谢，坚持自己叫出租车，他也不好再劝，就帮着将姐姐的行李箱塞进出租车，车子起动，两个人挥手再见。

10

广州回来后不久，父母向姐姐提出要搬回湖镇去住。姆妈的意思是，他们在不在其实都一样，除了做饭，也实在帮不上什么忙，有时得个什么小病，自己也不知道去哪个医院，老是给姐姐添乱，再说整天闷在屋里，也不好受，杭州是很美，但毕竟不是自己的城，心心念念记挂着的还是自己那个小镇，再说了，镇上的房子久不住人，很快就会坏掉的。

父亲在一旁插话道："坏掉多可惜，你想想看，这房子花了我们多少心血呀。"

姐姐真心不愿他们离开，也心知，他们是早已拿定了主意的，便不强劝，但颇觉落寞无奈。姆妈安慰道："没事，先回去住，万一你结婚有了孩子，我们再回来帮你带孩子。"

姐姐笑起来："早着呢，八字都没一撇。"

姆妈说："缘分这种事，说来就来。趁你现在还一个人时，我们赶紧回去待些时日，房子几年没住了，也得修修补补，就那样看着它坏掉，心疼。"

姐姐只能随他们，这边也安排了时间，准备陪他们一起回湖镇。回去之前，姐姐特意去给王汉挑了鞋子、羊毛衫，另外又去买了一堆送亲戚朋友的滋补品，还给瓶姨的孩子选了几套衣服，都一并带上。

傍晚开车回到湖镇，屋子有股久没人住的霉味，屋里的物件沾满了灰尘，被子也不干爽，一夜没怎么睡得舒服。

一大早，姐姐就去镇上买了三碗豆浆、六根油条、三张烙大饼、六个油鸡馃，还有三个饭团，原本还想去王汉处排队买馄饨，想想人多，也说不了几句话，过了午后再去也不迟。

这日天好，阳光亮艳。姆妈捧出所有发潮了的被子，一条条晒在院子里，见姐姐捧回一堆早餐，道："买那么多，怎么吃得下？"

父亲连忙从碗柜里拿了碗筷："吃得了，吃得了，都是我喜欢的。"姆妈进了厨房，从父亲手里夺下碗筷："多久没用了，开水烫烫。"父亲便用手拿了根油条先咬起来，边咬边道："回来怎么样都舒坦。"

"好像我让你们去杭州是去受罪似的。"姐姐开玩笑道。

父亲满嘴油腻地回："没受罪，但也不那么自在。这人哪，没见过，都想见见，见过了都一样。这些年，杭州、上海、北京、海南、西安，你都陪我们走过了，以后哪儿也不想去了，还是自家的小镇待着舒坦，做什么都顺手。"

"真哪儿都不想去了？还想以后带你们去欧洲，去美国瞧一瞧，隔壁水军的二姨嫁到了美国，当年写信回来说天天不喝水只喝咖啡，姆妈你曾羡慕得要命，我倒是真想请你去美国喝杯咖啡呢。"姐姐笑道。

"都一样，翻山越岭，漂洋过海，以为别处的风景好，其实生活就是一日三餐，我们老了，没那么多想法，就是想守着这片地儿，安静地活着。咖啡哪里都有，何必跑去美国喝？买了在家里边看电视边喝，惬意得很。"姆妈道。

对于姆妈来说，她就如一棵植物，没有比小镇的雨水更适合她的了，熟悉的人和物，她和老街上做馄饨的光头王汉，一样的。

"年轻人不一样，世界大着呢，带着眼睛，能走多远走多远。我们老了，不想动了。"姆妈补了一句。

三个人边吃早餐边说话，院外有脚步声传来，随后是人声，原来是隔壁的割猪匠。

几年没见他了，老了许多。记忆里，每到四五月这段时间，是邻居割猪匠最忙碌的时节。有次姐姐好奇，要跟着他出门，他竟然也同意带着七八岁的姐姐一起走。

出了小镇，有成片青色的稻苗，白鹭跷着高挑的细腿，穿梭在稻田中间，不时用尖嘴从水里捞些小鱼小虾上来，也不立马吞下去，就叼在嘴里，神气地仰起头，有高傲之态。姐姐和割猪匠经过它们身旁时，它们便迅速而轻盈地飞起，在稻田对面的水杉树上落下，隐在油绿的水杉树间，美极。

割猪匠告诉姐姐，五月是他最喜欢的季节，一切都可从头来过似的，大地里的作物有了新的开始。

他手里提着一面小铜锣，敲一下便能发出清脆的声响。

听到铜锣响，村里人便知道割猪匠来了。每家都有几头小猪需要交给割猪匠处理，公猪需要阉掉睾丸，母猪则要进行“结扎”。割猪匠会在小公猪的身体上割开一个很小的口，迅速取出两个小肉球，吞口白酒，喷在猪的伤口上。小母猪则在它的肚子上划开一个小口，取出一截类似肠子的东西，不能吃，随手就被扔到房顶上。每割好一头猪，他都会在猪屁股上拍三下，然后笑道：屁股拍三掌，长到三百担（一担为一百斤）。世代养猪的村民都知道，这些被割过的小猪，会像庄稼一样疯长。

晨曦里出，暮色里回。那次，姐姐陪着他，走了三个村子，吃了三碗米粉，走了几十里路，回家天已黑，脸都没洗，直接倒头就睡。

割猪匠每次从外面回到小镇，随身带了些别人家不要的、从小公猪身上取下的肉球，用荷叶包着，他自己不吃，带回来给镇上的小孩子们炒着吃。镇上的每个小孩，几乎都吃过他送的美味鲜嫩的猪蛋蛋。

虽然他对镇上的人友善，但小镇的人却觉得他是个脑子有病的怪人。他一辈子不婚，屋内除了生活必需之物，几乎没有任何多余的东西。一张床，一张桌子，两条长凳，三个碗，两个水杯，一个锅，一只壶，几件衣服，日常用的少数几样工具整齐地堆在屋子的角落里。他每天早晚习惯拿块旧毛巾，将屋子里的东西细细擦抹一遍，每样东西摸上去，都有光滑之感，所见之处，一尘不染。他说他眼里受不了多余之物，有时躺在床上，会环顾四周，看看哪样东西是多余的，如果是，他半夜都会起床，把那物件先搬出屋去。他不容物的程度，几近怪癖。

有时候实在要用某件东西，他又不想买，就去别人家里借。这个别人家，其实就是姆妈家。整个小镇，与他真正有来往的，其实就是姆妈。

近年来，大家出门打工，养猪的人家越来越少，割猪赚不了几个钱，他平时就试着做些别的生意，但都是小本买卖，也得不了几个钱，他索性就随镇上人出门打工。这次因为工伤，机器轧断了手指，回家养伤，见姐姐一家人回来，一大早便过来问候。

不多会儿，屋子里聚了好几个邻居。

隔壁的王婶说自己得了癌症，刚从医院化疗回来，几个儿子都说没钱，医药费全是嫁到南昌的女儿出的。姆妈边安慰她边道：你是有福之人，至少有女儿孝顺，不像其他人，儿女双全，两边都靠不上。

张姐告诉姆妈，老公有了别的女人，两个人吵吵闹闹两年多了，她也吵不动了，就离婚了，儿子判给了老公，她自个儿搬回娘家住，在镇上的工厂做事，可离婚没几个月，老公出车祸死了，张姐只好接回儿子，与儿子在外面租了间房子另住。姆妈连声说，过去的事情，不要再多想，想了也没用，时间和水一样，过去了就蒸发掉了，自己身体保重好，儿子养好，把心放宽，一切都会好起来的，要笑，脸上要带笑，喜气藏身的人，好运就会沾身，合适的人自然还会出现。张姐听了姆妈的话，两眼立马就湿润起来，却是开心的："这两年，听过无数人各种劝，唯有你的话，真正宽慰我。"

春娘说，她已经做奶奶了，在县城医院工作的儿子娶了媳妇，生了大胖儿子。姆妈连忙道喜："这么年轻就做奶奶了，有福呀。"

东拉西扯就说到了潘水的老娘，春娘道："看她身子骨好着呢，不曾想到，年前突然走了。”姆妈觉得意外：“真的？”姐姐一旁听了，心脏微微抽搐了一下，似有冷风贴着皮肤嗖的一下。姆妈看了姐姐一眼，不再搭话，旁人会意，转了话题。

又说到镇上的王婆婆，前些时得了病，镇里出钱给她看好了，但身子虚了，躺床上一个多月了。王婆婆，住老街的一条小巷内，屋漏人老。她也算是个镇上的异类，早年也不知从何处嫁来小镇，丈夫死得早，无儿无女，受尽了婆家的欺凌，影子一样默默地活着，一直活到婆家人与娘家人都死光了。她不与任何人来往，也不串门，猫眼鹰脸，面无表情，有阴毒孤寡之相。她常一个人临街站着，如一棵干枯树，冷眼看着来往的人，有人与她打招呼，她只用鹰眼冷冷地回应。她曾在父亲面前指责弟弟经过她身边时朝她吐口水，爱面子性子急躁的父亲把弟弟摁在地上抽竹条，她却在一旁添油加醋：“早该好好教训教训了，整天在外与人打架，再不教训，长大就得挨枪子了。”弟弟听了她的话，在父亲的竹条下挣扎着想冲向她，父亲抽得更重。她则在一旁叹道：“一身的野蛮，此时不教，长大是个祸害。”弟弟痛得咬牙，气得脸变形。弟弟后来与姐姐说，这个人真是坏到家了，我都不清楚什么时候曾路过她身边，更没朝她吐过口水。姐姐觉得王婆婆可恨也可怜，她一辈子都缩在自己的壳子里，得不到爱，更不肯爱别人，老觉得别人对她心怀恶意，全世界都和她有仇。

姐姐问：“她得了什么病？”

回说：“不太清楚，几个镇上的老人去看过她，她仍旧是阴阴的，屋里又潮又暗，病床前，挺孤苦的。”

又有人说，王老伯不久前也走了。哪个王老伯，姐姐问？姆妈说，就是借房子给我们住的王伯。姐姐突然忆起造房子时，姆妈在厨房里和她说过的事。“得了什么病？”姆妈问。“说是尿不出尿，胀得难受，紧急送到医院，就没再出来了，具体也不知道什么病。”旁人回。姆妈叹了口气，回头对姐姐说：“抽时间要去看看王婶，当年造房子，没他们帮忙，可不知道会怎么艰难。”姐姐嗯一声，算是附和。

这边话没完，那边有人夸道：“朱婶朱伯，你们现在算是有福了，萍儿那么能干，二女儿又考上了大学，你们身体又健康，活着就是享福的份儿了。”

父亲笑嘻嘻地说：“还有很多事要操心呀，还没做爷爷呢。”

姐姐听着，忍不住在心里笑一下。对于父亲来说，儿子娶媳，媳生儿子，有了随他姓的孙子，才叫爷爷。

旁人道：“儿孙自有福，这种心，永远操不完的。”

父亲道：“也是也是。”

没一会儿工夫，屋里的人就几乎将镇上每户人家的情况都细细说过一遍。这几年不在小镇的时光，很快就在几个人的口舌间，在人命来去的无常间，快速地给补了回来，听得姐姐恍如隔世，却又这般实实切切。

姆妈倒水添茶，拿出杭州带回的吃食来分享，并将送他们的礼物一一放置桌前，偶尔停下来插几句话，随大家感叹几声。

回小镇，对父母来说，更多的是寻求认同感。特别是父亲，不经意间多少带了些轻飘的自得，这是窝在省城里找不到的感觉，每每看到父亲言语间悄然夹带着的连他都不自知的优越感，炫耀似的告诉邻里他曾去过哪里哪里旅游，夸张地说起他看到的风景和吃过的美食，都让姐姐特别不自在。

突然有人提到镇里某家的老公拐了另一家的姑娘，双双消失一年后又一起回到小镇，男人小心翼翼唯唯诺诺地向老婆提出要离婚。这老婆带了娘家人，几次上街辱骂姑娘，句句不堪入耳，“脏水”一缸缸往她身上泼，婊子之类的词都算是文明的。有一日清晨，女孩家门前被人半夜倒了整桶的粪和尿液，污臭难忍。女孩的兄弟报案，虽人人都知是这家男人的老婆干的，但警察也查不出个所以然。男人缩头当乌龟，任凭老婆胡作非为，想怒却又无可奈何，要打，打不过她，要吵，更吵不赢她。

男人的好色与懦弱，绝配了悍妇的跋扈与强悍。曾经花香醉人，和风熏柳，千句甜言万句蜜语，绕床弄青梅，一个以为是爱情，另一个不过想挣脱牢笼寻新欢。

姑娘顶着满天流言，晨起徘徊，暮里还细寻，怎奈不见男人踪影。姑娘泪水汪汪，青石板路上背影凄凄，唾沫口水吃尽，父母怨兄妹嫌：好好一个姑娘，不跟人，偏偏要跟“鬼”在一起鬼混!

出门听蛮言，回家招白眼。又熬了两个月，自觉无望，姑娘便独自出远门打工。一年后，姑娘带了个小伙子回镇上过年，看起来情投意合，左右高低都般配，姑娘笑眼明亮，灵台发光，小伙子高大亮堂，逢人敬烟问好。镇上人都说，这才是阳道。

阳道里走，得阳气。

邪道里行，沾邪气。

说者只当故事说，姐姐却听得格外用心，那姑娘低姐姐两级，长得清纯可爱。那有妇之夫同一小镇里住着，瘦小，倒八字眉，亲戚介绍，取了个北方太太，家里太太说了算，他习惯在太太面前低眉顺眼，怎想背地里使了劲儿勾搭别人家的姑娘。只是，砒霜里放再多的糖，也无法改变轻佻懦弱之人将它变成穿肠毒药之事实。甜言蜜语如子弹，打中过，绝望过，才能真正脱壳成长，明明亮亮地走在阳道上。

“好在，终究是回到了阳道上。”姆妈在一旁道。

11

邻居拿着礼物散去，很快又捧了别的东西送回来：大白菜、冬笋、鸡蛋、粽子、发糕、油豆腐、小片腊肉、蒜苗、青椒……

午饭，姆妈做了蒜苗青椒炒腊肉、油豆腐炖大白菜、煎鸡蛋，又蒸了发糕，全是邻里送的，三个人坐在一起，不急不慢，吃得心满意足。

在小镇特有的平静与安逸里，父母似乎已经完全放松下来，两个人在屋里屋外忙碌着，说话的节奏语调都与在杭州时全然不同，就连拌起嘴，都各自有着无所顾忌的痛快。

午后，太阳明艳，姆妈抱了更多的衣服出来晾晒，满院子旧棉布旧棉絮的气味，父亲泡了茶在院子里嗑瓜子，镇上与姆妈相熟的妇人也陆续来串门。

正聊着，听到汽车喇叭声响。众人好奇，纷纷转向院外观望。一辆大路虎正突突地开进对门新造的楼房前，那楼正是秀香家。

“谁的车，这么威风？过年时秀香从上海回来待了几天便匆匆回去了，没见过她家有什么有钱的亲戚。”一妇人疑惑道。

“秀香，噢，这女人现在一年难得回来几次，每次回来都打扮得很洋气，你看，这楼，盖得多气派。”另一妇人话里有话。

这边聊着，那边车子已停稳。车上先下来一位年轻妇人，她摘下戴着的黑框大墨镜，架在头顶，是个时髦漂亮的小妇人，面容清秀，皮肤白净，身材高挑。接着又跳下来两个男孩，一个十岁左右，另一个稍高，十二三岁。一位中年男子从驾驶室里出来，板寸头，穿一套休闲灰色运动服，他踢了踢腿，松了松身子，走向后备厢，打开，取出大包小包的礼物。秀香最后从车里钻出来，手里拿着一个垃圾袋，随手扔到院子的角落里，随后忙着招呼客人们进屋。她边往屋里走，边回过头来与这边院子里的人挥手，姆妈也挥手回应。

“这女人，不简单。”有妇人话里带酸。

“做人都不容易，哪个女人愿意放着自家好好的日子不过独自出门讨生活。家里的楼房之前烂成那样，不盖不行，两个孩子成绩都那么好，现在一个在读大学，一个读高中，哪个不需要用钱？”姆妈道。

“说是出门打工，可每次回来还打扮得这么妖里妖气。”旁边另一妇人道。

“难得回来一次，谁都想尽量穿得体面些，百日喝粥，只为一日吃面。”姆妈回。

不一会儿，那个穿休闲运动衫的人先从对面新楼里出来，时髦的妇人紧贴在他身后跟着，秀香带着两个男孩子，随后出来，一行人朝姐姐的院子里走来，秀香公婆倚门远远而立。

姆妈立马站起来迎接，父亲进屋倒热茶。

秀香抢先几步跨进院里来：“天气不错，你们今天都在，连大小姐也回来了。”

姆妈回：“嗯，昨晚刚到。萍儿送我们回来的，我和她父亲这次回来是准备长住一段时间，城里待久了，闷。”

秀香道：“当然当然，自家住着自在。”又指指身后的人，“我的东家，刚好他们夫妻要去江西办事，会在江西爷爷家住一晚，家里的先生说要经过龙游，夫人便临时决定带上我和两个孩子，一起出来走走，顺便来我们镇上看看。”

“真是好东家。”姆妈道。

话落，客人进屋。秀香将客人一一介绍给了大家。

“秀香常与我念叨你们的好，在外遇到贵人，是秀香的福，看，这俩儿子，虎头虎脑，有模有样，看着欢喜，也难怪秀香疼得像是自己的心头肉。”姆妈自然地说道。

“互相的互相的，秀香帮了我们家大忙，没她，我们哪里可以这样安心在外做事体？”休闲衣男子道。

“之前也有好几位来我们家帮过忙的，秀香最让我们放心了，她是真的能干，心眼又好，诚诚恳恳的。”高挑时髦的太太说话声音很好听，柔软甜润，听声音该是个好脾气的女子。她依先生而站，说话的时候，先生笑眯眯地看着她，五指交叉地牵着她的手。看着这双紧牵在一起的手，姐姐自然忆起之前与潘水的日子，只是那日子如镜中月，而眼前的这对，才是真恩爱。

“家里老人怎么不带孩子呢？”好事的妇人问道。姆妈和姐姐对视一眼，为这般无礼的多管闲事觉得尴尬。

“他们年龄都大了，照顾孩子心有余力不足，但平时也会常来与我们住些时间。”男子温和地回应道。

父亲捧出茶杯，放在院子的桌前，请他们坐。客人并没有要入座的意思，随意地站着，一副随时要抽身走人的样子，表情却又是耐心的。

“在外面几年，你是越来越洋气了，每次回来，都那么漂亮，人也白净了不少，根本看不出是在外面做阿姨的。”另一妇人道。

“我平时不懂收拾自己，也舍不得给自己买衣服，但每次回家，夫人都要买了新衣让我穿上，她顾及我的面子，说是难得回家一次，穿好看些，让家里人看着放心。夫人买什么，我就穿什么，哪懂什么洋气不洋气的。”秀香笑呵呵地回应。

年轻的夫人安静地站在一旁，浅笑而不语。

秀香专门向夫妻俩介绍了姐姐，告诉他们姐姐在杭州的生意。“全是糊口的小生意。”姐姐笑着回。

“那么年轻，很不容易了。”男子递上名片，说是希望以后有机会一起合作。

姐姐双手接过名片，知道对方姓吴，做五金外贸的。

“什么时候去吃馄饨？我要看清朝的馄饨担子，我要吃手工的薄皮馄饨，什么时候走？”两个男孩拉着秀香的手，一人一句催促道。

“走，走，这就走。”秀香爽快地应道，又转过头来对姆妈说，“之前答应带他们去王汉那儿吃馄饨的。”

“好，带他们到镇上转转，尝尝天下第一的手工馄饨。”姆妈笑呵呵地站起来，随他们一道往外走，互相简单地道了别。

送走客人，院里一时安静了许多。

姆妈从屋里取出些要洗的衣物，在院外的洗衣池里开了自来水龙头，洗洗涮涮。水哗哗地响，那些一时不想走的妇人继续高高低低地说着话。姐姐从屋里找出本旧书，半靠在竹椅子上晒太阳，一边翻书，一边听她们一时神秘、一时兴奋地闲扯，听父亲津津有味地嗑瓜子，还有邻居家的狗儿狂叫、老街传来的混合了各种声响的叮叮咣咣，恍惚间感觉眼前的光亮变得清淡，身子也缥缈虚浮起来，脑袋混沌了，眼睛根本抓不住书里的字，耳边的声响忽高忽低，忽实忽虚，之后声音与光亮全都成一片混沌，意念便也就浮浮沉沉起来，终是合上了双眼，打起了瞌睡。

也不知过了多久，被狗叫声惊醒，姐姐睁开眼，院里的妇人都已走尽，阳光已越过竹椅移到墙角根儿。清醒了片刻，想到该是去看瓶姨的时间。于是起身，进屋换了衣服，取了礼物，发动车子，带上姆妈一起往瓶姨家去。

姆妈说，瓶姨丈夫之前的公司已经改制，他下岗后在温州的一家工厂打工。瓶姨之前莫名其妙地胖了几圈，后来又不知为何，突然一下子瘦得厉害。

路上也没说几句话，便到了瓶姨的屋前。车子进不了院子，就停在路口，姐姐拎着礼物，走在姆妈后面。自从瓶姨生病后，每次见她，姐姐都会紧张，有着深深的无奈和惆怅，还有苦涩的忧伤。

门半掩着，推门进去，只见消瘦的瓶姨独自坐在昏暗的角落里，怀里抱着个铜暖宝，低垂着脑袋打盹，听到声音，极度茫然地抬头来看，眼神空洞无光，失神了似的，等认出是姆妈和姐姐后，眼里亮了些光，嘴角动了动，缓颤颤站起来，指指旁边的凳子："啊，坐，坐。"那声音似破了皮的鼓，失了元气。

屋子里，弥漫了一股阴朽之气，到处堆满了杂乱的物件，看似满满当当的，却显得空荡寂寥，了无生气。

姐姐看着心酸，走过去，蹲在瓶姨身边，握住她的手，唤了一声"瓶姨"之后，竟然就找不出话说。瓶姨的手在姐姐手里颤了颤，稍稍停了片刻，便轻缓地抽了回去。姐姐当下清楚，此刻的瓶姨还是之前的那个瓶姨，内心里还藏着一股心气儿，可因了这个身子，只能困缩在灰暗的角落里，动弹不得。两个人彼此看了眼，但谁都没开口。姆妈自个儿张罗着烧水，找杯子泡茶，顺便也给瓶姨倒了一杯，端过来，拿了短板凳，将茶杯置在瓶姨旁边。瓶姨拿起杯子，喝了一口，长长叹口气：“现在动一下都觉得累，什么都做不了，可怜了两个孩子，幸好有爷爷奶奶顾着。”

“最近去医院查过吗？”姆妈问。

“查过，被推到这个机器里照照，又躺进那个机器里扫扫，医生也弄不明白怎么回事，却给开出一堆的药来，天天吃，没用的，浪费钱而已。”瓶姨道。

“可还得继续查呀。”姐姐说。

“不想进医院了，心里灰得很，活着也腻味，如果脚底边没两个孩子，真没活着的劲儿了。”瓶姨脸色灰黄，看起来孤冷得很。

“不要说不吉祥的话，指不定哪天吃了什么药，对上了，一下子就好了。”姆妈细声安慰。

“这个家，已经被我拖垮了，他辛苦打工赚的那点钱，全变成一堆没用的药。虽有农村医保，可只有一小部分可以报销，根本不顶事。”瓶姨抬抬下巴，指向客厅茶几上的那堆药瓶，无奈地拉扯了一下嘴角，一丝暗然的苦笑，夹在无望的眼神里，那脸，有轻微的扭曲与变形，看得姐姐又一阵心酸。

之前银铃般脆亮、阳光般灿烂之气，在瓶姨身上荡然无存。四季之更迭还有个渐进的过程，而一个变故，一场疾病，暗藏在日子之中的无常，却可以让人一夜间有天地之别。

姐姐有些自责，曾受过瓶姨那么多的好，却几乎没有为她做过任何事，心里便有了强烈的歉意，当下就道：“瓶姨，我们必须振作起来，过两天我回杭州，让你婆婆帮你收拾收拾，随我一起去杭州的大医院再检查检查，医药费别担心，有我呢。”

瓶姨听了姐姐的话，抬头，看了眼姐姐，又用余光瞄了下姆妈，姆妈会意，立马点头道：“试试总比不试好，听萍儿的，去吧。”

瓶姨为难：“我实在不想连累别人。”

“别想太多，过两天她回杭州，让她开车接上你。”姆妈开口。

又聊了几句，瓶姨的婆婆从外头菜地里回来，胸前捧个大白菜，头发灰白凌乱，枯黄的脸上积了一堆皱纹和愁绪。一人得病，全家便都有了心病。

婆婆说：“你们来看她真是太好了，她几乎什么人都不想见，整天一个人缩在屋子里，怎么喊她都不出门，还经常一个人掉眼泪，不明白的人，以为我们一家人亏待了她似的，你们可知道，我也老了，身体经常这里痛完那里又疼，可不得不没日没夜地操持着一大屋子的事，还有两个屁大的孩子。”

姆妈回婆婆：“真是难为您老，实在不容易。”随后将眼睛转向瓶姨，“不过你要试着多出门走走，越缩心情越不好，出去动动，与人说说话，气顺了，对身体有好处。”

瓶姨无力道：“心里眼里都是天昏地暗的，整夜睡不着，白天昏沉沉，已经活得分不清时辰了，不想动。”

姆妈无奈，又转向婆婆：“一大家子人，都得您照顾，您老要注意身体呀。”

“就这命，全让我赶上了。”婆婆一开口，眼泪就出来了。

姆妈赶紧又安慰了几句，婆婆也定了定神，和姐姐聊了几句，回问了些在杭州的事，夸姐姐有出息，满眼里闪了光：“现在就希望着手里这两个小的，养她们长大，能有她们自己的活头，也不枉她们父亲为她们在外辛苦打工卖命，我这个苦命的儿呀。”言到此处，婆婆自觉话多，便住了嘴，用余光瞟了下瓶姨。瓶姨低下头去，只当没听见。

姆妈也不好再说什么，客套了几句，天色也已不早，起身告辞。婆婆要留吃晚饭，姆妈回："下次下次，咱们有的是时间，刚从杭州回来，屋里还有事体。"姐姐随姆妈站起来，小心又客气地与她们道别，顺便掏出些钱硬塞进婆婆的衣袋里，又交代了些关于带瓶姨去杭州的事体，婆婆边谢边应。

回来的路上，姐姐只顾开车，没说话，姆妈也不开口，看着窗外冬末春初的田野发呆。几分钟，车便进了小镇，姆妈终于忍不住道："这次来，是她说得最多的一次，之前几乎不开口的。不过去杭州看病之事，你心里要有准备，这不是开玩笑的事，她那病不知深浅的。"

姐姐不语。

姐姐打定主意，要帮瓶姨一把，先带她去做检查，下一步怎么走，到时再做决定。姐姐能理解瓶姨缩在屋内的绝望，就像河水将她吞没，她只能眼睁睁地看着死亡的影子将她全部遮盖，如果自己能够伸手去拉一把，为何不拉？

姆妈见姐姐不回，就不再多言，但又不愿一直沉默，便道："秀香这趟带了东家回来，多少能堵一堵镇上那些人的嘴，表面是带着他们去吃馄饨，也不过是想给喜欢嚼舌头说闲话的人看看，事实并非他们胡嚼舌头嚼出来的样子。"

姐姐回："那对夫妇很会做人，挺好。"

姆妈道："是呀，之前秀香肯定在那位太太耳边说过镇上人乱嚼她舌头的事，这次虽说是顺路，也该是特意拐进镇里来走一走的，这一家人如此一现身，便是帮她回击了谣言。"

说话间，车已进了院子。

姐姐回屋，径直取了礼物，准备穿过长长的青石板路，去见路那头的王汉。人已跨出院门，想想又返回，从行李箱里取出首饰盒，戴上那年去云南旅游时买的翡翠手镯，雕有喜鹊的翡翠项链，拿了些现金装红包里，又取了十几小份的杭州糕点。

姐姐拎着礼物，挺了腰背，一步步稳妥妥地走在老街的青石板路上，与相熟的人点头招呼，遇到上了年纪的老人，就取糕点和红包，诚恳地递过去，说些祝福的话。姐姐一路往前，能听到身后一路的闲碎碎，但早已不再是多年前的指指点点，而是羡慕和赞赏，以及事后诸葛亮式的感叹：这人哪，不能眼光浅，只顾眼睛看鼻子，潘水老娘着实后悔得不行，你看人家现在在杭州生意做得红红火火，镇上有人去杭州看病办事，找她，无不帮忙的，除了请客吃饭还帮买回来的车票……听说现在还没男朋友，也许是一朝被蛇咬十年怕井绳……人家那是条件好，有耐心，追的人肯定一大把……

姐姐听了，自己也觉得好笑，像是在演戏一样。这老街也是舞台，十年二十年，一代一代，真真假假，起起落落，是演员亦是看客更是过客。

一路沿老街走，这老街保留了北宋时的街巷肌理、尺度和格局，两旁的建筑和民居大都是清代和民国期间建造的，也有少数是明代的。

老街名叫通济，姐姐喜欢这个“济”字，有在时间里流动和繁盛的感觉，是动着的，跨越的，又有互相接济的意思。如今，小镇比原先凋零了不少。年壮的、稍有想法的、能走得开的男子，都出去打工了，之后，妇女也跟着出门了。镇上阴阳失调，暮色里走动着的大都是独守老屋的老人以及少了父母陪伴和调教的小孩，这中间缺了一大截接地气的壮阳之力，到处都显出一片清冷孤寂之气。

到王汉家要经过一个十字路口，路旁曾有一棵百年老樟树。樟树虽每年会发新枝抽新芽，但已经老朽得不行。大树下有茶馆铺，门前有近百米长的台阶徐徐往下通往衢江的老埠头。

如今，树已倒，树根被镇里卖给一个做根雕的艺术家。艺术家找了十多人，挖了三天，才挖出巨型的树根，又叫了吊车来将树根吊走。樟树根被吊走的那天，镇上许多人跟在吊车后面默默行了一程，就像送别一位高寿的老人。

树下的茶馆铺改成了麻将馆。姐姐朝麻将馆靠近几步，见几位驼了背的老人半趴在桌前，一手拿烟，另一只手悄无声息地摸上一张牌，捏在手心里捉摸一番，插入面前的牌阵，许久才又拿起另一张牌，置于桌前。所有的动作都是缓慢的，大家有的是时间，有的是耐心，烟雾缭绕里，一切都是寂寂的。偶尔会跳出一个嘴里含着一块棒棒糖的脏小孩，跑出一条在牌桌边孤独穿梭的土狗。

麻将馆正对门的墙上，挂了一台黑白电视机，堆满杂物的桌子上摆了一台播放机，播的是80年代老旧的香港三级片，男男女女们发出嗯嗯呀呀扑哧扑哧的夸张怪异的淫荡之声，听起来也是机械无味的，那机械声被巨大的寂寥吞没，只剩移动的镜头。想必这三级片，原本是用来招揽生意的，但如此这般反复地播着，最初的新鲜感想必早就没了，老人小孩偶尔抬头看一眼电视上的画面，全都是茫然的、麻木的、见多不怪的表情。姐姐倒是被吓了一跳，不仅仅是被那正在播放的露骨的画面，还有眼前整个冷漠的场景。

姐姐想起自己小时候随爷爷来茶馆时，遇见的都是镇上面熟的老人，他们个个有智有品有说头，满身满脑里长着的都是故事，说古道今，人神鬼怪，民间朝廷，人物细节，几乎张口便来。清晨，茶铺前有从江埠头那边过来的赶集人，他们随身带了新鲜的农作物，脚步匆匆。到午后，那些人卖了作物，身上背着镇上买的日用商品，脚步轻松，时间还充裕的话，他们会进茶馆里来歇一脚喝一口，每个进来的人，都带了故事和新闻。那时的茶馆对少年时的姐姐而言，是故事会，是地理杂志，是沉淀在民间日常行为规范里的佛经道教儒学，是在家长里短间争论出来的是非观、人生观、价值观，是四季轮回、天地气象里生长出的宇宙观。如今，古树倒了，树下那些说古论今的老人早已消失在时间里。

衢江的上游造了桥，古埠头也早已被弃用。

姐姐拎着礼物，往埠头的方向走了一小段，两边是成片的芦苇，芦苇丛里，有白鹭轻盈起飞的剪影。晚风潮湿浸身凉，姐姐转身往回走，暮气从江对岸浮起，快速席卷了小镇，再次经过麻将馆，馆里灯光晦涩灰暗，三级片的画面翻滚，小孩和狗抱在一起满地打滚，一切都是缓慢的，寂静无声的。

姐姐加快了脚步。

来开门的王汉瘦了不少。

他道：“不觉得饿，快成仙了。”

姐姐原本想说：“要注意身体呀。”但想想没说出来，觉得这种话在王汉面前说出来几乎没什么意义，就只是笑。

“生意怎样？”姐姐问。

“还行，除了镇上的人，多数是从别处开车过来尝鲜的，大鱼大肉吃腻了。”王汉道。

“还钓鱼吗？”姐姐问。

“还钓，但都喂猫了，人不能吃。”王汉回。

“为什么？”姐姐问。

“上游有工厂，污染严重，有汽油味，现在镇里人都吃水库里的鱼。”王汉回。

王汉看见姐姐，还是开心的，话比平时多了些。

因了姐姐，王汉临时包了一碗馄饨下锅，几分钟后，小馄饨盛进白瓷碗，放了猪油，撒了细葱花，想想又撒了些许自已磨的红辣椒粉。

姐姐看王汉忙碌，想起开遍全国各地的连锁店永和豆浆，卖的就是大街小巷都有的豆浆油条，便说：“那么多人想吃你的馄饨，可以考虑开分店呀，就像永和豆浆一样。”

王汉将香气迷人的馄饨置于姐姐面前：“我只想做一个安静的手艺人，养活自已足够了。”

姐姐自觉是了解他的，但在外做生意久了，心还是浮躁的，思绪多少也模式化了，当即羞愧。

王汉喝了口茶，用下巴指指姐姐面前的馄饨：“趁热吃。”

他喜浓茶，有自己专用的军绿色搪瓷杯，杯壁积了层厚厚的茶垢，茶与他一起，都在时间里沉淀着，都是静的。

如王汉自已所说：心外无物，风来何摇？

姐姐低头吃馄饨，久未开口。

王汉不言不语，安坐在那儿，气聚一团，像佛。姐姐舀起馄饨，一个接一个，耐了性子慢慢品，但也很快就见了碗底，他起身收拾碗筷。

“真好吃，平时想湖镇，想的就是您的馄饨。”姐姐说。

“常回来。”他道。

一句“常回来”，一下子触动了姐姐的心。姐姐忆起以前最难熬的时光，是王汉第一个开口鼓励她走出小镇看看，这几年一个人跌跌撞撞，找钱，找货源，找商场铺位，找店面，竞争对手背后抹黑中伤甚至当场撕破脸对她口出恶言，伴随间的疲惫、压力、焦虑、徘徊，甚至时不时地抑郁，自个儿熬，独自撑，无人诉，因此生出了伤感，轻轻地“嗯”了一声。

“在外不容易，但不进则退。”王汉也听出“嗯”字后面的意味。

“退到何处？父母已老，弟弟还不能独立做事，妹妹还在上学，我没有后退的自由。找个人嫁了吧，但嫁人也不是件容易的事。”姐姐回。

“嫁了人也别指望人家养，吃人嘴短，除非你闭眼闭嘴，一生隐忍求全，看似花好月圆，但经不起任何风浪。”王汉回。

“是。”姐姐笑着回应。

“不吃人间苦，何得人间福。”王汉道。

姐姐点头。

王汉过来抹桌子，顺着木头桌子的纹路，一下又一下。

姐姐道：“一路来，发现镇子老了许多，有力气的人全出门打工了。”

“人都活在时代的命运里，小镇也有自己的命运。”王汉回。

“这人有人的气数，镇子也有镇子的气运。”姐姐笑。

“是呀，都有命数。”王汉道。

“刚才看那烟味缭绕的麻将馆，竟然也有一两个年轻人混在老人堆里一起打麻将度日。”姐姐道。

“民间百姓一代又一代，他们从来都有自己的活法，强悍坚韧或者脆弱无能，河水一般，顺时间而流，命数到了，便在时间里消失了，也不需要谁的真正拯救，倒是旁边评论的人，往往会不小心陷进自己的轻薄不自量中。这些年来，没有人比我更熟悉这个镇，以及镇上的人和事，我只当自己没嘴巴，只是听，只是看，我也不敢有嘴巴，一张嘴，就是错。”王汉破天荒地评论道。

姐姐很是感动王汉能这般坦诚。

“你知道，一个人对生活的忍耐绝对和他自己所处的环境有关，比如一个从小家境优越衣食不愁的人，突然要用全部的能力去面对一日三餐，解决基本的温饱，落差之大，无法适应，但久而久之，这种忍耐就成了习惯。大多数人视为地狱的地方，在某一些人身上往往就成了常态。”王汉的表情凝重，似陷入久远神秘的过往。

“所以，今世做人，我悟到，‘有的’就是好的。相对于‘没有’，‘有的’确实是最好的。这里有宿命，有对相伴之物的珍惜，更有在不易的生活中坚韧度过时对‘有的’的感恩。想明白之后，我对我手里的每一个馄饨都充满了感情，它们让我‘有’，让我平静度日，我对我读过的每一本书也充满了感情，它们让我‘有’更大的空间，知道自己可以缩身小镇，又可以远在小镇之外。

“今天外面风大，这让我想起许多年前的秋天，在大上海，黄叶飘零，风吹着叶子沙沙作响。我清晨起床，屋里空荡荡的，出门去寻父亲，远远地看他在街的那头扫地，在薄薄的雾气里，他缩着身子，扫把与他一般长，他头发凌乱，那么多人从他身边路过，可没有一个人真正看他一眼。他那么斯文，那么风趣，如今他就像一个不真实的影子，一下又一下地舞着他的扫把。那年我十四岁，第一次感到了什么是苍凉，心里空寂寂的想吐。”王汉道。

每个人都有苍凉，那种内心空寂到想吐的滋味，姐姐也曾熟悉。姐姐的整个童年，都夹杂了这般味道，每次挨父亲揍之后躲出门去，一直躲到暮色四起时独自提心吊胆地往家走，小镇没了白天的人气，姐姐走在清冷的暮色里，内心常有空荡荡的想吐的感觉。

十四岁的王汉，究竟怀有怎样的苍凉？王汉说话，姐姐习惯不去寻问，也不敢追问。对于某些事某些人，只能守在自己的位置去听，一旦追问，对王汉而言，是无礼，是冒犯。

12

姆妈有个表哥，姐姐喊他表舅。

听父亲说，这表舅当初追过姆妈，后来没追成。父亲有次还酸不拉叽地道："表舅当初会借你五千块，还不是想证明他比我能？"

姐姐觉得父亲有时候挺好笑的："他何苦拿这辛苦赚的血汗钱来向你证明什么？那是因为听了我的详细分析，觉得磁带生意靠谱，我又答应给他们二分的利息。当然，他也是想帮我一把。"

没那笔钱，就不可能有开始，对此，姐姐一直不敢忘。当时每次出门进货，姐姐都小心谨慎，怕有个闪失，一切就都完蛋了。

越怕越出事。第四次去广州进货，进市场前姐姐先去了趟洗手间，从洗手间出来，左边有小巷，右边是市场的侧门。大白天的，到处都是巨大的噪声，空气中回荡着一千种机器的轰鸣，一万个人高亢而杂乱的嗓音。就在姐姐走出卫生间的那一瞬间，从小巷口闪出来一个戴帽子的小伙，表情阴沉。姐姐看到他时，本能地喉头一紧，下意识地后退一步。那人快步向前，一把卡住姐姐的脖子，顺势从姐姐腰部割断放钱的腰包带，然后将姐姐用力推倒在地，拿起腰包转身便跑。这是他惯用的伎俩，动作准确快速，一下手就得逞。姐姐被他猛地卡住脖子后，脑袋一片混乱，太快了，快到根本反应不过来也基本动弹不得，等被推出几步远并且趴在地上时，才清晰地意识到，自己被抢了。

赶紧追。姐姐不寒而栗，绝望又疯狂地爬起来追，边追边喊："救命，抓住他，抢我包。"

追，拼了命地追。姐姐感觉双腿火辣辣的，似乎不太听使唤，呼吸越来越急促，越来越不均匀，每吸一口气胸口都撕心裂肺地痛，但是，有一股力使劲地拉住她，让她非坚持下去不可。她的双手攥成拳头，她的身体在呐喊，用力追，不要放弃。

姐姐睁大眼睛，眼神里满是惊恐，她死死地盯着前方，盯住他的背影，周围原本隆隆作响的声音全都消失了，整个世界都在冒泡，都在融化，都成了黑白的色彩，只有那个背影，是世界的中心。姐姐从初中到高中，一直是学校的短跑冠军，她自己也知道如此全力冲刺地奔跑持续不了太久，她的身体开始颤抖，双腿开始发软，可必须追，唯有靠近那个阴影，才是靠近希望，靠近亮光。

她身体里的每一根神经都绷紧着，血管中肾上腺素汹涌澎湃，风冷飕飕地从耳边过去，头发盖住了脸，但眼睛还是亮的，那个背影清晰可辨，姐姐从胸膛里发出的哀号声响在人群的头顶："抓住他！"声音吸住了四面八方的眼睛，四面八方的脚，有人一起跟着她跑起来，有人跑在了她的前面。

有人在靠近他，有人抓住了那个背影的胳膊，同时又冒出几个人，抓住了他的身子，他被众人摁在了路旁。

都是黑白的，缓慢的动作，像极了旧的电影。姐姐却看得清清楚楚，那一刻，姐姐感觉大脑在一片混沌中突然开出一条缝隙，阳光进来，喧嚣和纷乱的声音再次恢复，她深吸一口气，原先绷住的疲惫不堪的身体瞬间松下来，疼痛感强烈地涌出来，低下头去看，刚才被推倒时，摔到了膝盖，牛仔裤都被擦破了，有血浸出来。因了之前的狂奔，此时气息用尽，姐姐变得步履蹒跚，踉踉跄跄，双腿难以控制。她走过去，拿起旁人递给她的钱包，忍不住瘫倒在地，如释重负地呜咽起来……

开车去见表舅的路上，姐姐想起当年广州那一幕，想起那巨大的恐惧，因为体力耗尽时身体的颤抖，以及失而复得后刹那的惊喜，就如横在眼前的一扇门突然打开，噪声恢复，体内的绝望消失，随后化成隐痛，以至于不顾众人的围观，失声哭泣。回忆虽如电影，胸口仍不免疼痛，好在，都已过去。

表舅妈是个朴实的女子，肯吃苦，几乎事事都把表舅挂在嘴边："你表舅说那个……""你表舅说这个……"这几乎成了她说话的固定模式，每每开口说话，表舅都必在前，话的内容在后。

表舅活络，眼观四路，耳听八方，几乎没有他不知道的事，上天文、下地理，谁当政，谁下台，谁是谁的人，谁与谁是一个派系，谁该倒霉了，谁又该提拔了，表舅全知道。

大家一起坐下吃饭聊天，姐姐很自然地就聊到在杭州开饭店的想法。表舅说，可以呀，民以食为天，吃第一重要，定位好了，菜好价格好，肯定不会差的，两个人就细细聊了些饭店的事。表舅好酒，话多，话题一个接一个，好好地聊着饭店的事，一下子就又聊起前几天市里那位跳楼的老太。

"为何跳楼，孩子不养她吗？"表舅妈问。

"也是可怜，有些人操劳一辈子，养大孩子，自己也没存下几个钱，万一孩子不管，就很悲惨。这个老太比较特殊，她儿子得了肾病，每个月要花很多钱，没钱只能等死。老太记得自己以前买过保险，所以想跳楼，用自己的命换保险的钱供养儿子的命。”

“后来呢？”姐姐听得惊讶。

“人没钱可怜，加上没文化，更是可怜，老太根本不知道跳楼是不能获得赔偿的，所以这人命有时真的不值钱。”表舅举起酒杯，喝下一大口，叹息。

“噢，前几天听说市中心的养老院要卖掉，会搬到江心岛去，岛大，环境好，那儿建养老院还真是不错，以后老了也可以考虑进养老院。”表舅又换了话题。

“记得旧养老院里有一个很大的后院，种了许多桂花树。”姐姐说。

“是的，最近会投标拍卖，位置好，将来肯定升值。”表舅说。

“可以呀，拍下后，如果推倒养老院的小楼，加上后面的桂花院子，可以前后盖两幢大楼，做商场酒店餐饮娱乐都不错的。”姐姐突然想，在杭州那么贵的地方找店铺投资做酒店，还不如回市里自己拿地盖楼，有了自己的楼，做什么都可以，当下心里激动起来。

饭后，由表舅带着，去养老院转了一圈，又去有关部门报了名，也是奇怪，似乎并没什么人感兴趣。表舅说，城里封闭，真有钱的人在外挣大钱，对家乡的事不太感兴趣，稍有点钱的人，也没人想要拿钱买个养老院，大多数人想发财又怕瞎折腾。

姐姐当即就站在街头，与广州的汪姐通了电话，将自己的想法一一说给汪姐听，汪姐说，这事可以做。

汪姐说话做事，行或不行，干脆利落。最重要的是她有执行力，看似行云流水，实则脚踏实地，推土机似的，寸寸计划着往前。

姐姐说，可以分期付款的。如果拍下来，还可以立马拿养老院的房子和地去银行做抵押贷款。汪姐那边决定抽时间飞过来看看。

当天回到湖镇，姐姐又陪姆妈去看了隔壁刚去世的王伯伯家的王婶。王伯走了后，王婶就独自一人生活，几个儿子都不愿意她去住，怕麻烦。前些时，王婶摔坏了腿，不能自个儿做饭，不能随意出门，吃食便由几个媳妇轮流送来。姆妈说她孤独得很，平时也没人来陪她说个话，虽有人送吃食，也是喂猪狗似的，搁下饭碗就走。她一个人能在有雪花的电视机前静坐几个小时，什么都不干，就为了等电视信号。姐姐进得昏暗的屋内，姆妈陪她说了些话，姐留了几百元钱给她。王婶拿着钱，喜滋滋道：找人去装个天线。

吃晚饭时，割猪匠来串门，挂着受伤的手，原本那么洁净的人，因为没办法洗衣服，衣襟前厚厚的一层污垢。姐姐看着心酸，进里屋从钱包里掏出三百元，双手递给他，他一直推托，姆妈说，接着，小辈的一份心意。他接下，憨笑，那笑里带了几丝平时少被人顾及的卑微和因自尊引起的小尴尬。

又让姆妈给镇上得癌症的王婶三百，给小时候让弟弟莫名其妙挨打现在病床头冷清的王婆婆二百，外加让姆妈买些水果送去。人将逝，能体念到一些人世间的关爱，总是暖心的。

原本想傍晚走，姆妈不舍，留下来又住了一宿。

晚饭后，姐姐陪姆妈去散步，沿着空荡的老街走，路过王汉家，顺便敲门进去小坐了一会儿。这么多年来，这是姐姐第一次与姆妈和王汉在一个屋子里待着，之前要么在客来客往的馄饨铺里，要么在街头。闲散地聊天，姆妈在，姐姐自然很少开口，就在一旁听姆妈和王汉的对话。也听不出个所以然来，不外乎是身体好坏，天气好坏，似有似无地问，随意地回答，淡的，静的，带点无所谓的，不着边际的，其实是家常和放松的，只有在彼此了解和懂得的人之间才会有这样的随性与默契。两个人都是平静和温和的，置身于他们之间，姐姐同样觉得平和，清静里带了薄薄的温度，就像是初夏时的傍晚，清爽里夹了白日留下的余温。这样的气氛，完全不同于姆妈和父亲在一起的情景。姆妈与父亲之间，大多数时间是直接的、粗糙的、紧张的、对抗的、冲突的，或者是沉默的。离开时，王汉拿出一大摞读过的书，觉得好，让姆妈带回去读。姐姐想替姆妈拿几本，姆妈执意要自个儿拿，全都捧在怀里，一路随在姐姐后面，是心满意足的模样。

第二天一早，姐姐吃了姆妈准备的早饭回杭州。临行前，留了一些钱。姆妈坚决不接，说存折上还有。姐姐道，多留点在身边，我放心。

父亲则在一旁道：当年辛辛苦苦建的楼，现在旧了，与人家比，丑得厉害，你看，人家的房子，气派，我们家听起来名气好，其实只是个名气而已。

姐姐听后，忍着不想接话。

父亲又补了一句："我们家也该重新造了。"

姐姐只好道："过几年再造不迟。"

父亲听姐姐这样说，满意地笑了。

姐姐嘴里应着父亲几年后重造，但心里却有不平，什么叫名气好，这名气从何而来？父亲的话很明白，姐姐在外赚钱，应该准备钱给家里造气派的新房子，不然他听到的恭维与事实上已经旧了的丑房子不相配。对父亲而言，房子就是证明，用来验证你是否真的幸福，是否真正值得人羡慕。父亲的房子，是他的面子。

姐姐想，他是否真的体谅过她，弟弟全由她照顾着，妹妹读大学的学费也全是她一个人的事，生意还得往开阔处走，样样都离不开资金，连她自己在杭州还是租房子住的。就又想起父亲曾不止一次说过，女大不中用，嫁出去的女儿就如泼出去的水。可真有什么事，他却又都指望着这碗早晚要泼出去的水。

姐姐想，或许，这些年来的努力，是不甘，不甘被父亲小瞧，不甘做父亲嘴里的女孩子家。

告别父母，姐姐接上瓶姨去杭州。

瓶姨，是姐姐内心里另一种不甘，不甘让她这般活着，她曾是一股清泉，叮叮咚咚地响在姐姐的生命里，给予过姐姐明亮美好的安慰。

13

回到杭州，姐姐有位员工的母亲住得近，答应来家里帮忙照看瓶姨。姐姐白天上班，同时也四处托人帮忙联系医院，晚上提早回家，陪瓶姨吃晚饭，尽量带她出门走几步。第三天早上，弟弟突然想起什么事儿似的拍了下脑袋："有个老师几次打电话到家里，找你。"

姐姐疑惑，老师？自己与那个辞职做生意的老师很久没联系过了，难道有什么事又突然来找？便问："是不是以前的那位？"

"另外一个。他之前问你在吗，我回他你不在，后来又打来找你，听他声音好像挺有教养的，我就告诉他你回龙游了，他还留了电话给你，不知放哪儿了，嗯，找找。"弟弟四处找，也不知从哪个角落里找出一张皱巴巴的发票，发票后面记了电话号码，以及杜安全几个字。

“杜安全是什么意思？”姐姐问。

弟弟回：“他叫杜安全。”

姐姐一时想不起这个名字，当下事多，也顾不得多想，急着出门办事。白天在商场，路过二楼别人家的箱包柜台，瞟见一款白色软皮背包，线条简洁，大小合适，便买下来送给自己。晚上回来整理旧包换新包，从旧包里掏出许多张名片，都是在各种场合随手接下来放进包内的，一一看了，大多都对不上号，随手扔进旁边的垃圾桶内，其中一张姐姐留在手里：杜安全。

就是那个留长发、看起来神经质的、坐飞机紧张到手指发颤的杜安全。想起他手指颤颤地拿着香烟，时不时放鼻子处嗅一嗅的样子，姐姐忍不住笑了起来，当下就拿了手机，按上面的数字拨了过去。

沉静的声音里带了些微的柔甜，他那清瘦的脸、坚挺的鼻子、细长的眼、厚实的下嘴唇、说话的表情在声音里一一浮现，甚至还飘过他那指间夹着的骆驼牌香烟的味道。

“你弟说你回老家了？”他说。

“送父母回去，他们在杭州住不习惯。”姐姐回。

“去了好几天？”他说。

“嗯，难得回去，看了些亲戚和朋友。”姐姐回。

“湖镇？”他问。

“是的。”她回。

“之前和朋友去过，有很多好吃的，葱花馒头、发糕、小辣椒、豆腐丸子，嗯，早餐特别丰富，各种吃食真的很多。龙游的菜会放些辣椒，一点点辣，刚够刺激食欲。记得在一家小店里吃过红烧鲫鱼，连鲫鱼汤都拌米饭吃掉了，一滴不剩，真是比猫舔得还干净。下次有机会去龙游，还想找找那家小店，隐约记得在文化路上，龙游还有一条路叫太平路，很好的名字。”他说。

“我爸的红烧鲫鱼也非常好，干辣椒嫩姜先炒，之后细葱焖，鲜嫩得很。”姐姐忍不住吞了口水。

“希望有一天能吃到你父亲的红烧鲫鱼，我听到你吞口水了。”

两个人就突然在电话里傻笑起来。

这一笑，谈话的气氛就有了微妙的转变，从最初的客套和小心翼翼地寻话题转成一种可以放开来随便聊天的状态。

“其实，湖镇最有意思的还是清朝手工馄饨，下次去龙游一定要到湖镇吃馄饨，馄饨铺里的王汉也可以见见，是个特别的人。”姐姐说。

“好呀，我平时带学生去乡下写生，也会认识些有意思的人，木匠、石匠、木雕或石雕师，都是脚踏实地的手艺人，与他们相处后，你能感受到他们身上那种特殊恒定的东西，会吸引你，让你愿意在他们身边待下来，即使不说话。”他道。

“是的，一些恒定的东西。”姐姐赞同。

“我认识一个木匠，很多年了，每年有时间，我都会去乡下找他，与他喝顿酒。他是个极为老实的人，从小生活在大山里，几乎一辈子都与木头打交道。有了妻子后，在自己的小镇里租了个简单的小屋做家具，能做很好的明式家具，靠的全是手艺。我屋里大多数家具都是找他专门做的。他头发粗硬杂乱，几近无话，你说什么，他回你憨笑，用粗糙厚实的手，捧起酒杯，大口喝酒。如果我想试着告诉他该如何将自己的事体做大，如何赚更多的钱。他会回：我什么都不懂，只懂木头。与他之间，任何多余的话都是废话。每次与他默默地喝完酒，就跟着他到工作间干活。满屋子好闻的木屑，他就静坐在木屑里，耐心干手里的活。他能一眼辨识出经过手的各种木材，只是与木头处久了，性格也木化了，淡定、闲散、耿直、不懂拐弯抹角。他随他的朋友去堆积如山的旧木市场里挑木头，一眼就能挑出红豆杉的老木料，店家说二十元一斤，朋友还店家十五元。他蹲在那堆木头前，边摸边自言自语道：这么好的红豆杉木料，几年以后，一百元一斤都买不到了。店家听到后，不卖了。朋友则被他气得半死。他是有童心的，行事任性而固执，天真干净。即使如此，他仍时不时地会被人叫走，帮人在旧市场里选出上好的老木材，木料送进他的工作室，他起早贪黑地干活，做成市场上难得多见的首饰盒子、款式新颖的家具，人家就以成本价的几倍出售获利，他仅仅挣得几块流汗的养家糊口的钱。我强烈说服他，主动借了钱给他，让他自己去备些好木料，自己做自己卖。他也依了，买了木料，花大量时间仔细打磨每一件作品。上门来买的都是熟人，他听了赞美，碍于面子，又不太精于计算，随便出个价格就让了，仍旧只能赚点手工钱。我说他，他就嘿嘿笑：我什么都不懂，只懂木头。每次去找他，都会在他工作室里待上大半天，到处都是各种木材刨出的木花，世上再浓郁的花与再贵的香水，都抵不了他工作室里那些刨木花散发出的自然地让人身心倍觉妥帖的气味，那香味如山峦层层叠叠，如波浪肆意暗涌，如音乐，使人迷醉其中。”

“我能想象那些刨木花的香味，以前老镇上有木匠的手工铺，我常去与老木匠聊天，他非常耐心，很爱小孩，会回答我各种奇怪的问题，会给我糖果吃。现在家具厂里流水线生产家具，他的店铺也关了，听说去了邻镇的一家家具厂做师傅，没做半年，就被机器轧坏了左手。”姐姐回。

“好可惜，没了店铺，又轧坏了手。”杜安全叹息。

“我小时候，做过一个梦，梦到进了一家糖果厂，我装了一麻袋的糖果，背在小小的身子上。从糖果厂出来，要经过一条河，我不小心掉进河里，所有的糖果都散在了水里，一点点融化，我在水里挣扎，呛了水，那水也是甜的，心里就更着急，担心糖果彻底融化没了，一急，便出了梦境。半夜，漆黑的屋子，一个人醒来，知道只是一场梦。所有的糖果都不见了，竟然伤心地哭起来，那时就想，长大后，我要给自己买一大麻袋糖果，一定要。”姐姐道。

“梦想实现了吗？”杜安全笑起来。

“我现在几乎不吃糖果。”姐姐回。

“以后有机会与你一起去湖镇走走，吃馄饨，我也带你去见见我的那个木头朋友。”他在那边道。

“好。”姐姐愉快地应道。

姐姐突然想起，他或许认识医院的医生，便道：“这次带了个亲戚来看病，也不知是什么病，之前突然发胖，一两年后开始暴瘦，晚上睡眠不好，时辰颠倒，不愿见人，原本可是个光鲜活泼明媚的人儿。”

“应该精神上出了问题。”他说，“我仔细想想，看看有没有朋友认识这方面的专家。”

“她怀孕七八个月时，被拉去医院引下个男孩，原本圆润气盛的一个人，一下子就薄了，整个人就一直没好过。”姐姐向他描述时，担心睡在隔壁的瓶姨听到，声音本能地压低了些。

“噢，我挂了电话就去问朋友。”杜安全快速回道。

“那先谢了。”姐姐回。

“什么时候可以一起喝杯茶？”他问。

“过几天吧，刚回来，忙得晕头转向。”姐姐回。

“嗯，有一个挺好的去处，你肯定会喜欢，过两天我再打电话给你。”杜安全兴致很高的样子。

他没有挂电话的意思，又聊了些别的，关于他的绘画，也聊到他做学生时，随老师去敦煌写生时发生的事。

“宾馆就在沙漠边，那日画画回来，几个年轻人待在屋里喝啤酒，窗外夕阳美得不可方物，云彩被夕阳照得通红，变幻莫测，如各种形状的动物，又如奔腾的千军万马，唤醒年轻人内心的激情。屋里喝了酒的学生们耐不住这宁静绚烂之美景，男男女女通通拥下楼，边走边唱，往金色的沙漠而去。当时学校管理很严格，学生们除了白天随带队老师出门画画，晚上不可随意外出。年轻人也顾不得那么多，全在沙漠中肆意玩耍、打滚，半小时过后，心里惦记着老师定的规矩，各自都撤回酒店去了。

“我独自继续在沙漠里走，被眼前不远处的一个亮点所迷，那是块隐约可见的东西，却不知为何物，就那样趴在夕阳的光里，似动非动，似静非静，时而闪出梦幻般迷离的光芒，那光芒时而强烈，时而摇晃不定，一时寻不见，可定心细看，它又在那儿。

“就在那里，看起来并不遥远，目测不过几百米，内心涌起一股神秘之力，诱得我想走过去看个究竟。脚步被那股力量牵着往前，一直走。似乎近了，又近了，可目标缥缈起来。走了大约有千米，以为近了，可亮点依旧在前方，定睛去看，却近在咫尺，着了魔似的，一直走，光线在一点点淡下去，我毫无感知，一个劲儿地迎光而去。近了，真的近了，可仍旧是远的，远的，又似近了，累了，似乎已经走出很远，一步步，涉沙而行，缓缓靠近，近到它几乎静止不动了，可隐约的光还在它的周围浮现，那淡光似一层薄雾。我站定，想分辨出它究竟为何物，可它始终隐约不现其身。也不知道这一路走了多远，可心里有一股劲儿，是孩子气的、天真的、较劲儿的劲，似乎是生了自己的气，恼羞成怒了，非得给自己一个说法，非得要抓住那个光点，要真真切切地扑上去，抓住它，踩住它，看个究竟。天色不觉中早已暗下来，光线越来越稀薄，直到夜色浸进光里来，铺天盖地，将沙漠包围。等眼里完全寻不见眼前的那个光点时，我才绝望地清醒过来，发现自己已经置身于一片茫茫的夜色之中。

“本能地反身往回走，但已毫无方向感，恐惧开始缓慢升起，被夜吞噬的感觉清晰起来，真的迷路了。过了半小时左右，夜色完全沉下来，我站定，隐约可见四周全是沙漠。我分辨不清方向，心里是慌乱的，不想再动，也不敢再动，确实是累了，就顺势原地躺着。听夜风在沙漠里横冲直撞的声响，侧耳细听，竟如此惊天动地，似置身战场。军鼓齐鸣，马蹄扬尘，遮天蔽日。人马厮杀，驰骋酣战，鲜血染红沙漠。我伏身马上，箭镞不停地掠过头顶，人与马在刀刺中碰撞、摔倒、滚落。我的一只手也被兵器砍伤，鲜血腥味刺鼻，无力抵抗。周围震天的喊杀声永无止境地持续，敌方队伍像一条滚滚奔流的大河，一浪又一浪，永无止息地漫延过来。我两腿夹马，策马飞奔，任由坐骑一个劲地狂奔，一直往西，前方突然亮了起来，仿佛将我从阴惨的黑洞里突然抛至艳阳之下。知道终于摆脱天昏地暗的厮杀的战场，马儿也累了，我从马背上滑落，天与地忽然倾斜，远处的叫喊声连绵不断……

“我被遥远的声响吵醒，知道自己竟然在极度疲惫的状态中小睡了一会儿。我站起来，抖了抖夜风里积聚在衣服上的厚厚一层沙子，恍惚间看到了亮点，如梦里策马奔跑时遇到的光。站在那儿定了定神，我清晰地听到同学和老师的呼喊，看到不断靠近的摇晃着的手电筒的光，心里一阵激动，高声回应，朝那声音和光跑去。

“因此被严重记过，但是，如果重新在时间里走一次，我依旧会选择去追那个闪着光的亮点，一直走，向前走，寻个究竟……”

杜安全在电话里说，或许那团闪烁着光辉的亮点，就是我将用毕生去追寻要献身的艺术，是那个我一直在寻找的美好女子，在梦里听到的战场，就是我身处其中的现实。

杜安全沉浸在回忆之中的时候，声音饱满、富有激情，结束回忆，又恢复了之前略显阴柔的沉静。姐姐一直拿着电话安静地听，最后挂电话时，姐姐看了下通话时间，两小时零二十八分。

14

第二天傍晚，杜安全打来电话，告诉姐姐他已经联系好了医生，随时可以带病人去。

姐姐这边放下心来，一早就带了瓶姨，去联系好的医院，排队，挂号，等待，瓶姨始终牵着姐姐的手，像个受惊的孩子，她唇儿微颤，手心发烫。

一整天，姐姐就这样牵着瓶姨在医院楼上楼下地跑，最后医生诊断是抑郁症。开了一大堆药，让按时吃。

知道是抑郁症后，姐姐松了口气，原本以为会是什么绝症，抑郁症应该就是神经之类的情绪问题。一天下来，虽筋疲力尽，但仍旧觉得开心，搂着瓶姨的肩膀安慰道：“没什么问题，按时吃药，多运动，多出门晒晒太阳，想一些高兴的事，做一些喜欢的事，吃好睡好，调节好情绪就可以了。”

瓶姨很听话地点头，努力挤出些笑容来，但姐姐知道，那笑容如此费力，比哭还难看。

从医院回来后，姐姐又留她住了几天。为了让瓶姨放松情绪，专门抽了时间，硬是拖着她出门。去灵隐寺，陪她一起跪拜大佛；去龙井，陪她喝茶看风景；到楼外楼，给她点了西湖醋鱼；坐游船绕西湖，扶着她一起逛三潭印月；又陪她去商场，帮她选衣服和鞋子，给家里的两个孩子都买了礼物，姐姐细心，也特意为她婆婆选了礼物。三天后，瓶姨执意要回，姐姐一早开车送瓶姨去车站，买好车票，一直牵着瓶姨的手，送进车站内，看着她坐上汽车，两人隔着窗玻璃相望无语，直到汽车启动离开，彼此默默挥手告别，姐姐方才转身回到车内，想起汽车启动时瓶姨滑在脸颊的泪，心里无限伤感。

中午在商场里调配货品时，姐姐接到广州老太太打来的电话：“前几日不知为什么，可能吃的东西不对脾胃，人觉得虚，在床上躺了几天，今晨醒来精神头儿又回来了，早饭后出门去了趟公园，看什么都是新鲜的，心情特别好，就想着给你通个电话，你还好吗？”

“我很好，您老要多注意身体。”姐姐回。

“嗯，人老了，这样那样的毛病就爬出来了，带着病一日活过一日，多一日都是开心的，人人都难免一死，这死亡的病呀，无药可救，百分百地不能逃脱。”老太太心平气和。

“这好日子安心地过着，您老长命百岁。”姐姐笑着安慰道。

“命长不顶事，相熟的同龄人都走了，山高云远，孤独得很，差不多就行了。”老太太笑呵呵。

“有女儿，有外孙女，还会有外孙女的孩子，还有我，怎么会孤独，全都会贴心暖意地爱着您。”姐姐回。

“这些不顶事，老了，还是想念我那去世的老头，不一样的。”老太太道。

听老太太这般说，姐姐一时答不上话，想着汪姐早出晚归，汪姐女儿又在加拿大留学，每每都只有老太太一个人独个儿待在屋里，又念起早晨瓶姨离开时那没有任何光亮的眼神里混杂着的困顿、疲惫、恐惧和冷寂，内心一下子沮丧起来。

老太太在那边突然问道：“萍儿，你该有个男朋友了。”

姐姐回：“等缘分吧。”

“不能等，要散发些信号，寻找男朋友的信号，用眼睛用表情，你不看人家，人家怎么敢来追你？很多好男人，都是不太会追女孩的。”老太太认真地道。

姐姐笑起来：“哈哈，还要散发信号？”

老太太继续一本正经：“我喜欢看中央台的《动物世界》，你看，《动物世界》里……”

姐姐急忙挡住：“我知道了，信号。”

老太太又问：“你觉得，找男人，最重要的是什么？”

姐姐边想边回答：“善良，正直，有才华，有能力，长得好看。”

老太太在那边道：“不！不！不！是情趣，是脾气，要身心健康。”

……

姐姐挂了电话，凤妹站在一旁傻笑。姐姐就与凤妹逗乐：“情趣、脾气、健康，你们家厨师都有，全合了老太太的要求。”

凤妹道：“哪有什么情趣，话不多，只会笑。”

姐姐回："你可错了，去市场买菜、满头大汗地做饭，荤素搭配好送到店铺里来，就差喂你了，这不叫情趣叫什么？多少女孩都被那种只会表面情趣的男人骗得惨不能言，苦不能说。你就惜福吧！傻姑娘。"

"嗯，就像我家奶奶说的，碰到他是我的福分，我确实挺幸运的，他真的什么都好，只是不太会说情话。"凤妹笑道。

"嘴甜没用，实干有用。"姐姐想起潘水的甜嘴，心里竟然仍旧会悲哀地颤动一下。

"我这个月没来月经，已经超过十天了。"凤妹说。

"会不会有宝宝了？"姐姐惊喜。

"可能的。"凤妹略带羞涩。

"真有了，这孩子要不要？"姐姐追问。

"我们家厨师非常想要的，他家就他一个儿子，上面还有个姐姐，按计划我们早就该办婚礼了，只是他姐姐还没找到婆家，他家父母担心弟弟先结婚了，对姐姐不讨彩，所以这两三年就一直操心着姐姐的婚事。他姐姐在上海读的大学，毕业后在上海的一家公司上班，无论家里怎么催，就是一副无所谓的样子，父母生气，也无计可施，只能不断地催。姐姐被父母催烦了，这一两年除了往家里寄些钱，平时连家都不太愿意回了，去年连过年都没回来，说是难得有假期，出门旅游去了。"

"也难怪这个做姐姐的不敢回家，不是谁想结婚就能随便拉个人来结的。"姐姐道。

"后来听我家厨师说，其实他姐姐心里也急。确实也有一个男人与她处了很多年。嗯，听厨师说好了有五六年了吧，从他姐姐大三开始的，这男的家也在上海，对姐姐无微不至，盯姐姐盯得很牢，也抓得很紧，可却是个有家室的，不知道一时离不了还是不想真离，反正就这样拉扯了很多年。这事儿，做姐姐的稍稍透露了一些给弟弟，但具体的情况，外人谁也猜不清楚，无论怎样，姐弟俩都是必须瞒着家里的父母的，父母要知道了，不知愁成什么样子。”凤妹道。

“唉，摊上这种事，一时半会儿说不清楚。他姐姐要是有勇气，咬咬牙，断了也就断了。就怕他姐姐也是动了情的，纠缠其中不知如何是好，而他那边又是口头承诺，软硬皆施，拖住不放，这深陷其中的人，不知如何爬上岸。”姐姐回。

“听我家厨师说，他姐姐也是很痛苦的，进退两难。进，不知还得等多久，退，又舍不得这几年付出的时间和感情，加之男的坚决不同意与姐姐分手，时不时买些贵重礼物作为补偿。”凤妹道。

“这话倒是事实，但如果不快刀斩乱麻，继续拖，人也就被拖远了。”姐姐回。

“是呀，光听着心里就别扭，堵得难受。”凤妹道。

“先不管他家的情况，这两天你就去医院做个检查，真怀上了，再与你家厨师商量怎么办。”姐姐吩咐道。

这时，手机响了，是杜安全的电话：“瓶姨走了吗？”

姐姐回：“走了。”

杜安全直截了当地问：“今晚可以见面吗？”

姐姐看了眼一旁做事体的凤妹，思量了片刻道：“好啊。”

“我这就去买菜，让你尝尝我的手艺，改天再请你去喝茶。”杜安全道。

姐姐回：“好呀。”

傍晚开车去见杜安全时，路过一家英语学习机构，姐姐心生强烈的意愿，停车，去报了名，取回教材和碟片，放进车内，心想，以后可以利用每天路上开车的时间听听英语，这耳朵听熟了，也就记住了。

六点左右，姐姐到了杜安全报过来的地址。南山路旁临西湖的一处小区内，小区幽静，到处都是桂花树，鹅卵石铺的小路通向他的楼前。敲门，听到里面有脚步声过来，门开，探出一张满是笑容的脸。

满屋浓郁的热气腾腾的饭菜之香，那香气里夹了红烧肉的味道，扑鼻入肺，姐姐立马有了饥饿之感，想起中午只喝了一杯豆浆，吃了两个包子。眼前的杜安全围着花围裙，拿着锅铲，桌上已经摆了：莲藕炒玉米、红烧五花肉、茭白肚条、青椒小炒肉、糖醋排骨、红烧河鱼。

“饿了吧，先吃，还有一个汤，绍兴霉干菜河虾汤，过两分钟就好。”他乐呵呵地朝姐姐笑，像是交往了许多年似的。

之前在飞机上，他指间夹着没点燃的香烟，一副神经质的、坐立不安的模样，此刻，在充满了浓烈烟火气的厨房里，他先是拿起锅盖探看菜汤的成色，继而收拾刀叉碗筷，在忙碌中呈现出完全不一样的健康质地来。

他回过头来朝姐姐调皮地笑，那笑里带了孩子气，灿烂欢快。看起来仍旧瘦，但在厨房操持的动作里，姐姐看到了藏在瘦里的筋骨和力量。

几分钟后，他解下围裙，和姐姐一起摆好碗筷，坐下，又起身拿了红酒和酒杯。

姐姐在一旁建议：“黄酒可以吗？”

杜安全应道：“当然，当然，其实我也喜欢黄酒。”

杜安全拿了黄酒进厨房，切了细姜丝，将酒温上，五分钟后，取了酒来，换了酒杯，满上两杯。

坐定，两个人碰了酒杯，姐姐闻着酒香，喝了一大口。黄酒里夹了生姜的辣味，顺滑入喉，所到之处燃起一股热气，随之而来的是从身体四处涌起的暖意，这也正是黄酒的妙处。

杜安全给姐姐夹了一片排骨，突然猛地站起：“竟然忘记音乐了。”起身，去客厅选了唱片，是维瓦尔第的小提琴协奏曲《四季》。

他回桌后，边给姐姐添酒边道：“我的毕业论文谈的是音乐与绘画的关系，我喜欢古典音乐。有一天，我老了，画不动了，眼睛坏了，音乐还在。”

倒了酒后，他又给姐姐的碟子里分别夹了不同的菜：“尝尝，我的手艺。”

姐姐拿了筷子，一样样吃，除了糖醋排骨太甜姐姐不喜欢外，其他都很好。姐姐的湖镇，菜的味道偏辣，虽然姆妈不习惯吃太辣，平时做菜只是稍稍象征性地放点辣椒，但还是远比杭州菜辣很多。姐姐知道，老街上有很多人吃得非常辣，平时如果恰好在饭点的时候经过老街，通常会被从各条小巷里弥漫出来的辣椒味呛得打喷嚏。隔壁邻居王伯伯家的王婶，无辣不欢，说是炒猪肉，可除了几片少得可怜的猪肉外，那碗里全是红辣椒炒青辣椒。王婶每年都要做辣椒酱，一到秋天，满院子里晒了红通通的火辣椒，切碎，加上姜和蒜、盐和糖，装进坛子里，要吃到来年秋季。也做腌辣椒，红辣椒青辣椒腌在一起，她屋里有一个大缸，专门腌辣椒用的，也会不时加进萝卜和别的一切可以腌的东西。因为染了满缸的辣椒味，她家任何腌的东西，吃在嘴里，全是火辣辣的。王婶偶尔也会送些腌过的萝卜或菜心给姆妈，姆妈就拿来当作料，比如炒猪肉时，加小半个萝卜进去，不用添加盐和辣椒，整盘的菜，就变得辣咸，但味道却恰到好处，那样的猪肉，入了味道，也是极好吃的，剩下的萝卜，可以配白粥，因为吸了猪肉的油腻，又减去了原先的辣和咸，极为鲜美，姐姐就特别爱吃炒过猪肉的腌萝卜。这般回想时，姐姐忍不住吞了下口水。

“合口味吗？”杜安全问。

“嗯，挺好，没想到你竟然能做这么一大桌菜。”姐姐回。

“爱生活的人，都爱美食。”杜安全眼角荡漾着笑。

“我只爱吃，不太会做。”姐姐回。

“做菜其实很容易，你待在厨房里，这是个巨大的可以供你放松和想象的空间，所有的食材，在你的想象里，都会变得灵动有趣，它们可以自由组合，结果往往意想不到。有时我在学校里遇到烦心事，或者被手头的作品弄得精疲力竭，我就喜欢钻进厨房，给自己做一桌好吃的，吃饱喝足，一切又重归太平。”杜安全将“太平”两个字说得清晰有力，尾音向上拉得很长。

姐姐喜欢杜安全做的红烧肉，薄皮嫩肉，色泽红亮，味醇汁浓，酥烂而形不碎，香糯而不腻口，远比姆妈做得好吃。姐姐每吃一块红烧肉，就夹些茭白和莲藕调淡口味，再配黄酒，如此这般反复，吃了三块。

如果刚进门时还有些拘谨，此时此刻，姐姐的身体在味觉里完全地舒展和放松下来，如姆妈所说，元气上身，周身的世界便变得通透明亮，自个儿的心情也就自然地跟着愉快起来。

“这音乐喜欢吗？”杜安全问姐姐。

“喜欢。旋律很清澈，像我们湖镇的那条江，可见水底细鱼，音乐里有线条感，这线条如鱼儿在水里流动的身影。”姐姐想起环镇而行的那条衢江，江边连绵起伏的芦苇，轻盈起舞的白鹭，甚至还闪过在芦苇丛中，第一次被潘水牵手的模样。

“我母亲特别喜欢古典音乐，以前家里偷偷藏着外婆当年出国时带回来的胶带，十来岁时，我就开始熟悉西方古典音乐，后来又喜欢上阅读，最后才喜欢上绘画。就像人的情绪积到一定程度总是千方百计地想找个出口宣泄一样，所有的成长经验蓄积在一起，也总会在某个空间爆发。当我绘画时，我可以从肖邦的钢琴曲中找到对话者，也会把这些感觉运用到中国水墨画之中。维瓦尔第的音乐很动听，和声也非常美妙，旋律富有层次感，速度的变化是那么的有冲击力，我的脑海里显现的是一幅幅色彩斑斓而富于变幻的画面，很神奇却难以用语言形容。”他安静地看着姐姐。

姐姐细嚼慢咽，侧耳倾听。

“有时，我看到一个画面，就会联想到某种音乐，有时不经意间听到某种音乐，马上会联想到某种图像，这是非常纯个人化的感觉，是自然而然的东西，与个人的经历、环境和感受有关。”杜安全给自己的酒杯续上酒，又给姐姐的酒杯添满。

姐姐放下手里的筷子，握住杯子：“小时候天黑得快，上床早，熄灯后，全家人似乎都睡着了，只有我还醒着，非常孤独而寒冷的冬夜，整个小镇掉入无边的寂静之中，我静静地躺在床上，听老鼠在梁上快速爬动时发出的窸窸窣窣的声响，那声音让人胆战心惊。好在有广播，广播里有音乐节目。每次音乐响起，我都会激动得想流泪，那声音就像光一样，打开寂寥黑暗凝重的寒夜，我知道除了我身处的这个即将沉睡的小镇，世界还有很多地方都是醒着的，有人在街道上骑车，有人在草原上奔跑，有人在沙漠里跳舞，有人在屋里喂养孩子，有人在河里游泳，有人在桥上弹琴，有人在树下歌唱，阳光明亮却不耀眼……躲在被窝里的我，一边听着父亲从隔壁房间里传过来的巨大的鼾声，一边沉浸在音乐里。我知道，音乐就像是我们镇旁边的那条衢江，江的对岸是连绵的田野以及起伏的远山，它是最终的彼岸，是可以与所有人一起分享的。音乐不是独裁者。小时候我曾经失声，因为父亲猛地一巴掌，打得我失声半年。我没有力气更没有权利去对抗，我只能活在逆来顺受里，但是，骨子里，我从不听从。我的耳朵比我的眼睛更好使，它能听到细微的声响，我们小镇里所有的声音，甚至一只野狗在铁路上走动的声响，我都可以在十几米外听到。白天，我热爱镇上所有的声音，狗叫声、古塔上的风铃声、孩子的哭泣声、打铁铺里的打铁声、弹棉花声、热油锅里的炒菜声、小贩的叫卖声，甚至女人骂街的声音……它们汇聚在一起，如长长的河流，如美妙的音乐，将我团团包围起来，我热爱它们，因它们而温暖。我害怕天黑，属于白天的声音几乎全部消失，只有广播声。小时候我最最害怕的时刻是播音员说：'各位听众，明天再见。'随后，整个世界隐入无法形容的冰冷的寂静里，死一般的孤独，静得无比虚幻，却石头般坚硬沉重，我就在这坚硬的冰冷的孤独里，蜷缩着身子躺在小小的木板床上，老鼠继续在房梁上爬动，那时候，老鼠声都能使人心安，因为至少有东西还醒着，还陪我一起活着，我一直倾听，渴望能听到更多的声音，然后整个人开始茫然起来，世界不复存在，随后被常有噩梦相伴的睡眠淹没。在那漫长的成长的时间之河里，我习惯于去倾听，去感知，我一边会惊恐一边又清晰地意识到，没有什么是可以独裁的，譬如黑暗与孤独，因为有光有音乐。也不会有永恒的独裁者，譬如父亲。如今，他老了，我长大了。没有人能堵住你的渴望，就像音乐，是流动的，变化的，是要被一起分享的。"

杜安全盯着姐姐看，似乎被姐姐的声音迷住了，他向前探了探身子，随着姐姐讲述的内容，脸上呈现出不同的表情，随后点头："是的，音乐是要被一起分享的，就像生命里有些经验和故事，也需要被真正分享和分担。”顿了顿，他接着道，“我是随外婆在运河边的小镇长大的，现在回忆起那个小镇，我就会想起红色的经典小提琴作品，如《金色的炉台》《阳光照耀着塔什库尔干》，就是这些音乐伴随着我的童年时代。每当汽车在林荫小道飞驰的时候，我就会想到巴赫的《布兰登堡协奏曲》的快板乐章。我已经习惯将古典音乐和我所处的生活联系在一起。每次听到《马儿啊你慢些走》这类‘文革’歌曲，我就会联想到五岁时看到外婆弯下腰边咳嗽边点煤炉的情景，想到外婆所承受的艰难的日子，有时在音乐里，那些情景再现，我会忍不住流泪。每次听维瓦尔第创作的一部小提琴协奏曲《多情》里面明快的弦乐部分，都会让我奇怪地想起七岁时的那年夏天，我第一次离开外婆，正式回到杭州的父母家，我只顾哭，不吃也不喝。中午，父母都去上班了，我独自一人百无聊赖地站在阳台上，看着几十米外西湖的景象，微风吹拂下，明媚的阳光在柳树的叶片间闪烁，阳台上摆放的花卉植物在阳光里闪着鲜嫩的光，到处都是明晃晃的，孤独得就像是在梦里。我伸手去摘了一片叶子，小心地放在鼻前闻，闻到一股真实的气味，那股气味刺激了我的神经，我像从梦里突然醒过来似的，有了强烈的饥饿感。我一个人走进厨房，寻到半碗红烧豆腐，一碗凉米饭，我安静地坐在小桌子前，一口一口地吃下去，吃出各种美味。吃饱后，我看着面前的空碗，心里难受得要命，因为我知道，我会这样一顿一顿地吃下去，然后彻底融入父母的生活里，而外婆，却独自一人继续生活在那个没有了我的灰暗的小镇里。”

他拿了酒，要给姐姐满上。

这回，姐姐挡了回去：“我不能再喝了。”

杜安全也不劝，给自己倒满，置在桌前，却不喝，起身去换了音乐，又烧了水，拿出茶具，泡了上好的乌龙。

各自又聊了些自己的童年，小镇的生活，以及正在做的事和准备做的事。彼此都很耐心，轮流着说，安静地听。也聊读过的书，杜安全喜欢读历史，姐姐说，她读得最多的其实还是侦探小说，杜安全竟然也读，两个人就都快乐起来，互相开始抢话题，抢得彼此开怀大笑。姐姐第一次觉得，聊天原来可以如此通畅快意，随后，不禁又生出些伤感，自己每天在商场里忙碌，整日被琐碎之事包围，能遇上一个人，可以如此安静地坐下来，喝酒品茶聊天，实在难得。

菜已冷，酒已酣，茶已淡，夜已深，音乐还在。

姐姐起身，道谢，并告辞。

他站起来去了里间，拿出一个盒子，打开，里面有十几位西方古典作曲家的合集，诚恳地道："新买的，送你，入睡前可以听听。"

姐姐接了，道谢。

他送到门边："改天去一个安静的地方喝茶，或者去我画室，看看我的画。"

姐姐回："嗯，再约。"

开了门，他的手扶在门框边，护着姐姐的头。姐姐侧身出门，站定，再次道别。杜安全眼睛发亮，带了几丝迷离，他突然靠近，伸出手来，捧住姐姐的脸，俯身，深沉地亲吻了一下姐姐的前额。

滚烫、柔软、湿润、微微发颤的唇。

姐姐一下子愣住了，满脸通红，不知如何是好，便匆匆道别，急急下了楼梯。

在车里坐了一小会儿，发动车后，并没往家的方向走，而是沿着南山路，去了杨公堤，环绕着西湖慢慢地开，心跳似乎还没完全平复。姐姐也曾经被别的男人吻过，那个中学老师，一名医生，但似乎并没有太多的感觉，甚至多少有些厌恶感，不是嘴唇太粗糙太笨拙就是唇上沾了口水，让人起鸡皮疙瘩，更无法接受张开嘴让人伸进舌头的那种吻法，除了多年前的潘水。而今，杜安全这印在额前的亲吻，却像一道光，就如那道穿透水面打在额前的太阳光，重新激活了那些在身体里盘睡已久的植物，它们苏醒过来，吐出新鲜的气味，有了别样的色彩，是春光里繁花盛开万物吐芽的意味，娇嫩透亮。

绕了一圈西湖后，原本决定回家，犹豫片刻，姐姐将车子停在路边，打开他送的音乐，选了一张碟，是莫扎特G大调第十三号弦乐小夜曲。车内音乐响起，车子再次启动，缓缓往前，进了北山路，又绕着西湖走了一圈。

车窗外，夜风徐徐，风从湖面过来，带了夜的水汽。

15

自此，每天晚上一进门，屋里便有了音乐。

从巴赫的D大调第三号管弦组曲到帕赫贝尔的D大调卡农，有时是拉威尔的波莱罗舞曲。姐姐有段时间特别喜欢《孤独的牧羊人》，它是排箫大师格奥尔基·赞菲尔演奏的排箫曲目，入夜，满身疲惫地从商场回来，把自己扔进沙发，在《孤独的牧羊人》的音乐里，一点点恢复心气。

姐姐见过杜安全后的第三天，汪姐便从广州飞来杭州。

姐姐去接机，按汪姐要求，直接从机场开车回到老家湖镇，一路听的全是古典音乐。汪姐笑道：“什么时候迷上古典音乐了？”姐姐回：“原本就喜欢，最近有个朋友送了一套碟，就听着。”

汪姐可是个敏感的人：“什么朋友，男的还是女的？”

“男的，刚认识的。”姐姐含笑。

“噢，男的，应该非同一般。”汪姐笑。

“为什么？”姐姐问。

“都在你脸上写着呀。”汪姐道。

“写了什么？”姐姐从后视镜认真地看了眼自己。

“写了欢喜。”汪姐道。

两个人就都笑了起来。

到了镇上，差不多下午四点，姐姐把车停在自家的院子里。门开着，可父母不在屋里，之前并没有提前通过电话，父母也不知道姐姐回来。

“门都没锁，应该很快回来，先带你去吃王汉的手工馄饨。”姐姐道。

两个人出了门，沿着老街走。街两旁的商铺大都关着门，偶有几家开着，也没多少顾客，经过一家理发店，汪姐在店门口站了一会儿，对理发店里的老理发椅感兴趣，绿色的皮，高高的靠背，可以自由转动方向。从姐姐记事起就在镇上理发的老理发师正在给一个瘦得厉害的男人刮胡子，白色的泡沫挤了一脸，但透过那双眼睛，姐姐认出是邻居阉猪匠，就愉快地朝他挥挥手，因为脖子和脑袋被理发师控制着，他不敢乱动，从皮围兜里伸出手来朝姐姐摇了摇。

老街非常安静。

临近黄昏的光淡淡地铺在青石板上，像不缓不急的河水，宁静而略带忧伤。汪姐说：“难得能在你的小镇里走一走，真好，江南这种沿江而建的镇子，当初都是商业要地，在时光里积了气脉，让人很容易静下来，外面那些杂七杂八的事，显得很多余。”

“嗯，难得来一两天，是挺新鲜。”姐姐笑。

说话间，迎面过来一个人，叫了姐姐的名。对方走路一拐一拐的，头发灰白，灰色夹克，土色卡其长裤，布鞋。

姐姐站定，细看，原来是小学时的班主任。

自小学毕业后，姐姐很少在镇上碰到他，即使遇上，也尽可能远远地避开。姐姐心里抵触这个老师，每次想起他，就会想起他欺负学生的样子，也会忆起自己曾随他一起去同学小兰家的情景，破旧的房子，满院子的垃圾堆成山，小兰赤脚站在垃圾堆旁边，顶着被他铰过的杂乱的头发，茫然无助的表情。

这班主任的女儿也在姐姐班里。早自习晚自习的时间，班主任会溜回家帮老婆看孩子。他结婚晚，三十岁出头才有女儿，可自从生下女儿后，也不知什么原因，隔了九年，好不容易才有了第二个孩子，竟然是个儿子，也算是老来得子，宝贝得不行。班主任回家的时候，就让女儿来管理全班的纪律。

这女儿大模大样地坐在讲台上，拿个小本本，瞪眼看着全班，谁交头接耳，或者讨论学习问题，全是不被许可的，是破坏纪律，她会记下谁谁谁的名，等她父亲回来时，便把小本本递给他。所有人都怕她，她仿佛是班里的“女皇”。她爱贪小便宜，忌妒心又莫名其妙地强。班里绝大多数同学都向她进贡过各种吃的玩的，她看中什么，就直接伸手向班里的同学要什么，都不敢不给，怕她在小本本上写自己的名。

她身上拥有特殊的权力，上个厕所都有一小群“可怜又可悲”的女生跟着。姐姐经常被孤立，因为会抵抗，因为不顺从。姐姐清楚，这老师的女儿之所以敢如此飞扬跋扈，除了“弱者”本身在小小“权力”面前的献媚与奴性，也全是因为她的父亲对她毫无原则的偏袒。她那些胡乱报复人的小报告，他全都接收，她点到谁的名，谁就倒霉，他几乎不容任何人申辩，二话不说，上来就是体罚，放学后，全都留下，绕着操场跑十圈再回家，或者抄五十遍课文，不抄完不许回家，有时直接就是打巴掌，用铁尺子打手掌心，或拿起准备好的细木头棒子敲头。姐姐也曾被敲过头，头上敲出一个大包，忍着痛，不哭，回家也不敢告诉父母。对姐姐来说，那是灰暗的学校生活，没有快乐的大笑，没有舒展的内心，有的只是时时提防。

直到升入初中，姐姐才体会到美好的校园生活，同学之间纯粹的友谊，来自老师的表扬和欣赏。班主任的女儿也在同一所初中上学，分在别的班级，姐姐有时会观察她，发现她竟然没了之前让人惧怕的“威严”，换了小小的“舞台”，失去了“权力”的庇护，她也只不过是个普通得不能再普通的丑小鸭。一声叹息里，一个转折里，一步台阶之间，其实就是一个完全不同的大世界。

似乎能够忆起的与班主任有关的一切，都让姐姐不自在。如今，在老街口，在近黄昏的光里，姐姐看他拖着一条腿，一低一高、一轻一重地朝她摇晃着走来，面带微笑，叫着她的名：“小萍，嗯，真的是小萍，很多年没见，听说在杭州做事体？”

姐姐没正面回他，而是问：“老师，这腿怎么了？”

他拖着腿，离姐姐越来越近，然后站在姐姐面前：“唉，去亲戚家喝喜酒，那酒上头，不晓得有那么厉害，仍旧骑摩托车回来，半途，车就摔桥下去了，当场晕过去，好在是小桥，小溪，又是夏天，没什么水，不然就淹死了，被人送去医院，一条腿算是废了，不过还算走运，捡回一条命。”

“你女儿如何？”姐姐随口问。

“嫁人了，不过又带着孩子回来了。”他道。

“怎么了？”姐姐问。

“丈夫是开出租车的，孩子一岁时，凌晨回家，遇到大卡车，避不及，出车祸死了。”他回。

“噢，真不幸。”姐姐心里颇为震惊，有时以为只有自己在独自承受着人生的起伏，其实别人也早已千山万水，为人妻为人母，经历了生死。

“现在孩子四岁了，她去年底把孩子扔给我老婆，去外面打工了，遇到了合适的人，怀孕了，就又结婚了，大孩子就留在镇上，继续由我老婆帮着带。”

“你都好吗？”姐姐问。

“都好，老师的退休工资加了很多次，可能还得往上加，你知道，我们自个儿花销不多，看病有报销，余下的钱，都补贴给孩子了。”他边说边继续往前走，“找人打一圈麻将，在家闲着也无聊。”

“嗯嗯，打麻将挺好。”姐姐回。姐姐看他拖着腿一步步远去，过不了几分钟，他就会坐在麻将馆里，与那些驼背抽烟咳嗽的老人聚在一起，在稀里哗啦的麻将声里，专注地消磨着时光。心想，这就是当年的那个班主任吗？那个暴君吗？时间里有多少弯可以拐过，又有多少事可以承受？

姐姐走在汪姐旁边，告诉她一些与小镇有关的事，曾经的茶馆、香烟市场、自己的外公外婆、自己差点淹死在江里的某个午后、姆妈那次莫名其妙的重病、父亲打她时她经常跑去躲藏的寺庙、离开的潘水、已经去世的潘水老娘、被人当街辱骂的黄昏、生孩子的疯女人……

姐姐说："一切都在我脑子里装着，清清楚楚，甚至某一天空气里的气味，街头某个人的表情，某一瞬间的声音，都在。"

汪姐道："这个小镇在你脑袋里，永远都是活的，复杂的，变化的，是你身体里的一部分，不像我，我只是一个客人。"

姐姐说："以前，小镇每逢双日，都是赶集日，现在却远不同之前了，我们俩在老街上走了许久，除了老人孩子，也碰不上几个年轻人，整个小镇就这样慢慢萧条了。而原本只有一条主街几条副街的县城却扩大了五六倍，衢江上造了好几座桥，重修了通往各个乡镇的路，不再只是依赖自行车和公交车了，几乎每户人家都有摩托车、电动车，非常方便去县城办事。县城里有好几家先进的电影院，有开阔气派的广场，有咖啡馆，有大大小小的歌厅，有书吧，最重要的是有人气，人是铁片，人气是磁场，是吸铁石。"

汪姐道："所以，买房子或买土地，唯一准则是位置，地段不可复制。"汪姐的思路永远都是灵敏和清晰的，以点见面，加上有干劲，做事不含糊。

汪姐指指那些新建的小楼房："这小镇虽看似没太多人，可镇上到处都是新楼，这楼一家比一家洋气。"

姐姐回："有正式工作有退休金的人，是小镇上稳定和安逸的一部分人，另外那些失去了工作或者根本不可能有退休金有医保的人，是小镇另一部分游离与挣扎的人。年轻的夫妻把孩子扔给公婆，在外面辛苦打工积下些钱，首要的事是从亲戚朋友那儿凑足钱，推了旧房盖新楼。

盖好房子，继续出门打工，因为还得还盖房子借下的钱。房子钱还清了，儿子也快娶媳妇了，这做父母的五十岁左右，似乎还能再撑几年，继续出门找活，为儿子存些娶老婆的彩礼钱。儿子好不容易结婚了，有了孙子，这曾经年轻的夫妻差不多也干不动了，儿子儿媳都在外面做活，老太婆就留在家带孙子，老头闲不住，也不敢闲，就在镇附近的小厂或者别的什么单位找个门卫或者扫地的活儿，赚点小钱。必须得自己身边有些活钱，为儿孙操劳了一辈子，但二老心里都明白得很，想从儿子儿媳那儿拿点钱用，绝不是件容易的事。运气好的，遇到儿子媳妇孝顺的，过年过节买点礼物，递几块钱。运气不好的，除了每日每夜辛苦带孩子，还得被抱怨没把孩子照顾好，养得太瘦或者养生病了，都是老人的错。老人还得赔小心看儿媳的眼色，稍有申辩或者表达一下委屈，媳妇就会顶一句‘哪家老人不带孩子，这是做爷爷奶奶的本分，不然，我们自己带也行，可以后你们老了，也别指望我们养！’做老人的再憋屈，也忍着，不想吵，家和万事兴，再说了，真老了，有个病痛，还得靠他们递杯水喝盛口饭吃，死了，还得靠他们拉出去埋了……”

汪姐叹口气：“所以呀，这人呀，经济独立了才有尊严，年轻时怎么过都行，老了，不能没有钱。”

姐姐道：“镇上走着的，大部分都是年轻时拼命养家、年老后收了脾气、驼了背、继续照料着孙辈的老人。说老，其实也不过六十出头，但背已经不挺了，气也不再顺当了，身体都带着些小病痛，大都忍着，不愿意去医院花那个冤枉钱，真有什么病，都是拖到实在不行了，才敢忐忑不安地进医院，人没进医院，就先吓个半死，担心手里的钱远远不够医生开出的治疗费，着急治疗费的事，着实超过担心身体本身。就怕得了什么富贵病，要不停地花钱，拖累儿孙们。如真得什么绝症，不能治了，也就一了百了了。”

汪姐：“一了百了，惊梦一场。”

说着话，不觉中就到了王汉的清朝馄饨铺，铺里竟然聚满了人，铺外停了几辆小车，姐姐听声音，是从兰溪过来的食客。

座无虚席，姐姐就带汪姐去衢江边走了会儿。再折回来时，客人散去，店内只剩几个零星的老人和孩子。

姐姐与汪姐坐定，几分钟后，王汉端了两碗馄饨过来。姐姐向王汉介绍了汪姐，王汉的目光在汪姐身上多停了一会儿，点头算是招呼，继续转身忙别的去了。

夜里，在父母家留宿。

临睡前，汪姐道：“这做馄饨的王汉，有品。”

“什么品？”姐姐问。

“有个性，有坚持，做人做事有规矩有范儿。”汪姐回。

“嗯，你一眼就懂。”姐姐很高兴汪姐能这样说。

汪姐道：“也是奇妙，空荡荡的小镇，一家朴素的馄饨铺，却像是一盏灯，让小镇一下子有了人间烟火气味。”

姐姐道：“王汉除了做馄饨，还喜欢读书钓鱼，他也没任何亲人，与镇上谁都不亲，但他与我姆妈近，与我也近，可这近里，也是有距离的，他一直守着他自己的那个空间，无人可入。”

“其实也不需要入。这样的人，修得好，心外无物，就如小小馄饨铺，谁去都得排队，众人都是食客，在他眼里，都是一样的，立了规矩，自己守得住，别人才会尊重。”汪姐回。

“心外无物，在于清楚知道自己要什么不要什么。”姐姐道。

“是，他卖他的馄饨，客人来吃他的馄饨。互相都有求，却完全无求。吃完付钱，抬屁股走人。所有的关系干干净净，自然而然。距离就是互相无求之后的清爽自由。没有献媚、没有马屁、没有算计、没有跌宕起伏，唯一需要专注的是如何用心做馄饨，馄饨卖完了，关了店门，馄饨也与他无关了，他专注的是读书，是钓鱼，是他自己。”汪姐回。

姐姐说：“汪姐，你看什么都清清楚楚，和你说话，心里透着光。”

汪姐笑道：“你拍我马屁？”

两个人就又都大笑起来。

笑后，汪姐道：“我喜欢你好脾气，也喜欢你的一点即通。”

第二天去了市里，看了市中心的养老院，去有关部门找人，中午汪姐请客，一帮人竟然喝得东倒西歪，姐姐看着难堪，何苦喝成这样呢？姐姐也是第一次在这样的酒桌上，看到汪姐另一种气场，得体、大气、稳得了、镇得住。

半个月后，姐姐拍下了位于市中心的养老院旧址，姐姐拿了养老院的主楼和副楼去银行贷款，汪姐在广州筹钱，姐姐也取出能够筹到的所有现金，作为启动资金。先将主楼和副楼稍作装修，租出去作为旅馆，准备在养老院旁边的一片空地上先盖大楼。

一个月后，大楼开始动工。弟弟与湖镇本地一位大他三岁的女子谈起了恋爱，那女子在龙游一家公司做会计，两个人正水深火热的，弟弟几乎每周都往龙游跑，姐姐索性就把他从杭州叫回来，让他负责养老院新楼的一些具体事体。

这日回杭州开车出门办事，等红绿灯的时候，手机铃响，是凤妹的电话：“姐，真的有了。”

“有什么？”姐姐问。

“肚里有宝宝了，应该有三个月了，之前老拖着没去查，想着也许是吃中药的缘故，月经推迟了，因为之前曾有过这样的情况。”

姐姐心喜：“好事呀。”转而又忧，“厨师怎么想？”

凤妹很开心的声音：“他们一家人都想要孩子，过两个月就办婚礼，那时肚子应该不会特别大。”

这天晚上，姐姐原本想请凤妹吃饭，庆祝她身体里藏着的新生命，只是杜安全早早就订了这天音乐会的票。

16

姐姐惊讶地发现，自己特别渴望与杜安全在一起。连她自己都吃惊竟然会有这般强烈的感觉，自从潘水之事后，她那颗受挫的心几乎没再真正为谁这般灿烂地跳动过。

很多时候，对于男女亲密的关系，姐姐内心里是逃避和害怕的。想想很是虚幻，靠近时亲如一人，分手时便成路人，甚至拖带上家里的众人。比如潘水老娘的种种咒骂，姆妈因自己所受的气，父亲盛怒时对她的抽打，湖镇老街上种种不着边际的版本。没有人要的、不要脸的女人，这些字眼隐藏在姐姐的身体里，时不时会突然跳出来，虽然早已时过境迁，但仍旧让姐姐心有余悸，是抹不去的记忆和辛酸。这样的酸痛使得姐姐的心比正常的人脆弱许多，又因了这脆弱生出反向的勇气和坚硬，便一心一意地想着依靠自己的力，做自己的事，吃自己的饭，不喜欢发嗲、示弱，不随意、不妥协，要有骨有肉地活着，这份外在的独立其实是源自内心那份过于脆弱的自尊。

杜安全曾带姐姐去西湖对岸的老别墅里喝过茶，屋是旧时的屋，但屋内改造得相当舒适，既现代又古朴，有南宋遗风，室内沉香绕鼻，古琴幽远。杜安全说，这是他替一个朋友设计的茶室，平时闲时，会来这里看半天书，或者放松地作些小画。姐姐也去过他学校的画室，很小，拥挤不堪，但他却能在小小的角落里，支出一张干净的小木桌，上面摆了茶具和各种古董铺里寻来的小摆件，他会坐下来给姐姐泡茶，耐着性子拿起那些小摆件，一样样给姐姐说它们的出处和得来的缘由。他喜欢古玩，喜欢那些宜于手头把玩的小件。别看它是小物件，物物之间的关系，心物之间的关系，物我之间的关系，还有历史与今天的关系，都会在这小东西上体现。杜安全说，他能从这里头思索、联想，这对绘画和丰富内心是很有好处的，其实画家最后画的都是心，而真正画起画来却又应该是无心无物的。

姐姐也带他去自己的店铺与商场，对于姐姐所做的事，他会啧啧称奇，觉得一个小女人，独自从小镇走出来，要处理那么多的事儿，每样都得条理清晰，每步都要沉稳不乱，要能吃苦还要够自律，更不易的是还保有读书和学习的习惯，真是不简单。

他羡慕姐姐的勤劳与大方，总是给予姐姐足够的赞美与欣赏。姐姐也能从他自然的微笑与由衷的语言里感受到这些。虽然认识的时间并不长，且各自都有许多事要做，但杜安全总会找出机会，竭力想多些时间与姐姐相处。他会约姐姐早起，一起去西湖边跑步；会在繁星满天的夜晚，带姐姐去保俶塔看西湖夜景；会在黄昏时，带姐姐去灵隐寺散步，他们从后门进入，偌大的寺院，就他们两个人在其中行走，感受香客散尽之后，夜幕初浮之时的佛音钟鸣；他也会带姐姐去他熟悉的二手书店淘书，去小巷里开了十多年的面馆吃全杭州最美味的猪肝面……姐姐像孩子一般，被他引领着，寻见另一个不同的杭州。

这天晚上，姐姐和杜安全坐在剧院的前排，看得出，他的头发是精心梳理过的，指甲也修剪得十分整齐，穿了件亚麻色的长袖衬衫，灰色的休闲长裤，虽然看起来随意，但这随意里，有着刻意挑选和搭配的意味。对于音乐，他是尊重和专注的，面对那些生性散漫姗姗来迟和早早退场以及演出时和邻座交头接耳的观众，他又恼火又气愤，却也无可奈何。总是这样，除了自己生气，一切无济于事。

演出前，他保持着笔挺的姿态，肩膀平直，双眼看着舞台，演出中间，或许旁边人扭动身体、偷偷取出水瓶喝水以及说话的声音让他多少分散了些精力，他轻轻叹口气，而后，伸出手来，寻到姐姐的手，抓住，能感觉到他指尖轻微地颤抖，他一直就那样握着，双眼不离舞台，过了许久，他开始试探性地用食指在姐姐的手心里画了一个圆圈，随后画十字叉、打钩，之后写字，姐姐试着去读，但读不出个所以然，他不停地写，一笔又一笔……许是厌了写字游戏，他停顿了下来，继而又用拇指肚抚弄姐姐的手指，顺着大拇指依次而行，如爬山，如过河，如在沙滩，一片金黄里，波浪起伏。有时又如小孩子跳房子，他错开来，从大拇指直接跳到小手指，捏住，又跳到中指抚弄把玩，随后握住姐姐的手，松开，又握住，抚摩掌心，指尖跳跃，有节奏，有起伏。

姐姐挺着背，坐得笔直，眼前是舞台，目光落在拉手提琴的手上，思绪却远在万里，也近在他的指间，被他撩拨得身有微汗。姐姐之前从未享受到其中的乐趣，她并没有抽回自己的手，而是任由他捏着。

灯光转暗时，姐姐还是忍不住稍稍侧过脸去，剧院昏暗的光线印出他轮廓分明的脸以及散在肩膀上的头发。他知道姐姐在看他，他虽目不转睛地盯着舞台，私下却用力挤了挤脸部的肌肉，为姐姐拉出一个搞怪的侧部表情。

他似乎对未来的一切都志在必得却又忐忑不安，他极有艺术家的气息，却又深知世俗之道。他有时能说会道，善于逻辑思考和图像描述，有时又显得极为孤僻。他平易近人，说话做事极其谦和，但骨子里又孤高清冷。他热爱生活，喜静喜动，爬山打球游戏，读佛经读《庄子》读米兰·昆德拉读弗洛伊德也读古典艳情小说，喜欢一切自认为古朴的东西，却也崇尚奢侈品。他自称远离政治，时时愤世嫉俗，但又能与喜好书画的政客称兄道弟。

对于姐姐而言，他是矛盾的，是善感和脆弱的。他的眼神，有时含了氤氲水汽，让人迷失其中；有时又显得过于明亮干净，像个不设防的需要别人保护的孩子。姐姐看着他的侧脸，鼻前有他身上隐隐传来的气息，夹了骆驼牌香烟的气味，这暗里涌动的气流使得姐姐心醉，身体不由得发烫。姐姐便也用手指去抚弄他的手指，半明半暗中，音乐充满激情与活力，随着激情转缓，光线变暗，姐姐极力控制着想要伸出手去抚摩他那一头柔软长发的冲动，姐姐知道，这样做实在鲁莽。两个人的手一直缠绵在一起，但这种偷偷的爱抚扰得姐姐心乱，是刺激也是折磨，便想将手从他的手里抽出，可他却索性将姐姐的手翻过来，按在自己的大腿上，结实的肌肉，让姐姐不由自主地喘了一口气。

到底是什么改变了她？是与他联系在一起的感觉，亲密、自在、不压抑，是那种想说什么想做什么都会被赞赏和尊重的平等自由与舒展。

杜安全的爱，唤醒了姐姐身体里冬眠了的未被开掘的欲望，姐姐惊喜于这般陌生却又微妙的变化，它是一股不可抗拒的力量，充满了鲜活的血液，新鲜得让人颤抖，在这般前所未有的心惊肉跳之间，姐姐醒过来似的，眼里的一切，与之前全然不同。

17

电话铃响，听得人心惊。

是早晨七点，极少会有人这个时候打电话，姐姐迷糊中以为是杜安全，可几个小时前刚与他通完电话、道了晚安才入睡的。也许是父母出了什么事，会是什么急事？姐姐心绪不安地从床上跳起来，赤脚去接电话。

电话那边是凤妹的哭泣声：“姐，我现在医院里，撑不住了，他似乎快不行了。”

“谁不行了？”姐姐彻底清醒过来。

“厨师。”凤妹的声音里含了惊慌和绝望。

“我马上过来。”姐姐边说边从柜子里扯出衣服胡乱套上，拿了背包便往外跑。

到了医院，才知道原来是厨师所在的那个酒店后厨爆炸，现场有一人死亡，另有一人重伤三人轻伤被送进医院。厨师便是重伤的一位，一直处于昏迷中。

应该是前一天晚上厨师下班前，煤气瓶忘了关，或液化气连接灶台处的软管松动，煤气泄漏。上早班的餐厅工作人员进店后，开灯，打电话，抽烟，引发了爆炸。

凤妹失了魂魄般地拉住姐姐的手，眼泪满满地盛在眼眶里，一眨眼便一串串地滚出来，这是姐姐第一次见凤妹哭，即便当初在小镇的老街上，在风里，顶着那些可剥人衣的目光，守在老奶奶零头碎布的摊位旁边，她也是眯眼含笑的。

姐姐本能地扫了一眼凤妹那似乎微有隆起的小腹，后脖子处有冷气升起，胸口疼痛，可什么都做不了，只能陪着她守在医院里，一秒一秒煎熬地等待。中午的时候，厨师没了呼吸。

凤妹听到消息，嘴唇变紫，面无人色，一下子瘫软在地。这世上每时每刻都有人意外死亡，有人离开，有人消失，每个人都觉得这些事离自己很遥远，可每个人都在其中，都有可能被选中。有一天，突然发现，这些事，竟然也在自己的身边，离得如此之近，有撕裂的痛却只能听天由命。

医院的走廊里到处都是病人和家属，有打电话的，有拿着各种单子来回奔跑挂号交费的，有哭闹的小孩、有满脸愁绪的母亲……眼前匆匆而过的人，都神色慌张，带了无比的焦虑，满脸都是灰暗与无望。

姐姐蹲下身子，想将瘫软在地上的凤妹拉起来，可拉不动，只好换了位置，站在她后面，双手抱住她的胳膊，一次次想将她撑起来。很多人从身边走过，在医院里，也许因绝望悲痛无助而瘫软在地上的人太多了，没人当回事。

处理完医院的事情，已是下午三点，姐姐扶着凤妹离开医院。坐在车里，原本想送她回她自己的出租屋，但又想，那个依旧热气腾腾地散发着她与厨师共同气味的屋子，或许并不是一个好的去处，于是没经过凤妹的同意，就直接将她带回了自己的住处。

到家，姐姐先烧了热水，给凤妹泡了杯糖茶，又快速换了干净的床上用品，找出舒适宽大的棉布睡衣让她穿上，安顿她上床休息。

等凤妹躺下后，姐姐拿了包，去了趟商场，也就待了两个小时，因放心不下凤妹，便早早下班，先是去菜场，买了鱼和虾，又选了一只鸡，寻思着家里还有些松茸，回去给凤妹炖鸡汤喝。一路开车，满脑子都是凤妹的事，厨师突然走了，这肚子里的孩子该如何是好，要还是不要？如要，凤妹一人如何应对？凤妹当初在老街陪着奶奶守摊时的笑又浮现在眼前，笑得那么无邪，可心里明镜似的，什么都照得见，如今终于遇见那么好的一个人，竟然又遭遇不幸，姐姐不免心疼地长叹。

傍晚时，正在做饭的姐姐听到敲门声，不知会是谁，就先朝已经起床靠在客厅沙发上流泪的凤妹看了一眼，凤妹也听到了敲门声，抬头道："许是厨师姐姐，我用家里的电话通知了他在上海的姐姐，告诉了她厨师的事，顺便也说了你家的地址。"

两个女人就都站起来，迎着门去。

打开，门外站着两个人，一男一女。女的自然是厨师的姐姐，长得不是很美，单薄瘦小，但干净清秀，眉目里有一股灵动的聪慧，有民国女生的气质。她两眼发红，脸上还残带着泪痕，一看便知是一路哭着来的。见了凤妹，眼眶潮湿起来，先看凤妹的脸，又看凤妹的肚子，未语便先落泪。旁边的男子，个高肩宽，穿一套灰色休闲服，姐姐觉得眼熟，但一时想不起是谁。二人进屋，厨师姐姐只顾哭，男子自我介绍道："我是她朋友，她知道弟弟的事后，悲痛得不知如何是好，我不放心，就开车陪她一起过来了，有什么事，可以搭把手。"

姐姐给各位泡了茶，锅里炖着鸡汤，又做了别的菜，招呼几个人一起吃饭。姐姐给凤妹舀了鸡汤，男子细心地夹了菜放到厨师姐姐的碗里，看得出，他对她很关爱，非一般朋友关系。

凤妹没胃口，不动筷子，姐姐逼着她把鸡汤喝了。其实从早到晚，姐姐几乎什么都没吃，胃空荡荡的，却没什么食欲。一切都发生得太突然，姐姐从清晨到现在，一直处于恍惚不真实的状态中，头重脚轻，身子也虚空了，像个被吹起来的气球。

努力喝下一碗鸡汤后，姐姐额前出了层细汗，脑子也清醒了不少，有些记忆又涌了上来，关于老街的，关于姆妈和瓶姨。家里造房子那会儿，因为潘水的事，自己像得了场大病似的，姆妈和瓶姨就强迫自己不断地吃东西，食补气，吃得下，睡得好，这身子才能有元气。又想起王汉，小镇上的人胃口不佳时，都会去他店里吃碗馄饨，王汉的馄饨也是可以接气的。

男子与厨师姐姐说着话，姐姐细听，不是上海话，像是江西广丰话。也就一瞬间，姐姐突然打了个冷战似的，忆起年初回湖镇时，在上海做保姆的秀香搭了东家的车回到小镇，她带着东家到院子里来与姆妈说话。那个穿休闲服、谈吐得体、始终牵着高挑漂亮妻子的男子，是秀香的东家，是两个儿子的父亲，也正是眼前这个对厨师姐姐照顾有加的人。姐姐记起，他姓吴，做五金外贸生意的，老家也在江西。厨师姐姐也是江西人。江西广丰人。姐姐听得懂广丰话，因为自己的外婆也会说广丰话。

知道男子的真实身份后，姐姐心里着实吃惊，虽然明白感情世界的复杂性与多面性，但仍旧无法真正坦然接受这眼前所见。姐姐抬头细看了一眼厨师姐姐，瘦小、干净，眉目间除了敏慧还有忧愁，这忧愁并非一日所生，该是长久挣扎与纠缠所留下的痕迹。如她这般冰雪聪明的女子，怎么可能不知道自身的处境？只是深陷其中，失去了进退的果断与气魄，或者因了始终可以接收得到来自于他给予的“爱”的信息，抱了天真的幻想，隐忍着在暗处潜行。

姐姐自个儿惊心动魄了一小会儿，却不想表露出来，甚至都不想和凤妹提起，一点也不。

第二天，厨师的父母从江西赶来杭州，脸上全是悲伤惊恐和迷茫，是那种不愿相信儿子已经离去却又不得不接受现实的悲痛。

厨师后事办完，凤妹选择把孩子留下来。

厨师家里自然欢天喜地，厨师母亲抱着凤妹又抹眼泪又含笑，儿子走了，至少留了个后在这世上。

旁人自有担心，之后的路实在太不容易，但凤妹态度坚决："我要这个孩子，是厨师的孩子，我心甘情愿。"

厨师姐姐给凤妹重新租了房。凤妹把奶奶从老街接到杭州来，白天仍旧去商场上班，晚上回家。屋里有明亮的灯，有奶奶，有热汤热菜。

日子继续往前。

18

妹妹大学毕业，她不想离开杭州，姐姐替她在女友的公司里找了份工作，她做不到两个月就走人了。

问她原因，说是工资低，同事不好相处。这期间，也不知道在哪里认识了一个做走私摩托车生意的男人，交往不久，便从姐姐那里搬了出去，与他住在了一起。男人看起来高大气派、老练沉稳，皮鞋和头发一样油亮，喜欢穿细格子西装，比妹妹大十多岁。

第一次，妹妹带他来见面，姐姐想着和他说说话，可他一下子说要去洗手间，一下子说有个紧急的电话要打，拿起电话站到门外边，嘀嘀咕咕地说个不停，很是忙碌的样子。后来姐姐跟着妹妹和他在外面吃过两次饭，姐姐在餐桌上挑些话说，他倒是回答得有模有样，像是见过些世面，对妹妹很是用心，每一道菜上来，都先夹了放在她的碗里，极会察言观色，妹妹稍一表示，他便知道递纸巾、递勺子、拿茶杯、拉椅子，是个会哄女人的主儿。

每次饭后，他便借故去洗手间，长时间不出来。妹妹说，他现在一批货被扣在海关，手头有点紧。姐姐道，手头紧没关系，只要肯做事便行。但私下里不免奇怪，再紧也不至于连顿饭都请不起吧。

妹妹就这样跟在他后面混着，姐姐实在看不下去，让出一家商场里的鞋柜叫她去管理。妹妹也闲得慌，这逛荡却又没钱的日子并不好受，立马应承了去，倒是做得认真。

又过了一个月，妹妹突然说要准备结婚了。

“和谁结？”姐姐问。

“明知故问，和他呀。”妹妹回。

“既然在一起了，还是再多了解了解。”姐姐道。

“你不就是想说结了到时又离多麻烦，可是，这一辈子长着呢，你能保证你以后结了婚就永远不离婚吗？”妹妹回。

姐姐看着她，虽是亲姐妹，但知她脾气，许多话塞在胸口吐不出来，也清楚，即使吐出来，她也不会听。

过了两天，妹妹说要借钱。

“为什么借？”姐姐问。

“借了装修结婚的房子，他老家东阳有房子，房子是他的，装修的钱我出，就当你借我陪嫁的嫁妆，父母给不起嫁妆，我向你借总可以吧？我替你管几年店，还你。嗯，就当提早给我的工资。”妹妹道。

“多少？”姐姐问。

“十五万。”妹妹回。

“我一时半会儿根本拿不出十五万，你也知道为了市养老院的那幢楼，虽然有银行贷款，但我几乎拿出了所有的积蓄。”

“你不帮是吗？”妹妹拉长了脸。

“帮不了。”姐姐回。

“你真是硬心肠。”妹妹生气走人。

隔天，妹妹又来找：“结婚大事，你一个做姐姐的袖手旁观，忍心吗？”

“你和谁结？”姐姐故意问。

“和他呀。”妹妹提高了嗓门。

“你和谁结，就找谁想办法呀。你盯着我有什么用？”姐姐心里恼火，但忍着不想发作。

“不是说了嘛，他的一大批货被压了，等拿回来，就会有钱还我的，也是我先填上而已，不装修，那房子住不了人。”妹妹道。

“那就等着他有钱了再结也不迟，是不是有宝宝了？”姐姐道。

“没怀孕，放心，就是想结婚，拖着说不定哪天就被别的女人给吸引走了。”妹妹回。

“他哪点比你优秀？你这样贬低自己，抬高他人？即便真在一起，我也很难相信会有好的结局。”姐姐胸口闷得慌。

“我看他哪里都比我好，人长得好，会体贴人，会做事，会做饭，甚至还会帮我洗脚，早晚连牙膏都替我挤好，在他人面前也特别绅士，有男子气，我怕自己配不上他。”妹妹回。

“你是真的被洗脑了吗？什么男人气，吃了几顿饭从来都是我掏钱。你见过他的朋友吗？他掏过钱吗？”姐姐直言。

“他没让我见什么朋友，他说他的那些朋友都特别好色，怕他们把我从他手里抢走，等办喜事时再说，到时由着他们羡慕忌妒去。还有，你怎么会那么势利，吃饭能吃掉你几个钱？哪个英雄没有落魄的时候？不是说了嘛，他手头没钱，一大批货压着。”妹妹朝姐姐直翻了白眼。

“有没有那批货还是个问题。”姐姐回。

“你不信，我信，又不是你嫁人，是我嫁，你只需要借钱给我就行，我说了，我会还的。”妹妹道。

“这样吧，我尽量想办法凑十万，但不是给他装修房子的，十万可以在城西做七八十平方米的房子首付了，写你的名，按揭你自己还，这样你也算在杭州有个屋了。你也知道，我现在自己还租着房子住。”

“这样也好，我这几天就去看房。”妹妹想了想，答道。

过了几天，妹妹找到姐姐，拿了一堆房产的信息资料：“我看中了运河边的一个小区，环境好，房子布局合理，首付才十二万，他说了，本来这钱都应当他出，但因为一时确实周转不过来，只能先出两万，再借你十万，他说手里有钱他马上就帮我还你，房子还是写我一个人的名。”妹妹兴奋地道。

姐姐想，这男人还是有手段的，难怪妹妹被他弄得神魂颠倒。

之后，平时在她面前少言寡语的妹妹，每天一个电话，甜言蜜语地催她给钱。姐姐知道，这不讲理的妹妹是吃定了她。父母没能力管，如果做姐姐的不管，又有谁管？就算替父母尽些责任吧。但又想，对一个已经大学毕业早已成年的孩子，连做父母的其实也不需要尽什么责任了。姐姐心里清楚，就一次，不能没完没了的，依赖惯了，还能管她一辈子？

那边银行还欠着款，这边就东拼西凑，给妹妹划去了十万。

一周后，妹妹突然消失了，一连三天没去商场。打妹妹电话，关机。跑到她住的地方敲门，没人应。在门上留了纸条，在电话里留了言，没任何回应。

又等了两天。姐姐每天晚上都做杂乱的梦，梦似混沌的水，晦暗的漩涡，像有雾气聚起，越来越厚，铺天盖地，云层滚动，深色的，灰色的，紫色的，又变成血色的，妹妹在漩涡中心，像是晚霞，金红的，有一股土腥味，那味道令人生畏，姐姐身上起了寒噤，身体重得动弹不得。

姐姐急，给杜安全打电话说起妹妹的情况，电话那边安慰姐姐："没事的，年轻人不知轻重，不定去哪玩儿了，再等等，真不行，就报警。"

第三天，妹妹打来电话。

"我在北京。"妹妹不急不躁。

"为什么不说一声？"姐姐急切地问。

"没什么好说的，被骗了。"妹妹回。

"被谁骗？"姐姐其实已明白。

"那钱我是要买房的，这千真万确。拿到你的钱和他给我的两万，整十二万，两个人是准备要去付首付的，可睡到半夜，他突然将我推醒，说要与我商量一件事，他让我把钱先借他周转一周，他说遇到一个可以帮大忙的人，只要拿了这钱去运作，扣在海关里的那大批摩托车就可以拿回来，到时不要说买一个小二居室，买十个大三居都可以。"妹妹道。

"你信？"姐姐一边气恼，一边在心里责怪自己当初不该把钱直接划到她的卡上，房子付款的时候，该陪着她一起去。

"他搂着我，说得那么真诚，鼻涕眼泪都下来了，我不想信也得信，每天活在他的甜言蜜语里，被他宠得像个公主似的，能不信吗？”妹妹愤愤不平的自嘲里终于有了那么点哭腔。

“嗯，你信，是因为你不去判断，不愿意睁开眼睛去看，有耳朵也不听，你听过别人的劝吗？”姐姐回。

“那天早上，他拿了钱走，我就再没见到人。他带我去过老家东阳，我追到东阳，才知事实上他在北京有妻儿，说他妻子在北京一家菜市场有个豆腐摊。于是我就追到北京，待了一个多礼拜，跑遍了所有菜市场，没找到人。”那么倔强自以为是的一个人，最终还是没忍住哭出声来了。

“你现在有什么打算？”姐姐问。

“再找两天，找不到就回去报案。”妹妹回。

“他写借条了吗？即使真找到了人，他也会反咬一口说是你借给他的，如何证明他是骗子？”姐姐道。

“我说他是骗子，他就是骗子，是软包，是乌龟王八蛋，要下十八层地狱的恶人，怪物，大骗子……”妹妹最终失控地边哭边喊，“必须报警，不能轻易放过他。”

姐姐知道她人没事，便对着话筒道：“冷静下来，先回家再说，有钱买票吗？”

“我死不了，死了就没人找他算账了。”她边哭边挂了电话。

从北京回来，姐姐去车站接她。整个人瘦了，眼眶往里陷，眼神却比以往更犀利，身体里含着一股无处可去的杀气，僵硬地生长出一些横冲直撞的力量，那股力量却与她小小的身子极不相称，似乎随时都可以将她压垮。她也不和姐姐打招呼，一屁股坐进车里，气呼呼道：“放心，给你打一辈子工，还你钱。”

姐姐也懒得理她，带她回家，给她做好吃的。妹妹吃饱饭，便趴在桌子旁看着窗外发呆，看着看着，就哇的一声哭出来，惊天动地的。

这一哭，怎么也止不住，时断时续，时重时轻，时而号啕时而轻泣，颤抖着肩，起伏着背，摇晃着脑袋，拉扯自己头发，抽自己耳光。姐姐递过纸巾，递过热水，又削了水果，然后回自己房间躺下，松开胳膊腿，全身酸痛，也实在是累。这十多天，因了妹妹的事，几乎没一夜睡好。

十分钟后，没了声响，姐姐从房间探出头来看，见妹妹趴在桌旁睡着了。

19

这日，杜安全约了姐姐去博物馆，关于良渚玉文化的展览。姐姐对每次见面都充满了期待，就像口袋里藏着秘密的珍宝。并不是因为杜安全懂艺术，而是他的得体以及对姐姐的懂。他知道姐姐喜欢或者不喜欢什么，知道姐姐的长处与短处，明白在某处引导姐姐，或者被姐姐引导。他在姐姐面前，是尊重的，又是放松的。

与杜安全在博物馆里走，姐姐的手被他一直牵着。他站在玉琮、玉璧、玉三叉面前，告诉姐姐："玉琮是良渚文化玉器中最具形体原创意义的器物，也是那个时代影响力最大的玉器。玉璧是良渚文化玉器中单位面积最大的器类，《尔雅》记载'璧圆象天'，其形制涵括了'天'与'日'两个概念，是日、月在天上绕行轨迹的物化表现。玉三叉也是良渚文化独创的玉器器型，是男性显贵者头部冠帽上特有的礼仪性装饰，其独特的造型，以及神人兽面图像的琢刻，充分显示出其别具一格的抽象化与象征性意义。这些，都是五千年前的王者之器。"

“是神，是天与日，是权力，是男人的权。”姐姐笑着回。

“你知道，玉也用来比喻人的高贵品质，那些典雅、纯洁的女性，都用玉来形容，你也美如玉。”每次他赞美姐姐的时候，都会自己先眯起眼笑。“我很少夸女人，因为会觉得不好意思。”杜安全道。

“嗯，你知道，我妹就是掉进那男人的迷魂药里，他除了嘴甜，会哄女人，我不知道他还有什么。”姐姐道。

“我不是骗子，千万不要把我与那样的人相提并论！”杜安全急了，故作生气，松开姐姐的手，顾自往前走。走几步，他转身，发现姐姐还站在原处，又折回来，重新牵住姐姐的手，“你眼睛这么明亮，像照妖镜，谁能骗你？谁都愿意被你骗。”

“你有什么可以被我骗的？”姐姐问。

“你不需要骗，我什么都愿意给你。”他笑。

两个人继续走，走到博物馆走廊的尽头，那儿有个小庭院，有桂花树。温暖的日子里，有桂花开，杜安全就拉着姐姐在树底下坐着。他伸长脖子，一口口吸空气里的桂香，姐姐也跟着学，长长地吸进来，满身甜蜜的香。恰好是午后，阳光打在姐姐的额头上，就如年幼时淹溺在衢江里准备闭眼的那刻，看到阳光透过水面打在她的额头，姐姐当时想，那该是她能看见的最后一道光了，可是，天地有恩，仍旧让一道道不同的光打在她的脸上，就如此时此刻的光，这光让姐姐内心涌起一阵强烈的感激之情，忍不住闭上了眼睛。

杜安全偷偷地亲吻了姐姐，湿漉漉的唇，姐姐怕被人看见，羞得满脸通红。他突然用力抱着她，让她的身体贴紧自己，疯狂地亲吻，他每次吻得都像是他生命只剩最后一分钟似的。许久，姐姐挣脱出来，气喘吁吁，“你真是蛮横。”庭院里寂然无声，只有桂树在阳光下折射出的影子，“你怎么不怕人看见？”

“我怕，可我情不自禁。”杜安全不好意思地笑。

这天，姐姐穿了件淡粉色蕾丝上衣，外面套一件宝蓝色的小西装，头上宝蓝色的毡帽上别着一个粉色的小绒球。一来，姐姐懂得怎么打扮自己，几乎无师自通，早前在小镇上，姐姐就会用缝纫机做各种自己设计裁剪的裙子，如今在穿着上，因为善于观察和体悟，更是如鱼得水，大方优雅，总是比别人时髦。

杜安全眼里聚着光，深深地看进姐姐的眼睛：“你知道你有多美吗？第一次见到你，就着迷，越相处，就越发觉得你好。我觉得你也喜欢我，可为何始终不愿意真正与我亲热，不信任我？两个相爱的人在一起，彼此有强烈的亲昵的需要，究竟害怕什么？”他说着又去吻姐姐，如饥似渴，双手轻柔地抚摩她的肩膀、胳膊、后背。姐姐隔着衣服都能感觉到他身体的热量，这样的热量让人难以抵御。不觉中，姐姐挺起胸，张开嘴，迎向他，浓香四溢，美妙可口。她把手拢向他的脑后，抚摩他那头柔软的齐肩长发，让他的脸更贴近。他疯狂地吻着，咬了她的唇，又舔了她的鼻尖，她闭上眼睛，轻轻地叫了一声，带着惊奇和快感，那头困在身体里的小兽被热吻与爱抚唤醒。

他撤回了手，抱着她，看到她满脸满脖子通红，身子温软，对她耳语道：“离博物馆几步就是我家，去喝点东西吧？”

姐姐点头。

几步之近，却似万里之遥，姐姐知道这次去他家不同于上次去吃饭。路上，姐姐反复问自己，愿意往前走吗？是的，愿意。担心吗？是的，担心。可究竟担心什么呢？姐姐自问。他是自己倾心的人，她能清晰地感受到内心对他涌起的爱欲。

姐姐进了门，屋子一尘不染，客厅的桌子上插了玫瑰，明白他原本早已经做好了准备。他牵着她进了房间，床上用品全是新换的，米白色的亚麻床单。床头柜的青花瓶里插好了粉色的郁金香，摆了杯子和香槟。杜安全将姐姐拉入怀中，捧起她的脸，凝视着她的眼睛："命运把你带到我身边，实在是件奇妙的事，我会好好珍惜。"

他吻住她，吮吸她的舌头，咬她的嘴唇，舔她的牙齿，用手轻抚她浓密的头发，将手伸进她的真丝衬衫，小心翼翼地摩挲她腰部的肌肤，然后缓缓向上，停留在那里。他轻轻地喘一口气，姐姐能明显地感觉到他手指的颤动。他搂住姐姐，两个人慢慢地躺在床上，他将姐姐拉到自己的身上。姐姐瘦，腰细，屁股大，但身子仍旧轻得像个少女，她的头发完全披散下来，他将手指埋进她那头光滑乌黑的长发里。

姐姐心里非常紧张。几乎没有一个男人见过她完全裸露的身体，她担心自己的身体不够美，不够结实，肌肉不够多，担心自己的乳房太小，屁股太大，担心两腿之间的毛太浓密，担心自己不够好。

姐姐害怕，害怕杜安全会觉得她的身体远没有他想象中的那么美。

杜安全坐起来，脱了外套，挂好，然后温柔地帮姐姐脱去衬衫和长裤。姐姐身上几乎没有什么了，除了胸罩和内裤，然而，她因为紧张，猛地站了起来。

杜安全看着她，四目相对。

"你太美了。"他低声呢喃。

姐姐笑了。他总是会在恰到好处的时候给人信心。他把姐姐重新搂在怀里，她不再像刚才那么紧张，差不多放松了些。姐姐感受着他温柔的双唇，他脸上的胡须的触感，她伸出手去触摸他的脸颊和耳朵，让手在他的脖子处行走。她想，这所有的一切，都是如此的微妙和美好。她觉得兴奋，体内似乎有东西在燃烧在融化。但是，当他真正准备进入她身体的时候，她还是觉得惊恐，她从来不知道那东西是这样的坚硬，她绷紧着身体准备迎接，可是，试了一次，疼得冒汗，她咬着牙，他又试了一次，她却不觉中惊叫了出来。

“噢，根本不行，我怕弄疼你。”杜安全变得小心翼翼，姐姐因害怕而收紧了的身子，一时间也根本无法松弛下来，两个人都太紧张，杜安全决定起身倒杯香槟，两个人躺在床上说会儿话。

“我之前从没想过，你还是个处女。”杜安全一边亲吻着姐姐的肩膀一边略带惊讶地低语。

“这没什么丢人的吧，并不是我保守，只是没机会给，没碰到合适的。”姐姐心里尴尬，语气尽量显得随意。

“那么多年，一次都没遇上吗？”杜安全问。

“之前认真地谈过一次恋爱，那次是准备要嫁的，但后来发生了些别的事。”姐姐坦诚道。

“什么事？”杜安全往姐姐的后脖子轻轻地吹了一口气。

姐姐便将与潘水如何谈恋爱的事，他老娘如何跑到她的院子里咒骂，潘水如何懦弱放弃，镇上如何流传着一些流言蜚语，甚至包括那天黄昏在街头撞倒男子被辱骂后想跳进衢江一了百了的事，一一道给杜安全。

“那时真的年轻，当街在众人的围观嬉笑中被人指着鼻子骂小婊子、二手货、烂在家里都没人要的东西时，那些语言真的如石头般硬邦邦地掷在我的身上，痛过之后仍旧留下锋利的阴影，阴影带刺，很长一段时间只要一想起，身体某个位置仍像被刀刮了般尖锐地疼。小镇围观者的嬉笑声会在梦里一次又一次出现，是被羞辱的、惊恐的无处可逃的孤独梦境。姆妈说过，唾沫可以淹死人，在我们那样封闭的小镇里，语言就是武器，足可以左右一个少女的命运，无处可辩，除非你可以逃离。”姐姐道。

杜安全认真听着，并不开口，只是将姐姐越搂越紧。

“当时一心只想着如何把生意做好，也确实没机会遇见自己看着喜欢的人。之后来了杭州，曾认识过几个人，一起吃饭看电影，但都提不起心劲儿，也远没到那种可以与对方水乳交融的地步，既然缘分没到，也没必要非得逼自己打开吧？”

“真打开也非常正常。不过，还好没打开。”杜安全淘气地亲了一口姐姐的鼻子。

“后来那个潘水呢？”杜安全好奇。

“自他老娘闹过，他离开我之后，我们就再也没有联系过，几年后他娶了一个哑巴做老婆，那次潘水老娘还私自让人来家里与我姆妈重新提过亲，是我离开小镇来杭州的前一年。没多久，潘水老娘也生病走了。这人生每一处都有转折，充满了最初想象不到的戏剧性。当时在小镇里所承受的委屈压抑和耻辱，现在回想起来，依旧能真实地感受到且心有余悸，但似乎也开始慢慢变得遥远了。”姐姐叹道。

“一个人，十岁时，二十岁时，三十岁时，再往上到八十岁、九十岁，每一个年龄段都不相同，因了不同的境遇，人的一生才有了丰富性，经历些事，总比不经历要好。”杜安全抚起姐姐的长发，放鼻前长长地嗅了嗅。姐姐喜欢这些温暖的细节，让人放松。

“有一次在王汉家，我和他讲小时候差点淹死在江里的事之后，王汉说：‘小时候经些事，大了就厚实些，以后遇到什么过不去的坎，就想想七岁临死前从水面打到你额前的那束光。有人救你，让你有了活下来的机会，无论好的，坏的，都权当是老天恩赐你的。’王汉的话，我一直记着，今天的一切，真像是老天赐给我的。”姐姐道。

“如果没有那个人救你，就没有此时此刻了。”杜安全拥了拥姐姐。

“嗯，真的就死了。”姐姐道。

“救你的人还有联系吗？”杜安全问。

“我没见过。”姐姐伤感地应道，随后将那个人的故事仔细地讲给杜安全听，“今年再回老家，我想自己去他的村子里找一找。”姐姐道。

“我陪你去。”杜安全轻抚姐姐的肩膀，以示安慰和支持，又低头亲吻了姐姐的唇。

“我曾有过一个女朋友，共同生活过半年。两个人在一起时，挺顺利的。后来她出国留学，最初几个月还有些联系，之后就越来越少了，听人说她一到学校就找了一个美国人，我小小地伤感了一阵子后，继续一个人逍遥，当然过程中也约过几个人，但没遇到合适的，我对短暂的恋情没有任何兴趣，这种恋情只会对双方造成伤害，我希望遇到一个可以真正愉快相处的，彼此都想得到对方全部的人，能够一路相伴着一起往前走的人。很幸运，我遇见了你。嗯，我希望这个时候和你提过去，不会让你难过和生气。”

姐姐想象了一下他与前女友肌肤相亲的样子，心里隐隐有些酸痛，但终究已是他的历史。面对他的坦诚，姐姐努力摇了摇头：“不会。”

“一般女人都不喜欢听男人过去的情史，很多女人喜欢刨根问底，逼着男人说这说那，很多男人觉得那些都是过去的事，女人愿意问，男人也就傻傻地答，答完以为就完了，可后果却很严重。女人一旦生气时，会反复抓住过去的旧事，醋意猛发，小题大做，甚至要死要活。我的一个朋友，就为这种事伤透脑筋，一再告诫我，千万不要和女人提过往的事，即使非说不可，也是用粗线条一笔带过最好。”杜安全托起姐姐的下巴，轻轻咬了一下道，“我知道你绝不是那种动不动就醋意大发的女人。”

姐姐笑：“如果真在乎一个人，每个人都会有醋意，只是看值不值得小题大做了。”

杜安全亲了一下她的前额，“你便是我的全部，放心，绝对没机会让你吃醋的。说到吃醋，我可真的是吃醋长大的。小时候，与外婆在镇上住，生病几乎很少送医院，肚子痛什么的，被外婆拉去灌两大勺醋，就又活蹦乱跳了。”

“外婆是个怎样的人？”姐姐问。

“外婆话不多，脸上总有一抹淡淡的笑，素雅清爽，皮肤白，眼睛清澈，现在很多姑娘小小年龄，眼神就浊了。外婆开心的时候，眼睛是会笑的，笑得就像是雨后的蓝天。镇上的人都喜欢到她家串门，她大方，人缘好，喜欢拿家里的东西出来给大家分享。她一直和我说，量大福大，心宽路远。心宽了，眼大了，脚下的路就活了。她不爱计较，遇上难过的事，独自待着抽几支烟（是自制的旱烟），便又站起来忙碌去了，仔细地抹桌子，擦灶台，屋子里永远一尘不染。她说，屋子净了，心便也跟着静了。”杜安全道。

“我姆妈很多地方像你外婆。”姐姐道。

“以前外婆的话我听不进，如今遇到些事，碰到些人，比如在学院里憋屈到不得不奋起反击时，就常常会想起外婆的话，有时也为自己的无聊争斗觉得可耻，但置身其中，不得不练就一套应对的本事，可进可退，既野蛮又文明。内心里孤傲、脆弱、自我得不行，其实都是他妈的装。有时确实也真的烦，回到家，我就喜欢边听音乐边整理屋子，什么都不想，专心地擦地抹桌子，一尘不染后，自己也清爽了。”杜安全甩甩头，孩子气地笑。

姐姐问：“没想到学校也那么复杂，把学生教好不就行了吗？”

“不是事复杂，是人复杂，不是我要复杂，是他们要复杂，有些个领导，其实根本不懂艺术却喜欢指手画脚，分派系，明争暗斗。对我而言，复杂的现实与闪光的理想并存。”杜安全道。

姐姐想起了自己的小学老师，以及那个被老师铰头发退学后来离开小镇的小兰，就和杜安全说起了班主任，以前的同学，小镇上的种种人和事，两个人似乎都在找话题聊天，都是想到哪里便说到哪里，彼此亲昵又放松。

已近黄昏，窗外夕阳的光洒在洁白的窗帘上，白日的喧嚣似乎淡了些，屋里有种别样的静，墙上能看到家具的影子，正是明暗结合、阴阳交融时分。

姐姐回到最初的话题：“你外婆还在吗？”

“不在了，我读大学那年，她走了，从查出来有病到走不到半个月，好歹没太受病痛的折磨。如果她在，她会喜欢你的，你笑起来时的表情与她像，性格脾气也像。”杜安全边说边转过身来，用手去握住姐姐的乳房，像握住一只小鸽子。他深情地看着姐姐，脸上重新充溢着渴望。

杜安全将姐姐拉近，紧贴着他的身子，姐姐感觉到他身体的变化，坚挺滚烫热烈。他亲吻她的额头、鼻子和嘴唇，动作缓慢而温柔，姐姐也是放松自在的，在他一点点的撩拨下，她做出了积极的回应。最先是被动的，随后是呼应着的。她将身体自然地贴近他，感受着他身体传出的热量。姐姐的主动，让杜安全变得更为热切……

他翻身，调整了姿势，谨慎里有勇猛之力，开始仍旧有些阻力，姐姐抓住他的臀部，同时稍稍抬起自己的身子，他使劲，滑入，姐姐疼得尖叫一声，接着，那种阻碍消失了。他在她的身子里，姐姐被点燃，四周涌起陌生而迷人的渴求，几分钟之后，姐姐开始懂得如何配合他的节奏，如江里的鱼，似奔跑的鹿，若屋檐下的喜鹊，又像芦苇丛中舞蹈着的白鹭，也像远山的线。姐姐思绪飘远又被拉近，梦幻又真实，是奇妙的、让人心跳的旅程。旅程中，她忍不住睁开眼去看他的脸，他也正看着她，低头亲吻了她的眼、她的唇，边亲边呢喃着："噢，萍儿，我的萍儿。"

他应该是真挚地爱着的，这种念头让姐姐深为触动，想到当初潘水绝情离去、古旧封闭小镇里的流言蜚语、一个"被弃女子"所要承受的悲痛与屈辱，长途漫漫，从夹着尾巴"躲"，到主动迎向生命每一步的转机，如今又迎来这生命中如此心甘情愿且美好的第一次，她的眼角不禁滚出热泪。那泪滚烫地从眼角滑落到耳后根继而浸入黑发间。这让她想起绕湖镇而行的衢江，江水绵长不绝，她内心祈祷自己和杜安全的爱情也会是如此，温润久远，相伴白头……

20

凤妹的肚子越来越大了，快五个月时，姐姐陪她一同去省妇幼保健院做产检。早早去医院排队，挂号，又在长长的队里等着，一直熬到近中午，才叫到凤妹的号。两个人进去，医生先拿过挂号单，然后问：“准生证带了吗？”

“什么准生证？”凤妹问。

姐姐也搞不懂那是什么东西。

医生上下扫了眼凤妹，语调缓缓往上，拉出细细的余音：“你结了吗？”

凤妹问：“什么结了吗？”

医生道：“结婚。”

凤妹尴尬地回：“孩子爸走了，没来得及结。”

“既然走了，不要你了，为什么还要替他生孩子？”医生不耐烦。

姐姐看着医生霜冻茄子似的脸，心想，她一整个上午不知看了多少个病人，心烦也是正常的。

“我怀孕了，他突然出事故死了，我找谁结去？”凤妹硬生生地回答。

“那就是未婚先孕，没准生证，规定不给检查。”医生推回凤妹的病历本，面无表情地朝门口喊道，“下一位。”

“为什么不给检查？”姐姐没弄明白。

“听清楚了，没准生证，就是不合法的，违反计划生育政策的，上面规定不给检查，有问题找上面去。”医生头也不抬地回答道。

“上面是哪里？”姐姐问。

“上面即有关部门，具体找谁，自己查去，我只负责产检。”医生提高了声音，面无表情。

凤妹茫然地看着医生，欲言又止，犹豫着该不该站起来。

姐姐看着心酸，过去扶住凤妹的胳膊，拉她起来，两个人一前一后往门外走。门那侧，被叫到号的，由老公小心搀着的大肚子迎面而来，凤妹本能地让了路，眼眶一红，蓄了泪，但没滚下来，用袖儿一抹，继续往外去。

出了医院，外面白晃晃的光，刺得人眼痛。“去哪里弄准生证呢？”姐姐不无焦虑地问。

“不知道，他没结过婚也没生过孩子，我也没有孩子，以为不会违反计划生育政策的，可以合法生下来的。”凤妹道。

“我们总是把事情想得太简单。”姐姐道。

“是啊，远非我们想象的那样。”凤妹伤感起来。

“以前常看到镇上有大肚子孕妇被抓走，但那都是家里已经有孩子了的，敢超生的大多都是没有正式工作的，有正式工作的都不敢，如果超生，夫妻都会被开除工作。连工作都没了，怎么敢养孩子？镇上粮站有个工人，屋里已养了一个孩子，妻子不小心又怀上了，好像节育环没起作用，这妻子有病，医院不敢打胎，肚子就这样一日日见大，生下来当天，便偷偷送人了，说是送人，其实是寄养在乡下亲戚家，隔些时间悄悄去看一下，也不让喊爸妈，就喊叔叔婶婶。还有瓶姨，她家有两个女儿，公婆想要个儿子，怀上了，最初也没人管，等肚子大到几乎快生时，突然却被拉去引产了。”姐姐一想起瓶姨，这白晃晃的天似乎就暗了暗。

“之前也没顾那么多，就是一心想保有这个孩子。这是厨师留在我生命里的念想。我想给他留个后，也是一分情义，再说了，我实在不忍心伤肚子里的孩子，一条命呀。厨师知道我们有孩子的那天，下班回来特意带了一瓶酒，他平时不沾酒的。那晚他喝得满脸通红，抱着我亲，说很多很多肉麻的话，你知道，他平时嘴笨，并不是那种会说情话的人。那晚他对我说：‘我知道你觉得我嘴笨，我懂怎么说情话，把人往好的地方使劲说，整日地说爱着想着思念着，谁不爱听？可我就是开不了口，觉得油腔滑调的，我更愿意实实在在地照顾你，陪伴着你，把你整个儿地装在心尖里。’他对我那么好，是我生命中第一个真正怜惜我的男人，真心实意疼我，我甚至都不敢告诉他我那难以启齿的往事，怕他会离开我，可是我知道即便真告诉他，他也不会离开我的，他是那么真诚实在的一个人。我就是怕，没敢提，但总是觉得有愧于他，我明白，像我这样的女人，能遇上他，是天大的福分。我一心想给他生个孩子，和他安安静静地过日子。你知道我输卵管堵塞，吃了那么久的中药，如今怀上了，心里是真欢喜，天不怜我，就这样突然把他从我身边带走，如果我不要这个孩子，我与他的一切也就全断了，没了任何念想。我只想着要留下他的血脉，直到现在才明白，生孩子要准生证，那必须先得有结婚证，有结婚证才可以去领准生证，可我找谁结去呀？”凤妹一脸的黯然，“我知道那些超生的孩子，没有准生证，即便生下来，孩子也是没有办法报户口的，报不上户口，就是黑户，不能上学，长大了也没有身份证，找工作什么的都会有一堆麻烦的，我该如何是好？”

“要不花钱找个人结了，先拿个准生证，然后再离？”姐姐突发奇想。

“谁愿意呀？”凤妹回。

“找他的父母商量商量？看看江西那边有没有办法？”姐姐又道，“我认识一个给我做头发的师傅，他是江西农村的，年纪轻轻，生了四五个孩子，我曾问他怎么可以生那么多，他说没人管，因为想管也管不了。他的工作四处换，从深圳到北京，从北京到上海再到杭州，他的孩子都是在外地生的，平时回江西过年时，就托人找关系送些礼物，请几顿酒，花很少的罚款就把户口给上了。”

“我回去就给他家打电话，问问那边的情况。”凤妹眼里有了些光亮。

凤妹孩子的事，就此搁下不言。

这边，姐姐与杜安全亦是日渐情浓意蜜，难舍难分。每天都要见面，每次见面，总有聊不完的话。

“娶人，就要娶个可以聊天的人。我身边很多人离婚，倒真不是因为别的，而是两个人早已没办法聊天，看似住在同一个屋子里，却孤独到遥不可及。所谓的色，年轻的肉体，都为了逃避窒息的现实。很多婚姻，表面看起来花好月圆，其实早已貌合神离。以后，我们两个人再忙，即使有了孩子，每周都要余出几个小时，两个人静静地坐在一起，喝茶聊天听音乐，如果生活中产生什么误会，也要及时沟通消除，这是约定。”杜安全孩子气地伸出手指头来，与姐姐拉钩，眼里闪着烙铁的光。

姐姐时时会被他的眼神烫着，满脸绯红。他动不动就捧起姐姐的脸亲，左边一下右边一下，快乐地道：“我实在喜欢你脸红的样子，你虽经历种种，但仍保有天真，让人无比心动。”

姐姐含笑，脸烫得更厉害。绿枝蔓从脚底生长，花儿开遍全身，千朵万朵，安静又缤纷。

姐姐知道，爱一个人就是身体可以在他面前开花的感觉。

爱一个人，就像是经了漫长的冷冬，遇了春风。春风拂过，万物全都哗啦啦地柔软了起来。越柔软，越爱。

好的爱，可以让人自觉温润圆满。

身如燕，似平地升仙。

定了关系后，姐姐带杜安全回了趟湖镇老家。

他在父母面前谦和礼貌、得体大方。一到湖镇，杜安全便拉姐姐去了趟菜场，挑选了一篮子菜回来，随后脱下外套一头钻进厨房。

他实实诚诚地在父母面前露了一手：清蒸白条、龙井虾仁、盐水毛豆、椒盐河虾、马兰头拌豆腐、冬笋肉丝、红烧肉。

他的菜清淡却保有了食材原本的味道，合姆妈的胃口，几道菜品下来，姆妈嘴角全是笑。肥而不腻入口即化的红烧肉则是父亲的最爱，吃得他满腔油润、频频点头："手艺不错。"

"伯父伯母，以后来杭州常住时，我天天烧饭给你们吃。"杜安全甜着嘴道。

父母互相对视了一眼，又朝姐姐笑了笑，不答，但眼角都是喜色。

午后，两个人牵着手出门，一路低声絮语。姐姐脚步欢快，笑眼飞舞，自在放松，这种感觉，类似于小时候过年时放肆地玩耍的心情。每逢过大年，父亲就会收敛他的脾气，嘴里净拣些吉祥的话说，因为过年时发脾气会吓跑财神，说好话可以讨彩，父亲迷信，即便孩子们做错了什么事，也会忍着，过完正月十五再找他们算账。

与杜安全牵手走在街头的感觉，让姐姐忆起早已淡去的孩童时的快乐记忆。两个人穿过老街，往王汉的馄饨铺去。

街头，遇见了国文。

国文，那个嫁给燕飞父亲的女子。这么多年来，姐姐都是在心里高看她一眼的，因了她身体里暗藏着的那股不怕镇上人嚼舌头、为了爱可以粉身碎骨的倔强。国文如蛇，柔若无骨，不动声色，步步为营，以她的热烈执着，最终钻进燕飞父亲那条深不可测的幽长隧道。

她迎着姐姐走过来，拉开嗓门问好："好久没见，今天回来走走？"

姐姐开心地回："嗯，带他走走。"姐姐指指杜安全。

"男朋友？很帅，很般配。"国文笑，咧开缺了一颗门牙的嘴。

"这你儿子？"姐姐摸了摸国文怀里抱着的男孩。这男孩长得虎头虎脑，乌黑大眼，三岁左右。

"嗯，本来没想要孩子，但几年前怀上了，便要了，他也是老来得子，欢喜得很。"国文边说边亲了一口儿子。

"你牙齿怎么了？"姐姐问。

"前两天摔了一跤，掉了，还没来得及去补，说话漏风。"国文用手捂着嘴，发出带风的笑声来。

"嗯，有空到我妈家里来坐。"姐姐边说边往前走，心里一阵感慨。当年那个娇小的女子，着了魔似的非要得到那足足大自己一倍有余的男子，那股儿炽热狂野的爱，几乎点燃了整个小镇，以男子拥她为怀、娶她为妻而告终。此波伏，彼波起，镇上寡妇光天化日之下惊天动地的咒骂，又让小镇的人明白，原来小镇暗藏了那么多他人不知道的秘密，镇上那些自以为肉眼可以洞察一切的人，也无法穿越层层黑夜，看透所有人的底细。

如今，往日之波早已平息，国文发了福，生养了儿子，成了摔掉门牙也照样能够在街头发出漏风大笑的妇人。

不过，这仍旧是姐姐羡慕的，以兵来将挡，水来土掩之气势，灼热地去爱，去抓住，随后热烈地去生活，那幸福之气从摔掉了门牙的大嘴里溢出来，满身的知足常乐。

在同样的小镇里，另一场不堪的感情，却以一个懦弱者的离开而告终。姐姐突然清晰地忆起潘水写的那些信，在她耳边说的那些话，甚至忆起他被阳光照得明亮的脸以及笑起来眼里灿烂的光。自己曾经被他点亮，由他牵着一步步顺着他的梯子往上爬，遇了风遭了雨，他的楼梯便不见了，置姐姐一个人于半空而不顾。姐姐从天上摔下来，摔在小镇人的口水里……

回忆如弄堂风，阴飕飕地从后脖子吹过，吹得姐姐起了一身鸡皮疙瘩。旁边的杜安全靠近姐姐，牵上姐姐的手，笑嘻嘻道："这孩子看着可爱，等结了婚，我们也养一个大胖儿子。"

姐姐往他身上靠了靠，仰起头，这暖暖的午后阳光让姐姐眯起了眼，在光里深深吸口气，踮起脚尖儿，吻了吻他的下巴。杜安全搂住姐姐，情意绵绵道："我未来的孩子他娘。"娇小的姐姐整个儿便全都在他的怀里，珍惜之情，在深处涌动。

到了王汉处，杜安全站着朝王汉鞠了个躬："王伯，终于见到您了，萍儿与我说过很多您的事儿。"

王汉用下巴朝里指了指，姐姐领着杜安全，找了个空位坐下。因为是午后，店里没什么客人，王汉一边做馄饨，一边与杜安全闲聊。话题停停走走，却行云流水般，似飞鸟和落叶，话虽不多，却互相都踩着步子，一环扣了一环，别有趣味。

这是姐姐第一次正式带男人去王汉的店铺里，临别时，姐姐在王汉的眼神里读到复杂的内容。

王汉一看杜安全的表情和言语，便知两个人是要奔着结婚的方向去的，姐姐岁数也已不小，之前也经了些事，但婚姻的筐太大，要盛的东西太多，路又太长，这一脚踩进去便不知是深是浅。杜安全长发及肩，艺术气质浓郁，极聪明通达却因此少了更为重要的厚实与沉淀。王汉又看了眼姐姐那张依旧清秀干净的脸，以及站姿里蕴藏着的妥当和稳重，觉得两个人倒是可以互补，便平静地道："一日日踏实地过，一日日过完就是一生了。"

杜安全连忙点头："谢谢王伯，记住了，我会对萍儿好的，放心。"

王汉低头刷碗。

姐姐笑而不语，心里却是感动的。这句话，是他给出的祝福，最朴素，最难得，也最难守。

从馄饨铺出来，两个人往衢江边走。

街头十字路口的麻将馆关了，开了一家连锁超市。两个人沿着台阶下了埠头，顺着江边散步，看成群的白鹭在芦苇丛间轻盈起舞。就那么静静地坐在埠头的台阶上，面对着衢江上的船以及远处的青山，听姐姐讲小镇上的故事，童年，寺庙，老塔，绿皮火车，满天星月的夜晚，还有那个将她从江里救上来的男子，两个人决定第二天去恩人的村子，试试运气。

恋人絮语如江水，绵绵不绝，一对人不知不觉中在江边一坐便是几个小时，直到暮色四起。

仍旧牵着手，与菜地里的老农、外面玩耍累了的小孩们一起走回小镇。桌上已摆好晚餐，四人坐下，喝酒吃菜，杜安全频频敬酒，拣些父亲中意的话题说。晚餐后，杜安全主动要求洗碗，姆妈连连摇头："你是客人，哪有要你洗碗的道理？"

"我喜欢洗碗。"杜安全笑道，帮着姆妈收拾碗筷，进了厨房。

小镇的夜静得出奇，就像飞鸟嘴里掉下的一颗种子，沉入深山。入夜，两个人躺在床上，共同遥想将来，给未来的孩子取名字，计划着要一起去行走的地方，将来要做的事，以及目前正在做的事，又细细追忆起各自繁盛多枝且丰盈的往事，似乎有永远都说不完的话，语言如溪水流淌。实在累了，方才抱起准备睡去，窗外竟响起公鸡的鸣叫，小镇已经开始从沉睡的夜里缓缓苏醒过来，一寸寸地发出些属于白天的声响……

第二日吃早饭的时候，姐姐和父母提起想要去之前救过她的恩人的村子看看，顺便打听一下情况。

父亲道："你难得回来，多陪陪姆妈，我这几天有空时，再去趟那个地方，仔细问问情况。"

姐姐看向姆妈，姆妈便应道："你在家时间少，下午又要赶回杭州，我原本还想和你一起走路去买菜，母女俩聊聊天，父亲帮你去问也是一样的。"

姐姐转身看向窗外，满院子的光，她下意识地摸了摸自己的前额，觉得多年前那束穿越水面打到她额前的阳光，仍旧还在。

杜安全道："那我们就在家陪父母，如果真有消息，我们可以专门再回来。"

姐姐想了会儿，认真对父亲道："一定要帮我去看看，心里一直记着这事，没他救我，我是肯定没了的。"

父亲安慰道："放心放心。"

21

从湖镇回杭州后，杜安全就开始计划结婚的事。姐姐去了两次广州，又回了趟老家，看大楼的进展情况。

这天在商场，挺着肚子的凤妹对姐姐道："孩子已有七个月，可根本不可能拿得到准生证，厨师父母那边也想不出什么办法，我想去做检查，也不敢，怕又被医生数落。"

姐姐便托人，找到一个朋友的太太，他太太在一家医院做B超，说是同意帮忙做个B超。姐姐带着凤妹去了那家医院，去了B超室，检查出来后，说胎儿正常，怀着的是个男孩。

"男孩好，免受女人要受的罪。"自厨师走后，凤妹嘴角难得泛起笑意。

又过了一个多月，一天晚上凤妹打电话给姐姐："刚才家里的门被人敲得梆梆响，吓得人腿脚发软。门外站了三个人，两女一男。隔着门说话，说是居委会的，他们要查我的准生证。"

"然后呢？"姐姐心跳加快。

"我奶奶听见那可怕的敲门声，吓得不行了，嘴唇发抖，脸色蜡白，她嘴里念念有词，担心他们把我抓走。她这辈子，为我，承了太多的罪，这心脏，受不了惊吓。我赶紧先去厨房给她倒了杯热水，给她喂了片药，想扶她进里屋，她又死活不肯，只好安顿她在沙发上靠着。敲门声不断，不敢不开门。开了锁，他们挤进来，面无表情，倒还好，至少没有动手，只是黑着个脸说要看准生证。其中一位道：'你可能每天早出晚归，也没人注意到你的情况，不过还是有人举报，说从来没见过你家有男人，该是跑出来偷生的。'我说了我的情况，他们说：'我们都是听故事长大的，不管你有什么故事，没有准生证就是违反计划生育法，三天内，你必须做好决定。'"

"还有人举报这个？到处都有操闲心的人。三天内，要做什么决定？"姐姐又气愤又慌张，一想到那么单薄的一对祖孙，面对急躁粗野的敲门声，觉得心焦。

“他们没说，是不是让我自己去医院堕胎呀？”凤妹那边已有抑制不住的泣声。

“不行！还有个把月就生了。”姐姐坚定地道。

“孩子会时不时地踢我，很调皮。不管如何，我都必须要保住这个孩子，我应该尽快离开杭州。”凤妹道，“但我也不想回到湖镇，怕镇上的人问东问西，闲话满天。”

“这不急，我们明早再商量，看来他们也没有要急着抓人的意思，先睡觉，醒来再说。”姐姐安慰道。

姐姐一夜睡不安稳，想来那对祖孙也是一夜难眠。

一大早，姐姐接到凤妹的电话：“睡不着，脑子乱，快天亮时，正迷迷糊糊想睡一会儿，有人在外面乒乓敲门。奶奶吓怕了，身体直打哆嗦。我起来，通过猫眼看到门外站两个女人，其中一个是昨晚来过的。不开门也不行。两人进来，新来的那个还算是客气，她道：‘我们不想了解你个人的事，但你住在我们这个小区，如果我们明知你没有准生证却不上报、不采取措施，我们所有人今年的奖金就全没了，个别人还会得到上面的批评和处罚，所以呢，建议你暂时离开这里，生完孩子后再回来，这样此事就与我们无关了。’”

两天后，凤妹挺着大肚子，拖着受了惊吓身体虚弱的奶奶匆匆逃离杭州，去了厨师的老家，江西的某个小镇。

不到一个月，凤妹在镇上产下一名男孩，取名“王江杭”，厨师姐姐的那个上海“朋友”背后找人打点，解决了男孩的户口问题。

又过一个月，凤妹抱着满月的孩子，带着奶奶，回到杭州。那个没有父母在身边的小女孩、跛脚叔叔的亲侄女、被奶奶带在身边在街头叫卖饭团和零碎布头的孙女，如今成为了一个真正的母亲。

王江杭出生的那个月，姐姐与杜安全正式结婚。

两个人都不想摆什么酒席，婚纱照也免了，找个喜欢摄影的朋友，穿上平时喜欢的衣服，去九溪十八涧拍了几组生活照。洗出来后，效果很好，树林、茶园、阳光、小溪，最美的是双方眼里明媚的爱。

杜安全的房子做新房，稍稍装修过，客厅内是全套的实木家具，仿明代的，他乡下木匠朋友的作品。姐姐在卧室的床头边挂了一幅杜安全的字，是杜安全第二次与姐姐见面时送的礼物《心经》。

婚后，姐姐随杜安全去了敦煌。姐姐第一次与他出远门，在他身边，发出阵阵娇憨无邪的笑声，体会到种种欢喜与自在。

爱是一种药，有了它后，可以在普通里见到不寻常。

杜安全先是带着姐姐到了敦煌，之后回到兰州，去了青海，又从青海去了西藏。

离开西藏的最后一夜，姐姐梦到自己还是个小女孩，独自走在一个陌生的城市里，城里满街的枯树，遍眼所见，全是灰蒙蒙的，似雾非雾，没有汽车，没有公交车，也没有行人，除了能在角落里碰到一两个瘦得皮包骨头露宿街头的老人，整个城市几乎没有任何呼吸。小女孩搞不懂自己从何而来。来此究竟为了何事，正在十字路口徘徊不定时，突然从路的另一边跑出一群恶狗，眼睛发绿，饿得肚皮贴骨头，它们把她视为鲜嫩的肉，直奔她而来。小女孩狂跑，一直跑，跑得心脏似要爆裂，几近眩晕，双脚越来越沉，身体越来越重。一条跑在最前面的恶狗跳起来扑向她，吓得她拼尽全力尖叫，那叫声所用之力，几乎折断她的骨头……姐姐醒来时胸闷恐慌，想起这离奇古怪的梦境，一时恍惚不知身在何处。清醒后，更是茫然不知所措，想起手里要做的事，翻来覆去，难以入眠。

杜安全被她吵醒，问道："怎么啦？"

姐姐叹口气："想家。"

他在黑暗中安慰道："我在呢。"

姐姐呢喃："嗯，我的安全，我的家。"

杜安全在被窝里摸索，寻到姐姐的手，握住，轻声道："萍，有一点我们要知道，所有的人都会离开你，生你下来的父母有一天也会离开你，只有内心的力量，是永远不坏的种子，它是你永远的家。"

姐姐不说话，想起梦里之境，犹觉心痛，平日听他那些道理，还能接受，此时听来，越发烦闷，便在黑暗里将方才的梦境细细告诉了他。

杜安全轻抚姐姐的背，又道："我知道你心有所困，也许是那些成长过程中积蓄下来的旧的、暗的让你恐惧的东西，其实那些被困的东西早已不存在，是我们自己将它们锁住，因而受困。"

姐姐躲在杜安全的怀里，任凭回忆波浪般层层涌来，闭嘴不语。

凌晨寂静的旅馆，有一股混合了糌粑及各种酸奶制品的厚实气味，味道稠密而空气稀薄。

杜安全轻抚姐姐的背，继续道："做人做事，都有无尽的愁烦，但是，你要容得下，笑得起。"

姐姐忍不住笑起来："我成弥勒佛了。"

杜安全也笑："为什么不可以？不过我只要你心大就行，肚子千万别大，除非那里有宝宝了。"

姐姐踢了他一脚，他哎呀一下，嬉笑起来，搂住姐姐，亲她的嘴，全身使了蛮劲，转个身，将姐姐紧紧压在了怀里。

大肚包容，了却人间多少事。

满腔欢喜，笑开天下古今愁。

多年后，姐姐一个人站在北京潭柘寺弥勒殿内，读到这副对联，便清晰地忆起那天晚上杜安全讲的话，虽如前世，却像刻在心尖。

22

姐姐与杜安全从西藏回到杭州的第二天，就接到姆妈打来的电话："瓶姨走了。"

"什么叫走了？"姐姐没反应过来。

"喝农药走了。"姆妈道。

"没人发现吗？"姐姐惊问。

"发现时立马送去医院了，洗过胃，折腾了许久，没活过来。"姆妈声音低沉。

"我得赶回去。"姐姐说。

"人都走了，你最近这段时间一直在外跑，最好别再来回赶了，再说都已经入棺了，不是福寿，不能久留的。"姆妈道。

"为什么要走呀？"姐姐不甘。

"听说杭州回来后，吃了一段时间药，似乎好了些，可好了不长时间，又不行了，整天缩着，莫名其妙地哭，整夜不睡。那天住隔壁的婆婆去做早餐，闻到一股农药味，跑去两个孩子的房间，孩子都好好的，又跑去她的房间，可能是半夜里喝的药，人已经不行了。"姆妈说。

“孩子怎么办？”姐姐问。

“能怎么办？”姆妈回。

“能帮的忙你就尽量多帮些，给那两个孩子留些钱。”姐姐对姆妈道。

“会的。”姆妈在那头回应。

接到电话时，姐姐正在商场的鞋柜里看货，周围人来人往，世界喧哗繁盛。挂断电话后，姐姐有虚脱感，又有恶心难受的眩晕呕吐感，额头浮出层虚汗，起身拖着虚软的身子，去了洗手间，一个人呆坐在马桶上，忆起那年春天骑自行车去买砖造新房时和姆妈去她家见她时的样子。她那春风明媚的笑，山泉叮咚的说话声，如泡沫，如烟花，破裂，消散，不留痕迹。百感交集，悲从心起，眼泪不知不觉中漫出眼角。姐姐第一次觉得，生命真的就像是从时间里虚构出来一般，看似真实，有血有肉，有爱有恨，有喜有悲，可一晃眼，却无影无踪。

姐姐手指发颤，拨通了留存在手机里的那位替瓶姨看病的医生的电话，告诉他瓶姨自杀了，问他为什么。

医生在电话那头沉默了许久才开口：“我手里的病人实在太多，常会听到这样的坏消息，我也无能为力，很多抑郁症患者受不了折磨会自杀，不是不愿意走出来，是没有能力走出来，旁人看她似乎没病没痛，可她却如活在阴暗潮湿之中，无光无色无希望，生不如死的感觉，不是常人可以忍受的。”

放下电话，姐姐心里有更强烈的悲痛和自责。原本应该再去看看她，陪陪她，原本应该带她回杭州复诊。她肯定有过无数次要走的念头，也有过强烈的挣扎，她肯定努力过，想将自己的肉身保存在这世上，看孩子长大，与丈夫一起老去，她最终还是放弃了。她定是饱受困顿，度日如年，一心只求解脱，才会如此决然抛弃肉身，了断一切折磨。还是自己心不够细，不够温暖，以为带她来杭州看了一次病，就尽责了，以为平时托姆妈送几块钱就没有事了，就从此不再与自己有关了。人都是那么自私，偶尔主动帮一次，也是为了不让自己内疚，为何不再去扶一把？再多一点付出？往她的黑屋内，再添洒一点光儿，或许可以带她再走一程，也许能重新帮她回到光里，能闻到声看到色。

自己曾经渴望成为她那样的人，拥有她那样的笑，那么喜欢靠近她，听她说话，感受她的好。后来她被某些力量打垮了，心堵住了，眼不再清澈了，向内缩了，然后病了，如今消失了，与这世上的一切都彻底无关了。

像读小说一样，读完了最后一页，翻到了尽头。

灰飞烟灭。

从商场出来，走在大街上，姐姐恍如隔世。行人匆匆，他们忙忙碌碌，早起晚归，日复一日。姐姐置身于熙熙攘攘的人群中，每个人都在拼命奔波，为一点小事大吵大闹，为一点挫折要死要活，为一点小利斤斤计较甚至头破血流，似乎从来不曾停下来想过，这世界之大，到处可以转身，这路途之长，得与失并非眼前所见。

人的命，含在瞬间的呼吸里。

停了，命便没了。

脆如薄纸。只是执念如山。

回到家，杜安全还没下班，屋里冷清清的。姐姐头重脚轻，感觉自己一直往下沉，世界如一块大海绵，身体在海绵之上，往下塌陷，陷到没有尽头的空洞里，伸手去抓，什么都抓不住，脑子一片白茫茫。

姐姐洗了手，拖着身体，空着肚子，和衣上床，觉得冷，觉得累，觉得沉，又似要飘浮起来，似睡非睡，夹在梦的边缘。床是大海，姐姐的身子像是风里一叶小船，摇晃得厉害，翻江倒海，晕晕沉沉，似乎被某些力拖走，晕睡过去，却被另一种力从梦里挤出来。茫然糊涂，头痛欲裂，一时迷糊一时清楚，如此反反复复，身子发着烧，喉咙干渴，全身滚烫……

瓶姨之事，让姐姐心有薄如蝉翼的绝望之感，虽薄却重，压得姐姐喘不过气来。脑子里一片雾茫茫，空洞阴郁，悲痛难抑。梦里醒来后，静卧黑暗中，双手抱胸，将身体蜷缩起来，身体冷热交错，胃部隐隐作痛。无助孤凉之中，又跌进虚梦里，竟然见到潘水。他远远走过来，拉着她的手，一直笑，在森林里，有泉水声，有艳丽的花和新鲜的草，又似有猛虎叫……一半意识在梦里，一半意识在梦外，如此这般反复，再次进入杂乱的梦境。梦里闪过小镇、衢江、潘水老娘、火车、人群、小偷、姆妈、妹妹、凤妹、小兰以及老街上那些熟悉的脸。每一张脸每个场景全都是单独的、不连贯的，在没有故事的背景里，他们出现又消失，没有对话，没有表情。随后又梦到那个孤独的灰蒙蒙的城市，街上没有行人和车辆，街道两侧全是枯树，一群饥饿的野狗在城市空无一人的商业中心奔跑追赶，姐姐看到狗的前方有个人影。梦里，姐姐可以飞翔。她越过野狗，跑到那个被追逐者的身边，伸出手去想将她拉起来，逃离野狗，可是当姐姐将手伸向她的时候，后面成群的野狗紧扑上来，撕咬她的身体，没有尖叫没有声响，只有清晰的影像：饥饿疯狂的野狗，以及瓶姨惊恐而绝望的脸。姐姐看得清清楚楚，那个被追逐的人，是瓶姨，那张脸，是瓶姨的脸。

姐姐被吓到了，魂飞魄散，撕心裂肺地尖叫起来。姐姐被自己的尖叫声惊醒，心口沉闷，呼吸短促，浑身无力，像是在雨林里经历了几天几夜长途跋涉，又像是穿越漫长黑暗的隧道，也像是从空中跌落下来，置身于一片雾状的混沌之中，疲软地瘫在床上，全身虚汗，自己都能闻到衣服里冒出的阵阵酸味。

梦境完整清晰地留存在姐姐的脑袋里，瓶姨那张惊恐绝望的脸被无限放大，大得铺天盖地，遮住了所有的一切。

眼泪滚进后脖子，姐姐回想起姆妈的电话、瓶姨死去的事实、傍晚从商场回来后和衣倒在床上，一直到现在，现在几点？

卧室里一片漆黑，客厅里没有任何动静，窗外也极安静，杜安全呢？他怎么还没回来？姐姐在床上缩着，身子虚弱，全身胀痛，头晕乎乎的，嘴唇干裂，肚子有明显的饥饿感。

姐姐又静静地在黑暗里躺了一会儿，方才勉强支撑着坐起来，开了灯，拿了床头柜上的皮包，打开，取出手机，有两条未读短信和一个未接电话。

第一条发信时间是下午七点二十八分：“萍儿，今天请假，与北京来的一个画廊老板、国外回来的一个策展人，还有几个外地的商人吃晚饭，策展人是我们院领导的好朋友，不去不合适。”

第二条发信时间是凌晨十点五十二分：“十点多给你打了电话，你没接。他们喝了很多酒，一定要拖着我去唱歌，我实在想抽身回家，可他们远道而来，不好意思让他们扫兴。你先睡，别等我。”

姐姐看了下时间，凌晨三点。

姐姐给他拨了电话，无人接，不甘心，又拨了一次，仍旧无人接。

额头发烫，喉咙冒烟，姐姐晕乎乎地起床，去厨房烧了水，又找了些药，草草看了几眼说明书，胡乱吞下几片药，头重脚轻地移回到卧室。眼皮重，重新躺下时，又给杜安全打了个电话，依旧无人接。

蜷了身体，沉沉地闭上眼睛，身体烫，心里凉，有些新鲜的忧伤，从心里涌起。克制着情绪，倦意伴着发烧带来的身体反应，沉进浮躁的睡眠里，不宁的梦境，碎片式的，断裂开来的，不安的，似真非真的，一半清醒一半迷糊，似乎听到开门声，听到脱鞋声，又听到有东西掉落在地板上的声音，以及冲马桶声和冲澡声。姐姐彻底醒来，窗外已见淡白，抓起床边的手机，已是凌晨五点半。

姐姐侧着身，闭着眼，忍着莫名其妙的怒火，安静地躺着。这是杜安全第一次应酬到天亮，之前对她百般疼爱，今晚却不管不顾她的死活，巨大的反差与失落，让姐姐心里怒气难平，可转念一想，事实上他并不知道自己突然生病的事。如果大吵一架，会如何？虽有心发作，却无力应战。

他轻手轻脚地走进卧室，脱衣上床，在姐姐另一侧躺下来，沐浴液的气味里混合了难闻的酒气，没过一会儿，就听到他发出浓厚混浊的鼾声。

姐姐在愤愤不平的委屈中，听着他那长短不一的鼾声，恍恍惚惚间又痴睡了过去，醒来已是早上七点，窗外的声音鲜活起来，是新的一天开始的声响。

经了一夜的昏睡与折腾，姐姐虽觉得疲惫乏力，全身酸痛，但继续躺着却也是煎熬，于是摸索着起床烧水煮粥，喝了杯淡盐水，又去冲了个清爽的热水澡，浴室出来后，屋里已有粥香。姐姐盛了碗热乎乎的小米粥，一口口喝下，身体里添了元气，有了热量，脸颊上出了层薄汗，感觉好了些。

八点半，杜安全仍旧蒙头酣睡。

姐姐虽仍有倦意，但外面有一堆事等着她去处理，再则她不知道自己的情绪是否适合留在家里面对杜安全起床时的样子，想想便留了张纸条在餐桌上：“昨接姆妈电话，知瓶姨去世，悲伤难忍，加之长途旅行，身体虚弱发烧，中晚饭都没吃，回家后和衣上床，一夜低烧，胡乱昏睡，半夜打你电话不接。锅里有粥，冰箱里有小菜。我出门办事去了。”

一天内，收到他好几个电话，姐姐都忍着没接。“有什么可说的？不就是一套早就想好的说辞，用来对付我的情绪。”姐姐想。

晚上回来，屋里飘着音乐，客厅里插了鲜红的玫瑰，餐桌上摆满了他的拿手菜，其中有姐姐爱的红烧肉以及绍兴霉干菜鲜笋汤，满屋子的热气腾腾。

“你知道，男人和女人不一样，大多数男人好玩，好斗，好虚荣，一旦喝了酒，就更变本加厉了。昨晚吃过饭，喝过酒，吹牛胡扯，几个男人兴奋劲儿上来，一定要去卡拉OK唱歌。你知道我是讨厌去那种地方的，我一心只想回来抱着你说说话，听听音乐，远比陪他们跑去那种乌烟瘴气的地方扯开嗓子乱吼乱叫享受多了，找了几个推托之词，可脱不了身。他们找了卡拉OK厅里的小姑娘陪唱，唱完已经凌晨三点多，又说要去吃海鲜消夜，我想那时候你肯定睡沉了，就由着他们去了，送佛索性送到西天，如此一折腾，回来就快天亮了。不知道瓶姨的事，更不知道你身体的事，不然，打死我也是不要在外面待着的，你以为好受，简直活受罪。一想到你昨晚一个人在床上低烧无人照顾的样子，我心里万般内疚，说什么都没用，希望鲜花可以让你的心情好起来，我亲手做的饭菜可以让你的身体好起来。”没等姐姐开口，杜安全便先做了一番解释和表白。

“打你电话怎么不接？”姐姐尽量表现得平静。

“未接来电是我今天早晨睡醒后去包里找手机后才看见的，昨天也不知按哪儿了，手机一直静音。”杜安全抱着姐姐，“对不起，下次一定注意，今晚多吃点，补补身子，我特意炖了甲鱼，还专门做了红烧肉。”

他拖着姐姐去洗手，又将姐姐抱起来放在餐桌旁的凳子上，给姐姐夹菜舀汤，用汤匙盛了汤想喂姐姐。姐姐不理，自个儿拿了汤匙，低头喝汤，鲜美的热汤将心里郁结之气融化。

姐姐缓缓道：“以后没必要的应酬尽量少去，如非去不可，吃完饭谈完事便该早回，如此熬夜，对你身体没好处。”

杜安全道：“我其实非常讨厌应酬的，酒菜多了对身体不好，酒精中毒、肝病、胃病、心血管病，饭局饭局，很多有命进去，没命出来，我不抽烟，可依旧要忍受着满屋子的烟味，饭后还要泡脚、按摩、K歌，有些人变本加厉，去风月场所，甚至还跑去赌，真是越玩越远。很多男人，每顿几乎都在外面吃，有事没事也要叫一批人在酒桌上联络感情。我已经是非常有自制力的，实在是推不掉才去，再说，作为一个男人，也不可能一点应酬都没有，周围都是这样的一个状态，我也不能清高到与世隔绝吧？反正听你的话，我尽量不去，我也实在是希望有更多清闲的时间可以搞创作。”

姐姐道：“太多无聊的饭局，就是染缸，就是怪圈，很多人像是中了毒瘾，深陷其中，却不知是在透支生命。”

自此，杜安全有两周没去“应酬吃饭”。

第三周开始又有些实在推不掉的饭局，饭后即归，后来，偶尔又有晚归。如此这般循环，饭局、泡脚、夜宵、凌晨归、道歉，渐渐就成了常态。

依了杜安全的话："饭局实在太复杂，水深得很，与其说是吃饭，不如说是'炼心'，我也是身不由己！"

23

1998年冬天，姐姐生下了一个胖儿子。老家市里的大楼也已盖好，共十六层。一二三层是商场，四层至十六层做商品房。弟弟结婚，继续留在老家，暂时和父亲住在一起，平时帮姐姐做些商场的管理及维护工作。杜安全成了学院领导人之一，应酬比以往更多。

妹妹自从被人骗了钱后，满怀仇恨无处可报，也无处可去，白天在商场里替姐姐做事，晚上百无聊赖，便租些碟片回家看。去得多了，就与店主熟悉了，店主会主动推荐一些好的电影给妹妹，妹妹还碟时，两个人会聊些对电影的看法。一来二去，就各自喜欢上了。他比妹妹小三岁，除了那个小小的碟片出租店外，私下里也贩卖些走私香烟以及药丸什么的。

没几个月，妹妹就迷他迷得不行，她告诉姐姐："他虽然比我小三岁，但思想成熟，做事老到，才华横溢，总有一天他会出人头地，做出一番大事业来。"

"什么大事业？"姐姐问。

"别瞧不起人好不好？"妹妹朝姐姐翻白眼，一脸不悦。

"这不是交流吗，关于将来的事业，他有过什么想法和思路吗？"姐姐耐心地试着与妹妹交流。

"我们俩心灵相通，可以彻夜长谈，谈电影诗歌小说，旅行、绘画、艺术和人生，我们以后要一起去伦敦、巴黎、纽约，背包周游世界。”妹妹道。

“有没有谈到现实中的一地鸡毛？”姐姐笑问。

“你为什么总是那么扫兴？能不能有点理想？”妹妹硬邦邦的口气，满脸的不屑。

“再远大的理想，也得吃喝拉撒呀。”姐姐已经习惯妹妹的态度了，淡定地回话。

“有点格局和情怀好不好，不要老是被什么鸡毛鸡毛的困住。”妹妹拿出一支烟，点上，开始恢复她的刻薄。

“你什么时候学会抽烟的？另外，我不知道什么是格局，只知道生活不易，我也有梦想，也爱小说电影和诗歌，但也知道每天必须脚踏实地地生活。梦想可以追，是走路追，还是坐上火箭追？可坐火箭也得先赚够买票的钱吧。”姐姐回。

“妈抽了一辈子烟，你怎么不去问她什么时候学会抽烟的？你嘴里别老是钱，不提钱又不会死人。”妹妹拉着个脸。

“你今天来找我没什么事吧？”姐姐问妹妹。

“我不想一辈子都跟在你屁股后面，最近看中一个要转租的店铺，想自己出去开家时装店。”妹妹低着头，放缓了口气。

“这个想法好。”姐姐道。

“得有资金呀，要租店面，要到处出去找货源，要找个人看店，你得帮我。”妹妹抬起头来，吃定了姐姐似的。

“怎么又要我帮你，既然要独立，就该自己去闯。想当初，我一个小工厂里的女工，没读过大学，手里没有一分钱，不也这样走过来了？”姐姐道。

“别老是什么大学不大学的，我是读了大学，有什么用？你当时想做生意，至少有人借你五千是吧？借你钱的人还是几竿子打不着的表舅，你是我亲姐，你有能力帮我，为什么不帮？我又不是不还你，我知道，上次已经有过那件不甚光彩的事，但那个钱，我暂时没能力还，以后开了店，赚了钱，有能力了，会一分不少地还给你，你放心，我人穷志不穷。”妹妹声音又大了起来。

“错一次是错，同样的问题，连续出错，便是笨。我看这个小伙子，也不合适。”姐姐道。

“你别总是看不起人！我知道我上次被人当傻子骗的事，一直让你看笑话。”妹妹咄咄逼人。

“我有什么笑话可看？你那被骗的钱还不是我辛苦赚来的？我去车站接你，照顾你，帮你租房子，你还要怎样？人不能总是强迫别人接受你的逻辑，有时候也要换个位置设身处地地替别人想想，即便不赞同，也多少可以体会一下别人的难处，换成我是你，你会怎么做？”姐姐问。

“如果我是你，二话不说，让你拿钱走人。”妹妹气鼓鼓道。

“是什么让你认为我必须毫无理由地帮你？你是我爹还是我妈？”姐姐心里不悦。

“你连自己的亲妹妹都不帮，铁石心肠。”妹妹说完就站起来气呼呼地往外走，把门摔得天响。

冷不丁，听到这般带了怨恨的摔门声，姐姐还是受了惊吓，手脚软了软，想起妹妹走时的那张脸，气得心口痛，起来自个儿下去。

真是越没本事，自尊心越强。弱得如此理所当然，借钱借得如此蛮横无理，摔门摔得如此理直气壮。

之后，妹妹每天来找。

姐姐故意拖着，一周之后，方才凑了八万块给她。

“记着，帮得了一时，帮不了一辈子，没人会是你的救世主，这是最后一次。”姐姐道。

“放心，别那么小气，会还给你的。”妹妹顶嘴。

“帮你不是我必须的本分，你开口闭口说人小气，你自己呢？你老是用这样的心态对人，有什么好处？”姐姐问。

“别担心，我会还你的。”妹妹的嘴从来不饶人。

“我帮你，难道仅仅是为了等着你还我钱吗？我只是希望你做事为人多用点脑子，每一分钱，都不易。”姐姐忍着性子，心平气和。

“别操心我了，钱我拿了，可以走人了，你眼不见心不烦，倒是好好操心你身边的人吧。”妹妹回敬了一句。

姐姐知道妹妹话里有话。妹妹一直觉得杜安全找姐姐，是图姐姐的钱。“一个大学教授，一个艺术家，找一个做生意的女人做老婆，图什么？”妹妹曾经的原话。

一天夜里，姐姐随意地问靠在枕边翻书的杜安全：“你怎么会找一个做生意的人做老婆？”

杜安全一脸的困惑：“什么叫做生意的人？做什么仅仅是职业，最重要的是，你是什么样的人。就像杀猪的，有酗酒的杀猪匠，也有喜欢研究中药的杀猪匠。我外婆的小镇上，有一个杀猪匠，家里有一本旧的《本草纲目》，他没事就喜欢拿在手里翻，自己上山采些草药，给人免费看病，镇上那些没什么钱的人倒是找他治好了不少病。”

“我是什么样的人？”姐姐笑问。

杜安全道，“先给你讲个故事。两年前，我陪我们院领导出去应酬，偶遇一高人，旁人称他老叶。这老叶在民间做投资十多年，家底深厚，极为低调，从不接受任何采访，穿一布鞋，一件洗旧了的T恤，走在街头，谁也不知道他是谁。他在那儿一坐，看似眉眼浅笑、气定神闲，但聚气凝神，祥云一团。我之前也见过一些眉飞色舞、笑傲江湖、侃侃而谈的投资人，可他却绝口不提他的投资之术。桌间有人问他何以不败，他说，除了做足市场大方向和所投公司的研究，他的心几乎从不跟着市场起伏。又问，何以不起伏？他说，实修加读经。他对自己每天有严格的记录：大礼拜三百二十四个，莲花心咒一千遍，百字明三百二十四遍，心经一百零八遍，六字大明咒一百零八遍，五大愿一遍。他说读经念咒能开七万二千脉结，使人心气顺畅，明智长慧。旁人又提到某部特别的经书，他淡笑：'能修这部经的人在中国不到十人，我们这个圈内，资产不足一百亿者，更不足以修它。'我就想，这人看似道行很深，其实骨子里却极为孤傲。难道普通人就不能修那本经书了？当下就对他失去了兴趣。我父亲在我十一岁时生病去世，母亲一人拉我长大，两年前的秋天，她突然生病离世，我顿觉世事无趣，加之在学院里被人阴毒排挤，还被人造谣我与女学生有暧昧关系，某人向上面写领导的检举信却恶意署上我的名字，我的创作受阻，没有真正可资慰藉的佳作……那真是个多事之秋，外呼内应，竟然病倒了，灰暗无光的日子，悲痛去世的母亲，惊叹世事人心之险恶，耻辱于无端的流言，时觉气愤难平，心中焦虑苦楚自不待言……病愈之后，我经常早起去西湖边跑步。一日跑步时突然就想起那日老叶所言，一时似有顿悟。做他那一行的，从几个零开始，赚到十多个零，就如唐僧西天取经，要经多少难、要打多少妖、要爬多少山、蹚多少河，每往前一寸都是磨炼，得在那个危机四伏的泥泞里跌倒滚爬多少次，得多少个起死回生，得多少次绝处逢生，才能养成定力和功德，遇妖打妖，见怪斩怪。那些增加上去的零，就是他自己的经书。当一个人在他用生命历练出来的经书上读经时，心自然一下子就通透了。普通人，跌一次就倒下了，死一回就足够了，而他们，绝境里一次次重生，都是有大能量的人。”

姐姐听着，看了眼床头挂着的他最初送给自己的心经，感慨万千。

杜安全继续道：“你对我而言，做什么不重要，重要的是，你是我想要的那种人。你从小镇里走出来，坚持做自己的事，坚持阅读的习惯，从不放弃学习，你身娇弱，心坚韧。”

“有你说的那么好吗？”姐姐笑问。

“是的，你并不知道你自己的好，就像你并不知道你自己有多美，一切于你都是自然朴素的存在，不作不造。我见过很多太作的女人，实在吃不消。有时想想，我真是幸运，无论在外面经历了什么，一想到回家就可以看到你，心就定了。”杜安全认真地看着姐姐。

姐姐看着杜安全笑。

杜安全也看着姐姐，随后放下手里的书，突然将娇小的姐姐“野蛮”地拖进怀去，伸手熄了台灯。

这边刚熄了灯，那边房间就传来了儿子的哭闹声。姐姐想要起来去看个究竟，却被杜安全紧紧摁住：“不是有阿姨嘛，放心，没事的。”姐姐心神不定，趣味顿减，竖起耳朵，听阿姨在卧房与厨房之间来回地走路声，又听儿子哭声渐息，这才聚起神来，回应早已激情澎湃的杜安全。

妹妹取走钱后，十多天无音信，姐姐不放心，打电话过去追问，那边道：“店铺已经租了，在外面进货呢，放心，人在，钱也在。”

细细想来，姐妹俩多年来都不曾真正好好地交流过。妹妹从来不曾真正试图去了解自己的姐姐，她之前本能地认为，姐姐放弃读大学，就是失败者，而姐姐平时无论读什么书，对她而言，都纯粹只是为了打发无聊的时光，做生意更只不过是谋生而已。妹妹考上大学后，心高气傲，看什么都不顺眼，也不知哪来的那股劲，更不知从何处生出的气势，就是觉得自己比别人好，比别人优秀，大家都不如她，满身体里长出一堆无根无土的盛气凌人来。大学毕业后，眼高手低了一阵子，经了一些事，得了一些疼，碰了几次壁后，心气降了不少，也想试着去做生意。

姐姐知道生之艰辛，也知人人都有种种的不易。

自到杭州做生意以来，姐姐接待过从老家来的各种人，每个人都拖着一堆难解之事、离奇之痛、言不尽之困顿，姐姐尽着心力去帮。也时常会遇到一些之前并不熟悉却通过各种渠道找来的人，他们敲开姐姐的门，提出不合情理的要求。无论怎样，姐姐本着一个原则，求上门来，能帮多少就帮多少。多数时候，姐姐是他们的救命稻草，是菩萨，但也是过路的桥、提款的银行和冤大头。

父亲有个远房亲戚，住在离湖镇不远的汪镇，这天一大早，将姐姐家的门敲得咚咚响。

请进屋来，让座。

姐姐递上热茶："真是稀客，听父亲说起过你，身体还好？"

他接过茶杯，并不喝："我是与你父亲一起长大的，有一次他在江边玩水，差点淹死，是我将他救起来的。你父亲从小贪玩，上山下河，泥鳅似的，那次要是没我，他差不多就玩完了，当然，也就没你了。"

姐姐抱着儿子，淡笑，拿一片苹果，给儿子磨牙。

他喝了口水，接着说："我母亲与你父亲的母亲，是同一个外婆，她们以前关系很好，之前一直走动，后来老人走了，家里孩子多、杂事多，顾不上来，就走动少了些，但你小时候，我还是常去你家的，你姆妈炒得一手好菜，那一碗青椒炒肉片，真是够火候，够味道，你看现在说起来还要流口水。”他吞下口水，继续，“我母亲与你父亲的母亲，年轻时去武夷山找她们在那儿工作但久没寄钱回来的外公，那可是一路走去的，身上也没钱，一人背了一些干粮，干粮吃完了，就边走边讨饭，找到外公后，才知道外公也好几个月没发工资了，但在外公工作的合作社食堂里，她们美美地饱吃了一顿，你知道吃的是什么？”他又咽下一大口唾液，看着姐姐问道。

“真不知道。”姐姐笑着回。

“野蘑菇炖肉，大白米饭。”他露出被烟熏得焦黄的牙，“这一顿饭，她们几乎记了一辈子，真是个香呀，我母亲到死还记得。”

“嗯。”手机响，姐姐接了一个电话。

“现在大家条件好了，这些听起来都是古话了。”他道。

“嗯，听起来还是有感触的，我也苦过，不好意思，刚才商场打来的电话，平时这个时候，我早出门上班了。”姐姐挂了电话对他说道。

他并没有回应关于姐姐要上班的事，而是道：“你那些苦不算什么，你看，你现在什么都有，有夫有儿有房，商场里开着好几家店，老家还有一幢大楼，真是我们祖上几辈子共同积累的德呀。”他道。

姐姐听他在“共同”之处咬了牙，发出重重的拖声来，心里觉得有趣，便忍不住又笑了一下。

“我前几年摔了一跤，左脚摔坏了，走路还行，但不能干重活，周围人都出去打工赚钱，我只能守在家里开个小店铺。现在儿子大了，找了个女朋友，想结婚，可家里的三间旧房看着寒碜，人家姑娘说不盖新楼就不嫁进门。我当爹的不能眼睁睁地看着儿子打光棍吧，想来想去，没人能指望得上，这所有连得着边的亲戚里，就你最能干。这不，今天一大早，我就厚着脸上门，找你小辈帮个忙，借大伯五万，造房子用，以后有了马上还你。”

姐姐原本以为他来杭州，顺便来串串门说说旧，心里想着临走前给他五百一千的表个孝意，可这一开口就是五万，姐姐心里清楚，这基本就是有去无回的。

姐姐遇到过那类借钱的人，他们会一直装糊涂，如果敢向他们提还钱之事，他们肯定会说：“我有钱哪会不还你呀，你以为我愿意欠别人钱？如果有什么可以凑起来给当铺，我都愿意立马去当了还给你，可我什么都没有，没办法呀。”私下里，他们又会说：“那么有钱，还牢牢记着借给我的那点钱，真是越有钱越抠门，还生怕人家不还她似的，怎么可能不还呀？欠人钱自己也睡不踏实，可是这还不出怎么办？拿命去还？唉，人穷志短呀。”就一直拖着，其中有一个拖到他离了婚，换了老婆，买了房，可欠姐姐的钱，还是一万个理由汇成一句话：“暂时真没能力还，会还的，放心。”所以，所有借出去的钱，姐姐基本不问，真想要还的，自己会急着还回来，不想还的，催也无趣。

“我也是不得已才开口，靠一张老脸碰碰运气，我平时几乎不出门，为了这一脉香火，我是自个儿摸黑起床，赶了半夜的火车，一路问到你这儿，现在肚子还饿着，早饭都没来得及吃呢。”

姐姐决定先带他去附近的饭店，伺候他先吃饱。

吃饭时，他又道：“看你现在这生活过得，大家都只有羡慕的份儿呀。我们这一脉祖上的风水肯定好，不过到这一代，全都聚到你这儿了，你气势大，都被你吸走了，我们连锅边汤都没喝上一口。”

姐姐第一次听到这番理论，竟然理亏了似的，不知从何处下嘴，看着他一边大口地吃，一边止不住地絮絮叨叨，姐姐心里竟然莫名地伤感起来，对人性之复杂、生活之艰难的心酸，以及更多说不清滋味的无奈和同情。如果当初自己不咬着牙，一步一步往前走出一条自己的路，或者父亲也会为了儿子的婚事，或者别的什么应急之事，如此这般地厚着老脸，坐在别人面前求助吧。

“这事儿，我实在是厚着一张老脸来求你的，无论怎么，你都得帮一把。”他吃完饭，放下碗筷，又一次苦着脸强调。

吃完饭后，姐姐带他去银行取钱。

实在开不了口说任何拒绝的话，父亲当年的命是他救的，自己有今天，是一个人独吞了祖上的风水。自己是那个欠账的人哪，姐姐自嘲。

“实在抱歉，手里现金就这些，做生意也不像您老人家想的那么容易，这两万，您老到时能还就还，不能还也没事，就当我孝顺您的。”

“这话从何说起，能不还吗？我们做人，人穷志不穷。”

两个月后，姐姐照常隔几天一次打电话回家问候父母，聊些家里的一些情况，又问到关于寻找那个救命恩人的事。

父亲道：“我去过几趟了，没消息，也和村支书打过招呼，万一他与村里有联系，就告诉我一声。”

电话里，姐姐随口与父亲提起他表哥来杭州借钱的事，父亲惊讶道：“这就奇怪了，我前两天还在镇上见到他，他说家里正准备造房，他出来忙些事，我还特意邀他来我们家吃了饭喝了茶，可他竟然半句都没提及向你借钱的事。”

姐姐心里自有不悦，听父亲在电话那边气愤难平，便安慰道：“也许忙着聊天，事多，忘了，正常的。”

“这怎么可能正常？为什么不说？你知道吗？是因为他不敢说，他是看我们家楼旧，没好意思提你给他钱造房子的事了，如果我们家也有气派的高楼，他就不会不开这个口。”父亲在电话那边提高嗓门异常生气。

姐姐张着嘴，一下子愣住了。父亲的话，如伸长的手臂，粗暴地将姐姐用力地摁在一堵墙上。姐姐忆起一次次被父亲暴打的情景，拿着电话，血液翻滚，浑身发颤。

弟弟结婚不久，姐姐出了首付给弟弟在老家县城里买了婚房，又出钱给妹妹开店，自己也结婚生子。儿子出生后，父母常会来住些时日，妹妹有时与男朋友有矛盾了，也会搬来住几天，又添了住家阿姨，杜安全的那套旧居就显得拥挤，必须得换一套大的，一个月前终于决定与杜安全在杭州买了房，正在装修。旧居离他学校近，可改作成他的独立工作室，这些都是当务之急，这里里外外，姐姐一路来几乎没有停歇过。

老家的房子，其实也并不旧，只是与竹笋一样冒出来的新楼相比，显然并不出众，父亲一直觉得脸上无光，要盖新楼，姐姐知道，弟弟妹妹都不会回去住，说是盖楼，其实就是为父亲盖个面子，而这面子，也全是姐姐一个人的事。真要盖新楼，也不能随便对付，要盖就得按了父亲的说法，盖成镇上最耀眼的那种，这并不是一笔小的数目，从投资角度来讲，也非常不合算，加之手头并不宽松，银行里一直有贷款，所以并没有将父亲盖楼的事纳入计划之中。父亲看着镇上的楼房越盖越大气亮堂，姐姐又从不提及盖楼之事，心里觉得憋屈，如今终于找到一个出口，大声抗议。

姐姐心里一时灰暗，沉默片刻，淡淡道：“按你向来的意思，我只是女儿家，如今更是一个嫁出门的女儿，就像你说的是一盆泼出去的水。我虽然一直在努力做着一个儿子本该做的事，但每一步也并非你想象的那么容易，如果你一定坚持要盖新楼，就请再等些时日吧。”

听了姐姐这番话，父亲那边停顿了片刻，或许也觉得自己的态度有问题，语气缓和了许多道：“我也没说现在立马就盖，盖不盖最终还是由你说了算。”

24

姐姐生完孩子的第二年，机缘巧合，有人向她介绍杭州某厂区的一块待拍土地。姐姐找了汪姐商量，将老家市里的大楼全部抵押给银行，又凑了一部分资金，拍得了那块地，工程队先垫钱，当时政府可以缓交土地出让金。两年后，资金回笼。接下来的几年内，姐姐收拢全部资金，关了商场里的所有店铺，集中全部精力在杭州做小型的商业房开发项目。

姐姐每天晨起有个习惯，必花半小时读国内外的政治经济新闻，凭了直觉，也因了杜安全介绍的那位做股票投资的老叶的推荐，在2005年，投进一部分资金在股市，2007年股市上六千点时，姐姐将手里翻了多倍的股票清仓。之后，股市一泻千里，多少人深套其中，姐姐除了庆幸，也有对市场深深的敬畏。不仅股市，也包括房市，市场里到处都涌动着机会，闪现着丰厚的利润与回报，只是风险难测，保有清醒心难。

有时两个人难得早早回家，一起晚饭后躺在沙发上闲聊。杜安全道，现当代艺术，风起云涌，就如某些政策，今天起明天落，被鼓励与被丢弃，只在数年甚至数月之间。人在这巨变之中，被各种机缘与力量推上浪尖，同样也可能被置于深渊。需要冒险与勇气，更需要判断与冷静，不抱侥幸之心，更别拿自己的自由为代价。今天给你吃肥，明天咬你手断。不要为做大而做大，雄心很多时候不过是欲望的泡沫堆积而成的。

姐姐心知肚明。不清之水，姐姐不涉。太好的利，三思。

有一次，一个朋友带姐姐去山东看一块土地，可以用很低的价格拿到手，非常好的项目，只要姐姐愿意投资，会有极为壮观的回报。仔细了解其中缘由，整个局里还夹有不可见的外部势力与深不可测的隐情，姐姐当下委婉拒绝。

杜安全时常会道："走到今天，回头看看来时路，前路更要谨慎。"

姐姐明白，她来时的路，是水库上方的那道光，是濒临死亡之前那双陌生的托她出水面的手，是父亲眼里的女孩儿，是她曾经生活过的小镇，是小镇老樟树底下那个属于"即将死去的老头们"的茶馆，是那条古旧保守的青石老街，是小镇上空飞扬的唾沫，是风铃脆耳的舍利塔，是老旧的寺庙，是小工厂里的操作台，也是那条她用了全部之力去追赶抢她钱包者的拼命之路……

姐姐道："今天的一切，都是额外的恩赐，包括你，包括我们的儿子，全部都是，我没有理由不谨慎。"

这一年的夏天，姐姐专门飞去广州，老太太病危住院，神志不清地熬了一周后离世。

姐姐陪着汪姐料理了老太太的后事，离开广州的前夜，两个人坐在冷清清的客厅里，城里的灯光依旧璀璨，这屋里却再也恢复不了之前的时光。汪姐道："下班回来，再也没人替我开门，屋里也不会有温暖的饭菜，老太太走了，我在广州的生活也差不多结束了，过些时日，等处理完我个人的事，会去加拿大与女儿一起生活。老太太那年托了你的福，又陪我走了一程，这十多年，我待你如亲妹妹，有些话，一直没能开口，去国之前，咱姐妹聊聊。我父亲去世早，我与母亲相依为命，我年轻时结了一次婚，有了现在生活在加拿大的女儿，先生爱赌，早年离婚后，他立马找了个比他小一倍其实刚刚够十八岁的女孩，连女儿最基本的抚养费都不肯出，找他问过几次，他说没钱。半夜一个人躺床上想想，靠他是根本不可能的，他要给，不用我问自然早给了，花那些心力与他纠缠，除了熬心，又能改变什么，还不如聚了所有的精气神，自己向前看。再痛也得顶过去，要对自己狠，快刀斩乱麻，前路才会开阔。我现在回头看当时的自己，唯一后悔的不是曾经与他有了女儿，也不是后悔与他离婚，而是明知他不合适，明知他逃避所有的责任，却仍旧让自己的情绪深陷其中。离婚后，虽然遇到过几个追求者，但却再也无心无缘进入婚姻。在我的世界里，始终认为女人要有自己的事业，当男人弃你而去时，至少你的事业可以保护你安然地活在这个世界上。之所以今天要讲到这个，是因为很多女人坚强努力了一辈子，自己有钱有房有事业，却仍将生活毁在自己的情感里，活得怨气冲天，凄凄哀哀。除了爱男人，这个世界还有太多东西值得我们去爱。女人如果能克服情感上的脆弱与依赖，在婚姻外，会活得更好，更自在，在婚姻内，也反而会更幸福和持久。你很要强，也懂温柔，会学习，有悟性，也希望能更冷静和智慧地去处理以后生活中可能会遇到的问题。”

姐姐看着汪姐的脸，这曾经陌生的女子，因了当初自己对老太太的本能之举，多年来，一直诚心待自己，自己有今日，大半是因了汪姐的相帮。想起最初来广州进货之心境和情景，加之这没了老太太的屋子里的悲凉，以及生死离聚之无常，还有她的这一番肺腑之言，不免喉咙收紧，泪眼蒙眬，有揪心之痛。

姐姐想了想，真诚道："我虽出身小镇，家境贫寒，但出生地与生之父母姐弟不可选择，无论他们如何，唯一能做的就是接受和以自己之力回报。虽没读过大学，但也从来没有一天放弃过阅读和努力。我知道脆弱无助的感觉，但我甚至都没有倒下去的资格，年老的父母要养，家人要照顾。别的我不懂，但知道，人活着，特别是女人，更得活一股劲儿，保一份尊严。"

汪姐看着姐姐，亲切地拍了拍姐姐的肩膀。

两个人各自发了一阵呆，双双望向窗外。许久，汪姐道："除此，内心里，我还有个心结，从来不曾与任何人提过，连我刚刚去世的母亲，我都不敢和她开口。闷了快一辈子了，想来想去，得吐出来。小学二年级时，我母亲的女友来接我去她家闲住几周。她住在一个小镇上，镇子不大，全是石头房，街上有水牛，有鸭子，我很喜欢那个小镇，整天到处疯野闲逛。有天午后，和两个邻居家的孩子出去玩，大的十岁，小的四岁。我提议去附近的水塘边用青蛙腿钓鱼，大家便去抓青蛙，又折了些树枝，将树枝铺在水塘边，大家趴在树枝上，把青蛙腿绑在自制的鱼竿上钓鱼。那个四岁的小孩好动，在水塘边趴了一会儿，就站起来四处走，一不留神，滑入水塘中。说是水塘，其实是个大坑，坑内的水不是很深，坑旁边有石块堆积起来，两米不到，最初是镇上人家养鲤鱼用的，如果顺着坑旁边的石头爬下去，有可能将那个四岁的孩子救上来。可是那个十岁的孩子吓坏了，他拉起我的手，没命地往镇外跑，一直跑，八月的时节，大人们都淌着汗在外面劳作，我们跑过他们身边时，却装作什么事都没发生。一直到了傍晚，我们方才溜回到小镇，那掉进水坑的孩子的父亲迎着我们着急地走来，问我们是否看见了他家的儿子，我们都装傻摇头。没多久，就传来了小孩子的死讯，以及小孩子妈妈绝望悲伤、长久不能停歇的号哭。我很喜欢那个小男孩，圆圆的脑袋，大大的眼睛，喜欢牵我的手，甜甜地喊我姐姐。大孩子拉起我跑时，那个在水塘里挣扎的小孩高高伸向水面的手，在想象中，几乎抓破我的心脏，让我疼痛难忍。我一次次回想，如果我能抓住他的手，帮他爬上岸来，那该多好，可是我没有。那个晚上，我几乎彻夜不敢入睡，半夜发烧，呕吐，我活在巨大的惊恐与羞愧之中。之后，我再也不敢去那个小镇。我无法原谅自己的见死不救，再多的追悔莫及，都无法换回那个幼小可爱的小如豆苗的生命。我一生都独自活在这个巨大的阴影里，每次夜深回忆，我都揪心难受，无法原谅自己。你现在能理解，当初你救了我们家老太太，我在医院走道上第一眼见你时，我虽表面冷静，可心里却怀有对过去的巨大疼痛以及对你的无比感激，那之后我为你所做的一切，对我而言只是举手之劳，根本都不值得一提。”

姐姐抓住汪姐的手，深深看着她依旧自责痛苦的眼睛，抱住她，不知如何开口。

汪姐道：“我这次出国后，就少回来了，这边几乎没什么亲人。之后，你无论遇到多么难熬的事，一定不能自己先打败自己，每个人的人生最值得付出的努力就是披荆斩棘地做自己。”

姐姐点头。一夜恍惚几近无眠。第二天乘最早的飞机回到杭州。

正好周日，杜安全开车带着儿子来接机，回家的路上，杜安全谈到他这几天刚完成的一个新作：“画了一组关于动物和音乐的作品，每件乐器对应一个或一群动物，有大有小，夸张有趣。我将抽象的数学、音乐与具象的动物组合在一起，画面极具现代性。接下来我还准备创作几幅大题材的作品，我向来不喜欢作大画，只不过是为了锁住他们的嘴，让他们知道，我照样也可以有‘大题材’的作品……

“昨天晚上开会的时候，与学院里的另一个领导闹翻了。本来早就已经闹翻了，只是表面上还有一层薄皮挡着，没彻底撕破，昨天算是痛痛快快地撕裂了。

“其实心里厌倦得很，为那些鸡毛蒜皮的事费尽心思，出尽阴招，实在也瞧不起他，一直都是避让的，可只要我一天待在那个学校里，就无处可避。我可以不迎接他公然的挑战以及背后的中伤，可是我得对得起我的学生呀，我不想我带的博士生们，因了我的不应战而失去比如参展获奖、留校任教等种种本应公平公正的机会。你知道吗？他总是会利用职务之便，千方百计地在其中作梗。你知道我之前为什么要做院领导吗，就是因为这样可以削减他的某些权力。”杜安全道。

“理解。”姐姐应道，心里却想，太多数人身不由己，被周围的环境拖着走，沉溺太深。

“他和我同一个专业，会钻营，马屁精，所以职位比我高，而专业能力几乎低我不知几个层次，市场上我的画被追捧，他的画无人问津，忌妒恨呀，非得用他的权让我难受。有一次一起被邀去参加一个画展开幕式，他做主持人，念到剪彩嘉宾的名字时，竟然可以在大庭广众之下公然跳过我的名字，这种低级的行为，想来也可笑，与他斗对我而言几近就是一种耻辱，如果真遇到个厉害对手，出招的段位更高些，真正斗智斗勇，旗鼓相当，我倒还能在过程中品尝出点较量的趣味来，可这样赤裸裸的也真是他妈的无聊。”杜安全感叹。

“在孩子面前说话注意情绪，另外，无论怎样，学院里的那些人事，必得面对时，如你之前所说，也不必当真，每个人都是带着使命来的，我相信你的使命是画画，而不是当什么院领导，你现在应酬越来越多，画画的时候越来越少了。”姐姐今天实在无心说话，但这些却是姐姐真实的想法，就顺嘴出来了。

“我也是身不由己，在学院里不得不应战，对外又不能太清高，不得不应酬。”杜安全道。

“事实上，你首先是个艺术家。杜安全这个名字就是你的符号，你真正要做的，是聚集你的力量让你的符号有更持久的生命力。肉身都将死去，你的画作才是你另一个生命。想想百年后，谁在乎你在人间的恩怨纠结，哪些是真实的哪些又是虚构的，谁会去较真？自心正，气自正。”姐姐应。

杜安全沉默。

姐姐也不再吱声，闭眼锁眉。过了会儿，杜安全问道：“不舒服？”

姐姐心里忧伤，身体虚乏：“是，老太太就这样突然走了，知道会有这一天，但心里还是非常难受，昨天又陪汪姐聊得很晚，这些天都没休息好。”

“今天你就在家好好休息，来接你前，我专门带儿子去了趟菜市场，回家我下厨做几个你喜欢的好菜。”杜安全道。

结婚之初，如果没有应酬，杜安全几乎每天下厨做饭，有了孩子，请了阿姨，加之在外应酬多，他在家做饭的机会就显难得。但每逢一些特殊的日子或者节日，他仍喜欢亲自做菜给姐姐吃。

在姐姐眼里，他深知人情世故，知一切变幻莫测，时时会有万念俱灰之感，却又极有悟性，在艺术上有自己的风格，也能在社会上混得风生水起，他游走规则的边缘，既想逃避又颇为现实，内心矛盾重重，越走越不像姐姐最初认识时的那个杜安全。

姐姐情绪相对缓定，杜安全偶尔会闹点小情绪，情绪起伏波动比正常人大，时常会觉得姐姐不够在乎他，对他不够耐心。比如他说话时姐姐没有停下手里的活，认真看他的眼睛，他会小孩子似的生气。他也时常会做些奇特的梦，会有半夜推醒姐姐聊梦的习惯。

有天半夜，他说："我刚才梦到你和一个老头走在海边，手牵手，那老头的背影很熟，走路的姿态，肩膀左高右低，看来看去都以为是我自己，追上去一瞧，哈哈，原来是别的老头。你看了我一眼，却没反应，当我是陌生人似的。我像个没人要的孩子，孤独又伤感地跟在你们后面，不小心撞到了一个穿泳衣的姑娘，她也没反应，当我空气似的，这才开始意识到，我可能已经死了，在别的维度和空间里。竟然也不害怕，反而安静下来，心想好不容易见到你，就得好好珍惜这个时空，于是就在沙滩边坐下来，看着你被那个老头牵着手踩着浪花，边说边笑地慢慢走远，就像看自己的孩子似的，没有别扭和忌妒，真的，看着你幸福的样子，阳光打在你的后背，心里暖暖的，最后你知道怎么样吗？"

"怎么样？"姐姐半睡半醒，随便应道。

"我像海鸥一样飞过去，在你身边盘旋了几圈，飞走了。"他很清醒，声音里带笑。

"飞去哪儿了？"姐姐克制住浓郁的睡意，回问。

"也不知道呀，就是身轻如燕，满身欢喜，是一种从未曾体验过的大自在的感觉，不受任何框架之约，不受任何观念之束，完全通透明亮，飞过森林，飞过山丘，飞过城市，飞过田野，风从我的身体里穿过，满心愉悦，是完全没有任何障碍的、无比自如的欢喜，光穿过我的身体，是之前从来没有体验过的轻盈，神志清晰，明朗气爽，没有死亡没有时间，你在万物之中又在万物之外。"他的声音完全沉浸在那样的奇特里，近乎甜蜜的呢喃。

“好梦呀。”姐姐好不容易完全清醒过来，想听他继续分享。

他那边却没有了声音，很快，耳边传来了轻微的鼾声。

姐姐作息规律，再忙十一点左右肯定上床，翻一会儿书，按时入睡。杜安全的作息随着儿子出生、姐姐的生意越做越大，变得越来越毫无规律可言。他白天忙学院的事，晚上应酬或画画，或与各路围聚而来的人在工作室聊天，有时一聊便到半夜两三点。姐姐心虽有怨言，但也无奈。

到2009年时，他有三个工作室，一个在住家的楼下，四室二厅全部打通，可看电影，可与友人喝茶聊天，大茶桌正对西湖，可见山见水，一整面墙全是博古架，上面摆满了他从不同地方淘来的各式古物，种类庞杂，妙而有趣。这是杜安全待得最多的工作室，因为就在家楼下，家里有什么事，一呼便到，倒也让姐姐放心。另一个工作室在城外，用于作大画，一个月去一两趟，如有大展，需画大画时，待得时间会更多一些。另一个是原来的旧居，二室一厅打通，亦可聊天会友画画，一半用来放他的中国古玩，一半用来放他近年来所痴迷的西洋玩意儿，物都不大，但件件精致。他的收藏没有特别的门类，完全随性而为，合他审美，觉得奇特好玩的，他便收藏于室。

随着杜安全社会地位的提高，他的画价也飞速上扬，无论在民间还是在拍卖行，他的画都被一股神奇力量节节推高。有一天，他和姐姐打趣：“我一直在寻找艺术之光，没想到，这光竟然变成了金子的光。”如他几个博士生所言：“我们导师几乎就是印钞机。”逢年过节时，求画之人近到义乌、绍兴、温州、嘉兴、上海，远到山东、北京等地蜂拥而来。他在画室一天接待几拨人，有些人不方便上楼去，就把车停在画室对面，他让亲近的朋友带画下来，带钱上去。他不需要经纪人，他自己就极富说服力，来谈作品的人，几乎全由他说了算。也有一家固定的画廊经营他的画，画廊卖画或接单，按比例抽成。他也无所谓卖不卖，其实他对钱并不特别在意。他说，混在江湖里，有时只为图个热闹。

姐姐知道，他喜欢这种游戏，他骨子里确实有无所谓的淡然，但人在江湖，各种关系错综复杂，身在其中，难免有虚荣之心，会争强好胜起来。他曾经厌恶并且逃避，但最终醉心于学院的职位权术之争，如他所说，他意识到逃避不是办法，与其让那些无术之人得益，不如他自己坐在那个位置上，或许能办几件好事。以他的能力和悟性，面对这些小局，只需稍加用心，便手到擒来。他深爱他的绘画，在艺术之路上，希望能往深处寻光，但他也能将钩心斗角做到游刃有余且安身其中。他说，深知这个世界才能画好这个世界。除了不得不玩的学术圈，他还给自己另建了一个交易圈，但见波浪起伏，一圈圈退潮，又一层层涌来，他稳坐圈中心，刀光剑影，只为讨个有趣自得，讨个世事洞明，讨个井内观月，他是那水，水中有月，他玩得不亦乐乎。

姐姐提醒："别醉心其中，要时刻记住，真正的月不在水里，在天上。"

有几次，他自嘲道："我是个矛盾的人，是个精神分裂的人。"

有几次半夜三更回来，他拎着一大袋现钞到床头，叫醒姐姐："看看，这是什么东西？"

姐姐瞧了眼打开的满袋子的钱，又睡眼蒙眬地看看杜安全那张孩子气的脸，忍不住皱起眉头："你要告诉我什么？"

杜安全道："纸变出来的纸。"

夜里不眠的杜安全，在工作室喝足了茶，吹够了牛，聊足了"艺术"，虽已归家仍旧略显兴奋："都是纸。纸上的画，画又重新变成了纸，我是中间人。我就是纸与纸之间的魔术师。”他脸色潮红，头皮油腻，继续道：“这变化的过程，是人与人、物与物、人与物之间的转换，实在趣味无穷。”姐姐突然忆起第一次在飞机上遇到他时，他长发齐肩，拿着没点着的烟，在鼻头嗅着，手指微颤，全身紧张不安。如今，他几乎夜夜晚归，沉浸在他自己建构的圈子里，那圈子五颜六色，似小却大，看似喧嚣其实孤独，那里盛满了不可言说的转换，是的，人与人，物与物，还有他那年年往上升的发际线。

他世事洞明，却又天真不泯。

姐姐常常提醒：“目标清晰最为重要，就怕在热闹喧嚣之中不知不觉地被人消费，同时也把自己给消耗了。”

他道：“没事，别担心。”

姐姐道：“就担心你身在局里，看不见自己。”

他道：“只有与你灵肉合一、浑然一体时，我才看不见自己。别的时候，我清醒着呢，知道不过是个好玩的游戏。”

姐姐道：“你说大家都围着你玩，你是制定规矩的人，你道那只是游戏，既然是游戏，又是谁戏谁？”

他笑嘻嘻起来：“你什么时候成了我的老师了？”

每每此时，姐姐犹如面对一个醉酒之人，心里除了心疼与担忧，却着实无计。他名声在外，众人围着转，他深陷其中，却一直认为自己是个清醒的旁观者。他对艺术执着，却太过聪明，轻车熟路，在所谓纸与纸的游戏之中，他正在被不知不觉地改变着。

这日从飞机场接上从广州回来的姐姐，一进家门，杜安全就脱了外套，拎着一大袋子菜，钻进厨房，招呼阿姨给他打下手。

姐姐整理行李，儿子写作业。杜安全是个喜欢什么就收藏什么的人，他把三个工作室塞得满满的。姐姐并不干涉他的收藏习惯，但不许他把东西往家里搬，也许是受了镇里那个割猪匠的影响，姐姐喜欢住在一物不多、一尘不染的房子里。客厅里除了舒服的皮沙发，简洁的木桌椅，几无他物，明亮开阔。一目了然的衣柜，几套居家休闲衣服、四条裙子，两件大衣，三件毛衣，四件衬衫、四套西服，鞋子也不会超过六双，买一双新的便会处理掉一双旧的。儿子的房间，也整理得井井有条，极少的玩具，因为少反而珍惜，极少的衣服，够穿够换就好。太多的选择，分散了注意力，专注力也低，幸福感反而也被降低。姐姐节制而不铺张，每每想到王汉，姐姐就会在简单的生活里生长出一些能量来，内心不免多了些素净的开阔。

厨房里飘出红烧肉的浓香，姐姐走进儿子的房间，与儿子聊天。儿子喜欢听姐姐聊到她的童年，百听不厌。

姐姐说："那时我们没有作业，没有电视机没有电脑，整天瞎玩，日子很长。我常一个人在镇旁边的小树林里玩，树林里有一棵歪脖子树，那树长得奇怪，吸引我反复地爬上爬下，就一棵单调的树，足足可以来玩一整天。回家后，我把它画在纸上，一棵树，一只狗，还有我。简单而丰富。"

儿子好奇："你还养过狗？"

正说着，客厅里传出嘀嘀嘀的声响，是杜安全手机的震动铃声，杜安全在厨房，开着油烟机，估计听不到手机声。每天都有不同的人找他，但今儿个周末，一家人难得在一起吃午饭，姐姐也不想理会。

姐姐回儿子："是的，狗狗会和我一起上学，放学会在学校门口等我，后来误吃了老鼠药，死了。被外公拖出去埋在小树林里，我跟在外公后面，很伤心，忍不住哭，还因此挨了外公一巴掌。"

“痛吗？”儿子问。

“忘了。”姐姐笑，伸出手去摸了摸儿子的圆脸蛋，儿子越长越像姐姐。看着儿子清澈的眼睛，姐姐道：“儿子，你是妈妈的脆弱也是妈妈的坚强。”

儿子问：“为什么？”

姐姐回：“有一天你会理解，爱有两面，就像矛和盾，可以让一个人变得脆弱，也可以让一个人变得强大。”

手机又响了，一直响。

姐姐拍了拍儿子的肩膀：“再做一会儿作业，差不多就可以吃饭了。”

关了儿子的房门，姐姐回到客厅，拿了本书，想在吃饭前躺沙发上随便读几页。杜安全的外套就扔在沙发上，姐姐拿起衣服，准备挂到进门口的衣柜里，此时，手机又发出嘀嘀嘀的声响。姐姐好奇，担心有什么特别的事，取出手机，想递给厨房里的杜安全，可屏幕上显出的几条短信吸引了姐姐。

第一条：“杜哥，昨晚我姐真的醉了，分手后，我把她带回我的住处，她一晚上吐了几次。”

第二条：“我姐姐昨晚整夜握着你送的镯子，喊你的名字，哭泣，听得我揪心，我知道她心里疼。”

第三条：“今天有空吗？我怕这样下去，会把她折磨坏的，能与你谈谈吗？”

粗读时，姐姐觉得眼睛模糊，似蒙了一层薄雾，再次定睛细读，一字一句搅得心里乱，但仍旧暗暗记下了发信人的手机号，将手机放回口袋，挂好衣服，返回客厅。一边走一边觉得乏力，是一种强烈的身体发慌的饥饿感，类似低血糖的症状。姐姐瘫靠在沙发上，捧起沙发桌上摆着的坚果盘，抓了一把核桃仁往嘴里送，一边嚼咬，一边开始感知到心脏处发出的隐痛。

厨房门口传来杜安全欢快的声音："老婆，儿子，洗手吃饭了。"

25

当初妹妹拿了姐姐的钱后，在杭州武林路开出了一家时装买手店，妹妹自己喜欢打扮，本身眼光不错，也花了些心思去了解市场，又对流行趋势比较敏感，用心经营了几年后，积了一堆老客户，生意很是红火。还是着迷那个比她小三岁的小伙子，两个人在一起虽隔几天要吵吵闹闹一次，但依旧热火朝天、如胶似漆地进行着。

开服装店赚了一些钱，妹妹并不急着"还"姐姐，而是一点点攒起来，到2003年时，帮着男朋友开了一家稍大点的音乐电影咖啡馆，可以喝咖啡，可以听音乐看电影，也可以租碟片回家。男朋友的生活依旧是诗歌艺术、远方和理想，还有整天不离嘴的与孤独有关的呻吟，以及继续倒卖些神秘的药丸。

姐姐好奇："他究竟为何总是孤独？"

妹妹不屑地回："孤独？那是一种诗性的状态。"

姐姐笑起来："积极快乐也可以是一种诗性的状态，只不过听起来似乎苦难呀孤独呀来得更高级一些。"

咖啡馆开了一年，并没有什么利润，但妹妹的男朋友却在其他方面有了不同寻常的收获。咖啡馆开业之初，妹妹让服装店里一个特别机灵的小姑娘过去帮忙，如今男朋友与她好得如胶似漆，浓情蜜意。妹妹觉察到他的异常，半夜拿了他的手机去卫生间里看，读到他写给小姑娘的那些气壮山河、感天动地的誓言，更别提那些青蛙卵般成串成串的甜言蜜语。

妹妹要死要活的，连续两天去咖啡馆里又堵又闹，硬是把那姑娘给赶走了。男朋友在沙发上睡了一周后，要求和妹妹好好谈谈。两个人真就泡了茶，坐下来谈。主要是他谈，他先谈自己的童年，再谈波伏娃和萨特，谈自由的精神与身体的本能，谈宇宙之辽阔，地球之方圆，谈人之渺小，谈灵魂的不朽与肉身的脆弱，最后，他满含着热泪万般深情地对妹妹道："我爱你，没人可以替代你，我此生最真实的爱，永远属于你，其他，都只是好奇，是无聊时光里的戏，现在，我发誓，好好疼你，一辈子听你的，永远不离开你。"

姐姐问妹妹："这些话，你信？"

妹妹回："不信又如何？我虽然很痛，但还是放不下他。"

姐姐道："性对于爱情，就是仪式，如果和谁都可以举行仪式，都可以尝试，那么这真爱又何以证明？"

妹妹道："男人都一样的，而且那女人确实长得好，他说是她先让他脱衣服的，还笑话他那么不主动。"

姐姐道："你脑子被洗得够干净的，他怎么不直接说是那女人强奸了他？他如何被动，又是谁强迫他写如此多的甜言蜜语？"

妹妹不语。

姐姐又道："有一个还会有第二个，你赶得走一千个，还有一千零一个，漂亮女人一个赛过一个，有了胖的还要瘦的，有了高的还要矮的，有了肉感的还要知性的，有了年轻的还有更年轻的。"

妹妹皱着眉头。

姐姐突然觉得妹妹这几年脸上竟然有了沧桑感，眉眼间布满了纠结后的阴影，只有内心某处被锁住的人，无法真正在一段关系里完全释怀的人，才会有这样的愁绪。姐姐想起凤妹厨师的姐姐，似曾相识的脸部表情，今天在妹妹身上重现。

“我从一开始就觉得他不是厚实之人，心气不定，如果你在一段关系里无法真正放松，何苦一直缠在其中不松手？”姐姐劝。

“人总会犯错误，还是给他一次机会吧。”妹妹纠结道。

“你愿意一错再错，我也挡不住，但我肯定他会一犯再犯。”姐姐道。

“你为什么总是不希望别人好？”妹妹生气。

“我只是希望你不要为了这样一个男人，失去自我。这么多年来，我常常被周围人的人性弄得很不舒服、很痛，我知道人性的脆弱与复杂，也学会看人脸、识人相，听我的，他不合适你。”姐姐诚恳地道。

“你怎么就知道他不会改？”妹妹变得生硬无理。

貌似强势、个性十足，其实是个内心脆弱不堪的小女子，宁愿活在猜测惊恐里，活在逃避里，活在掩耳盗铃里，也不愿去果断面对现实。姐姐看着妹妹，百般无奈。

“你自问，你内心对他还有信任吗？”姐姐忍不住朝已经走出门外的妹妹追问了一句。

没有回答。

只见那蹒跚的背影渐行渐远。

之后，妹妹隔三岔五会发现些不对头的地方，苦于找不到具体的细节，总是疑神疑鬼地活着。

又过了一年，妹妹知道这次是个常来咖啡馆的客人。是个已婚的女子，先生是个商人，有自己的家族企业。她被他的花言巧语迷得神魂颠倒，给他添置了好几套名牌衣服以及手表和名牌包包。

这次妹妹不用翻他手机就能从他身上那些价格不菲的衣物中看出门道。

他说："人家有钱，想送礼物给我，我怎么挡得住？"

妹妹说："为什么就送你，不送别人呢？"

"她自己的钱，她想送谁就送谁。"他竟然很不地道地笑起来。

"你真是不要脸。"妹妹哭了起来，想打他一巴掌，又怕真的打跑了，心里还是不舍。

"我不要脸，你可以走呀，我从来没有硬拖着你。我说过，都是游戏，你要当真，我能怎么办？"他道。

"你究竟对谁不是游戏？"妹妹悲痛欲绝。

"不是我要玩呀，都是她们想找我玩，她们很无聊，你知道吗？我只是逢场作戏。她们什么都不懂，甚至连波伏娃是谁都不知道。"他点了支烟，坐在窗台边，看着窗外的城市发呆，茫然而冷酷。

"既然你瞧不起人家，为何又要与人家上床？"妹妹痛心疾首。

"上床有这么重要吗？你情我愿，游戏你知道吗？你何苦每次当真，要死要活的？"他回过头来，冷冷地看着妹妹。

"我可以也去游戏吗？我身边也有很多无聊的人呀。什么叫你情我愿？是因为你愿意无耻。"妹妹气得嘴唇发抖。

"可以呀，不过你如果真要游戏，你就完蛋了，谁会真心要一个在外面浪的女人？"他脸上的肌肉猛地抽动了一下，瞪着妹妹，窗外无边的夜色映照出他满脸深深的迷失感，带着寒气。

"为什么你可以，我不可以？"妹妹歇斯底里，小动物一样嘶叫着。

“我是男人，你不是！”他冷漠而决绝，不紧不慢，不慌不忙。

妹妹一直被他身上这种无所谓的、无视现实存在的、淡到极致的虚无感所吸引，今晚却一阵阵心寒，寒至骨头。

她抓不住他，却又放不下他。

她像个溺水的人，整天恍惚无神，靠忆着最初时的美好时光和他依旧时不时会说几句甜蜜之言来麻醉自己，拼命挣扎，试图寻找一丝缝隙，那里有光有空气，有两情相悦，彼此尊重，脚踏实地，恩爱相守，不要游戏，不要虚无，不要放荡，不要堕落。堂堂正正地赚钱，去旅行，一起生养一个孩子，做些值得做的事，往宽里走，往深里去，这才是她真正想要的正常的人生。

她拼了命地想拉住他，想“救他离火坑”，他沉溺其中，越走越远，远到如此陌生。

她冷静下来，试图靠他近一点，寻找出新的方向。

“你要我还是要她们？”妹妹问。

“要你呀。”他回。

“那你与其他人断了。”妹妹说。

“又不是我主动找她们的。”他吸了口烟，吐出来，夜色更深，窗外的灯光更璀璨。

“你究竟要什么？”妹妹问。

“我不知道，我觉得现在很好。”他的背影清冷而消瘦，妹妹想，只要轻轻一推，就可以将他从这十九层推下去，从此了断这人间的虚妄。

“那我们分手。”妹妹咬咬牙道。

“分手是你提的，我从来没想过要离开你。”他看着妹妹，满脸不可思议的样子。

“这样下去我会被你逼疯的。”妹妹气愤难忍，开始咆哮。

“我逼你什么了？你和我，永远不分开，不就行了吗？你对我好，我知道，别的，都是镜花水月，虚的假的，不真实的。”他道。

“什么是真实的？”妹妹泪眼婆娑。

“你说呢？我说我对你的感情是真的，对别人的都是好玩，你又不信，你认为是真就是真，你认为是假就是假。转换念头，放开思维，别那么死心眼，你要自己找罪受我也没办法，我又不是泥塑的，可以按你的意志活着，我每天都回来过夜，每个清晨都从家里离开，除了你出门进货，你我一天都没分开过，你还要怎样？当然如果你真受不了，我也绝不会缠着你不放。”他越说越觉得妹妹是个奇怪的、没事找事的人。

“你的理想呢？你之前所有的誓言呢？”妹妹无力地问。

“昨天已死，明天不知。我们出去吃晚饭吧，快被你折磨死，饿得肚子都痛，你想吃什么？”他笑起来，很无邪很无辜也很无耻。

妹妹深知他骨子里的无所顾忌，他是活在虚幻与梦境里的人，他活在自己的逻辑里，责任以及忠诚对他而言，都太沉重，他除了游离逃避就是冷漠无视。

妹妹胃堵，深陷痛苦纠结之中，没有饿的滋味。她很惊讶他竟然能有胃口吃东西，她也相信，他吃过饭后，会倒头就睡，而她又将彻夜难眠。

每次都被姐姐说中，可每次难受时，她无人可诉，还是跑来和姐姐说：“你说，他这个人有没有良心，这样伤我，还照吃照睡？”

姐姐道：“他根本没当回事，当回事的人是你。”

妹妹说：“我恨不得想杀了他，那天他在窗台上和我说话，开着窗，我一推，他就会摔死，我真是希望他能在我面前消失，然后我随他一起跳下去，这样就不用彼此折磨了。”

“别做任何傻事，只要转身，便可以给自己一条生路，他也自在，多好。”姐姐回。

“让他去死吧，解恨，过瘾！”妹妹大口吃菜，大口喝水，根本顾不上细嚼慢咽，所有的食物似乎只为要将身体里某个巨大的漆黑的窟窿填满，填结实了，不再感觉到虚幻和揪心。

“不是每一段感情必定都是合适的，时间就是用来看见真相和问题的，不合适就要有勇气走开。他按他的方式活，你按你的方式活，各不相欠。别总想着用死来解决问题，值得吗？”姐姐开导道。

“我实在受不了他的风流和花心。”妹妹咬牙切齿。

“受不了就离开，海阔天空。”姐姐道。

“可是我为什么就是放不下？”妹妹突然失控地号啕大哭起来。

“没有什么东西是放不下的。人生路上做错了一道题，走错了一条道，得认错，人不能自己将自己塞进死胡同，却满嘴抱怨满脸狰狞，不要去怪别人，都是自己要来的。”姐姐道。

“怎么就我这么不幸？”妹妹边哭边叹道。

“哪个人不是剥几层皮活下来的？那些活得光鲜的人，伤疤全藏在暗处。你自己又不是养不活自己，你完全可以有新的开始，去做事，去旅行，去重新看见这个世界。你自愿深陷在这样变态的关系里，过没有独立人格的生活，你明知根本无力也不可能改变他，却仍毫无尊严地抱着侥幸心等待，希望他有朝一日突然变成另一个人，能按你想象的方式和你过日子，全是自己的幻念，你迷失的是你自己。”姐姐道。

“他是个可怜的人，很小父母出车祸走了，在叔叔家长大的，婶婶整天没好脸色给他看，让他做这做那，吃的也是剩菜剩饭。他很没有安全感，需要别人的肯定和关注。十四岁就去煤矿打工，赚了点钱后，离开煤矿去了深圳打工，积存了一点钱，跑来杭州开了小店。他是个孤独的人，没事时就拼命看书，很有悟性，写诗，还发表了几首，他说将来会写一部长篇小说，会是惊世之作，他说他需要体验不同的让人绝望却又迷恋的人生。”妹妹两眼深陷，着魔一般地在他人的命运之中沉浮。

“你是在替自己找借口，安全感不是靠花心寻的，每个人都需要被关注，但绝不是通过滥情去获得的。他可以坦坦荡荡去做事，认认真真地爱人，何苦游戏人心。他是个病人，可根本不认为自己有病，他理直气壮地依他的方式而活，没关系，这是他的活法。你无法接受他的生活方式，却依旧活在他的世界里，你的生活是分裂的，你如果不离开他，就只能永远活在自我折磨中，活在阴暗里。如果你仍旧一味妥协和纵容，他就更能滥情到一身正气。他身上的负能量，会像吸血鬼一样吸你一辈子，长此以往，生不如死。”姐姐直言。

妹妹点头称是，发誓要分手。回去后，仍旧纠缠不休，着魔似的，陷在各自的局里。

分分合合，吵吵闹闹，当断不断。

有一次真分了。他搬了出去另租了房子住。分开不到一周，妹妹发现自己怀孕了，他又泪眼婆娑地回来找她，和好了。

他皮肤白皙，脖子细长，身子瘦弱，眼睛是招人喜欢的桃花眼，那眸子生气时都会含情，长睫毛，水汪汪的，有梦幻般的迷离，却是躲闪的，不安的。他眼圈发黑，一看就是生活习惯不好的模样。妹妹恨他，又心疼他怜惜他，从骨子里想去“拯救”他，救他过那种理性的、道德的、安静而温馨的生活。妹妹看似张牙舞爪，说话刻薄，但生来又有另一种暗处野蛮生长着的天真无邪、乐观直率。与他在一起后，妹妹变得患得患失，忧郁多虑，心事重重。他们是两条不同方向的鱼，却被一根无形的绳子捆在一起，游远了又扯回来，互相嫌弃，争吵咒骂，累了，倦了，仍旧滚回到一张床上，每每醒来时，他都会蜷在妹妹的怀里，像个无辜的婴孩。

妹妹怀上孩子后，他开始变得安静体贴，晚上早早回来陪妹妹说话做事，偶尔也出门散步看电影，对于要出生的孩子，也充满了期待。某天清晨醒来，抚着妹妹的肚子，他突然道："人生苦短，你就是最好的女人，真是后悔以往的行为，拈花惹草，有何意义？东西钻营，处处留情，其实也遭人怨恨，倒不如好好珍惜钟爱你一人。"妹妹听了，感慨万千，只顾泪流满面，想着一番折腾后，终于迎来如此静好温情的时光。

又有一日半夜里，他突然从梦里哭醒，他告诉妹妹，他实在害怕，没有做好当父亲的准备，童年的阴影压得他喘不过气来，如果让这个孩子如此没有计划地到来，他与妹妹的将来会被完全摧毁，他觉得这个不请自来的孩子将会是他们两个人的陷阱，只要陷进去，就永世不能走出来。他告诉妹妹，他爱的是她，她只要不生下这个孩子，他可以一天都不离开她，一辈子侍候她。他也从来就不曾觉得，两个相爱的人必须要有一个孩子维系着。他边哭边求，那么无助惊恐，甚至有那么一点点儿恼火。他说：如果是个男孩，会因为顽皮而让我们大伤脑筋，会因为父子问题争论不休，会有各种叛逆期要对付，将来还有纠缠不清的婆媳问题，全都是吃力不讨好的事；如果是个女孩子，我们一路辛辛苦苦，她最终会离我们而去，跑去和一个对我们来说完全陌生的男人生活在一起，给他生孩子，陪他过日子。你看看你是怎么对你的父母的，你离父母那么近开车不过两个小时，你好像已经有两三个月都没打过电话，半年都没回去看父母了吧。就我们两个人生活多好，你当我是儿子，我当你是宝宝，有时间了一起出门旅行，想去哪儿就去哪儿，想看个电影就安排时间去看，想吃什么半夜都可以从被窝里起来，有了一个莫名其妙的屁孩子，我们就永远都被捆住了，我们得一辈子替他做牛做马，从幼儿园开始到小学到初中到高中到大学，一路会折腾出多少事？各种过程中找学校找老师上课外班补习班不讲，各种为了上个好学校拉下脸皮求爷爷告奶奶的混蛋事儿不说，各种为此付出的精力时间折磨痛苦全不计，如果不出意外不生什么大病，一路神仙保佑好不容易读完了大学好不容易顺顺利利地熬到大学毕业了，万一这屁孩子不愿出门上班缩在家里啃老怎么办？好吧，乐观一点，出门去上班了，赚那么几个工资，我们还要替他买房娶媳妇，或者替她置办嫁妆还得操心她是不是能嫁得出去，嫁出去了还担心她嫁得好不好，老公会不会欺负她，或者媳妇会不会让他跪搓衣板，他们生了孩子后，我们还得替他们照顾孩子。好吧，我们可以不替他们带孩子，但至少要出个钱什么的吧，不小心还要看未来媳妇或者未来女婿的脸色。好吧，好吧，一切都熬过来了，我们两个也老了，那时想他们也不一定能找得到他们。他们当然会回来探望和问候，一年一次，或者几年一次。天哪，这可真是没有尽头的事呀！我们绝不能这样活！我们绝不能要孩子！我们绝对不能掉进这个大陷阱！昨天我看了一个新闻，说是一对夫妇千辛万苦地把孩子送到北大，他又考去美国读书，到了美国后，他写了一封讨伐他父母的信，说父母不理解他不尊重他，培养他考上北大也只是为了满足他们自己的虚荣心，为了有资本对别人吹牛。写了这封信后，他一去不复返，十多年不再联系父母，两个老人苦苦等他回心转意，专门找了记者联系上他，他却只有一句话：他们这叫自作自受。太可怕了，我不要孩子。我只想和你两个人好好过日子，只有你我，不要任何人，亲爱的，我保证，我发誓，我会对你好的，放心，以后什么事都听你的，只是这个孩子，我们不能要。

妹妹听傻了，竟然无法有力地和他辩论。他在他强势的逻辑里，刀枪不入。就这样，被他连哭带求地天天洗脑，一周后，妹妹神志不清地跟着他去了医院，把孩子给做掉了。

带着堕胎之后精神上的麻木感，拖着空荡荡的身体回家，伴着时而发作的尖锐痛感，晕睡了几天几夜后，妹妹似乎清醒了些，真实地意识到自己杀了一条无辜的生命。如果是儿子，可能很聪明很听话很懂事很有成就，如果是女儿，可能很漂亮很有追求很独立。当肚子里的孩子真真切切地没有了，妹妹越想越揪心，凄容满面，难以成眠，责怨于他，他又怎肯忍让："又不是我硬拖你去的，是你自己走去医院的呀，现在为何就全怪起我来了，你硬要生下来，我又能如何？"妹妹听了，内心凄风冷雨，不胜悲伤，越发无法安睡，也不让他睡，折磨起他来精神抖擞，过后身子却觉虚空，一身身冷汗，头发一缕缕地掉，元气尽失，脸色蜡黄。

又一次分开。男人自觉伤她太深，或对她仍有现实中的某些依赖，分开半个月里，每天送花送小礼物，也送从饭店里叫的汤汤水水，一天发十来条短信，心肝宝贝地叫着，从朋友处借了辆车子，连拖带哄地将她带去江西婺源的小村子里安静地待了两周。这次回来后，两个人虽像没事儿似的继续过日子，但妹妹的心已凉了一半。

就这样表面相安无事地拉拉扯扯到了2006年，他又有了新的情况，这次是位还在读大学的女生。妹妹知道后，心生绝望。

"该彻底死心了。"姐姐一劝再劝。

“真是心不甘呀，坚持了那么久，受了那么多罪。”妹妹道。

“一定要将后半生全搭进去才心甘吗？明知该断仍旧忍着不断，这已经不是别人的问题了，全是你自己有病。”姐姐道。

“是的，我是有病。”妹妹回。

他仍旧两头都要，他拿捏得牢妹妹，又需要在别处寻找新鲜的存在感。

妹妹意识到，在淤泥中寻找纯洁，在地狱中渴望天堂，是最大的执念。既然早已明了他为何人，且心生厌恶，何必继续纠缠不休。他依旧无事一般，以为妹妹会如往常般闹腾一番后继续正常的日子。他早出晚归，装腔作势，厚着脸说些滥情的话。妹妹看着他那张脸，曾深爱过的脸，心头万般复杂滋味，仍有些许不舍与不甘，但决绝之心渐浓，欲斩断情丝之心也不断坚定起来。

妹妹私下里偷偷将时装铺面转租出去，某一天从两个人的住处搬离，从他生活里彻底消失。

妹妹先是出门去云南贵州走了一个多月，回来后在姐姐家住了一段时间，又到哈尔滨滑雪看冰雕吃马迭尔冰棒，之后去了趟日本看樱花。回杭州后与一个做软件的小伙子不咸不淡地谈了两个月的恋爱，不过很快就散了。整个人清瘦了许多，颊骨都露了出来，细长暴青筋的脖子，看起来有些神经质，不过心气倒是降了不少，说话也不再咄咄逼人。人必须要亲自在痛里挣扎着走一两趟，才能真正明白起来。

2006年夏天，在与姐姐一起吃饭的餐桌上，妹妹认识了一个温州的房地产商，两个人不知何时就对上了眼，你来我往，这男人大她些岁数，知她脾气，哄得了她，容得下她。妹妹经了之前两次情感的折腾，心性改了大半，对男人也多少务实了起来。既然对方合她的胃口，自个儿的身心也就在与对方的交往中日渐稳妥下来，不到半年，妹妹明显胖了许多，脸也开始有了红润之气。到年底时，两个人便顺理成章地结婚了。

地产商姓董，属马，之前有过一段婚姻，有一个已经上大学的女儿。董先生之前也是个不安分之人，好交际，重义气，呼朋唤友，日日在外应酬，经常半夜三更神情恍惚地不知身在何处。与妹妹认识后，完全变了之前的生活习惯。

他和姐姐道：人到岁数了，也累了，心寡了，再说，在外瞎玩寻欢作乐其实也挺无聊没劲的。其实早就倦了，就是不知如何上岸，遇到你妹这么个投缘的人，再不珍惜，这辈子就废了。

结婚一年后，妹妹生下个胖儿子。董先生老来得子，心里又安定了许多，脸上更添了沉稳明朗之气。妹妹自有孩子后，生活安定，性情平稳，上有先生宠着，下有幼儿绕足，整个人又丰润了些许，竟然生出些许明媚的富态来。平日里，她除了和阿姨一起照顾孩子，一有时间就是逛街购物，整柜子的衣服，一堆中看不中用的高跟鞋，十几个名牌包。也实在没有太多的事可做，便在散懒的吃吃喝喝与勤奋地追电视连续剧之中，过着滋润无求的生活，一晃就到了2009年。

26

姐姐瘫靠在沙发上，一把又一把地往嘴里塞坚果，机械而麻木地嚼着，腮帮酸痛喉咙干渴，世界在这般机械的动作中幻化成一片空白。姐姐灵魂出窍，无思无维，飘荡在虚空之境，此时却听得杜安全欢快的声音："老婆，儿子，洗手吃饭了。"

厨房门打开，一股带有温度的浓香扑进客厅，刺得姐姐清醒过来，本能地从沙发上站起来，移步到餐厅。桌子上很快摆满了丰盛的食物，有荤有素，看着五颜六色，闻着沁人心脾。

姐姐低头喝汤吃菜，随后吃肉，最后剥虾，专心于食物，不停筷子。世界消失，只有食物。她不言不语，慢慢地吃，一直吃到那让人难以承受的饥饿感彻底消失，直到肚子觉得有撑胀感，才缓缓松了口气，放下筷子，默默地离开餐厅，回到自己卧室。

饱食之后的头晕，加速了身体里潜藏着的另一种虚脱感，必须得上床躺着，试着睡上一大觉。

姐姐表情冷静，但还是掩饰不住举止的怪异，杜安全看着她的背影，一脸茫然。儿子看在眼里，嘴里边嚼红烧肉边安慰父亲："妈妈可能累了。"

杜安全打开客厅的阳台，站在那儿抽了支烟，转身回来后想进房间看看姐姐，可拧不开门，姐姐破天荒地锁了门，自结婚以来，这还是第一次。杜安全着实吃惊，心里咯噔一下，当下觉得身体重了几斤，知道此事并非寻常。

姐姐房门的锁一直锁到天亮，杜安全那天哪里都没去，就在家里陪儿子，晚上睡客房。

第二天一大早，姐姐没吃早饭就去了公司，儿子上学，阿姨出门买菜，杜安全起床后，在客厅里呆坐了许久。阳光洒在明亮宽敞的客厅里，屋内整洁清爽，墙角的那株滴水观音长势甚好，窗外可见西湖及远山，湖面小游船点点，成双成对，大多是来自各地的热恋中的男女。

杜安全突然忆起当年约姐姐去博物馆的那个午后，以及那个美妙到让人心颤的黄昏，其实时间并未过去多久，却觉得如此遥远。生活经常在不动声色中，将人不知不觉地席卷到别处。想想自己目前置身的生活，在学院内陷于人事之争，在学院外疲于应酬，身边那些川流不息的各色人等，上到政府高官，下到包工头，以及装满三个工作室的杂乱的收藏，还有那些所谓的纸上游戏，看似逢场作戏其实都是越走越远的玩世不恭，更是毫不自知的膨胀。半夜三更还在工作室与人得意扬扬地高谈阔论，在云雾里谈佛、论道、评基督，又何时想过要在如此安静明亮的客厅里沉静地安坐片刻？

曾经和姐姐说过，每周再忙，都要抽出时间来两个人喝杯茶。可多久没有在家里吃过饭、喝过茶了，又多久没有两个人一起上床彼此相拥着入睡了？

姐姐的事业比认识自己的时候大了几十倍，但仍旧衣着素净，气息沉稳，处事不惊，即便有必要的应酬也会晚饭后早早回来陪儿子，枕边的书隔一两周换一本。她是稳定和包容的，自己却是散漫游离的。

这天早晨，坐在阳光里的杜安全真切地意识到，如果生活是个圆，姐姐是圆的中心，无论自己在圈外如何游转，因为有她，心里才有底气。

杜安全也是敏感心细的人，头天中午，他见姐姐锁了房门，便去寻自己的手机，见手机上的短信，知道这一天终究到来了。虽然晚上学院里有一个活动，但杜安全心烦意乱，无心出门，整个下午和晚上都待在屋里陪儿子。儿子长到十岁，父子俩似乎从来没有真正待在一起说过那么长时间的话。杜安全知道，这之前的日子里，自己缺失了太多。

那几条短信里提到的女子，在西湖边的一家私人会所上班，杜安全常去那儿吃饭喝茶。那是个高雅的场所，有书房琴房茶房，也供些素淡的菜品和上好的酒水。

她叫雅琴，懂茶道花道，又会古琴，之前在茶艺学院毕业，人长得漂亮文静，眼波里却有一股南方女子极少有的狂野之气。杜安全第一次遇到她时，她正点了沉香，备好茶具，取了上好的普洱，准备给客人们泡茶。杜安全是后到的，当会所老板向在座的人介绍杜安全时，杜安全遇到了她扫射过来的目光，温柔有力，甚至带了一股自上而下的审视味道。这样的眼神对杜安全来说极具挑战性，以他目前的名气和身份，无人会用这样的眼神对待他，更何况是个泡茶的女子。众人聊天，她静坐其中表演茶道，起点冲闻，样样带了禅意。沉香烧尽之时，她起身拿了古琴，琴声古淡恬逸，一曲终，她拿眼角快速瞄了下杜安全，那眼神意味深长。杜安全心里不免一惊，身体某处紧了一紧。

两个月后，杜安全又应朋友之约去了一次，她仍在，见到杜安全时，眼神跳动一下，亮了一亮，眉目之间散发出一种特别之气，杜安全看在眼里，只当不知，胸口却莫名其妙地疼了一下。

如此这般，每年都会在会所里长长短短地与她见上几次，她每次都会准确无误地通过眼神抛过来别样的信息。杜安全心虽飘浮摇曳，但仅只处于暧昧温暖的状态，并不真正接招，一是怕真陷入其中会有无穷的麻烦，二是心里始终有姐姐。

这般两年之后，几个人又约在会所听琴谈事，夜迟，将散，其中一人提议要去吃大排档，这沉香茶道古琴的高雅会所里待腻味了，就想念烟火气浓厚的大排档。正是雅琴下班的时间，她便跟着几个人一起。出了会所，穿上牛仔裤灰毛衣，长发绾起，啖肉喝酒大声说话，她完全是另一个性情豪放的女子，喝了啤酒又喝黄酒，凌晨两点，各自回家，她却双腿发软，有了醉意。她的家与杜安全同一个方向，其他人就托杜安全送她回去。到了她家楼下，她整个儿缠在杜安全身上，根本无法走路，杜安全只能将她扶上楼，开了锁。进门，她紧抱着杜安全，不让开灯，热唇便黏在了他的嘴上，堵住了他的呼吸，她喘着粗气，把手放在了他的腰间，摸索，解开，手向下滑去，如此强烈和迫切。杜安全身体被这般突然袭击，立马紧绷，坚硬，像一根木头，像一根旗杆，肿胀到疼痛，是许久都没有过的冲动与激动。最初的瞬间，他强忍着想逃离，可身体不听使唤，他也不知道是何种魔怪附体，自己被施了法术。她的身体滚烫，他能感受到她全部的热浪与疯狂。杜安全在理性的挣扎与无法自制的渴求中，像个溺水之人，缺了氧，无了力，任由她肆意而为。

之后，她并没有主动与杜安全有任何联系，这让杜安全又意外又好奇，脖子上像是被谁系了条绳，远远地牵着。虽然认识两年，她却从没要过他的电话，杜安全知道，她要想知道，轻而易举。

她的沉默，让杜安全倍感焦虑，细细想来，好像是自己被人玩弄了一般，焦虑之中竟然生出一些奇特的羞辱感来。隔了半月，杜安全为了要见她，主动约了其他朋友，去了会所喝茶。她坐在那里，泡茶，焚香，抚琴，却一直不拿正眼看他。杜安全看着若无其事的她，回想起那夜的惊心动魄，魂不守舍，坐立不安。

那天晚上，杜安全一直坐到她快下班时才走。原本想找机会与她说话，只是会所门口进进出出的人太多，他便自行先到了她家楼下，等着她。

见到她后，杜安全问："究竟什么意思？"话一出口，立马觉得自己很笨。

她直截了当："我有男友，他在楼上。"

"那天又是为何？"杜安全明知该立刻走开，却仍旧傻瓜一样问。

“别当真。”她倔强地邪笑了一下，表情扭曲，这让杜安全觉得恼火，转身想走，可分明却又看见她眼角滚出亮晶晶的泪来。

“他对我有恩，我十六岁跟他，没他，我不知道现在会在何处流浪。他不仅给了我家，也给了我妹妹一个家。我父母很早就离异，我和妹妹跟着奶奶过生活，奶奶死了，我们就没家了，父母各自都有了新的家，有了新的孩子，我和妹妹成了他们都想逃避的过去。我十四岁出门讨生活，遇到了他，他大我十二岁，从此成了我生命里的一座山，我妹妹也因此有了依靠。他供我和妹妹上学，这个世界里，他是我们的避难所，是我们的全部。今年，他三十二岁，我们约好这一年结婚。我早已发誓，我会做他一生一世的妻子，为他生孩子，看着他老去，希望他能死在我怀里，这辈子，我便还清了他的恩。”

“既然如此，干吗还戏弄别人？”杜安全心里怜她，口气却咄咄逼人，内心万般矛盾，就连为何要站在这里和她说话都成了一件匪夷所思的事。

“因为我疯了，是你让我疯的。”她表情怪异，似乎用了很大的劲才忍着不大声叫喊出来。

杜安全不知所措。

“我看到你第一眼，就被下了咒，日夜想你，但认识你两年多，从来没打扰过你，那夜天赐良机，又是酒后，情不自禁，是的，我做了，我不后悔，我知道自己配不上你，也从来没有想过要纠缠你，如果你鄙视我，那就鄙视好了，不过你有什么资格鄙视？你可以逃呀，你为什么不逃？今天，你为什么还屈尊站在这儿……”她突然仰起头盯着杜安全，小脸上现出一种无所畏惧的神态，纤瘦的身子却止不住地发抖，嘴唇因为激动而微颤。

杜安全看着她的脸，路灯的幽光打在她细巧的脖子上。那脖子挺直，饱满的下巴向上，带着她满身的力，向他露出挑战的意味。杜安全被她的眼神逼得一阵眩晕，一股热浪从身体里涌起，脑门发热，他什么都没说，只是猛地将她拉到怀里，紧紧地搂住，用嘴堵住她的唇。她先是愣了一下，随后张开嘴，双手扣住他的脖子，整个人缠吊在他的身上，死命地回吻，似乎想要用尽最后一口气直到彼此窒息为止。

从此，两个人隔些时便会见一次面。每次去见她，杜安全都希望是最后一次，因为想着下次不见，便使出身体里全部的激情与疯狂，不要命似的，沉入水底，隔绝了世界。

知道不可能有结局，也不可能有未来。可越克制，越压抑，就越生出些新的疯狂来。

走火入魔。

如走钢丝。

杜安全每次都担心从高处摔下来后会粉身碎骨，却还要在姐姐面前表现得若无其事。夜里搂着姐姐，一次次诅咒自己，深深地自责和内疚，可身体里藏着毒瘤，会爆裂。

越危险，越刺激，是夜色里潜行，不见天光。日常再美好，也会淡如水，可杜安全骨子里有着自己的逻辑和理性，他深知，水养人，色杀人，明光里有正气，暗色里危机四伏。

他一边痴迷地沉溺其中，一边清醒地审判自己。

与姐姐结婚十多年来，他从来没想过要背叛姐姐，也从来没想过要离婚，他一直认为，短暂肤浅的恋情伤人伤己。结婚前，姐姐的好，他看得明白，结婚后，姐姐在婚姻里的付出和事业上的进步，作为一个女人的坚守和包容，以及其中的全部不易，他也清清楚楚。在学院内，因各种利害关系的纠缠，他与自己所带的女博士生的交往也非常讲究分寸，他知道稍不注意就会谣言四起。在社会上，对于身边各种来路的女人，他都小心翼翼、敬而远之。杜安全有自己的野心和广泛的兴趣，也明白偶尔可以随性（比如醉个酒、与朋友瞎聊瞎混到凌晨）但不可以乱性。遇到雅琴，绝对是个意外，更是个杀劫。

激情的刺激与理性的声音分裂着杜安全，就像脖子被紧紧攥住，子弹就在头顶上空，听得到阵阵刺耳的呼啸声。

有时从她那儿出来，杜安全双腿发软，有巨大的震耳欲聋的声音，就像是冰雹砸在铁皮屋顶，亦砸在自己的心头："该结束了！"

生活却依旧波澜不惊，姐姐依旧什么都没察觉，一切依旧天衣无缝。

年底，按之前的计划，她将正式与男友结婚，成了他人之妻。

杜安全痛下决心，结束一切。这也是最基本的尊重，对她，对自己，更是对姐姐。对于姐姐，杜安全有深深的罪孽感，自己曾经那般爱恋于她，现在依旧还爱着她，当初给了她承诺，两个人正式进入婚姻，她一直是个很好的妻子。关于自己的放纵与迷失，杜安全知道只是短暂的，是神不知鬼不觉的，更是可以在生活中被悄悄修复的。

雅琴结婚前，他们最后一次在一起。杜安全给她准备了一份礼物，相当贵重，也算是自己对这一份感情的交代。分手时，杜安全将礼物递给她，雅琴接过，打开，一个镶了钻的白金手镯，当下便知道这真的是最后一次了，她看着杜安全，泪水涟涟。

杜安全离开时，内心暗自庆幸自己可以从这段关系里得体地全身而退，虽然心里难免也有伤心和留恋，但也万分清楚，不能总过着这种提心吊胆的生活，于是难过之余，更多的还是紧张之后的轻松。自己身边有太多的男人，为了和别的女人享一时之欢愉，完全失去理性。也有只是想偷欢，却被陷入爱或假装陷入爱的女子紧缠硬逼，这边凄哀那边哭闹，精疲力竭。家里的老婆，即便受尽屈辱和精神折磨也死不松手；外面的女人，更是各显神通，死缠着不放。

雅琴结婚后，杜安全彻底收了心，没再去过会所。她从不主动给杜安全发短信，这一点，杜安全心里还是敬她的，知道她肯定念着自己，但绝不会主动打扰他。她性格直爽干脆，说到做到，杜安全真正喜欢她的也是这一点。

有一段时间，杜安全把自己关在工作室，花了一个月，完成了十二张关于动物、音乐与现代旧式女性的组画。完稿时，自己看了也相当满意，就约了朋友来画室。朋友有收藏古玩的、搞音乐的、做房地产的、拍电影的、做设计的，大家坐下，看画喝茶胡吹海聊，饿了，有人提议去西湖边的那家会所吃东西。

“换个地方吧。”杜安全道。

“还是那里安静。”其中一人坚持。

杜安全也是稍有犹豫，半年没有雅琴的消息，虽觉得不见为好，但内心里仍有一丝牵挂，又想，反正都说清楚了，在公共场所，见个面也无妨。

进了会所，一眼就看到了雅琴。她比之前更见消瘦，脖子细长，穿一条白色长裙，与他目光相遇时，旁人并看不出什么特别的味道，可只有杜安全知道，她那看似冷静的目光之中快速闪过一丝细细的哀怨。

几乎每个朋友都知道杜安全有个能干贤惠的太太，也知杜安全对她尊重宠爱，有时虽也偶尔会聚到凌晨，但知道杜安全心里还是惦记着要早回家，再如何放肆，心里多少是有些压力的。这天，做房地产的朋友知他太太在广州，便道：“今天杜大师不用早归，他太太出差，我们放松些。”

放松下来，就没完没了地胡聊。谈经济、音乐、古玩，聊八卦，但规定不讲政治，讲到政治一般都会有人激动得想吵架，所以政治远没有佛经有趣，拍电影的那位刚刚皈依了佛教。他说，自从认识我的上师后，几乎就是一次重生，不仅换了人生态度，恨不能将那些积了负能量的旧血液全都换成新鲜的。于是大家聊禅，聊道，又聊到日本文化，其中做古玩收藏的就讲了几个去日本收藏古玩的趣事。

说是去了一个已故藏家留下的旧仓库。在堆满了旧画以及杂乱古玩的角落里，寻到一堆田黄石。知道藏家的儿子并没把这些石头当回事，当下就心跳得厉害，却继续假装冷静地选了几张画，拿着画去问藏家儿子如何卖。这儿子道，我爸做了一辈子收藏，走前留下了这一仓库的破烂，我虽不是很懂，但多少也知道些行情，你们自己说个价吧。这边就给了一个相对合理的价格。藏家儿子一听，觉得他们也是懂分寸的人，稍又提了一下价，决定出让。这边就说，实在是喜欢这几张画，但要价确实贵了些。对方坚持。这边又说，我们可以按你的价付，但最好再送些别的小东西，这样我们心理也就平衡了。对方同意。这边就买了画又拿了一堆比画价高出十多倍的田黄石。

说完发财的故事，已近凌晨，大家意犹未尽，提议去别处吃夜宵。旁人与雅琴熟，叫上她，她又叫了刚来会所实习的妹妹。

吃菜喝酒，众人情绪甚高，雅琴借着爽快之劲，顺势喝了很多，当下就有醉意，醉后不言，只是失声痛哭。杜安全心里难受，但只装不知。雅琴由妹妹扶着，朋友开车送她俩回家。

其余人各自散去。

杜安全真是不知道她妹妹竟然会不知轻重地发短信给他。雅琴向来是不会私自打电话或发短信给他的，如不主动找她，她那边永远是风平浪静，这也是他可以抱着侥幸之心与她持续交往一年之久的最重要原因。

以为干干净净结束了的事，却出了这样的意外，除了惊恐和不知所措外，杜安全心里觉得恼火，但也不知为何恼火。

事起事尽，皆有因有果。

除了慌张与不安，杜安全就只等着看姐姐的态度如何了。可姐姐什么都不说，第二天晚上也没回家，说是去湖镇了。

姐姐不开口，杜安全更不敢开口，他根本不知道姐姐的真实想法和打算，必须静观其变。这边私下里用学校的座机与雅琴通了话，告之情况，万一姐姐找她，拜托她按他的说法统一回答。

雅琴那边只说了声："我承担一切，我会告诉她，是我单相思，与你无关。"说完，便干脆地挂了电话。

杜安全一阵茫然，心里空落落的，觉得对不起雅琴，有愧于姐姐，深觉自己左右都不是个男人。

想逃，无处逃。想避，无处避。

拿着被雅琴挂断了的电话，杜安全身子瘫落椅中，徒坐半晌，空荡茫然。身似悬半空，不着天，亦不落地，荒凉感弥漫全身。

27

读到短信的那天午后，姐姐将自己锁进房间，是极力想让自己先冷静下来。她不想开口说话，语言不足以准确表达她内心的震惊，她怕自己会失控，她不喜欢那样的局面，特别有儿子和阿姨在场。

她躺在床上，思绪杂乱，恍惚迷离，心有悲凉。到傍晚时，阿姨来敲门，说是晚饭准备好了。姐姐在里面应："不饿，你们先吃。"确实不饿，中午吃太多了，只是想晕睡一场，可睡不着，头痛欲裂，就那么静躺着，看夜一点点降落在窗外，听屋外客厅里家人活动时的声响，一点点听，一直听到整个屋子完全安静下来，夜已沉，眼皮亦沉，竟然就睡着了。

夜半从浮梦中惊醒，竟然本能地转身去寻他温暖的身体，原本属于他的那一侧却一片荒凉。于是清醒过来，寂寥之中，心里寒气逼人，身体仍旧那么僵着，眼睛却是活的，热泪在黑暗中长流不止。

想起之前所有的夜半私语，所有的温润美好，那些曾经互相推醒对方描述过的梦境，他的声音，他肌肤的感觉，他的气息，他那些特别的小动作，他梦中的呢喃。她习惯半夜醒来，去寻找他那虽不强壮却有力的胳膊，缩进去，继续入睡。他半夜醒来，也会轻轻往姐姐身边靠，温柔地捧起她的脑袋放进他的胳膊内，两个人像勺子一样叠着，继续甜蜜入梦。

从与杜安全认识开始，甚至那些遗落在边边角角的细微记忆，都在这样的夜晚，一点点浮起。都是些细细碎碎的时光，顺着它们去追忆，念起更多的时光，那些誓言，那些恩爱，之前所有带有温度的爱与现实，全活在她的每一寸肌肤里、每一条神经内……

姐姐虽知他贪玩，也热衷于那些圈里圈外的"游戏"，但自认为他骨子里是有底线和原则的人，对自己更是无话不谈，床上床下仍旧和谐亲密，姐姐也曾试想过他在外头是否会有别的女人，但从来没在生活里发现过任何蛛丝马迹，他也曾多次在姐姐面前说过，此生就随了你，你一人够我受用了，你哪儿都好，我何苦还要去外面做那些拈花惹草的事儿，那些露水情缘，其实都肤浅得伤人伤己，自寻麻烦，毫无意义。

当夜，一想起他可能赤裸着身子与别的女人缠绵在一起的样子，整个人痛成碎片，对他心生怨恨，也责怪自己平时对他太过信任，没有任何警觉之心，也反省是否太忙于公司和家里的事，对他关心太少，交流不够。

如此这般翻来覆去，心里躁乱。无论怎样，事实已经摆在眼前，既然已知，如何能做到假装不知？该如何处理，往后该何去何从？

后半夜醒到天亮，早晨依旧得起床，公司有一堆事要处理。看似平静地坐在公司里，但其实根本无法集中精力，神思不宁，前一秒钟还看似好好的，后一秒突然有万箭穿心之痛，觉得身子往下坠，地面裂开一个寒冷的黑洞，身子被大风卷进去，越拖越远，深不可测。

姐姐对目前的生活非常满意，有事业可以打理，有懂事的儿子，有相对体贴且体面的男人。之前从来没有想过有一天会面对这样的问题：如果真的选择离婚，会如何？

世事变化无常，看别人起伏跌宕，以为自己可以幸免，却不知，瞬间就让你置身其间。

黄昏时，姐姐出了办公室，坐上车，眼睛如有雾所遮，犹豫片刻，下了决心，让正往家的方向开的司机掉转车头，送她回龙游。

卷尾

达摩回到面壁洞，口无言而心声声……

1

姐姐一心想回到湖镇，回到姆妈身边，休息一两天，吃她亲手做的饭菜。

车灯划开前方的路，一寸寸往前亮，又一寸寸往后灭。周而复始。一寸亮，一寸灭。

月色之下，可见高速公路两边山的形状，月光从山峰处流淌下来，看似朦胧却轮廓分明。有村庄散落在山脚，亮了灯，都是新建的小别墅，远远看去，充满了财富和安全带来的温暖。一起吃饭的家人，看着电视剧谈论他人的人生，从剧里到剧外，或许会聊到邻居的家长里短，从外到内，桌前算起最近以来自家的精细小账，也有边吃边吵架的，都不知道为什么吵，为些鸡毛蒜皮的小事，为公婆、为亲戚、为孩子、为人情世故，也有为一句话、一个表情、一个眼神的，其实也吵不出个所以然来，互相怄着气，肚子一鼓一鼓的，却也都拿对方没办法，沉默的一方并不认输，大喊大叫的一方也不在理，都陷在互不相让的局里，有表面的固执、内里的隐忍，外面人看不透，里面人自己也搞不懂，打打闹闹，貌合神离，日子照旧。

姐姐看着窗外的景，思绪飘荡，远去了，又扯近来，近到清晰地意识到身处其中的现实，此时女性的脆弱占了优势，哽咽在喉间，人往后背一靠，之前一直紧绷着的身体放松下来，泪水不止。

半路上姐姐突然想起来，得给姆妈打电话，告之正在回家的路上。

进小镇时，已近九点。小镇习惯早睡早起，此时已被一片静谧潮湿厚沉的憩息之气所笼罩，日出而起，日落而息，千年如此。

家里的灯还亮着，进得屋内，桌前有碗热气腾腾的鸡蛋面，香气慰人心。姐姐知道，这是姆妈独守在厨房里，掐着时间，点火下面，刚刚从热锅里盛出来的。姆妈知道，姐姐独爱她做的鸡蛋面。

闻到鸡蛋面的香味，姐姐有了重新活过来的感觉。就如独自一个人在夜深的林子里赶路，长久置身于荒凉阴森之中，弥漫着的全都是孤寂之气，突见不远处有灯光、人声、狗叫声，终于嗅到了人间独有的烟火之气。

姐姐洗手，坐定，拿了筷子，细嚼慢咽，整个人沉浸在鸡蛋面的滋味里，食物的热气逼走内里的寒气，出了微汗。姆妈坐在旁边，看着姐姐吃，就像看一个刚学会吃饭的孩子。

一碗见底，姆妈问："还要吗？"

姐姐："饱了。"

姆妈试探着："再来半碗？"

姐姐笑了起来："饱了。"

姆妈："没什么事吧，这么晚了突然回家？"

姐姐："白天忙，今天下班回家的路上，特别想你，就回来了。"

父亲这时从外面打牌回来，见姐姐在屋内："你怎么回来了？"

姐姐也不解释，简单应了声："嗯。"

父亲紧接着道："我前些时自己画了新房子的设计草图，我找出来给你看看。"

姐姐接过父亲递来的图纸，扫了一眼，认真地道："你如果不怕累，真想造房的话，今年开始动工吧。"

父亲听后，嘴角眼角都笑开了花："好，好，今年动工，今日打牌手气好，原来你回来了。"

姐姐笑，不知这是不是恭维的话。父亲之前从没太把女孩当回事，现在他的女孩长大，长出了一些力量，他又把她当客人。

姐姐曾听他在私下对姆妈说："要是儿子这么能干就好了。"

姆妈回："女儿不也一样吗？"

父亲："总是差一点，毕竟是别人家的人。"

姆妈："谁家的？明明是你自己的孩子，怎么就成别人家的了？你脑子还真是古董又封建。"

父亲："传宗接代，任何年代都一样，这是硬道理。"

姆妈："什么硬道理，是你脑子硬，你平时看电视上面讲的什么精子库，有不想结婚或一时找不到合适对象结婚的单身女人，就直接去精子库选颗精子生孩子了，谁在乎接了谁的宗、传了谁的代？还有，年轻女人可以去医院先将自己的卵子冻起来，即使六十岁时想要有自己的孩子，照样能梦想成真。"

父亲直摇头："这世道乱得很。"

姐姐明白，父亲如小镇上大多数男人一样，总把女儿当成"别人家"的。有一次不知说到什么事，姐姐给了父亲一个或许让他很不舒服的意见，父亲当下就脱口而出："嫁出去的女儿，别管家里的事！"

姐姐心寒。家里大事小事，几乎全都是她的事。包括弟弟和妹妹的事，大多也是她的事。心里有别扭，就说给了杜安全听，杜安全道：你可以有情绪，但父母的事，你能甩手不管吗？去尽责，去爱，去开阔自己，本来就是活着的使命。

姐姐也不知这使命究竟是什么，但她知道，她必须得热气腾腾地活着，在这个世界里，活出些意味来。

姐姐曾经认为，杜安全懂她知她，而他如今所为，寒剑刺骨。长夜漫漫，不能安眠。白天魂不守舍，但好在有姆妈相伴。早上一起散步，一路听姆妈闲话，之前觉得厌烦的絮絮叨叨，如今也倍觉亲切，姆妈的声音，嘴里的琐事，此次听来，也觉得真切鲜活。

每在街头遇见人，姆妈都会主动问候，遇到对方想停下来聊天的，姆妈也会含笑停下来，对方道："你家大女儿？"

姆妈点头："就是，回来看看我，说想我了。"

对方就连连羡慕道："还是女儿好，大忙人一个，仍是黏妈的，你福气好。"

姆妈笑："都有福，都好。"

遇见一位年轻的妇人，长得颇为好看，瘦小白皙，但神情里有不安，她看了姐姐与姆妈一眼，挤出一个硬笑，侧身过去。姆妈说，她是镇头王家的媳妇，她老公半年前去世了，死得离奇。这男人花心，好酒，酒多了就打老婆，她想离婚，他却拖着不离，醉酒时拳打脚踢强行同房，酒醒后又痛哭流涕，全是一样的把戏，她实在无法忍受，就把儿子丢给公婆，常年躲在外面打工。他自个儿在县城里开了个小酒楼，生意不好不坏。冬天里喝多了酒，仍想着骑摩托车赶去郊区的相好那儿，因为急，便择了一条偏僻的近路。歪歪斜斜地把摩托车骑到了坡下的树林里，车子翻了，人撞在断裂了的树干上，流了很多血。就在那里冻着，竟然好些日子没人发现，等到附近赶鸭子的人看到他时，身子已经僵硬了，身体弯成了一个奇怪的弓形。

你还记得那个王家的儿子吗？姆妈轻描淡写道。

姐姐怎么可能会忘记？那张脸，那些话。多年前的那个傍晚，她曾在老街不小心撞倒了一个人，那人在街头口出恶言百般侮辱，姐姐缩在街角颤抖着身子羞耻难耐，在围观者的哄笑声中，内心绝望到恨不能跳江，是姆妈将她柔声唤回。

姐姐突然叹气："这人活着，真是不易，原本看起来一切都好好的，走着走着，就变样了。"

姆妈道："人这一辈子，哪个能一帆风顺的？无论怎么个活法，都不易，既然不易，那还不如尽自己的所能，遇什么破什么，努力活出些亮堂堂的气势来。你不比当年我的那个时代，不用活得太憋屈，但也不能太任性，遇事要冷静，每个人、每个家庭都是要经些事才能往前走的。"

姐姐从来不在姆妈面前诉苦，依姆妈的性格她也绝口不提，但知女莫如母，姆妈虽不多问姐姐什么，但从姐姐气色里，知道姐姐心里藏了事。

在姐姐眼里，姆妈向来就是个特别的人。

她是镇上最爱看书的妇人，姐姐喜欢看书，多少是受姆妈影响的。姐姐九岁时，姆妈已是三个孩子的娘，家里收入并不多，全家要精打细算着过日子。姆妈在院子里养了几只母鸡，生下的蛋会积攒起来，到集市去换些油盐酱醋糖什么的。这天姆妈从镇头的集市回来，姐弟几个照旧守在门前等着。一般情况下，姆妈会给每人一两颗大白兔奶糖，或者一小包动物形状的饼干。这天却什么都没有，孩子们心里空落落的，却都很懂事，没人会说出口，知道家里穷。虽失望，但几个孩子还是尾巴一样随姆妈进了屋，待姆妈放下篮子去厨房倒水喝时，都忍不住又去篮子里翻找，篮子里除了针头线脑、两包买给父亲的大前门香烟、几块肥皂、一瓶香醋，还躺着一本小人书。

这是家里的第一本闲书，姆妈用卖鸡蛋的钱换的。姐姐那时已经认很多字了，那本小人书被她翻来覆去地读，几乎都可以背下来。是关于公安在一个雨夜抓特务的故事，书名叫《一网打尽》。之后，姆妈经常会买书回家，但大多数还是靠借。姐姐读的第一本外国小说，是姆妈带回来缺了几页的《茶花女》。读什么书，姆妈是要过问的，不经姆妈许可的书，不能随便乱翻。那天姆妈出去洗衣服，姐姐知道姆妈一时半会儿不会回来，就偷偷拿了姆妈藏在枕头下的《茶花女》，躲到电影院一侧的亭子旁，一口气快速读完。合上书后回家，整个人头重脚轻的，感觉还在茶花女的世界里，身体却在小镇的老街上，恍然间听老街两旁关店铺的声响，早晨卸下的老旧厚重的木板门在黄昏时被重新一扇扇组装起来，最后一扇门吱呀一声，店门关紧，店主沿着老街回家歇息去了。夜晚的清冷虚寂开始在老街浮动。姐姐走在老街的青石板路上，边走边想，原来这老街外面，这中国外面，还有其他更为繁盛辽阔的世界。

姐姐梦游般走进家门，把书塞回姆妈的枕头下，见姆妈还没回来，便跑去衢江边找她。天色已暗淡，她远远看见瘦小的弱不禁风的姆妈蹲在埠头边的水泥地上使劲地搓床单，不禁又想起书里的茶花女，突然觉到深重的忧伤，让人想哭。多年后，姐姐想，那个黄昏，自己一下子长大了一大截，身体里的空间和时间，都野草一样向外拓展延长，以它们自己的节奏，快速铺开。

那时电视还没进入平常人家，镇上的年轻人都喜欢和姆妈聊天。吃过晚饭后最常见的娱乐就是串门，常会有三三两两的人来家里，与姆妈有一句没一句地闲聊。隔壁有个刚从部队退伍回来的军人，有天与姆妈聊得投机，就转过头来和父亲开玩笑：“你凭什么可以娶到这般标致又知书达理的女人。”

父亲笑，不说话。

长大些，姐姐才知道，姆妈几乎是被外婆活活逼到父亲怀里的。外婆家在县城，外公是篾业社的社长，后来莫名其妙地成了“现行反革命”。有天，一群壮劳力拿着家伙冲进屋来，床、桌子、柜子全被砸碎，甚至掘地三尺，为了找出他们狂热奇怪的脑子里想象出来的神奇发报机，那是里通外国的证据，当然什么都没找到，倒是找出了一些图形奇怪文字深奥的书，是外公痴迷的易经八卦。这些不被理解的奇书，也成了外公的罪证。地被掘破了，锅台也被敲掉了，说是里面可能藏有手枪。外公被拖走，强说他当年参加过什么青年救国军的组织，后来又叛变了组织，现在仍可能与敌对势力有联系。外公一头雾水，一问三不知，被吊起来暴打，坐老虎凳，喝辣椒水，饿肚子。姆妈当年才十七岁，也被拖走，说她是外公的秘书，所有情报、书信，都出自姆妈的手，逼她交代。姆妈不知道要交代什么，只能挨鞭子抽，抽得姆妈晕厥过去。又被冷水浇醒，告诉她外公已经交代了，就等着她的供词。姆妈木呆呆地看着他们，都是街道上的熟人，平时都礼貌地喊大伯叫叔叔，可一夜间面目全非。

一个月后，姆妈被放回家，外公继续关在县城的老仓库里。那是1968年。姆妈不可能再回学校读书，被责令去郊区的稻田里赶鸟。姆妈拿着系有红布条的毛竹竿，从稻田的这头跑到那头，鸟太多，姆妈人太弱，一天不间歇地跑，回家累得瘫倒在外婆的怀里。外婆抱着姆妈颤抖的身子，心里疼，眼涩，泪早已流尽。因了外公，外婆和姆妈成了不可被碰触的人，外婆家成了左邻右舍的禁地，走在街上，迎接不到任何目光，所有的目光都在躲闪，人人自危，怕被牵连。

白天的世界，人人贴墙而行，夜晚却是另一番境地，人心亮着另一套天理。早起的外婆，经常会在屋门口发现些粮食和青菜，都是夜深时，有人偷偷放在那儿的。外公外婆都是宽厚慈悲的人。那些在黑暗中靠近的人，曾经也是被外公外婆暖过的人。

1970年，遇到有说媒的，外婆二话不说就同意了。父亲所在的镇子，古老淳朴，镇上的人守旧淡泊，不喜欢高热度的政治，没有歇斯底里的造反派。

外婆一心想让姆妈离开那片是非之地，不再受牵连。父亲喜欢姆妈，她斯文、羞涩，长得水灵俊美。姆妈不愿意，姆妈有姆妈的梦想，姆妈觉得自己还远没到嫁人的年龄。外婆一意孤行，强行将姆妈许给父亲，私自收了彩礼：一块碎花的确良、五斤粮票、三斤花生米、两布袋红薯干。

姆妈孝顺，却也是倔强的人，死活不依。父亲送来结婚帖子，姆妈第二天便将它送回。来来回回送了七八次。父亲每次来，全是外婆陪他说话，姆妈不看他，也不理他。

有天父亲又去外公家送帖子，姆妈刚好在院子里洗头，透过脸盆的清水，姆妈看到站在她旁边静止不动的父亲，在脸盆里，姆妈第一次看清楚父亲的脸，羞涩白净，远没有想象的那样让人难以接受。

1971年，姆妈有了姐姐。

1975年，姆妈有了第二个女儿。

1977年，姆妈有了个儿子。

1978年，外公平反。到这时才知道，有个篾业厂的年轻人当年被抓进去，痛到生不如死，胡乱咬人，神志不清地顺着他们的意思编故事，顺便也将外公编了进去。

外公补回近十年的工资，篾业社解散。外公闲在家，索性茶饭不思走火入魔般地钻研起易经八卦，成了一名远近闻名的相师，行走八方百里，观天象，测命理，自修行。

那些个造反派，还住在同一条街上。外公见了，他们遇鬼神般避开，外公却主动打招呼："吃过否？""身体还好否？""今个日头不错。"

外公人没到家，就被好事之人告知了外婆，外婆对着他哭骂："差点被害得家破人亡，你这叫好了伤疤忘了疼，还和他们打什么招呼，要与他们老死不相往来。"

外公说："颠倒世界里，到处都是糊涂人，人醒了，还记着梦干吗？"

……

这次回来与姆妈散步，姆妈又讲起关于外公的事，又特意提起这句话："人醒了，还记着梦干吗？"

姐姐想："如果不爱了，就走开。离婚不可耻，出轨可耻。"

姆妈这么多年来，读过的书，见过的人，时间里看见的，经历着的，全都在她的世界里积聚和沉淀下来，被她淡化成朴素却睿智的语言。她置身小镇，置身于脾气粗暴的丈夫身边，书给了她另一个自由辽阔的空间。姆妈，还有王汉，他们给了小镇一个秘密通道，保存了小镇沉静斯文的脉象。近几十年来，一切快速往前，快到时间都不复存在似的，有太多事可以追，有太多影像让人眼花缭乱，而这一脉象，给了小镇一点底气一丝力量，如姆妈身上那丝看似柔弱、实则眼明理清、能在随遇而安中活下去的从容，听天顺意的镇定。

年轻时，因为养育孩子，忙于工作和家务，婆媳问题，与父亲的紧张关系，还有周边复杂的人际关系，姆妈身上或许还有些圆滑的世俗之气，但进入晚年后，姆妈显得更为淡定。父亲骨子里，其实一直对姆妈有一份敬意，虽然遇事急躁粗暴甚或逃避，发脾气时会对孩子动手，但他倒是从来没对姆妈动过一个指头，也从不正面与姆妈发生激烈的冲突。即便躺在床上不能自理的时候，姆妈身上仍保存着那丁点不可动摇的尊严和骨气。父亲知道，如果自己真正触到了她的底线，姆妈即使出门讨饭，也会带着孩子义无反顾地离开他。这么多年来，喜欢出风头又长得帅气的父亲与镇上的很多人吵过架，闹过事，却始终没闹腾出别的丑闻来。即便那些与父亲闹过事的人在街头遇见姆妈，仍会站住与姆妈打个招呼。人归人，事归事。瘦弱的姆妈身上就是有这样一股气势。姐姐想，这份气势，源自于姆妈对自心世界的安守，是可以感染到旁人的温和平静。姆妈如镜子，照见自己的现实。

姐姐喜欢姆妈现在和人打招呼时的样子，脸上充满自在喜悦的微笑，那笑容如涂了层蜜一般闪光温暖。

与姆妈继续走。

老街现在冷清得很，之前的打铁铺、布店、裁缝铺、竹器店、箍桶店、弹棉花铺、木匠店以及热气腾腾人头攒动的手工铺，都已成回忆。

姆妈说，大家都去商场买流水线上下来的产品，这些手工店铺实在支撑不下去，师傅也老了，年轻人也不愿意学手艺，都出远门寻活去了。

姐姐小时候特别喜欢茶馆，它是一扇窗户，姐姐透过它看到一个奇异而丰富的世界。如今镇里人聚在一起谈天论地，偶尔还有吹拉弹唱说书的茶馆也早就没有了，取而代之的是麻将铺，赚不了钱，连麻将铺也关了，又开了超市，超市也关了，有人来开了饭店。饭店生意还不错，店家的红烧猪脚和生炒猪肚很是地道，为了这两道招牌菜，很多镇外的人都开车来吃。

“还是吃最能吸引人。”姆妈道。

“是呀，喂好了胃，才会有其他。”姐姐笑起来。

起了些风，镇旁的塔铃声清脆，这千年古塔，如天之眼，日夜目视着小镇里的一切。所有日头下的生，所有黑暗处的灭，全都在它的目光里，万物此消彼长，生生不息。

路过舍利塔时，那老寺庙依旧，香火并不盛。

姆妈说，听镇上的老人讲，当时达摩曾到过此寺，有故事和旧迹相应，在民间颇为流传。旧时，庙里的大佛为释迦牟尼佛，比杭州灵隐寺的还大还高，但“文革”时被毁，寺庙的顶也被削去了一半。这座寺院叫湖镇舍利院，最早大约在唐代时修建，北宋时曾重修过。

姐姐道：“小时候，父亲打我时，我常躲进庙里，有一次竟然在佛像底座下睡着了。”

姆妈回：“你挨得打最多，你是老大，父亲喜欢找你出气。”

过了舍利塔，东街差不多就到尽头了，不远处，有幢看起来不错却显得荒芜的房子，除了有经了风雨日头的痕迹外，毫无烟火之气。破碎的玻璃窗、廊下的蜘蛛网、墙角的野草，一股久无人住、带了狐气的聊斋味。

姐姐想，这该便是当初镇上人疯传的小兰三姐妹用在外面卖身的钱造的房吧。便问姆妈：“那是跛脚家的房吗？”姆妈道：“是，十多年没见人回来过，这房子就全荒了，成了野狗和老鼠的窝，有时流浪汉也会钻窗进去住几天。”姐姐再次回想起那个与老师去小兰家的黄昏，心里一小阵隐痛，便低了头，一声不吭地跟在姆妈后面。

折回，往西边走，遇到五金店的阿三。当年王家儿子躺在他店门口闹，出来替姐姐解围的阿三，老了很多，背驼，嘴瘪，牙落。五金生意并不好，但还能凑合着开下去，就如早已互相厌倦的夫妻，各自都无力分开，能混多久就混多久，一副听天由命的样子。

阿三见到姆妈和姐姐，热情地从店铺里迎出来，三个人站在街头聊天。

阿三一边聊着，一边突然就泪眼湿润起来："我真是害怕。"

"怕什么？"姆妈问。

"我在这镇上生活了一辈子，几天前还在街上遇到的人，几天后就再也不会出现了。我有时看着街头，会害怕。"阿三说。

"噢，害怕光阴。"姆妈回过神来，笑道。

"光阴是永远喂不饱的嘴，会吞掉一切。我父亲、爷爷、爷爷的爷爷、爷爷的爷爷的爷爷，全都被吞走了。总有一天，我也会被吞掉的，变成一缕烟，没了，啊啊，什么都没了。"

"来到这个世界时我们谁也不知道，真要到走时，我们仍旧不知道，睡过去似的，没什么可怕的。"姆妈安慰道。

"年轻时意识不到，觉得时间一大把，用不完，现在到年龄了，看身边的人一个个没了，就怕起来，觉得这一辈子白活了。"阿三用袖子擦了擦眼和鼻，老孩子似的。

各自道过别后，姐姐拉着姆妈快走几步，走出这漫长孤寂的老街。前面就是王汉的馄饨铺，姐姐绕过去避而不见，不是不想念，是怕王汉那双眼睛看透自己脸上的落寞。姐姐记得第一次带杜安全去见他，他对杜安全道："一日日踏实地过，一日日过完就是一生了。"当时杜安全回答得多么欢快："王伯，我记住了，会对萍儿好的，放心。"姐姐知，这看似普通的日子，有巨浪有巨变，所谓天赐你，天也可能会收回。这一日日里的踏实之行，需要身藏多大的勇气和智慧。

一转弯，姐姐便与姆妈到了衢江边，天空辽阔，江水平缓，远山黛蓝，近处白鹭自由起舞，芦苇迎风轻荡。

“前天，镇上突然走了一个人，也许吓着阿三了。”

“谁？”姐姐惊问。

“镇西头的王老婆婆，女儿出门打工，跟同厂的男人去了湖南结婚生子，有一两年没回来了，儿子和媳妇生下两个孩子丢给她照顾，出门找活，过年才回家几天。王婆身体向来弱，有偏头痛的毛病，日夜照顾两个小孩几乎是抽她的筋扒她的皮。她常年吃些便宜的止痛药，旧病不能除，新病年年添。走在街头，人真是瘦得皮包骨，眼睛深陷，看得人发慌。几天前，镇上的人看她额头上包了块头巾，脸上又有伤，问她出什么事了。她说半夜起来给那个小的把尿，头晕，撞到了桌角，晕过去了，醒来时，听两个孩子啼哭，脑袋裂开似的痛，硬挺着，摸索着爬回床上，在两个哭泣的孩子边躺下。‘真是不想活了，泥土都埋到脖子了，还这般没日没夜地遭罪，没个盼头，活着有什么意思？’她边哭边和镇上的人道。隔天，就传来她悬梁上吊的事。听说临走前，还替自己烧了一大堆纸钱，是怕女儿和儿子赶路回来要费时间，没人及时替她烧，即便去阴间，不带钱在身边，仍不敢上路。”姆妈语气沉重。

“这儿子和女儿对老人也太不管不顾了。”姐姐听得心直往下落，落得没边没际的。

“这些没有任何退休金养老金的老人，遇上有出息或孝顺的孩子是运气，如遇不上，就得受罪。听说她走得很决绝，一句话都没留。”姆妈道。

“唉。”姐姐沉重地叹气。

“她和阿三熟，似乎还连带有些亲戚关系，阿三去了现场，受了惊。镇上的老人其实过得还算好的，听说那边更偏僻和边远的地方，老人们过得更不容易，还流传着三儿子的说法。”姆妈道。

“什么三儿子？”姐姐问。

“药儿子（喝农药）、绳儿子（上吊）、水儿子（投水），老人晚年如果活得孤独悲苦，得了重病，或瘫痪在床，怕拖累家人或早已被家人视为多余之物，深陷绝望，生不如死，自我了断是最好的解脱。”姆妈解释。

姐姐满心悲凉。

站在衢江边，举目望去，可见模糊黛蓝的远山以及对岸被拆得凌乱的村子。“对岸的村子怎么回事？”姐姐问。

“噢，整个村子都要拆，听说要建一个很大的工厂，附近十几个村子全部都要迁走，包括大片的良田和山林，农民拿着被征用的房子、良田和山林的补偿金，多的上百万，少的也有数十万，全转成城镇户口，离开土地，去别处生活。”姆妈道。

“有田就有粮，就不会饿肚子，房子造在自己的土地上，总归是安心的，这工厂谁知道哪年盛哪年衰？今天看起来是补了些钱，可这些钱，在大浪中哪经得起折腾呀？”姐姐站在衢江边，看着原本勃勃生机的田野和村庄，心有感慨。

母女俩沿着原路返回，暮色浓，凉气起。

与父母吃晚饭，陪他们看电视，又闲聊了会儿，姐姐回自己房间，在电脑上处理了一些事务。入睡前，看时间还早，想与儿子说几句话，便往家里打了电话，不想是杜安全的声音，平时这时候，他基本都在工作室。“是萍吗？家里父母怎么样？身体都好的吧？”杜安全问道。

“都好，让儿子说话吧。”姐姐不想多言。

“儿子，来，妈妈的电话。”杜安全也不好再问，递了话筒给儿子。

儿子个子虽高，说话仍奶声奶气，一声“妈妈”唤得姐姐身心绵软。母子俩捧着电话，你一句我一句地聊，最后，姐姐道：“做完作业，早些睡觉，妈妈明天回家。”

就听儿子在电话那边甜甜地说“再见”，又听他对父亲道：“妈妈说明天回家。”

挂了电话，在手机里看到之前存的给杜安全发短信之人的号码，这号码看着让人心颤，有股怒气在胸口堵着，却不知如何是好。姐姐将数字一个个重重地输进拨号框，手指按在拨号键上。说什么呢？自讨没趣不是吗？生命里的情爱，来来去去，执着于别人又有什么意义？重重叹口气，删了那组刺眼的数字，熄了灯，心有凄凄地躺在黑暗里，想起往日与杜安全的种种恩爱，喉咙一酸，泪就在暗处汹涌出来。落了泪，紧绷着的心反而松了些，躺在床上，翻来覆去，不能入眠。又想起今日散步时姆妈所谈，心底又生起另一种悲凉之念。索性开了灯，打开随身带着有移动网络的手提电脑，搜索“老人自杀”，竟然跳出几百万条，根本不忍一一细读。

小镇的夜，孤静到让人发慌，耳边偶有塔铃声悠扬，但听着更让人寂寥，像掉进无限的时间之中，又像是衢江的水，一层层席卷过来，漫无边际。

2

因为造房子之事，父亲想请镇上的领导吃个饭，他让姐姐必须要参加，姐姐不好拒绝。姐姐极不喜欢应酬，从最初的疲于应对，到现在的放松自如，也是经了漫长的历练。如今，别人让喝酒，也喝点，别人胡吹海聊，也能看似投入地听着，心却是排斥的，特别是对那些自我感觉极好的人，平时不学习、不自修、封闭狭隘，但口气了得，观点傲慢，事实上愚蠢可笑，明明如井底之蛙，却非要对自己不了解的人和事做出审判。有的人屁股上的地位相当重要，可脑袋并不比别人好使，他们喜欢在酒桌上指点江山，事实上内心严重不自信，迎上鄙下，毫无尊严却狐假虎威。另有一类人，内心自恋到极点，处处想成为焦点和中心，用一句话概括，婚礼上他必须是新娘，葬礼上一定得当尸体，一旦有这种万众瞩目的时刻，他必得是话唠，旁人几乎没有说话的份儿。

这酒桌上，经常可以看到种种可怕的两面人，分裂的，矛盾的，酒前酒后完全判若两人，一本正经的，放纵无度的，甚至还遇到过一个大老爷儿们酒后当场哭泣像个委屈的小媳妇……

看人亦看戏。

如此，即便十多年下来，每每酒后离席，大家握手告辞时，姐姐仍旧会有一种不能言喻的心境，为这复杂无聊耗时耗力的饭局。

这天中午的饭局定在老街的一家餐厅，原先是樟树底下的茶馆。其间，姐姐走出包厢回一个生意上的电话，在洗手间的转角处，遇见了从洗手间出来的潘水。

自上次在杭州商场的鞋柜里远远见过他和他的哑巴妻子后，一晃已十多年了。与他目光相遇的一瞬间，姐姐胸口竟然仍有被重器撞击之痛，身子紧了一下。像穿越时光隧道一般，又回到那个他老娘站在院里诅咒的午后，以及他来告别的傍晚。姐姐看着他一摇一晃离去的背影，那是一个遇事举棋不定、脆弱单薄、自认懦弱无能的男人。当年，姐姐曾在梦里将他搂在怀里，告诉他不用怕，余生那么长，只要够坚强，一切都不是障碍。

如今他站在那里，仍旧是当年的模样，只是眼角多了些经了世事后的痕迹，嘴角多了股只有努力在生活中行走过的人才会留下的劲儿，但姐姐一眼便知，他过得并不真正舒坦。

“这么巧？”他见到姐姐，稍有迟疑后先开了口，朝姐姐迎上两步。

“噢，是够巧的。”姐姐立马恢复常态，淡定浅笑。

“和几个朋友聚聚，谈点生意你呢？”他问。

“陪父亲吃饭。”姐姐随口应道。

“你看起来不错，一直听镇上的人把你当传说。”潘水道。

“谢谢，大家都在认真做事，只是我运气好而已。”姐姐耸下肩膀。

“这是我的电话。”他从兜里掏出一张名片递过来。

“真不好意思，没带名片。”

“我一直有你的电话，方便的话，改天请你一起坐坐。”潘水道。

姐姐看着他的眼睛，还是那样的笑，只是笑里多了些俗世之味，像是被烟火熏过的墙，厚灰里藏着太多岁月里积下的情绪。

“我今天下午回去，你那边快结束了吗？要不等会儿一起喝茶？”

姐姐脱口而出，潜意识里，姐姐想到了杜安全。

潘水提议去县城喝茶。湖镇到县城开车不过二十来分钟，两个人进了一家茶馆，门面虽小，进去，倒是别有趣味。茶馆主人喜欢收藏，老旧的木桌椅，墙角挂着大牛腿，牛腿上有雕刻精美的人与祥兽。

潘水告诉姐姐，很多年前，他就下岗了，后来在杭州开一个皮包公司，就是拿几个印章，夹一个皮包，到处去接订单，接到后转给工厂做，前几年不错，但现在生意也不那么好做，几个月前，决定回到湖镇老家，至少家里有现成的房子，开销不至于那么大。

“接什么单子？”姐姐问。

“给钢窗厂接订单。”他回。

“嗯。”姐姐应了声，她知道这生意其实她可以帮得上忙的，但她什么都没说。

“除了做事外，平时也喜欢到处转转古董店，收藏些东西，主要是高古玉，也因此读了不少书，中国历史全在玉里活了起来。以前是读不了历史的，只读金庸。”他突然话锋一转，咧嘴笑起来。

姐姐想起之前去龙游火车站送他回杭州，怕他旅程孤寂，曾经塞给过他两本金庸小说。

两个人应该都想起了那段尘封的往事，就静了下来，各自拿了面前的水杯，喝了一口。他转身，从腰侧取下一物，握在手心，递向姐姐。

姐姐伸出手，手心里多了一条温润细腻造型简朴可爱的玉猪。

“战国的，一直随身挂着，送你玩。”他随意道。

姐姐一看就知道是好东西，不知该收还是该拒，手就一时没往回缩。那玉猪睡着了似的，躺在姐姐的手心间，着实憨态可掬。

他说：“这件战国和田玉猪，用的是上等的和田子玉，玉质如羊脂般洁白细润。轮廓线条流畅自然，传神生动。那个年代，琢玉人个个都是艺术家，一辈子专注于一件事，在专注中成就了高超的工艺和非凡的想象力。”

姐姐听他背书一般地表述，淡笑。

他又道：“古玉器中用新疆和田子玉琢制而成的特别少，元朝之前新疆和田子玉基本上被帝王及贵族所垄断。我也是多年前在一藏家手里偶遇到的，当时就被迷住了，不想错过，那时身上没几个钱，可还是咬着牙买进了，之后就一直带在身边了。我是因为有了这头福猪，才真正开始喜欢上高古玉的。”

他知道姐姐属猪。

姐姐发现他比以前健谈很多：“玉器已有七八千年历史了，各类玉材不下数十种，想分门别类地弄清它们，得花时间学，自从喜欢上高古玉后，买了大量的书，跑了很多博物馆，认识了许多藏家。一道门，推开，可以看见一个很大的世界，因为古玉，我有了与之前完全不同的活法。玩玉是一种心境，久了，人也会随玉改变。我知道即便在古玉器发展的巅峰时期，譬如战国和秦汉，琢玉技巧也有高下之分，能称得上阳春白雪级的玉雕精品是少之又少，这个玉猪，几近完美。”

“是几近完美，可我不敢收。”姐姐笑道。

“你要收，只有你配得上。”他嗓子变得低沉，眼眶突然红了一下，随即低下头，无语。

他期待着姐姐会说些什么，抬头，拿潮湿的眼睛，看了姐姐一眼。

姐姐不接话。不动声色、表面淡定自如的姐姐已非复当年。

沉默了一会儿，他掏出烟，点上。也不怎么吸，就那样燃着，偶尔放进嘴里，猛地一口，嘴唇颤颤，缓缓吐出。姐姐忆起第一次见杜安全时，他拿着支没点燃的烟，放在鼻前嗅的样子。

“有孩子了吗？”姐姐换了话题。

“九岁了。”他闷声闷气地回，少了刚才谈玉时的神色。

“孩子妈好吗？”姐姐自然而然地问道。

“孩子三岁时，走了。”他回。

“走了？”姐姐愣了一下。

“生孩子时，我刚下岗，没什么钱，又整天在外面跑业务，没时间顾她，有时累了回家，也不想说话。你知道，她是哑的，本来交流就不容易，现在想起来，那段时间，她应该很苦闷。孩子两岁时，送去托儿所，她便瞒着我出去找事做，她会写会读，人也机灵，被一家餐厅招去做半天的收银，这样既可出门工作，也可照顾孩子。我发现后不让她做，但她坚持要去，也就随她了。在外做了几个月，她似乎很开心，人也长胖了些。”他声音低沉，讲述的过程中，努力装出若无其事的样子来，偶尔会不经意间皱一下眉头，说到一半，突然站起来道，“先去一下洗手间。”

姐姐一个人坐在桌子旁，四顾茶楼里旧式的布置，突然想起很多年前与潘水在龙游竹林禅寺看到的那些遮盖着褪色了的红绸布的佛像，两个人在江边说过的话，那些声音和色彩，仍旧清晰明亮，却又如隔了几个世纪一样遥远。

潘水回到座位，唤服务员换了新茶。

“嗯，刚才的话题没说完，”他道，“我有一天跑完业务，请人吃饭，回家已凌晨一点多。那天喝了些酒，我自己开锁进门，怕吵醒她们，直接躺在客厅的沙发上睡着了。第二天醒来，时辰已经不早，这时候应该是她起来做早餐准备送孩子去学校的时间，可屋里异常安静，起来推开卧室的门，床上没人，到处找了一圈，没见踪影。后来才知道，她带着孩子，与餐厅里的一个四川厨师走了。”讲到这儿，他突然笑起来，像是讲别人的故事似的，脸上看不出任何表情。

“后来见过孩子吗？”姐姐问。

“这世上的事，真像演电影，即使你知道开头，却根本猜不到结尾。”潘水咧嘴笑，嘴角上扬，眉毛也顺势往上，连带着右侧脸部的肌肤猛地跳动了一下。姐姐就在那丝笑里，看到她曾经熟悉的无力与脆弱，但又多了点让姐姐惊讶的玩世不恭。就那么一瞬间，却被姐姐捉住了。

“我为了女儿，四处打听了两年多，去她娘家无数次，并不想拉她回来，只是想见女儿，想知道她们的情况。我也想成全他们，希望能和她把事给了了，总不能一直与那个厨师在外躲着不见人吧。可我愣找了三年没找着，她娘家人也没有她的下落，也可能有，只是不想让我知道罢了，呵呵，我像是不讲理的人吗？”他咧起嘴笑了笑。姐姐看着他，心中涌起百般滋味。脑子里浮起他最初的脸，那么干净羞涩，又忆起他从杭州回来帮忙造房子时，坐在饭桌边搜寻姐姐的眼神，真是恍如前世。

“就在我放弃找人的时候，厨师托人把女儿给送回来了。女儿快六岁了，见到我像见到鬼似的，哭个不停，她已经不记得有我这个爸爸了。”潘水道。

“她妈没一起回来？”姐姐问。

“那个厨师带她去了他舅舅的老家，四川中部一个不大的县城。他们俩在那里开了家小饭店，生意不错，这哑巴聪明，也勤快，每天早起买菜，白天端盘子收银晚上算账。有天早上下雨，风大，她骑车去菜市场，风吹起雨衣，被过往的汽车卷进去，被拖了几米远，送医院，人倒是活过来了，但一条腿没保住。半年后，又怀上了厨师的孩子，他就托人把孩子送了回来。”潘水道。

“孩子现在呢？”姐姐关心道。

“我带在身边，但我到处跑，顾不上她，在杭州时就找了个五十来岁的住家阿姨管她，回湖镇后，我的嫂子们对她很好，常替我照顾她。”他回道。

“这些年，你没再找一个？”姐姐忍不住，又问。

“怎么找？一个被老娘活活拆散了，现在想来，那么好的女孩，体贴善良勤劳能干，最无助脆弱时，我却弃她而走，怪谁？怪自己无能为力懦弱自私。她被老娘那般辱骂，我却一个人悄然离开，留下她在那个封闭保守的小镇独自面对，我真是活该。也许是想要惩罚自己，想用特别的方式对抗老娘，心理有点变态扭曲，就找了个无辜可怜的哑巴，却被自己常年冷落，她带着孩子与人跑了，也是报应。我还有什么勇气继续找，哪里还有什么如意之人？”潘水说这话时，眼睛直直地盯着姐姐，眼眶再次缓慢变红，聚成眼角的一滴泪，顾自淌下来。终究还是和当初一样的人，脆弱，无力。

姐姐之前从不曾想过自己有一天能够这般坐在潘水面前，听他讲这些事情。如果是当初，姐姐会站起来拥抱他，像哄孩子一样轻拍他的后背。但人不可能逆势而行，一切都已在时间中改变。

经历让他的眼角饱受风霜，但眉宇间仍不失清秀，气态俊美。姐姐希望他能够活得更好，虽曾有刻骨苦痛，但姐姐并不记恨于他。

“来我公司吧，我做房地产也是摸着石头过河，你这些年来在外面工作多少也积了些经验，算帮我一把。”这些话原本就在唇间跳动着，几乎快脱口而出，但姐姐硬生生地把话吞了回去。

姐姐不想在这样的时候，做出任何草率的决定。

“之前这命里发生的事，谁都说不好，之后，肯定还会遇到合眼缘的。”姐姐安慰道。

“我早已经在心里放弃了。”潘水的语气里有弱弱的坚定。

姐姐也不知该再说些什么，于是安下性子，又坐了一会儿，然后道：“时间不早，我该回了，你也早些休息。”姐姐起身拿包。

潘水抬头看她，眼有不舍，道：“好，我还有些事要办，会在县城里多留些时间，今天能遇到你实在是意外，谢谢你一起喝茶。”

“是意外也是必然，我先走了啊，有任何事打电话给我，万一有什么好的合作机会，我也会随时联系你。”姐姐边说边往外走。

潘水目送姐姐离开后，发现那只玉猪仍搁在桌前。

3

出了茶馆，姐姐开车往湖镇走，脑子里一片茫然，恍如梦境。

进了老镇，心方才安定下来。进屋和姆妈说了会儿话，收拾东西准备回杭州。姆妈送姐姐出门，站在满院的阳光里，姆妈表情略显忧愁，忍了忍还是开口道：“你这次突然回来，气色也差，猜你是有心事的，你不提，做姆妈的也不想多嘴，但还是想和你说，做女人，千万不要和自己的情绪纠缠不休，不要筑心牢困住自己，别指望这一生必定会一帆风顺，靠天靠地，都不如靠自己。你现在已不是当初，你有孩子有事业，心里如果没有执念，人这一辈子再难也顺。”

姐姐看着比自己矮半头的姆妈，喉间突然一紧，伸出手去，紧紧地拥抱了一下姆妈："放心，没事，一切都挺好。"

"有什么不顺心的，再回来住几天，虽然帮不了你，但还是能陪你说几句话，给你做几顿好吃的。"姆妈道。

姐姐使劲点头，钻进车内，朝站在日头光下、黑发间夹了大片白发、日渐衰老的姆妈挥了挥手。

车子离开小镇，驶在两边都是田野的高速公路上。公路两边的田野快速往后，车子往杭州而去，靠近，又靠近，靠近问题的中心，是面对，而非逃避。姐姐心里一团乱麻，车窗外的风景一层层倒退，一点点模糊，模糊到眼里不再是风景，全都是泪。

到了杭州已是傍晚，姐姐去了一下公司。再出来时，发现方才下过一小阵雨，夜湿漉漉的。并不想急着回家，于是去了西湖边，游人已经散去，姐姐沿着杨公堤往北开，昏黄的路灯下，烟雾缭绕，最初是一团团浓的，而后渐渐散开，变成缕缕细烟，景色扑朔迷离，让人惆怅。车里响着姐姐喜欢的古典音乐，是亨德尔的《让我痛哭吧》。姐姐想起第一次去杜安全家吃过晚餐出来后，也是这样听着他送的古典音乐，绕着西湖开了一圈又一圈，景似相同，境全然不一。

回到家时，儿子和阿姨都已睡下。自己房间的灯亮着，杜安全躺在床头翻书。见姐姐回来，立马起身问："回来了？要给你泡杯热茶吗？"姐姐摇头，进了洗浴间。净身，努力调整呼吸，回床在杜安全身边侧身躺下，无声无息地。

屋里静得很压抑。空气也是硬的。

杜安全把姐姐的手拉过去，握在自己手里："萍，你听我解释。"

"累了，睡吧。"姐姐把手抽出来，侧身。

时间在漆黑的夜中静静流淌，不知过了多久，姐姐听到身边响起轻微的鼾声。毫无睡意的她侧转过身，在黑暗中看着他脸的轮廓，听他伴着呼吸时发出的轻微的叹息声，稍稍翻动身子时的嘎吱声。姐姐熟悉他的气味，他的动作，他的习惯，甚至他的思维。姐姐躺在他旁边，心里产生一种奇怪的念头，那么亲切又那么陌生。似乎每个人的出现都是一种必然，就如汪姐，可这一切的必然里，总有某种东西的存在，让它们互相关联，支撑了前行的方向。这内在的东西究竟是什么？是一个人的选择和判断？如果当初不救老太太，自然不会有汪姐，如果不是自己愿意脚踏实地步步往前，汪姐也不敢倾心相助。一样，即使遇到了杜安全，如果不是彼此有吸引对方的地方，自然也会走散。一切看似机缘，聚了，散了，都有因有果，这因果的核心仍旧是自己。

这寂夜里，姐姐回想起汪姐所说，女人要先看得见自己，能独立地站在一处，承担责任，对父母、对孩子、对力所能帮之人，除了爱男人，这个世界还有很多东西值得女人去爱。女人如果能克服情感上的脆弱与依赖，反而能活得更自在和强大。姐姐将这些换成另外一句话：有无杜安全，我的世界都该完整地存在，他在，更好，他走，不留。

晨间醒来，姐姐发现杜安全正睡得香浓。往常这样的时候，姐姐都是在他的怀里醒来的，今晨两个人的身体隔着些距离，有不可言说的凛冽在里面。以前看似亲密无间，夜夜相拥，却不知他人另有世界。这种背离之苦，如同突然而至的浓雾一般将姐姐瞬间吞没。

姐姐清楚，这绝不是自己想要的生活，宁愿一人养孩子，也不想活在这假装的恩爱里，要真实的生活，要真实的感受，要真实的爱与恨，活不出真实的自我，谈什么幸福？要什么婚姻？所谓的为了儿子，所谓的为了面子，所谓的顾大局，都是自欺欺人，一辈子不容易，何苦活得这样装腔作势?

时间还早，可姐姐毫无睡意，索性起床，去西湖边跑步，让自己先冷静下来。清晨的景致非常宁静，没有游人，只有一湖绿水。

姐姐进家门时，儿子正背上书包准备与阿姨一道出门。见到姐姐，兴奋地扑过来拥抱："昨晚我等你到九点半，便睡着了。"姐姐亲了亲儿子的脸蛋："今天妈妈会早下班，带你去吃牛排。"儿子开心地挥手离开。

进房间，杜安全还在床上躺着。

姐姐道："一起吃早饭吧。"

杜安全早无睡意，听姐姐说一起吃早餐，便快速起身洗漱，取出阿姨准备好的早点，一一摆到餐桌上。

姐姐冲了澡，换了一套米色的休闲服，在杜安全对面坐下，喝了小米粥，又剥了一颗鸡蛋，边吃边道："小时候，我姆妈在院子里养了几只母鸡，个个会下蛋，但舍不得吃，要积一起拿去换些油盐酱醋，偶尔也会换几颗糖给我们吃，总是吃不够。那时最大的梦想就是希望长大后，能够买一麻袋糖，想怎么吃就怎么吃。长大了，却早已对糖不再有任何兴趣。人这一生很长，此一时彼一时，很多东西，彼时爱得死去活来，此时可能不再爱了，但婚姻不是，姻婚并非儿戏，不是小孩子吃糖。在婚姻里，爱有时是脆弱的，更坚定的是责任，是经过了选择后的责任。日复一日，每个男人和女人都有逃离的冲动，你可以，我也可以。我曾经想过，要爱，就深深地爱，在同一个人身上，不断地去看见他的成长。你告诉我，三十岁的你，四十岁的你，以及六七十岁时的你，是完全不同的你，我想我也一样。当初为什么结婚，我想是因为我们彼此相爱，需要用婚姻来更好地维护，保护孩子和财产。如果你仍旧需要更多的女人，完全可以。离了婚，再去找，是对婚姻的尊重，也是对你自己的尊重。我想，伪装地活一辈子是不容易的，是扭曲和痛苦的。如果我的存在，我们这个婚姻的存在，影响了你渴望的另一种生活，我们各自分开走路吧。孩子归我，别的一切可谈。”

姐姐剥完鸡蛋，一小口一小口吞下，表情相当平静。

杜安全看着姐姐的侧脸，那眉眼间的坚定，让他心里忽然打了个哆嗦。她外形如西湖边风中的柳条，骨子里头却如柳树的干，极具稳定性，这与她的细腰肥臀极为相似，瘦瘦小小的身体里，有着一股不可见的倔强。杜安全知道，这正是姐姐的迷人之处，他非常清楚，自己不会也从来不曾想过要离开姐姐。有多久没有这样安静地坐下来看着姐姐了？他跑哪里去了？那些不在场的时间里，自己究竟都干了些什么？有那么一瞬间，杜安全突然意识到自己其实还是个没长大的孩子，是个喜欢在外面瞎逛的野人，他能感觉到自己的心一直往下垂落，不仅是心理，甚至连身体本身也强烈地产生出一些对自己的厌恶，他看见自己面目可憎的一面，这让他觉得烦躁，于是摇了摇头，调整了坐姿，挺了挺胸。杜安全想起最初与姐姐在一起时的自己，那般鲜活强健，初生牛犊，出水蛟龙，与姐姐行天地之合，晚出早归，魂魄相随。姐姐是他身体的另一半，唯独与她待在一起，看着她，世界方才完整，最初的一两年或者更长的时间，他虽时有应酬，但心思全都在姐姐身上。他像头熊，喜欢睡在姐姐臂弯里，沉溺在姐姐的气息里。她的表情，她的笑，她的声音，她那结实纤细的腰以及圆润肥厚的臀，姐姐身上的全部，是他生命里永远不谢的花，白天朴素，晚上妖艳。很长时间里，他一直庆幸有这样的女人做他的妻子。可是，从什么时候开始，自己越归越晚，晚归越来越正常，又是从什么时候开始，这个家成了旅馆？姐姐也在外面做事，却越做越沉稳，自己也在外面待着，可待久了，浊了，模糊了，却自以为是地越来越牛气哄哄了。画了些画，赚了些钱，得了些名，也有了利，可很多时候，连自己也不喜欢自己。嘴里风清气雅，出入高档会所，交往各界“精英”，其实都是些什么人，做的都是些什么事呀？读了那么多佛经，说了那么多自以为高深的废话，可骨子里就是个俗人，懦弱，自私。与雅琴之间，虽然从来没想过要当真，以为神不知鬼不觉，可纸终究是包不住火的。事情既然这样了，总要面对。

于是杜安全颤着双唇道：“说实话，那三条短信，就是连我看了也觉得肯定有事，但这里确实有误会。这姑娘在一家会所上班，之前是喜欢过我，帮我介绍了好多大藏家和商人，由她牵线，卖了一些画，所以就送了个礼物给她。有些事，真的无法说清楚，这样吧，我把这对姐妹约出来，我们四个一起吃顿饭，你那么聪明的人，一看便知道我与她是不是真有关系。”一堆话说完，连杜安全也觉得几乎是在下赌注，更觉得自己是可耻的。

姐姐看着杜安全，认真地说道：“这整件事里，只有你和我有关系，因为你是我的丈夫。如果你真与她或者其他女人做了什么事，那是你自己的选择，我与那些女人素不相识，她们根本不需要去在乎我的感受。我相信，或许真的是她或者她们想要勾引你，是她们主动喜欢你，是她们先脱了衣服，是她们一定要睡你，但是如果你做了，仍旧是你自己的选择，正常的情况下，我相信女人强奸不了你，所以你不是受害者。因此，我只需要与你一个人谈就足够了，我没有任何必要和理由去见别的女人或者与她们同桌吃饭。以什么样的身份？一个被老公背叛了的可怜女人？或者是一个怀疑自己老公与她们出轨了的神经兮兮的猜疑狂？这顿饭，对我，对她们，都是不尊重！”

杜安全看着姐姐，一时无语。

姐姐继续道：“人到中年，更多的是责任和担当还有使命。我或许和你不一样，从小镇一步步走出来，如你所说，我常回望我自己来时的路，我不会忘记最初的我是谁。每个人都要为自己所做之事承担责任，关于离婚，离的不仅仅是你我之间的关系，更多的是内在的亲情和血肉相连的某种形式的分离。你如果真的认为某个女子值得你去爱，可以为之放下你已经拥有的这一切，或者你对我已经毫无感情，那么，你想清楚之后，你去做，去承担，去决定，我会安静体面地走开，我相信，我也会重新拥有我自己的生活。”

杜安全万般沮丧地道：“没有任何人可以替代你和这个家，我从来没想过要离婚，从来没有停止过爱你，相信我。”

姐姐想：如果离婚仅仅是为了维护尊严，这种尊严有时也是不真实的。在漫长的婚姻里，需要爱的能力，更需要修复的能力。如果可以修复而不去修复，那么之后遇到别的人，照样会面对更为复杂的事体，很多事并非用离婚可以简单地解决。看得出，杜安全对她对这个家，依旧是恋着的，自己对他，仍旧还是有爱的。

有一点，姐姐相当清楚，事实上，如果彼此真的无法继续了，厌恶一旦产生，怎么分手都是一种形式。如果一个人真的想离婚，其实根本不需要找理由，所有的理由从来不可能是充分的。没有爱没有性，彼此冷漠如陌路人，真到那种地步，姐姐仍旧会毫无顾忌地毫不纠结地选择离婚，一分钟都不想停留。

两个人又默坐了许久，姐姐吃了几颗樱桃，起身去公司。杜安全一直呆坐在餐厅里，直到阿姨送完儿子买了菜开锁进门，这才恍惚地离开餐桌，回到书房，想找点事做，却完全坐立不安，心神不宁。

刚才与姐姐的对话里，杜安全几乎觉得自己又重新爱上了她，一个不同于年轻时候的她。

杜安全一直觉得自己的人生还没开始，到了四十岁的时候好像觉得还没长大。常常觉得自己不是一个真实的存在，别人也是虚幻的，他们走路讲话都是上帝戏剧化的安排，时间一到，他们就会全都消失，死了，没了。杜安全常有强烈的不真实感，甚至怀疑死亡是不是真实的存在，年轻时有过自杀的念头。虽然会有矛盾和迷茫，但杜安全对于寻找生命的真实感觉，从来没有放弃过，就如这绘画，就如这人间俗世里的爱。

可是，不知从什么时候起，生活将他慢慢置于别处。对于身边真正值得珍惜的，反而少了关注。如果说人都是自私和好色的，那么杜安全也深懂人性之复杂及自己的脆弱，大多数时候，他是无力和模糊的，有时候也实在不清楚究竟要对这世间索要什么，他挺羡慕那些活得清清白白说一不二的人，直接果断，即使明天要死了，也要把事情分得明白透亮。这日日相连的生活太琐碎，也实在太无聊，身边的大多数人都太平庸。好在内心里那么小束光始终都在，或弱或强，这光真正的指向，对杜安全来说，也不是非常明确的，但这光唯独在画画和爱姐姐这件事上，他实在是清晰和明白的，这是他真正安心之事，就像呼吸，或者像是人的脸、树的皮，是精气神。

一整个白天，杜安全都没有离开书房，就那么闲坐着，摸摸这个，翻翻那个。心不在焉，但脑子片刻不停。傍晚，母子俩出门吃牛排，杜安全一个人在家喝了碗白米粥，在窗口站了会儿，看夕阳之光彻底消失在西湖对岸的山林间，然后回到书房继续待着。凌晨时，他铺了纸，提笔给姐姐写了一封信，说是信，其实没有称呼，也无开头和结尾，只是几句话：

身为人，再离经叛道，即便终其一生，大约都无法真正像闲云野鹤那般逍遥自在。我深刻地意识到，婚姻与爱，是契约也是责任，是心甘情愿背负在身上的重量，我希望之后活在这重量里，而不是轻浮的“逍遥”里。请相信，我一直都爱着你，也请相信，我们将会更加恩爱地生活在一起。

他将纸叠好，放入挂在进门处的姐姐的包里，又去阳台抽了支烟，洗漱一番后，在已经入睡的姐姐身边侧躺下来。

一大一小，像两把勺子的形状。

杜安全将手轻轻置于姐姐的腰处，黑暗中能闻到姐姐的体香，他将头轻轻往前移了移，埋进姐姐舒软的头发里，调整呼吸，身心在姐姐温暖而熟悉的体香里安妥下来，心里却脆弱得想哭。

窗外隐约能听到湖边林间传来的鸟叫声，已是半夜，杜安全想，有多久没有这般清晰地意识到拥有姐姐和这个家，是自己生命中如此重要的福分，外面的世界再怎样喧嚣迷离精彩变幻，此处才是自己的安心之地。

4

从湖镇回来后不久，姐姐出了一趟门，先到兰州，去了郎木寺，再重去敦煌，又从敦煌到成都，再进甘孜。在路上，姐姐认识了一个喇嘛医生，刚毕业，想要开一家诊所帮当地的村民治病，村民平时没地方看病，更去不起大地方。姐姐给这个喇嘛医生在雅砻江边，花不太多的钱买了一处房子做诊所。姐姐在甘孜的日子里，经常一早出门散步。有天早晨，一个人在雪地里高一脚低一脚地走，雪地发出稀薄的微光，微光圣洁明净，就如佛光，那一瞬间，姐姐觉得整片雪地美得像是开满了莲花的湖，姐姐踏着莲花而行，置身明亮通透之境，体会到了生命中神圣而非凡的力量，能听到清晰美妙的声响，心里升起奇异的喜乐。与此同时，脑袋里浮现出那些更为脆弱无助惊恐不安的眼睛，以及无数求生的微小的声音。姐姐置身雪地，第一次感知到自己卑小如蚁，内心却极为平静祥和。

旅行回来后，姐姐的公司决定与当地的一家杂志社合作，每年举行一次慈善拍卖，所得资金，定向捐给那些身处贫困地区生病了却无钱可治的孩子。姐姐越来越意识到，可做的事其实非常之多，无论周边的世界处于何境，姐姐只想知自己能去做些什么，如果自己能做，就自然而然地去做一点。不问目的，更不问意义。姐姐从不喜欢下定义，事是人做的，定义是旁观者下的。

有一天杜安全和姐姐道："我认为本质的东西大于学问，本性中闪光的东西，其魅力往往超过学问，艺术更是如此，很多人苦苦修行，想悟到真谛，其实悟就是去接近人性和人心中闪光的东西。”姐姐听了，心里颇为感叹。

日子在光阴里铺开，一切看似可以无限伸延。

风和日丽，桃红柳绿，湖上春光荡漾，万物喷薄欲出，空气甚是清新，姐姐差不多每个早晨都会去西湖边跑步。“天下西湖三十六，就中最好是杭州。”姐姐虽每日近观西湖，仍觉得西湖之美日日不同四季有别。

这日，天海茫茫之间，忽地风云突变，天地突然暗淡下来，电闪雷鸣，地动山摇，暴雨倾盆，湖边之人都惊慌失措，狂奔避雨。姐姐想，这般大雨，毫无预兆，突如其来，实在怪异。雨瞬间就将姐姐浇透了，姐姐沿着小路往回走，见湖面上有一纸船，沉沉浮浮，很快就被湖水和雨水吞进水底不见。雷声不停，姐姐一时心生恐惧，竟然晕了过去。醒来后清晰地意识到自己就快要死了。甚是慌乱，想逃跑却被死神紧紧拉扯住身体的巨大惊恐，以及对世间之事之人的留恋，对未完成之心愿的遗憾，全集聚成钻心的痛，如万箭穿心。即便如此，姐姐仍决定穿上喜欢的灰色亚麻休闲服，在之前与杜安全结婚的那个小公寓的客厅里，强忍着痛和眼泪，冷静得体地坐在桌子旁，眼前摆着自己名下的财产目录，和亲人朋友们一一道别。

每个人都有属于他们的一份礼物，感谢他们在她生命里的陪伴和帮助，和每个人真诚不舍地告别拥抱。甚至还有几位一直欠着姐姐钱不还的人也在现场，姐姐敏捷地起身关上门，非常冷静也很清醒地让他们一一单独坐在桌子对面，她担心和他们各自的谈话被外面的朋友们听到伤了他们的自尊。

每个和姐姐谈话的欠钱者都低头不语。

姐姐说："您欠我的钱，我此生都没机会处理了，我知道您有各种各样的困境、各种不还钱的理由。您现在没钱，我希望您将来有朝一日能够飞黄腾达，到那个时候，我希望您能够如数把我借给您的钱捐到慈善机构（请不要用慈善机构不可靠为借口，这世上总有一家值得您信的），如果您还愿意，希望能补上这么多年来的银行利息，一起交给慈善机构。"

那些在生活里伤害过、辱骂过、为了利益当面友谊背后设陷、坑骗过姐姐的人也都来了。姐姐请他们喝茶，一一握手，告诉他们："都以为自己不会死，都想死死地抓住，都以为可以永恒，可以不择手段，可以不顾一切，可以凶狠黑暗，可肉身终要成灰。这活着的一生，就像是在幻境，现在我要醒了，我先走，你们都保重。"

之后被自己揪心的疼痛惊醒，发现原来是个梦，可眼角竟然全是泪，枕头也湿透了。在床上等了会儿，动了动身子，彻底醒悟过来，自己还活着，仅只是一场梦。

多么庆幸是一场梦呀。

只是梦境如此清晰，完全如身临其境。

姐姐躺在夜里，能听到窗外的鸟叫声，但她的内心空如旷野，寂寥如风。姐姐揉着发疼的胸口，不禁自问：如果这一天真的突然来临，我是否已经做好了准备，我还有什么要做的？

独自在暗处想了许久，看着晨光一点点浮起来，慢慢浸进窗帘，姐姐拿起枕边的手机查周公解梦："梦到自己死，是长寿之象。"

解脱是从认识死亡开始的。人命无常，肉身脆弱，稍有不慎，呼吸说停就停了。姐姐想，如梦一个，人到中年，给自己一个警觉的机会。

姐姐想起之前在一个寺庙里听师父说过："梦就是经历，与现实没什么差异，是上天给你的预示，让你能在平静处见无常之幻影。”

第二天早晨，杜安全冲马桶的时候，发现自己便血，着实受了惊吓，慌忙跑出来告诉姐姐：“看来得去趟医院了。”他前些时日早起刷牙时有呕吐感，白天身体困倦，最初以为是春困，但自知身体大不如以前，也想着去做个检查，却人总是被事所困，抽个身去医院都变成了一件困难的事。

姐姐打电话给公司推掉所有安排，两个人立马去了医院，报告很快出来，是直肠癌，要求第二天来办住院手续。

知道结果时，姐姐脚一软，几近眩晕。事到如今，杜安全反倒比姐姐淡定。“没事，既然已经长在身体里了，是命定了，急也没用，千万要冷静，你乐观，我也就乐观了，就像打仗，遇到强敌不退缩就有胜利的可能。”当天夜里，杜安全躺在自家的床上，握住姐姐的手安慰道。姐姐满腹忧虑，魂魄丢了一半。

他坐起来，用胳膊环绕着姐姐的身子，让她在他的身边躺下，在黑暗中，彼此清醒着。他说：“如果真死了，也不算年轻了，是可以去死的年龄了，只是家里的一切都辛苦你了。”

姐姐不说话。他不再开口，用一条腿压住姐姐的身子。他环抱着姐姐，温柔地抚摩她。他的手像船划开了平静忧伤的水面，所到之处，仍旧让她感到战栗，他将身体贴着她的身体，她把手放在他的臀部上，使劲地将他拉向自己，她想让他知道，她仍旧渴望他，他得好好活着。最初他是迟疑的、缓慢的，而后有了勇气，身体像潮水般冲击着姐姐的腹部。姐姐用胳膊肘微微撑起身子，静静地看着他，看着他激情迸发，突然滚出泪来。

姐姐能感受到他身体的航行，越来越深，越来越快，猛烈地、狂热地、更深地，就像是生命最后一次般地抵进姐姐的身体里。他光滑的皮肤上渗出薄薄的一层细汗，他的嘴唇吞噬着她的嘴唇，他的身体吞噬着她的身体，他被彻底淹没，然后在类似于抽泣和亢奋的颤动中停了下来。她抱紧了他，伸手去抚摩他柔软的头发。他的呼吸开始恢复正常，姐姐感觉到他的身体在退潮，然后一点一点地离开她，一旦他的身体从她的身体里撤出，对于疾病的恐惧重新攫住了姐姐的身体，她不知道接下来的这场战争究竟有多么的残酷。他倒是平静或者故作平静的样子，微笑着将姐姐拉进他潮热的怀里，就好像她是他的孩子。

入院第七天，做了手术。短短几天，杜安全又瘦了一大圈，但情绪却越来越“皮实”，脸部表情比任何时候都平静，之前在艺术上的野心，各种纠结之事，现在都通通离他远去。之前那些琐事俗事积留在脸上的痕迹，竟然都在医院里慢慢褪去，没了超越规矩以及洞明世事却游刃于圈里圈外的自得，更多的是烈日下沙漠里长途跋涉之后，黄昏时在大树底下安然沉睡的宁静。一场疾病，让他变得真正冷静和寡淡起来，一副听天由命的安然。

外界知道他得的是癌，或许活不了多久了，他们自动将他划入另一个世界，有他画的人，会想，他死了画价会更高，没他画的人，就想着他死后，画价或许会被推得更高，便开始四处找渠道要他的画。

杜安全清楚，外面的世界已经与自己无关了，他只需要与自己的疾病待在一起，待在他的每一分每一秒里。他第一次无比清晰地意识到，每一秒其实都是漫长的。痛里的漫长，等待的漫长，却又是快速的，快速老去，快速靠近死亡。

在医院里，他真正学习与自己相处，彻底安静下来，如他所言，既定事实的东西，反而让人安心，给人一种豁然开朗却又无可奈何的平静。

疼痛却一日比一日让人难以忍受。他经常会因为那些无法抑制的痛，嘴唇苦楚地扭着，脸上肌肉也因此抽搐，但过后，他又会露出骄傲的表情，孩子气地朝姐姐笑，他总是用笑来宽慰魂不守舍、惶恐不安的姐姐。

得知病情后，姐姐每夜都会有混乱的梦境，光怪陆离。杜安全反而完全放下包袱，丢掉所有掩在脸上的面纱，重新活回一个脆弱而单纯的孩子。他的颧骨鼓起，眼眶往里凹，但他的笑，比以往任何时候都清澈纯净。

手术后第二周，病情有反复，医生说需要化疗。姐姐什么都不顾，一直守在他病床前，所有他清醒的时间里，她都醒着，握着他的手，陪他说话，或者两个人就那样安静地待着，时间一点点流逝，每一秒都不会再回来。自相识以来，这是他们俩彼此真正待在一起最长、最亲密的时光。隔了病房外所有的一切，在眉目神态看似非常清晰的死亡之神面前。

有一天，姐姐给他喂药，他突然问起："还记得第一次约你来我家，听的是谁的音乐吗？"

姐姐回："维瓦尔第的《四季》。"

他很满意地笑起来，笑得嘴角咧起。

"你是从什么时候爱上我的？"他又问。

"听你讲故事时，我心门已开。"姐姐忆起往事，止不住喉咙发颤。

"什么故事？"他好奇地问。

"那个黄昏时在沙漠里追光的少年，那个躺在沙漠深处听夜风的少年。那个少年如置身战场，战场或呈半圆，或绵延、盘曲、交叉，军鼓齐鸣，马蹄扬尘，遮天蔽日。人马厮杀，纵马驰骋中酣战，鲜血染红沙漠。少年伏身马上，箭镞不停地掠过他的头顶与四周，人与马在刀刺中碰撞、摔倒、滚落。少年的一只手也被兵器砍伤，鲜血里刺鼻的腥味，周围震天的喊杀声永无止境地持续，敌方队伍像一条滚滚奔流的大河，一浪又一浪，永无止息地漫延过来。他两腿夹马，策马飞奔，任由坐骑一个劲地狂奔，一直往西，前方突然亮了起来，仿佛将他从阴惨的黑洞里突然抛至艳阳之下。他知道他终于摆脱天昏地暗的厮杀的战场，马儿也累了，少年从马背上滑落，天与白沙忽然倾斜，远处的叫喊声连绵不断……”姐姐重复他说过的故事。

杜安全笑起来，但嘴唇却抑制不住地颤动。

“那个少年说，或许那团闪烁着迷人光辉的亮点，就是他将用毕生去追寻去献身的艺术，也是那个他一直在寻找的美好女子，而梦里听到的战场，就是他身处的现实。”姐姐泪眼潮湿。

杜安全紧紧抓住姐姐的手，热泪从眼角滚出。

“那个少年还在电话里与我说，如果重新再在时间里走一次，他依旧会选择去追光，因为不如此，就不是他了。”姐姐含泪轻泣。

“对不起。我曾是个迷路的孩子。”杜安全情不能已。

“有一天，我曾梦到那片沙漠，那个走在沙漠中的少年，我竭尽全力地呼喊他，想追上去，陪他一起追光，但老是追不上他，似乎太累了，我就坐下来，看着他的背影在黄昏的沙漠深处走得如此勇敢决绝，我独自一人坐在沙地上号啕大哭，哭得惊天动地，醒来时，枕边一片泪迹。”姐姐再也无法自控地失声痛哭起来，那么多年，这是姐姐第一次在杜安全面前如此哭泣。

杜安全紧紧搂住姐姐，声音打战："无论选择多少次，都会是你，此生，我绝不会再让你做那样的梦。"

除了化疗，姐姐在网上四处查寻，又四方托人打听，寻到北京的一位老中医，与他通上了电话，老中医认为："癌是正气不足、气滞、痰凝、血瘀日久而引起，治疗癌症要以'软坚散结'为原则，用中药可以将硬结打散，可延长生命，缓解苦痛，防止复发转移，甚至可以'长期带瘤生存'。"姐姐听了他的一番话，多少添了信心，决定第一个化疗程序结束后，便通过中西结合的方式进行治疗。

外界都在等着关于杜安全逝世的消息，然而，住院两个月后，姐姐带着瘦得皮包骨头却异常平静的杜安全出院了。除了还要配合医院完成余下的化疗程序，姐姐寄了所有的资料去北京，开始漫长的中药治疗与调理。

5

这日大雨，一整天阴沉沉的，人的心境自然也沉重起来，想起在家里养病的杜安全，姐姐决定提早从公司出来，早些回家陪陪他。

出了楼，看见对面马路旁有个女人在瓢泼大雨中撕心裂肺地痛哭，姐姐不禁心里打战，是什么苦痛，让她如此不顾一切地站在马路边失声痛哭的。姐姐在大楼的门口站了会儿，见到一男的从旁边的小店跑出来，愤怒地拉扯她，女的站着不动，男人就去拉她的头发，她也想奋力挣扎，男人对着她一顿拳打脚踢，女的对抗不了，被他拖着走远了。这一幕让姐姐想起多年前第一次去广州的火车上遇见的那对夫妇。多少年过去了，一样无助的女人，一样“顺势”而为的男人。没有什么恩与爱是从天而降的，经济与意识的独立才是一切“选择权”的前提。

回家的车上，看着雨刮器无声地刷着倾盆而下的大雨，姐姐想，这人走过来的每一步都已定格，回头去看，每每会觉得有遗憾或者有差错，可放在这时间的大维度和宽度里，错误也并不是不好。天地茫茫，人往何处去？最终都在“自然而然”里。路有尽头，船有到岸时，而去意浩荡无边。生命的开端是一个“兴”字。这一生二，二生三，三生万物，万物都有阴阳，阳是始动，阴则随之而成，不断推移，又有了新的阳始，有了新的气势，如果停止了，人会死，石头也会死。因此，不管这生活如何挫磨，身体里那点光一直都得亮着，时强时弱，是阴是阳，是始是终，但始终都在，由着它，生活就总有可以想念的地方。

姐姐早归，杜安全孩子般开心不已，说了比平时更多的话，身体虽恢复得慢，但气色越来越不错。吃晚餐时，杜安全突然道：“想王汉的那碗馄饨了。”

杜安全生病前一两个月，父亲打电话给姐姐：“房子快盖好了，应该会是镇上最漂亮气派的一幢，这样，你回来也显得体面些。”

姐姐不想去理解这体面究竟是给谁的，只要父亲高兴，满足了他的虚荣心，怎么说都由他。当初家里造第一幢房的时候，正是香烟市场最可以赚钱的时候，父亲坚决要先造房，对于父亲，房就是饭，是肚子，是脸，是活着的意义。

姐姐其实并不想父亲再操劳房子的事，老了，经不起折腾了。姐姐也知父亲的脾气，他是舍不得将房子全部交给工程队的，他自己肯定得跑前跑后，买各种材料，找工人，姆妈得烧水倒茶，管钱算账，各种琐碎，都是辛苦的事。但他心心念念地一意要造新楼，如果自己不顺从，他余生都会觉得压抑，活得不痛快。

活着，房子是最“体面”的事，父亲的这种执念，一生不变。城里买再好的房子，熟悉的人看不见，花的也是冤枉钱，对父亲而言，这一生的“成就”，这一生的“福报”，仅仅是活给熟悉的人看的。父亲的世界就是湖镇，这楼房必得造在湖镇，造在这个从镇头到镇尾走路不用半小时的小镇上，他的“福气”才可以被人看见，才叫个脸上有光。

杜安全住院时，父亲说房子差不多快结顶了，是关键时刻，房子不能停下来，怕这一停，气就不顺了，不吉利。他必须看着房子稳稳当当地呈现在他面前，才能彻底安心。所以，杜安全生病的过程中，姐姐失魂落魄需要支撑时，他几乎抽不出时间来杭州。姆妈几次打来电话说要来杭州看看，只是她来又能做什么呢？她会晕车，来回奔波，进出医院，只能徒添伤感，再说父亲也不情愿她来，因为房子大过天。

造房的过程中，他应当是快乐的，并且从中得到巨大的满足和安慰。他的天分也在造房子的过程中充分体现出来，整个房子由他自己设计，里面的空间布局，每一处都精心考虑，都安放了他对生活的理解。邻居和亲戚来时，他会带着他们四处走，向他们解释他的想法，听他们由衷或者客气的赞美，他的眼角将会盛开出一朵灿烂的花。父亲整天待在工地上，他一日都不想停歇，他的梦想、他的荣耀全在此处，一座他想象中的大房子，镇上数一数二的大房子。他的大房子。

杜安全出院时，父亲打来电话说：“房子正式结顶了，你们的房间在二楼，朝南，窗外有棵大樟树，樟树后面就是衢江，天气好的时候，可以看到更远处的青山，小时候，我跟着你爷爷进那深山里背过木头，后来还与你一起去山里收过蘑菇和笋干……”

每个肉身终将成灰。

父亲眼里，唯有房子可以帮助人获得存在的永恒感，房子是符号，是生命的延续，是另一个肉身。

姐姐想回去看看，但杜安全的病还没有完全稳定，姐姐心思不定，加之公司里有诸多事务需要处理，就一直拖着没回去。

又过一个月，父亲打电话说：“房子正式完工了，里外都装修好了。”他似乎尽量压制着，并没太喜形于色，用词也稍稍比平时谨慎：“知道杜安全的事，让你心烦，这段时间你也累坏了，你就好好休息，但房子完工是件大事，还是决定请亲戚朋友来聚聚，喝点酒，放几串鞭炮，你不方便回来以后回来也行，我放鞭炮时，念着你，家里喜庆，给你那边……嗯，你那边也会顺顺利利些。”

父亲几乎就差点顺嘴说出给你那边去去晦气这样的字眼了。新楼落成之喜，姐姐原先想好要挤出时间去参加，但知父如她，知道父亲让她好好休息，也有另一层意思，最好别回去了，姐姐身边有重病之人，挤在喜庆的人群中，大家也不能回避，都会做出些关切和安慰的姿态来，乱了喜气，不如不回。

姐姐在电话这边说了几句祝贺、保重之类的话，黯然挂断了电话。亲如父亲，有时也如隔千重远山。

所以，这天杜安全说想吃王汉的馄饨时，姐姐并没有接话，只想着等等再说。

杜安全住院时，除了凤妹时时陪在姐姐身边，妹妹倒是每周都会来医院几次，帮着做点事，或者就安静地陪姐姐坐一坐。这似乎是长大以后，姐妹俩相处的最融洽的时光。妹妹已是做了母亲的女人，也经了些事，虽没太多的话，但至少也懂得了分担，姐姐偶尔离开病房去接电话或者处理工作的时候，她就安静地在病床前坐着，看着挂瓶里的液体一滴滴进入杜安全的身体，看着杜安全慢慢消瘦下去，看着他在疾病面前努力表现出的镇定却又因疼痛脸变得扭曲。

疼痛难忍的时候，杜安全尽量不看身边的人，疼痛甚至会让他觉得害羞。姐姐给他擦身子时，身上都是骨头，他会把头转向另一侧，眼睛看着墙壁，他的情绪一直稳定，极力在疼痛的屈辱中保持着尊严。

在医院里所经受着的，妹妹也全都看在眼里。前些时间，她告诉姐姐，早上起床，想选一套舒服自在的家常衣服穿，打开衣柜去寻，看着满柜子不太实用的花里胡哨的衣服，堆成山的高跟鞋，挤成团的名牌包包，突然间心口堵得厉害，一阵烦躁难受，甚至无法想象这堆东西竟然是自己买的。其实绝大多数衣物，常年不用。她说，得一点点清理出去，给它们找个去处。妹妹道，这几天每每站在镜子前看自己，真心会觉得害怕，这几年过得太糊涂，不知不觉中，竟然肿胖得厉害，“我得先让衣柜和屋子简单明了起来，我不能再给自己找任何借口，不能再这样松懒下去，得动起来，不仅身子动，脑子也得动起来。长久这样无所事事，脑子就如堵住了的下水道，废掉了。有时真觉得自己活得像头猪，好吃好喝好玩，时间一闪而过，真是可怕。我得找事做，每天一小时英语，和孩子一起学，我一直喜欢平面设计，也得系统地学起来，另外定了瘦身计划，买了健身卡，一日日坚持，再不坚持，就瘫了。”妹妹感慨。

姐姐想，每个人都在时间里往前，每个年龄段都不相同。之前特别讨厌的菜现在也不再觉得那么难吃了，你曾经以为遇见了人生中最难过的坎，翻过去后，也都成了经历和故事。

人的心性，就是这样变化着的，一步步看见不同的自己。妹妹最初的心高气傲和固执倔强也在时间里一点点褪下去，慢慢成长出不一样的姿态来。

临睡前，姐姐想，妹妹的孩子差不多五岁了，得送他礼物，送什么好呢？送他一幅杜安全的画？一架钢琴？几套衣服？都不合适，什么都有的孩子，送什么似乎都不会在乎，陪伴才最珍贵。就想，让妹妹陪他去坐游轮，自己和儿子一起去，放松一下，杜安全由阿姨照护几天，应该没事。之后的几天里，和妹妹商量，定下了坐渡轮的时间，可快成行的前两天，姐姐接到妹妹的电话："宝宝眼睛红肿，老是流眼泪，带去医院查，医生竟然说是视网膜母细胞癌。"

"什么？"姐姐一时没反应过来。

"宝宝得了眼癌。"妹妹哭泣道。

"早期的吗？"姐姐问。

"是的，一只眼睛有，但还没扩散。"妹妹声音发抖。

"别哭，先冷静，找最好的医院，找最好的治疗方案。"姐姐道。

挂了电话后，姐姐上网查了资料，了解到这种病在中国的死亡率达百分之六十甚至更高，然而这个数字在美国仅为百分之一至百分之二，当下打电话给妹妹的先生，提议让他立马出发去找上海的医疗中介，准备带孩子到美国治疗。

一个月后，妹妹从美国打来电话："姐，一切都顺利，已在按阶段治疗。到美国后，在这家医院遇到很多从国内来的孩子，同样的病，他们父母把房子都卖了，工作也辞了，有些发现得早，很幸运，但有些已经晚期，可父母仍靠着信念和爱陪着孩子坚持到最后，即便有一线希望也不愿放弃。我这两天总会在同一个病房门口听到义工们在给一个快走的孩子唱圣歌，声音充满了慈爱圣洁的光，我站在走廊里，被歌声感动得满面是泪，似清冽的泉水流入我疲惫干渴的身体，内心像点亮了一盏明灯，照见我自己那些布满尘埃的灰暗角落。姐，你知道吗，我的身体在那个瞬间变得轻盈，头脑开始重新清晰起来，没有了之前的惶恐不安，知道儿子生病以来，我几乎是第一次有这般放松美妙的感觉。昨天傍晚那个孩子走了，孩子父母告诉我，她们连续来医院给他唱了三天的圣歌，孩子是在爱与光之中平静地走的。他们现在也没之前那么苦痛，心理上也接受了孩子离去的事实，虽然为了救孩子几乎失去了所有，但他们从不后悔陪着孩子经历了这一程。”

想起刚查出儿子有病那天妹妹在电话那边天塌下来般惊慌失措的声音，姐姐能想象她的恐惧，周围一切原本熟悉的以为是既定的事物突然之间完全塌陷，这种感觉姐姐非常清楚。姐姐除了每天和妹妹发短信支持与安慰外，什么都做不了。每个人的一生，似乎都必得自己一步步踩踏出来，这走过的每一步，最终都会呈现出它自己的模样来。

几日后，又接到妹妹的电话，告之小孩子病情在朝好的方向发展。妹妹说：“我在这边，见了很多家庭，之前我也曾和你说过，他们中大部分靠借钱和卖房来给孩子看病，医院附近有个麦当劳之家，提供给来医院看病的家庭住宿，有公用的厨房餐厅，活动空间以及小图书馆，除了麦当劳之外，也有别的公司一起赞助，比如会以某某公司的名字命名客厅、某某机构的名字来命名厨房。我参加过几次住在那里的孩子的庆生活动，非常温暖友爱，但房间有限，需要申请。很多贫困的家庭因为有这样的机构提供帮助，缓解了求医之途的艰辛。我特别想在回国后，也办个类似这样的慈善机构，帮助那些偏远地方来省城看病的家庭，到时会找些大公司和社团一起来做，甚至成立一个专门的基金，以帮助有病却无力求医的家庭，我昨晚与家里的男人聊过了，他非常支持，儿子这次生病，对他打击也很大。另外，也希望你能够支持我做这个事情，我是下了决心，一定是要去做的。”

姐姐在这边连连点头：“我会的，会尽力。”

妹妹道：“宝宝的病，对我是一个大劫，但也因这个劫，让我看见和感受到之前不曾有过的。一个人带着他在异国求医，心理压力巨大，我时常会深夜醒来久久不能入睡。宝宝流着口水酣睡在我旁边，你知道吗，宝宝也知道自己生病了，变得比以前安静懂事，有一次看我在洗手间流泪，他进来握住我的手说‘妈妈，不哭，我不会死的’。无数个不能安睡的夜晚，我会握着宝宝的小手，凝视着他熟睡的脸，那么需要保护的脆弱的小生命，让人怜爱心酸。我时常在夜里边流泪边反省自己以前的生活，觉得人不论多么强大富有、多么有权势，可当这脆弱的肉身在这世上结束时，又能带走什么？唯有灵魂的力量可以继续陪伴着你爱的人。姐，我一定要做点事，从自私的角度讲，不为任何人，就为儿子，我想尽可能做个更有意思的妈，等有天我死了，可以继续让他觉得温暖和骄傲，而不是一个只会购物逛街做美容毫无作为的肥妈。”妹妹在电话那边先是轻泣随后傻笑。

姐姐拿着电话，内心百般滋味，喉结打战，热泪溢出眼眶，但胸口却是发烫的：“等你和宝宝回家，做你想做的，我第一个支持。”

“你其实是懂我的，一旦下定决心，我是非做不可的。”妹妹的语气里带着坚定和勇气。

“我相信，你会的。”姐姐泪里含笑。

6

凤妹当年生下孩子后，与半瞎的奶奶继续生活在杭州。姐姐将所有商场里的店铺关了后，凤妹随后进入了姐姐的房地产公司，做财务工作。三十二岁那年，孩子六岁，她与公司里小她四岁的一个四川小伙子谈上了恋爱。小伙子父母极力反对，凤妹一边喜欢着小伙子，一边心里时时想着退却。不承想这小伙子相当认真，非结婚不可。父母拗不过儿子，只能闭眼随他去。两个人就真的结婚了，第二年又添了个儿子。再如何反对，如今孙子都有了，父母便出了首付，给他们在杭州买了房，一家四口加上奶奶，生活得有滋有味。凤妹性格好，爱笑，懂得照顾人，又知包容和隐忍，工作上也尽心尽责。她考完了会计从业资格证，又通过了初级会计师考试，最后取得了中级会计师资格，一步一步，踏踏实实的。有时两个人聊天，姐姐会说："凤妹，一定要笑，学到最后，笑到最后。"

这天姐姐接到凤妹奶奶的电话的时候，正陪杜安全在外面散步。这奶奶生性冷寡，基本上面无表情更无笑容，即便如姐姐，过年带了礼物去看望她，她也是极少开口说话。最多在姐姐临走时，将姐姐的手拉过去，放在她的手掌心，摸一摸然后拍一拍，算是回应致谢。

姐姐听姆妈说过，凤妹奶奶一辈子不易，七岁做童养媳，十五岁开始连续生下四个孩子。大儿子十九岁时，与镇上的伙伴玩，从屋顶摔下来几天后就去世了，二儿子婚姻不顺，但好歹留了个凤妹给她，小儿子得了小儿麻痹症跛了一条腿。她四十岁不到就开始守寡，生活支离破碎，一路走得艰辛，好不容易熬到晚年，又出了凤妹这种摧毁性的大事，却仍旧直起骨头、拖着个病身、携着凤妹走出家门，摇摇晃晃地挺了过来。

没有任何寒暄，奶奶直接在电话里道："我其实早就是该死的人了，那年去女儿家看眼病前，我自个儿就在县医院查出子宫里有颗拳头大小的瘤，医生让三个月去查一次，谁知摊上凤妹那事，我活命都成了问题，从此没再进医院。没什么好留恋的，喘着一口气，硬挺着，是舍不下这可怜的、没人管的凤妹，就死命撑着，能陪她几年是几年。没想，这老天开眼，凤妹有福报，托你帮衬，日子越来越顺，我也竟然到现在还没死。这段日子，身体真撑不了了，一把年纪了，自己有数的，但不想去医院开刀受罪，也活够了，该走了。可是，这走之前还是想去湖镇看一眼，不敢和凤妹提，怕她觉得奇怪，因为之前我和她说过，只要可以在外面活着，死都不想回湖镇了，那个地方，全是伤心事，眼不见为净，可真到要走时，还是想着去看一眼。自从七岁时被人卖到那儿，根就长那儿了，魂魄也都丢那儿了，得回去收收魂，不然走不踏实。"

姐姐拿着手机，站在湖边的柳树下，看着对岸的青山，认真地听她讲完，随后问道："奶奶，需要我做什么？"

"这周有空的话，由你出面，去和凤妹讲，就说大家回去看你们家的新楼，顺便带上我，不要带她的先生，我怕镇上的人多嘴多舌，在他背后说凤妹的闲话。"

"好的，放心，我会安排好的。"姐姐道。

挂了电话，姐姐和杜安全道："这周末有空，带你去湖镇吃王汉的馄饨，顺便看看我父母家的新楼。"

杜安全开心地回："好呀，这新楼造好都快小半年了，还没回去看看呢。"

几天后，一行人，凤妹带大儿子还有奶奶，姐姐与杜安全，一早出发去了湖镇。

父母早早在新楼前等着，帮忙过来开车门。一年多忙碌下来，父亲老了不少，眼角皱纹深了很多，人瘦得厉害，但全身却是喜气洋洋的，托了房子的福，让他脸上添光，骨头里生精气。他带着大家，从里到外从下到上地讲他对楼房的布局和设计，杜安全连连附和，夸得父亲眉开眼笑。

下楼时，姐姐走在后面，父亲随在她身边，低声道："这房子，我是想以后就留给你弟弟的儿子吧，你知道弟弟没什么能力，不太能赚钱，所以得替他儿子考虑，你觉得呢？"

姐姐看着父亲的表情，先是愣了会儿，随后反应过来，突然笑起来："怎么着都可以，你开心就行，我没任何意见。"

姆妈也瘦了，脸色偏黄，气血不如以前。和姐姐去老街买菜的路上，姆妈对姐姐抱怨道："这人就是活得不真实，原本的房子好好的，住着也习惯，虽不大，收拾起来却很方便，一定非要盖个新楼给别人看，自己找罪受，我的身体根本吃不消收拾这么大的屋子，他身体似乎也被拖垮了，晚上老是咳嗽，睡眠也不太好，年龄大了，经不起折腾的。"

姐姐在一旁听着，不接话，父亲非要盖，姆妈跟着受累，而自己是那个掏钱的人，无论说什么都会得罪人。

"知道杜安全得病，我也是日夜担心发愁，这边的事情弄好后，本想去杭州看看，又怕去了，屋里人多，影响他的恢复，就想着等他恢复了些再去，所以就一直拖着没敢动身，你不会怪姆妈吧？”姆妈边走边看着姐姐。

“不会，知道你一直惦记着的，你自己要保重。”姐姐真心实意地回。

“这场病让他遭罪了，瘦得脱形了，看着心里真的难受，但他精神似乎还好，也是让我稍稍松了口气。”姆妈道。

“边治疗边调养，希望癌细胞不要扩散。”姐姐道。

两个人买了菜回来，大家挤在厨房里，择菜，洗菜，聊天。杜安全换了个环境，待在老人身边，显得特别开心，孩子气上来，一定要亲手做两个拿手菜，鱼香肉丝，葱焖茄子。

一大桌人围着吃饭，姐姐夹了杜安全做的茄子送进嘴里，味道比他生病之前做的差了许多，想起他身上带着的病，心里就空空地落寞了一下。

午后，大家去了王汉的馄饨铺。王汉见到姐姐，咧嘴笑了笑。第一碗，王汉用双手端给奶奶：“您老慢慢用。”奶奶点点头。姐姐知道，王汉对凤妹奶奶是另眼相看的。第二碗，给了杜安全，不说话，只是点点头。杜安全站起来，笑着接过馄饨：“谢谢王伯。”姐姐在一旁道：“他从医院出来，说想王伯的馄饨，想了几个月了，今天终于如愿了。”光头王汉转身看馄饨在沸水里翻滚的样子，缓缓道：“活着就好，一日日放松地活。”杜安全听了，愣了下，低头不语。

吃完馄饨，凤妹带着儿子陪奶奶继续在街头转悠，其实也没什么可看了，奶奶在这个小镇待了一辈子，每一处都是熟悉的，但她目光里仍旧有好奇，眼睛睁得大大的，四处搜寻，目光所及之处，都曾是她的天地，都留过她的脚印，她想一寸寸地收进她记忆的口袋里，收紧，带走。

又去了之前住过的老屋，门上着锁，凤妹说，不知钥匙丢哪儿了，找不见了。奶奶道："看一眼就行了，不用进去。"

就那样在院子里站了一会儿，旧尘扑面而来，虽然满院子的光，但奶奶却觉得冷，凤妹便牵着奶奶的手，走回到主街上。

店铺大都关着门，街头走动的，都是些驼着背的熟人，都老了。奶奶也没什么心思与他们唠叨，点点头，便走过去了。一擦肩，就是永别。奶奶不在乎，她已经没什么可以在乎的了。

下午四点左右，奶奶说："累了，回去吧。"

姐姐让司机送奶奶先回杭州，凤妹和儿子陪着一起上了车。姐姐目送车子离开小镇。这是老人最后一次亲近她生活了一辈子的镇子，她的全部，都浸在这里的青砖与墙缝里，能带走的，仅仅是肉身与回忆。

进屋，回到父亲安排的那个房间，杜安全已经靠在床头睡着了。姐姐悄声下楼，见姆妈拿把椅子坐在门廊处织毛衣，便也拿了张凳子坐下："怎么想起织毛衣了？"

姆妈道："是呀，有年头没织了，最近心里乱，织毛衣能静心，一针又一针，一圈又一圈，把杂乱的念头全织到毛衣里，织一阵子，心气就平了，跟庙里的和尚念经差不多，一针一句阿弥陀佛。"

姐姐笑起来："看来我也得学着织毛衣，遇到烦心的时候，就织几针。"

姆妈道："前不久，镇上的方爷走了，以前弹棉花的，不知你有记忆否？"

姐姐道："嗯，有记忆，方脸，浓眉，嗓门大，力气大，爱喝酒，谁家有事找他，他都乐意帮忙。"

姆妈道："他家老太婆走得早，几个儿子都分家另过了，留他一个人生活，前两年生了场病，从医院回来整个人就缩了，每天呆坐在门口，看着孤独得很。儿子孙子孙女一大堆，但都顾不上他。衣服脏兮兮的，没人替他换洗，几家人轮留给他送饭，也不太上心，时有忘了的，他就饿一顿饱一顿，镇上人都知道这个情况，常有人给他送饼干水果。临走前发了几天高烧，已经不能进食了，半夜走的，竟然没一个人在身边守夜。他算是高寿的，九十一。人走了，几个儿子花大钱请了和尚道士来念经，做了三天三夜，儿子媳妇就长夜跪拜，膝盖跪破，腿跪肿，不能直行。不敢不跪，心虚呀，活着时不管不顾，死了却怕了，怕什么，怕那看不见的亡魂哪。镇上人说，活着时不尽孝，死都死了，却花钱找罪受。出殡那天，整个镇上的人差不多都送了，一是他长寿，沾点喜气，二是他为人好。儿子们拉了几大车鞭炮，一直从小镇铺到二里路外的公墓上，单单鞭炮就花了好几万。可人死如灯灭，没什么好说的了。"

"这人呀，老了再加上有病，就可怜了。"姐姐忍不住锁了一下眉头。

"方爷可怜就可怜在没个女儿，有女儿就会好很多。"姆妈道。

姐姐知道姆妈的意思，便笑了笑。

"这镇上的老人，年龄到了，割葱一样，年年都要走几个。王汉几个月前也病了，住了几天医院。"姆妈幽幽地道。

姐姐回："什么病？"

姆妈说："胃出血，但不是癌，还有些别的小毛病，毕竟七十多的人了。"

姐姐惊讶道："竟然七十多了？"

姆妈回："时间很快的。"

姐姐叹道："也是，我都过四十了。他该在家多养养，怎么还照样开店铺？"

姆妈说："习惯了，每日手里得有事做，人活在事里。"

姐姐听了，心头触动了一下："嗯，人活在事里。"

姆妈道："抽空再去看看他，他无儿无女，和你亲。"

姐姐试问："待会儿叫他过来一起吃晚饭？"

姆妈奇怪地看了一眼姐姐："从你懂事起，你听说过他曾在谁家吃过饭吗？你见过他曾来我们家吃过饭吗？"

姐姐见姆妈这副认真的模样，突然忆起当年姆妈瘫躺在床上无钱抓药几近等死时，王汉塞进自己口袋里的救命钱。姐姐知道姆妈对他的感情，是亲人，是相知的同类人，便故作放松地笑了起来："没有，没有。晚饭后去看看他，他现在还看书钓鱼吗？"

姆妈语气重归平静："他一直是个喜静的人，读书钓鱼侍弄花草是他的方式。屋里没有电视，书又太多，几乎成了累赘，他也觉得自己老了，屋子里不该塞太多东西，去年我帮他一起清理出大部分书和杂志，送给镇上的中学，但他现在有了电脑，能从网上下载老电影，他喜欢看老电影。"有笑浮在姆妈的脸上。

姐姐感叹："记得以前读的闲书都是从他那儿拿的，家里吃的鱼，也几乎全是他钓的。"

姆妈道："他祖上做大生意，他爷爷是大地主，曾做过保长，他父亲去日本留过学，回来后在上海一家报社工作，母亲生他时难产死了，混乱的年代里，父亲不知什么原因上吊自杀了，写了遗书让独子王汉回小镇来照顾奶奶。父亲死后的第二年，也是1970年，他孤身从上海回来，与奶奶一起生活，那一年年底，正好我也嫁来小镇。包馄饨是奶奶教他的，不承想他竟然就靠这手艺心平气和、心甘情愿地活了一辈子。”

姐姐颇为震惊：“之前从没听你讲过。”

妈妈叹口气，没接话，沉默着。

过了一小会儿，姆妈转而说起别的人和事：“那个生癌的王婆竟然还活着，已经九十六了，没人知道她的真名，全镇的人都叫她王婆。这王婆很独头，对什么都没太多感情，冷冷的。她越老胃口越好，早上一个鸡蛋、一大碗玉米糊，中午一整条活鱼、半碗小米饭，晚上青菜豆腐、半碗粥。她耳不背，眼不瞎，基本不需要别人照顾，自己买菜，自己下厨。每个月镇上会给她一些钱。活过九十的人，都能领到一笔特殊的长寿金。前些时日出门摔倒了，蹭破了皮肉，倒没伤到筋骨，我前两天买了水果去看了她，又递了些钱给她用。她话不多，有一句说一句，脑子门儿清。镇上人说，这镇里千年养下的精气神，都被这些长寿的活成妖的老女人给吸走了。”姆妈道。

姐姐笑道：“将来姆妈你也活成精，多吸吸镇上的精气，反正是老天爷赐的。”

姆妈道：“我可不想活那么长。”

姐姐拉着姆妈的手：“活成精多好，活得坦荡自在，百毒不侵。”

“活着，就得要活个百毒不侵。”王汉这天晚上也这样对姐姐和杜安全说，“别想太多，别顾忌太多，平心静气地，把身子养好。”

杜安全点头：“是，王伯说得对，我以前贪玩。”

王汉道：“真会玩也好，在其中，又不在其中。”

杜安全道：“还是你自在。”

王汉道：“无求了，就自在，人人都是‘异乡过’客。”

姐姐捧着茶杯，置身王汉的屋子内，依旧能感受到一股特殊的气场。这屋子与以前几乎没任何变化，几件老旧的家具，件件一尘不染，表面有层明亮的光泽，有从时间深处延伸而来的状态，被珍惜的，被千百万次擦拭过的。家具与人的气味相似，无论外面的世界如何千变万化，总在原处守住本分，守住自心。整个小镇，王汉就是一个符号，他的存在就是小镇的某种语言，是时间里的原本，与世无争，自成一体。

一句一句看似不经意的对话，却让姐姐情绪平缓，内心明亮。

王汉问："待几天？"

姐姐回："会待些日子。"

王汉道："我上次身体出了点问题，出院后，进了西山与老道士学了些时日的太极，坚持练，还挺受用，如果愿意，教你们些简单的太极动作，这'简'里有乾坤八卦，几个动作也是我自个儿慢慢摸索出来的，现在每天晚七点，我免费教人习太极。"

姐姐当即就和王汉学了几个简单的动作。

王汉道："动作虽易，但要熟能生巧，巧到有所得，有所悟，身体最真实，堵久了会痛，瘀久了生病，身体得散，由散到静，万法以静入自在，置心一处，无事不办。"

姐姐记住了这句："置心一处，无事不办。"

两个人天天饭后去王汉家，几日下来，也明白太极运动其实是能量的运动，看上去绵弱无骨，却在无中生力借力。

姐姐想，太极的动作可以非常复杂，变化万千，如这大千世界，阴晴不定，但是，自心妥，天地妥；自心开，天地开。

晚上，从王汉家里出来，两个人沿着老街往回走，杜安全回忆起第一次和姐姐来湖镇时的样子，那时街上还有零星几家手工作坊，现在全都不复存在了。人已散，铺面却还在，夜色里，出奇得静，每一步踩在青石路上，都能听到幽长的回响。杜安全牵着姐姐的手，缓缓走。姐姐一只手不经意地悄悄托住杜安全的腰，另一只手指着老街两边的店铺，一间间地告诉杜安全曾经的手工作坊：弹棉花的、打白铁的、做豆腐的、做香油的、做老酒的、补缸的、木匠的、篾匠的、做点心糖糕的，甚至还有刻石雕木雕的……

在姐姐细致而投入的描述中，这幽静的老街一段段地复活起来，处处人声鼎沸，杜安全与姐姐行走其中，熙熙攘攘，无处不欣欣向荣……

到了姆妈家门口，姐姐推院门而进，在铁门刺耳的吱呀声里，那复活了的老街，突然间又归于寂静和孤独，偶有几声狗叫从巷头的深处传来。父母都已睡下。两个人上楼，躺在无声无息的夜里。

姐姐说："我明天想去一趟那个村子。"

杜安全问："什么村子。"

姐姐回："阿明的村子，就是从江里救我上来的那个小伙子。"

杜安全应："明天我陪你去。"

夜静得铺天盖地，姐姐躺在万物的深处，深到永不可测，就像衢江之水，将曾经幼年时的她席卷，卷入死亡的怀抱。她挣扎着，但终究是累了，没有氧气了，抬头，水面上的那束光打在她的额头前，那么美，清晰地知道再也见不到这样美的太阳光了，真的要睡着了，睡在柔软的早已张开双臂迎她入怀的水里，之后便是永恒而甜美的梦……似乎有一双手托住了继续往下沉的她，随后有轻柔的抚摩，顺着她的发际，然后到她的耳垂，她的鼻尖，她的嘴唇，她的脖子，她的乳房，一直往下延伸，顺着行走，到达她的脚尖，她似醒非醒，光打在她的脸上，她被光彻底刺醒了，于是睁开了眼睛，杜安全笑意盈盈："你睡得真是沉呀。"

是呀，多久没这样深沉地睡过了。姐姐笑起来。

吃早饭时，姐姐直截了当地对姆妈道："等会儿我要去那个人的村子，姆妈陪我一起去。"

姆妈看了一眼父亲。

父亲道："我去过很多趟了，没找到人。"

姐姐低头喝粥，又夹了一筷子姆妈做的八宝菜，轻声应道："无论在不在，都想去一趟。"

父亲犹豫了一会儿，开口道："还是我悄悄找比较好，不知人家出门这么多年，会变成一个什么样的人，万一知道你一直在找他，知道你现在日子不错，会不会心里有别的想法，我与周围人提过，几乎每个人都是有这种担心的，现在世道，人心不可测。"

姐姐听了，心里涌起一股愤怒，放下筷子，看着父亲："我不懂什么叫人心不可测，只知道，没有他，当年我就死在江里了。"

父亲道："我还不是为你好？他出门那么多年没消息，我们也不知道他的底细，怕你遇上麻烦事。"

姐姐忍无可忍，一字一句道："没他，我今天根本不可能坐在这里听你谈什么人心，早不知投胎何处了。他救我上来，小心找了块有草的地方将我放下来，因为怕被太阳晒烫的溪滩石烫着我，我因他死里逃生，虚弱地趴在那片小小的草地上呕吐，是谁远远地骂骂咧咧朝我走来，除了说些可怕的话，还赏给了我一个大大的巴掌，用力之猛，几乎将我重新打晕？今天却在这里与我谈人心不可测？"

这是她有记忆以来，第一次如此直接地顶撞父亲。

父亲脸色相当难看，不再言语。

姆妈起身道："你慢慢吃，我去换身衣服，随你们一道去。"

由姆妈指点，车子绕上高速公路，过了跨江大桥，又走了一段沙石铺的乡村小道，拐进一条更狭窄的路，一边是长满松树的山坡，另一边是种了庄稼的田野，开了不到十分钟，进入瓦村。

村里除了狗和户户紧闭的大门，几乎找不到什么人。姆妈道："年轻人去远处打工，有了孩子的父母，就在附近的一些工厂上班，县里最近几年建了一个大型的开发区，吸引了很多投资商建厂，之前的村庄和山林，全都铲平了，变成了一家家工厂。"

村子并不大，每户都翻盖了新楼，只是铁门紧锁。绕了一圈后，在一个靠山背的地方，看到有户人家开着院门，进去，屋里有一对老夫妇正在择菜叶子，姆妈问："这位大姐，知道阿明吗，柴明？以前和他奶奶住一起的，奶奶走了后，他便出门打工了，不知这村里谁有他的消息。"

那妇人站起来，撩起衣服搓了搓手道："噢，进来坐吧。"然后向她的男人道："阿明，那个讨饭婆生的孩子吗？"

男人道："阿明多年没回村子了，不过最近村子要整体拆迁，他在村子里还有山和宅基地，能赔到不少钱，必须他本人签字才能拿到钱，村里托人找了几个月后，前不久刚有消息，水瑞家应该有他的手机号。"

"水瑞是谁？"姐姐稍有激动。

"他的堂兄，同一个太公的。"妇人道。

"水瑞家在哪里？"姆妈问。

"村口进来第二幢。"妇人边说边往外走，"我带你们去。"

敲了铁门，有妇人应声出来，是水瑞的媳妇。妇人道："这几个人找阿明，那个讨饭婆生的阿明，想问他的电话。”

水瑞媳妇上下看了几眼姐姐，明显好客起来：“先进屋坐吧。”

三人进了屋，是新盖的楼，外面看相当漂亮，屋内却非常简陋，几乎没有像样的家具。“之前知道要拆迁，大家拼命借钱造房子，这样可以拿到更多的赔偿金，家具什么的就等以后有了新的住处再买。”水瑞媳妇边让座边解释。几个人坐下，这媳妇又急着要去泡茶。姐姐道：“不喝茶了，我们等会儿就走，如果有阿明的电话，方便给我吗？”姐姐说话时，从包里掏出早先就准备好的红包，自然地搁在桌子上。

水瑞媳妇笑容满面地坐下来，从桌子底下的抽屉里翻出一本没了封皮的电话本，找到阿明的手机号，递给姐姐：“找了好久才找到他，一直在深圳打工，有了媳妇，生了两个孩子，一儿一女，媳妇是福建人，听说很贤惠，我们家男人跟他说了这边的情况，他或许有意带老婆孩子回来定居，出去那么多年，也是不容易。”

姐姐拿到手机号，当下就给他发了条短信：“我是那个很多年前你从衢江救上来的女孩，或许你已经忘了，但我一直记得那双托我离开水底的手，不敢忘，有机会希望能当面对你说声‘谢谢’。”

回程路上，姐姐收到对方回复来的短信，因为开车，不敢细看，便让姆妈念出来：“我记得，感谢你一直记着这事，但换谁都会那样做，大家都忙，手机里说谢就足够了。”

姆妈在车内沉默良久：“我替你父亲说一句抱歉，他就这脾气，这辈子也改不了了。如今我们有了阿明的手机号，他不久也会带老婆孩子回来老家，总会有当面言谢的机会。”

姐姐想着阿明的短信，感慨万千，深吸一口气，松下一直紧绷着的肩膀，挺了挺胸，车开在阳光铺就的环城高速上，车外的景物也全都浴在光里。

有些人在生命中出现，然后消失，就像一种使命。细想，所有因果奇缘，必然有其深意，就如老天给的预兆。

7

从湖镇回杭州没两个月，凤妹奶奶就走了。凤妹说，起初是发烧，坚持送她去医院挂了三天吊针，烧是退了，老人生活却已经无法自理了，大小便失禁。凤妹竭力要送她去住院，奶奶无比固执，咬牙拒绝，哪儿都不去，就要在家待着："我年纪大了，活得足够长了，我知道自己的身体，不想去医院受那罪，只想在你们身边，安安静静地再待些时光，如果你们真孝顺，就顺了我的意吧。"

凤妹请了个阿姨，与丈夫三个人轮流陪护她。最后几天，伴着高烧和胸部疼痛，她开始拒绝吃任何东西，除了抿几口汤润润嘴，四天后，她几乎进入昏迷状态，半夜突然睁开眼睛，凤妹知道她应该到时候了，叫醒丈夫，两个人守在她的床前。奶奶的目光从凤妹的手转向她丈夫的手，丈夫意识到什么，将凤妹的手握住，俯下身去柔声对奶奶道："奶奶，放心，我会照顾好她和两个孩子的。"奶奶目光落在凤妹丈夫的脸上，眼神亮了一亮，眼角涌出清泪。几分钟后，没了呼吸。在生命最后一刻，她呈现出难得的放松和安详。

新楼盖好的第二年春天，父亲突发脑溢血，姆妈发现及时，抢救了过来，但造成半身偏瘫，卧床期间，染了感冒，一直发烧，姐姐将他转到杭州继续治疗。一个月后，各种疾病接踵而来，身体脏器衰竭很快，在医院里待了近四个月，最后两个月基本靠鼻饲，从出现幻觉到最后离世，是最痛苦的一周，即使用了最好的止痛药，还能看到他在昏迷中痛苦地抽搐。姐姐守在他床头，知道他有求生之欲，却眼睁睁地看着他一点点远去，悲痛无助。

父亲离世前的某个黄昏，姐姐一个人站在他病房的窗前，等待着黑暗真正来临。傍晚，是白天与黑夜，亦是阴阳交换之际，是人最容易脆弱之时。曾经很长一段时间里，每个黄昏，姐姐的情绪都会低落到极点，对于姐姐而言，几乎是一种病症，是神经里的记忆。肉身无法承受，似乎被一个巨大而虚无的黑洞吸住，需要聚集全部力量去对抗。不能做事，不能阅读，只能等着时间缓慢而凝重地过去。滴答滴答，一滴又一滴，之后连成模糊的一片，如汪洋之水，将人全部淹没，又似浸在饥饿般被抛弃的感觉之中，无助地飘荡在皎洁月夜的不真实之中，是另一个世界，没有声响没有重量没有连接，就如浮在浓雾里，周身一片潮湿。在沉浮不定之中，姐姐常会忆起父亲为一点小事对她吼叫，甚至在吃饭的时候，也常常碗碟颤动、汤水飞溅。暴怒让父亲脖子上的青筋一根根野蛮粗壮地凸起，如激动的猛兽困在不能自控的情绪之铁栏里，姐姐目睹他那因怒气而扭曲的脸部表情，身子会止不住地发抖，胃一阵阵抽搐，然后寻找机会逃走……童年时经历过的全部惊恐，不可抑制地浮现，如衢江之水将姐姐吞没。即使已结婚生子，在某些个黄昏，姐姐仍旧会忘了自己早已长大独立，走过很多路，经了一些事，也会忘了自己已是他人妻已为他人母，甚至会忘了这几十年来所有的成长与获得，重新回到年幼时那个小心翼翼、战战兢兢的自己，赤裸无助地躲在佛像底座的“黑暗”之中。父亲年轻时，时不时会火气冲天地咒骂这个社会，诅咒他亲眼所能见所遇的全部不公平，父亲平日里看似是个安静斯文的人，却有着无数的压抑，可以快速地爆炸，噼噼啪啪，如炸药，地动山摇，恨不能掀翻桌子，将在座的每个人都痛打一顿才解气。姐姐常胆战心惊地坐着，双手发抖到几乎连面前的菜都夹不起来。早早独立的姐姐，自以为可以接受生活给予的一切，也经得起迎面而来的风，可在那些个被黄昏深埋的特别时刻，仍旧会突然之间泪流满面，如溺衢江，被拖远，远到不知归处，一直要到夜色完全降临，窗外灯光闪烁，城市的亮光一直在远处延展，西湖之水在夜色里波光粼粼，夜变得舒缓平静，盘结在身体里的黄昏综合征才会开始慢慢散去。

杭州夜晚的街景，错落有致，静中有动，白日的喧哗被夜晚的灯光代替，城市看起来变得神秘和轻盈，太多的故事，在这个城市里上演，如人在时间之水里出现又消失，每一代人都有每一代人的疼痛挣扎，也有属于他们自己的神迹……

姐姐凝视着病床上的父亲，知道他已经时日无多，但对于父亲，姐姐此时生不出任何埋怨与责怪，更多的是无法言语的心疼，这是他的人生，他的命运，他的格局，是他出生的环境以及不自觉中承接了他母亲的教育模式。姐姐的奶奶，同样是个脾气暴躁动不动就大发雷霆的女人，她一生辛劳操作，养育七个子女，外表坚硬强悍，劳苦功高，上到丈夫下到子女，没人敢公然对抗她。外婆则又是全然不同的女子，世事练达，善与人交往，话到嘴边仍会三思，养出性格素巧安静的母亲，娴静的母亲被迫嫁入父亲家后，长久忍受着奶奶毫无缘由的谩骂与指责，身为长子的父亲则是看着自己的妻子受母亲的欺辱，仍旧低眉顺眼逆来顺受。姐姐七八岁时，偶尔半夜被母亲压抑的哭泣惊醒，听平时里贤惠的母亲在床前对着父亲长长哭诉，陈年旧债里，错综复杂的细节里，归根结底全是埋怨父亲的袖手旁观以及好赌，还有作为妻子的失望和长久压在心头的悲愤。在黑暗的夜里，母亲的泣声无边无际，父亲的沉默同样无边无际……

姐姐回望父亲的一生，知道父亲与中国大多数生活在封闭困境里的传统男人一样，很多时候，被困在狭窄偏执的世界里毫不自知。作为他那一代人，父亲有他的挫折和失落，沉重粗糙的世俗生活，养家糊口的艰辛，在生活之中遇到的不公平以及那些或深或浅的侮辱，自己的志向与爱好没有任何地方可以发挥，只能憋屈着。大多数时候，父亲应该是压抑的，但那个时代不可能给他任何机会，他只能守着他那块一生下来就被锁划好的地盘，日复一日地劳作。他极度自卑又极度自尊，衣着朴素到极点，但无论何时，都保持干净清爽。他那深藏在骨头里的才华也成了他的包袱和压力（或许他完全有可能是个很好的诗人、作家，或者是画家和音乐家，父亲五十多岁后家里的生活有了很大的改观，他自学水彩画，爱画艳丽喜庆的牡丹，有一天他拿了自己的画去镇上裱，竟然被人花两千元买走，小小成就感让他的内心开出了成片的牡丹，得意地在姆妈面前唠叨了好几天。他同时自学二胡，拉出的调儿也是越来越有筋有骨有韵味）。他有自我的标准，也有对外界的向往，但更多的是内心的抑郁、人生的迷茫。姐姐想，自己这一代人，至少是可以选择逃离，去寻找一些新的机会，但身处小镇的父亲，年轻时几乎没有这样的可能。父亲的爆发，有时毫无逻辑，但他完全是真实的，这便是人，这便是人生。

姐姐伸手握住父亲垂在床边、早已瘦得鸡爪似的手，泪水模糊了眼睛，于是俯过身去，半搂着因刚打过止痛针而晕睡的他，心痛不已。

父亲去世一个月后，姆妈提出要离开杭州，独自回湖镇生活。姐姐极力挽留，她和妹妹都在杭州，万一姆妈有什么病痛，送医院和照顾起来都比较方便。而杜安全的病，父亲的离去，让姐姐内心似经历一场场兵荒马乱，心境颇为灰凉，更想将姆妈留在身边好生照顾。再说弟弟虽住老家县城，已有两个孩子，但屋里还住着岳父母，他自己每日早出晚归，也不太可能常回小镇去照顾姆妈，因此，姐姐坚决不愿意她一个人回去独住。

姆妈在这个问题上话不多，却异常固执，她收拾行李，一日都不想多留。临回老镇的头一晚，姐姐照例在睡前进姆妈房间看看，问她是否需要热水或者还要吃点什么，姆妈摇头。姐姐在姆妈房间站了会儿，见姆妈没有继续与她说话的意思，便准备离开房间。快出房门口时，姆妈在后面柔声道："你该知道，那条老街上，还有我放心不下的人，人家对我有恩，趁我现在还能走动，想回去陪陪他，我们都是快要死的人了。"

姐姐一下子呆住了，脑袋一片空白，胸口灌进一股热气，但也瞬间明白过来，想起那条越来越孤寂的老街，想起一生独守馄饨摊的王汉，想起他多年前塞进自己口袋里的救命钱，想起他的低调淡然，以及他曾在有形或无形中给予过自己的一切，便尽力克制住自己复杂的情绪，没回头看姆妈，只是柔声应了句："我懂。"

姆妈在身后如释重负地叹出口气："谢谢。"

8

一晃，很快就到了2017年。

这一年秋天，姐姐因遭人举报有巨额行贿之事，又恰好举报之事与另一被抓官员有牵连，姐姐被检察院的人直接从公司带走，调查了两个月，因证据不足，最后放人回家。做事向来低调谨慎的姐姐非常清楚，是何人诬陷她，但人已出来，已是万幸。

那天，她坐在回家的车子里，阳光越过她的额头，打在她的膝盖上，她伸出手去抚摩那光，就如抚摩初生的婴儿一般。姐姐清楚而透彻地意识到：活着，就是为了这缕额头和膝盖上的自由之光。

推开家门，所有的亲朋好友全都等在客厅里，还有满桌的食物。当晚，送走客人，等家人入睡后，姐姐走出卧室，打开了客厅角落里的那盏台灯，一个人在沙发上蜷腿而坐，毫无睡意，周边一片安宁。

手机响，是一老友的短信。这位老友颠簸一生，几经起伏，最后从某大学校长职位退休，智慧如她，全身而退后，选择云游四海，活得豁达通透。她是姐姐异常敬重之人，姐姐与她结识近二十年，生活和公司里的一些事，偶尔会找她聊聊，她话不多，一两句便能让人一目了然。这些年来，姐姐对她习惯报喜不报忧，生活中的大变故，姐姐从不提及，怕负面情绪会扰到她这几年来同样被疾病和衰老所困的身体。

今日她主动发来短信："今晚和老友们喝了酒，想到世事无常人生苦短，说什么也得鼓足一口气，痛快欢笑，有时也就觉得弘一法师一跺脚真好，跺出了一片新天地。"

姐姐回："我跺不出新天地，但也得假装跺跺脚。"

她又感叹："这世上，很多人事惨不忍睹，有时流氓还有可看之处。"

姐姐问："何意？"

她回："真正的流氓至少不装君子。"

姐姐应道："是这个理。"

她回："身边人都是镜子，是佛又是魔。"

姐姐回了一字："嗯。"

她道："修行就是打掉牙齿往肚子里咽，与他人无关。"

姐姐回："是。"

姐姐明白，她肯定是从别处知道了自己的近况，换着思路与她聊，开她心境，一时心有所动，百感交集。

关了手机，彻夜长坐，就如冥想，直到最早的那缕阳光穿过窗帘，晃进姐姐的眼里……

这年冬天，光头王汉去世。从此，小镇上的人再也吃不到他的手工馄饨了，对于姐姐，他的走，就如老街断了某根悠长纤细的气脉，此地再无归处。

王汉走的时候，姐姐陪伴在他身旁，他拉着姐姐的手道："我的路到头了，你的路可要好好走，照顾好姆妈。"他说这话的时候，显出之前少有的放松调皮和天真，许是这些年姆妈的陪伴带给他的改变，姐姐含笑应道："放心，会的。"

送走王汉的那天黄昏，姆妈拉上姐姐，去了趟老街舍利塔旁边新修的舍利寺。寺庙造在旧址上，富丽堂皇，寺内的大雄宝殿，二重檐、飞檐翘角，颇为高大宏伟。姐姐陪姆妈一起跪下，磕头，姆妈嘴里念念有词，姐姐闭眼无语。见姆妈跪磕完后起身去敬香火，姐姐也抬头起身，看见柱子上的一行字：虽有一灵台，如同客作汉。

出了寺院的门，天色已近灰暗。夜风从衢江那边过来，卷起姐姐的风衣，姐姐紧了紧衣服，跟在姆妈身后，经过小兰家的"神秘空楼"，继续往前走。

江对岸倒是灯火旺盛的样子，姆妈道：是工业园区，那些被拆了房子、没了土地和山林的村民通通搬到园区旁的新村里，很快就聚了人气，单夜市摊每晚就可以摆出上百米，又造了新的交易市场，热闹得很，老街这边也有人往那边搬，此起彼伏，一来一往，自成古今。

没走出几步，整个小镇便快速地淹没在一团夜雾里，老街上零碎的灯光一点点亮起，有带了辣椒味的菜香从小巷里弥漫出来。正是晚饭的时候，姐姐闻着那延续了千年的烟火之气，牵住姆妈的手，一步步走进老街寂静的、古老的深处。

然后，离开。

初稿2015.2.4—2017.2.25

二稿2017.3.6—2017.6.20

三稿2017.9.8—2018.2.14

四稿2018.2.16—2018.4.16

五稿2018.6.17—2018.7.7

关于女人和女性（代后记）

我生于1974年，到2014年时，我在中国的南方整整生活了四十年。

2014年年初，我带着七岁的女儿，独自到了纽约，住在一个叫贝赛的小镇上。小镇有公交车去新兴的中国城法拉盛，也有公交车去曼哈顿，分别为半小时和一个小时左右的车程。

到贝赛之前，我与女儿住在酒店里。在美国租房子并不容易，没有熟悉的朋友，刚到时也没有任何信用。看了很多套房，因孤母独女且没有信用而被拒。一个月后，依旧困在酒店里。继续找，最后找到了贝赛，看中一套位于二楼的小二居室，从一楼的梯子上去，迎面便是客厅，窗外有两棵不知名的树。公寓的不远处，有一个森林公园。

忐忑不安地回酒店等消息，几天后，对方拒绝，理由是房子在二楼，怕七岁的孩子会有什么意外。我告诉中介，希望能与房东当面谈谈。房东白天上班，约了晚上九点。去时，他们已早我们先在出租房。我提出可以多押几个月的租金。他们看见了我的诚意以及七岁女孩的安静，当下就签了约。过程中，女儿犯困，独自躺在客厅西边角落的地板上睡着了（美国出租房一般不带任何家具，屋子空荡荡的）。离开时，我过去唤醒女儿，她睡得沉，人虽站了起来，但表情迷糊，不知身在何处。房东过来道：“记住，以后不能乱蹦乱跳，不然就不给你住了。”女儿睡眼蒙眬地看着她，眼睛睁得大大的。对方又补了句：“你怎么不回话呢？”我搂住女儿，什么都没说，一步步小心地走下楼去。外面刺骨的冷，灰暗的路灯下，旧雪积得厚实。

二十多年前学过几年英语，之后几乎没再说过或者碰过。来纽约时，必得开口。安住下来后，第一件事是送女儿去学校。去学校的头一天，做了几小时的功课，准备好要说的英语，结巴别扭地背熟。去了学校的办公室，他们要了我的租房合同，确认是住在小镇上的人后，他们让我填写了电话号码和地址，随后便把女儿带去了班级。如此简单，甚至连家长的职业都不需要填写。

放学时，她拿回一大摞作业，全是英文的。我用手机将作业翻成中文，陪她一起完成。之后，她都会带回作业和学校的各种通知，我一句句翻译，有时一做就是几个小时。自己开始疯狂地记单词，是一种无助的焦虑和无边的饥渴，脑子里全部是遇到和接触到的词，做饭时背，走路时背，半夜醒来去洗手间想不起要记的那个词，强迫症似的打开手机查出来背。

我去银行、去超市、去邮局，写支票，查账单，带着她坐公交车，乘换地铁，每一步长如过河，每一句重如千斤。女儿也因刚进学校不太会英文，被同桌欺负，情绪低落。找去学校与老师结结巴巴地谈。好在女儿性格大大咧咧，换了另一个女生同桌，很快恢复了正常。

没多久，我也开始去学校学习。女儿八点到校，下午两点四十放学，我早起送她，下午接她。她在学校的这个时间段里，我奔波在去自己学校的路上，每天迟到早退，每日作业每周考试，苦苦坚持了两个月，胃病发作，半夜疼醒，白日因为严重缺觉，头痛欲裂、萎靡不振，只能选择暂时放弃。在这里，最最不敢的是生病，怕病倒了女儿没人管。

2014年的纽约特别冷，四月还下了两场大雪。小镇树多人少，孤寂荒凉。女儿上学后，我常出门去公园散步。到处都是清冷的，没有一丝绿意，也少人迹。一心就盼着春天快点来，灰扑扑的枝头能闪出油嫩的绿，枝间能开出粉色的花。我绕着原生态的树林长时间地走路，听自己的脚步声孤独地响在林间，思绪飘浮，远去，远到自己的童年，最早的记忆，然后又拉近，近到此时此刻。如此这般寂寂地走几个小时后才回家。

这样过了三个月后，春天终于来了。

每到周末，我就和女儿坐公交车去曼哈顿看博物馆，或者坐火车去看别的小镇以及镇里的建筑及古董店。

这期间，女儿出门玩耍时，手摔成骨折，半夜胆战心惊带她去医院看急诊。又一天，我穿拖鞋下楼取信，鞋底滑，直接从二楼的楼梯摔下去，当场晕过去，醒来片刻，下身毫无知觉，身体虚脱冒汗，在翻江倒海般的眩晕中，又沉睡过去，再醒来时，尾椎骨刺痛，一片心慌悸乱间，唯有一个念头在混乱的嗡嗡声里异常清晰："万一住院，谁照顾有个性有脾气的女儿？"万幸最终没什么大事，只需躺床上静养。

躺床上的日子里，情绪低到了极点，每天早晨甚至都不愿意醒来，只想在睡梦中逃避。这异国日复一日的孤寂，承着女儿全部养和育的重，独自面对生活中随时会出现的不可知的种种状况，更为巨大的是那铺天盖地而来的困惑以及极度的自我怀疑，为何要来美国？

在国内，女儿虽日夜与我一起，但生活里有母亲和阿姨，有亲情有友情，是可依可靠的，是舒适安稳的，是熟悉和固定的。在贝赛，在隔着大西洋一般宽的落差里，你置身一片陌生中，没人看得见你，没人知道你，你走在路上，你在任何一处，都只是你自己，仅仅只是自己，一个有待重新结构、重新认识的自己。

在国内，女友们可以一起出门旅行，可以常聚一起美食、清茶，除了谈艺术，也常谈股票、谈房子。在银行上班的女友，与同乡同族一起炒房，最多时在上海有十五套房子。另一女友，最初与先生将房子抵押给银行，拿了钱办厂，几年后转做钢铁，继而做房地产之后做资本投资，节奏踩得踏实到位，不到二十年，积下数十亿资产。有知名画家女友，一边艺术理想一边持续买着市面的房，从几千一平方米到几万甚至十几万。

都是同龄人，都有着差不多的背景。我也身夹其中，迷迷糊糊地走在天翻地覆的时代浪潮里，人到中年，原先低价买的房子、纯粹因爱好而做的收藏、长线持有的股票，都在不知不觉中有了几何式的增长，绝非先知先觉，只是恰好身处这特殊的时间段。其速度之快，快到让人毫无觉察。

身边的女性，在这样的快速里，无论是踩对节奏的大幸运者还是小幸运者，无论是大白领还是小职员，无论是职业女性还是家庭主妇，她们都有不同的焦虑。她们都需要面对日常生活中的困境，关于感情，关于婚姻，关于家庭，关于责任，关于自我，关于某种真正精神意义上的觉醒和独立。

这些年里，有女友因为情感，厌世出家。有女友离婚，丈夫不要孩子，她与孩子一起生活，丈夫说好给生活费，一年后说生意失败，人影无踪。也有女友，与男友交往时怀孕，并没有做好与对方结婚的准备，却想留下孩子，但在中国，未婚母亲的孩子是“黑”孩子，没有户口，要么堕胎走人，要么因子领证，她选择后者，最终以离婚结束。也有女友的丈夫天天在外应酬、醉酒、出轨，她们虽知无爱，仍挣扎在婚姻中自问该何去何从。也有幸福的，也有恩爱的，也有经了波折与修复后继续走在一起的。但事实上，在这里，无论经济有多独立，无论离婚的或者没离婚的，看似幸福或者不幸福的，都各有各的不安与困惑，且绝大多数女性的脑袋依旧被套在旧式妇人的小鞋子里。

她们都在艰辛地付出，她们的人生如长长的隧道，需要穿越成长、生育、社会观念、文化宗教的局限，带着被挤压的疼痛。她们同时担着责任，承着使命，天塌下来，她们不仅是她们自己，更是孩子的母亲，亦是年迈父母的孩子，她们得站着，得扛着，她们必须强大，并且要强大到能够让身边人也觉得安全。

但是，她们也是脆弱的一群。她们站起来，试着去打开一扇又一扇窗，亮光随窗进来，美到不同寻常，可抬头去望，却发现头顶的那片天花板一直横亘在那里，灰的，黑的，暗的，若隐若现的。

就我个人而言，我有着深度的自卑。小时候生活在重男轻女的粗暴的父权环境里，稍大时，在男权世界里听着、看着、经历着，产生无意识的自卑。这样的自卑，经了漫长的努力和修复，仍旧在深处存在，让人心悸。

这种自卑，绝不是因为我是女人，而是因为，别人视你为“女人”。身边有个至亲的女友，历经一生的坎坷和努力，承一般人不能承之重，担常人不能担之责，创下巨大的财富，为人极为开阔大气坦荡智慧，论品行和能力，远超绝大多数异性。她早已年过七十，却仍旧有人会问类似的问题：“你的钱是你自己赚的吗？”如果她是男人，绝没人会从这个角度思考问题。如此，仅仅只是因为，她的性别为“女”。

然而尤为奇妙的是，在男权社会里，女性往往自动弱化自己，压抑自我。男性有时候就是资源，缺乏独立意识的女性为资源竞争，又因深受数千年男尊女卑之毒，喜欢踩“女人”和贬“女人”的，往往又是女人。

在国内时，一直想写一本关于《姐姐》的书，关于这一代女性在这特殊时代里所承受的和所遭遇的，以及她们在寻得经济独立的同时，如何保持着对精神独立的曲折又坚韧的追求。

关于写作，处女作《阁楼》写在椎间盘突出最严重时的病床上，也不知道要寄给谁，就找了杂志抄下地址，寄给了《大家》，后来发表，被《小说选刊》等几家刊物选载，又被人买去拍了电影，随后有了约稿，于是看似顺当地开始了写作之旅。之后有了小长篇《阿布》，寄给了《收获》，许久没有消息，仍旧是不自信的，也不敢问，就又给了别的刊物。有一天收到电话说《收获》通过了，却绝不好意思再向别的刊物要回来。如此这般不紧不慢地一路写来，竟然也已有十五年之久。写作本身虽艰辛，每日安坐方桌前，如打坐修禅，但却成了一种生活状态，它似乎始终能帮助我超越繁杂的日常，将自己凝于完全静心的一处。

2013年底，我试着写下三万多字的《姐姐》。书稿随身到了美国，可很长一段时间里，我根本无法写作。

带着女儿一脚跨进这个完全不同文化、不同种族、不同语言、不同政治体制的移民大国，女儿越来越快乐，而我几乎进入了抑郁的状态。

抑郁的那段时间里，我在万般寂静中一再自问，为什么不回去？

有一天，我突然反问自己，为什么要回去？我知道答案，就生活而言，那是个安全舒适的地带！我在南方生活了四十年，这四十年里，有太多土生土长的顺利，有太多时代给予的机会，但也染了大量思想观念上的禁锢和环境造成的惰性。

是禁锢，是惰性。

我为什么如此害怕接受新的挑战？为什么不能在内心里推倒自己，敲开紧紧包住自己的旧壳，重新长出新的模样？

是自我的禁锢，是逃避的惰性。

回去太容易，随时随刻都可买一张机票，十几个小时后，便可退回到原来的生活，旧的方式伸手可触。

进呢？进则是另一种撕裂、打破、挣扎和重新生长。

夏天很快就到了，杭州的女友玲来看我，住在女儿的房间里。她说，顺着小小的楼梯爬上二楼，看见你穿着宽松的T恤站在厨房里削土豆的消瘦的样子，念想你在杭州优雅的生活，心里感慨万千。秋天时，北京的女友雅专门飞来贝赛陪伴了我们一个月，她走的时候已是深秋，落叶满地。那天黄昏，她对女儿说："阿姨要回去了。"女儿习惯了有她的生活，她比妈妈更温柔比妈妈更会做饭，却也知道她是必须要离开的。女儿踏着脚下厚厚的落叶，落寞道："阿姨给我买的围巾会暖暖地陪着我的。"我与女友都听得清晰，两个人都没回话，看秋风吹起满地的金黄，喉间酸痛，眼角泛泪。

这期间，因了各种机缘认识定居在美国的慧子、Fiona、瓶儿、紫霞、玲华、琳琳、永熹、格格，以及来美国访学的小蕾，她们都是来贝赛小住过的人。我与她们在有月光的走廊前长谈，清晨一起去清香湿润的公园散步，偷采野葱回来炒鸡蛋。还有Richard一家和Johnny一家，如亲人。那个独居在对门的叫Rose的美国老太，她得过癌症，孩子们远在加州，却选择独个儿自在地生活，平时常在门口遇到她提着大包小包从超市回来，上去帮助，被一再拒绝："我可以。"她家的窗帘永远只拉一半，另一半露出来用于和别人打招呼。每次黄昏散步回来，总会看到她在灯光里微笑着挥手。还有后来认识的叫Tinar的老太，会十几种国家的语言，八十岁了，仍在读第三个博士学位。她说，学习就是生活，就是活着的态度，忘记年龄，忘记死亡。

之所以一一写上她们的名字，是因为在最初的时间里，这些来过贝赛的女性带来的温暖以及她们自身平凡却又不凡的故事，给了我支撑与力量。这是一种缓慢的力，是可以回击到内心深处的力量，那些故事里，有绵暖不倒的坚韧……

之前以为坚持就是咬着牙关，忍、撑、熬。后来明白，坚持是犹豫着、退缩着、不安着、脆弱着，掉了眼泪仍旧往前走，往前走，带着希望去回望，去梳理，一个人慢慢走到内心开阔的明亮处，走出简单自在独立的样子来。

来纽约的第一个冬天，我开始缓慢进入写作的状态。我删了之前的三万字，重新为《姐姐》写下新的文字，我把所有人物放置在我家乡那个叫湖镇的小镇里，文字由着她们各自不同的命运不断生长。之后的三年里，我与她共同经历着生活中所有的变化，我们搬了家，她从一年级升到了五年级，个头如我一般高，我也在《姐姐》的陪伴中往前，几易其稿，修修改改，最终成书，希望能在文字的朴素里呈现出她们的痛和光亮。

无论如何行走，感谢这道亮光始终都在。

这束光亮，是我的脆弱，更是我的坚强。

柳营

写在《姐姐》完稿之后

美国曼哈顿

2018.5.18

图书在版编目 (CIP) 数据

姐姐 / 柳营著 . — 北京 ：北京十月文艺出版社，2019.1

ISBN 978-7-5302-1841-9

Ⅰ. ①姐… Ⅱ. ①柳… Ⅲ. ①长篇小说—中国—当代 Ⅳ. ① I247.5

中国版本图书馆 CIP 数据核字 (2018) 第 124676 号

姐姐
JIEJIE
柳营 著

出 版 北京出版集团公司
北京十月文艺出版社
地 址 北京北三环中路 6 号
邮 编 100120
网 址 www.bph.com.cn
发 行 新经典发行有限公司
电话（010）68423599
经 销 新华书店
印 刷 三河市宏图印务有限公司
版 次 2019 年 1 月第 1 版
2019 年 1 月第 1 次印刷
开 本 880 毫米 ×1230 毫米 1/32
印 张 13.75
字 数 315 千字
书 号 ISBN 978-7-5302-1841-9
定 价 48.00 元
质量监督电话 010-58572393
如有印装质量问题，由本社负责调换。